入台记

周诠 著

北京出版集团公司
北京十月文艺出版社

目录

第三部

第四部

献给为抗战胜利而流血牺牲的勇士们

PART 第一部 ONE

第一章

1

我第一次讲他的故事是在 1959 年，据来访者说，那天天气阴沉沉的，空中蒙着一层铅灰色——当然我是看不见的，因为我在新中国成立前就已失明，成了一个瞎子。第二次是在 1966 年，我从来者的身上闻到一股辣椒的味道，那味道让人鼻子发痒，直打喷嚏，喷嚏过后神清气爽，有点儿想坐上火车去串联的冲动。最后一次讲他的故事是在 1989 年，那天我出现幻听，感觉有一群人跟在两位来访者身后，他们踩在石街上的脚步声零落而杂乱，像有人在哭泣，令我恓惶，胃里泛酸，一股莫名的悲伤袭上心头。那伤感也许是我变成植物人的先兆，也许不是。不过，那年春天，我确实还什么都不知道。

在 2012 年以后出生的人，如果你也想听我爹的故事，只有再去辽阳碰碰运气了。我不能再说了。因为我已离开尘世，我们有我们的规矩。我不想再说了。我很累。第一次讲他的故事是在二十八岁，当时我气力十足；第二次虽然只有三十五岁，但是已经感到非常虚弱；最后一次已经五十八岁，体力完全不支了！我真的无话可说了。事实上说了你也听不懂。在石场峪村我老家的祖屋里，在摇摇欲坠的东厢房内，有一口旧得发霉的板柜，那里面装着我爹的故事，藏着他的怀表以及我的声音。如果你不嫌远，也不怕我老家祖屋门口的蜘蛛网，就去碰碰运气吧。我不担心你会拿走他的日记，因为柜底的那摞牛皮纸本子在“文革”中已被统统烧掉。

2

那场发生于宣统二年（1910 年）冬天的鼠疫，一直延续到辛亥年的暮春，它使东北六万多人失去生命，并在烈焰的天梯上爬向另一个世界。按照医官伍连德的说法，死于鼠疫的人们就算入棺入土，尸体上潜伏的疫菌在寒冬里照样能存活三个月。无论是深埋地下的逝者，还是被随意抛尸沟壑的亡人，都必须经过点验，然后付之一炬。作为村里第一批接受“火葬”的人，他们端坐云端的样子异常安详，这些普通人的魂灵可能得到了某种护佑。

鼠疫夺走了石场峪七位村民的生命，但是我爷爷白魁福和奶奶张氏躲过一劫。后来爷爷告诉我，他对付鼠疫的法宝有三个：伍氏口罩、大蒜、烧酒。伍氏口罩是托人从哈尔滨买来的，有两层纱布，内置一块吸水药棉，戴上可以隔离病患；大蒜是自家种的，吃下即能辣死细菌；烧酒是从三块石村邹家换来的，一个口罩换二斤烧酒。我爷爷从不喝酒，但是为了防止鼠疫，他毅然端起酒盅子，老辣的东北烧酒每天三顿，每顿二两，一连喝了九十六天，直到清明节疫情结束。其实，还有一个预防鼠疫的办法——放鞭炮，当时爷爷并不知道，是我爹出生以后爷爷才听人说的。伍连德医生认为，从科学的角度看，爆竹里的硫黄同样具有消毒功能。据说，哈尔滨的一些地方在腊月里大放鞭炮，噼噼剥剥的炮仗声和丝丝缕缕的硫黄味令人精神振奋。大年初一这一天，哈尔滨傅家甸的死亡人数从一百八十三名下降为一百六十五名，此后日益消减，再也没有回升过。

我奶奶张氏身怀六甲，无法喝烧酒，只好吃大蒜，她的肠胃里常有火烧火燎的感觉。为了活命，为了保住腹中胎儿，她做了一个乡下女人能做的一切。她捂着肚子在炕上呻吟的时候，我爷爷站在屋地无声落泪，他拿出一些无关痛痒的话安慰她。辛亥年春节前，奶奶还经常到街上购粮买菜，过年后疫情从哈尔滨传到辽阳，爷爷再也没让她走出家门半步。

爷爷辞掉了辽阳书局的工作，回到村里私塾，当了一名乡村教员。太爷爷在日俄战争中死去，照顾好太奶奶和奶奶以及她腹中的婴儿，是我爷爷当时最大的心愿。

3

爷爷奶奶在鼠疫中毫发无损，但是村里却有七人命丧黄泉。我爷爷参加了他们的火葬仪式。这七个人的尸体，有三具是从地下的薄棺材里挖出的，有四具是从南梁的乱石岗里拽出来的，他们命途多舛的肉身被抬到离村子更远些的老虎沟，挖上深坑，铺上石灰，沉下尸体，再倒上煤油，用洋火点燃，让死者的魂灵在哔哔剥剥的炸响中二次升天。抬尸体的四个汉子戴着伍氏口罩和手套，其中一个还戴着古怪的头盔——自称是日俄战争时期从辽阳县城捡来的。七个人的家属只来了五家，他们远远望着四个执行火葬的村人，脸上布满疑惑和钦佩。我爷爷后来告诉我，尸体点燃的瞬间发出裂帛似的炸响，刺鼻的气味隔着口罩蹿入鼻孔，几乎令他眩晕，想吐都吐不出来。

执行完火葬，我爷爷到乡公所领了二两赏银，进家门前把口罩和手套摘下来，在门口烧成灰烬。回家后，又把身上的衣服脱下来泡进一个大木盆里——盆里放了五头大蒜和半斤烧酒——我爷爷坚信大蒜和烧酒可以杀死鼠疫，又光着身子去堂屋用大蒜擦拭身体，用烧酒濯洗双手，直到他确信沾在上面的细菌全部死掉。

那天晚上，我爷爷喝了平时两顿才能喝掉的烧酒——十盅、四两，把自个儿喝倒在炕头的被垛旁。这一前所未有的情况吓坏了我太奶奶，她慌里慌张的叫喊被我奶奶的劝慰和我爷爷随后而起的鼾声中止，但是，不再担心的她却突然大骂起来——

“该死的，你早早地享清福去了！”

是的，我太爷爷死于日俄战争的炮火中，此时确实不用害怕什么鼠疫了。他高大的身躯也许变成了一只轻灵的海燕，正在日本岛和海参崴之间自由翱翔，居高临下欣赏着蓝色海岸线。

鼠疫从石场峪村消失以后，我爷爷停止了喝酒，只是在吃饭的时候嚼上几瓣大蒜。大蒜是他一生最爱的珍馐。爷爷虽是旗人，但实际上祖籍山东荣成，是我祖太爷“闯关东”到辽阳时成为满族的。当时，清朝统治者规定，汉人如果入旗，便可得到一份土地。为了生存，我的祖太爷成了满族人，但他吃大蒜的历史却没有中断，反而如同他头上的辫子一样越来越长。

不久之后发生一桩怪事，不爱喝酒的爷爷偶尔会产生一种喝酒的冲动，这个冲动异常强烈，必须得到满足，否则就头疼，耳朵里响起吱吱的嘶鸣声。说来奇怪，喝酒的当日或第二天，大清国保准会发生一件惊天动地的大事。

那年农历三月二十九早上，我爷爷在停酒二十天后，突然产生了喝酒的冲动。他在喝下二两烧酒后，带着微微酒气走向劝学所，路上依稀闻到一股从远处飘来的浓烈火药味儿。当天，革命党人黄兴率领一百二十名敢死队员直扑两广总督署，发动了同盟会的第十次武装起义——广州起义，史称“黄花岗起义”。

这一消息当天就以电报的形式传到了辽阳，我爷爷又通过口耳相传的途径，在傍晚得知。他的情绪异常激动，背着手在屋里逡巡，一口气说出三个感叹词——

“真敢！真敢！真敢！”

我奶奶见他在地上来回走遛遛，心里有点烦，但是她没吱声。她的手静静地抚在鼓起的肚子上。

“谁干的？”奶奶问。

“革命党。”爷爷答。

“啥党？”

“革命党。”

“革命党干啥的？”

“革命的。”

“割命？”

“差不多。”

“割谁命？”

“割全满族人的命。”

“嘁！”奶奶不信。

爷爷没理她。

“满族？你是满族，我不是。”奶奶笑着逗爷爷。

“你是满族人的老婆，照样割！”爷爷从心里不赞成起义，赌气说，“维新就挺好，又闹革命，麻烦！”

爷爷猫腰把煤油灯吹灭了，摸黑儿上了炕。那天晚上，他翻来覆去一夜没睡。他想起了流亡国外的康有为和梁启超。

新历5月8日早上，我爷爷酒瘾再犯，他在忍无可忍的情形下又喝下二两。当天，清朝成立内阁，内阁名单公布后，引起舆论大哗。

我爷爷说：“一共十三人，满族九人，汉族四人。满族中皇族就有六人，可不就是一个‘皇族内阁’嘛！真敢！真敢！”

我奶奶问：“皇族内阁有啥不好？”

我爷爷说：“过去，朝廷尚书中满汉各半，这一革新，汉族反倒少了。甭说革命党，就是维新派，肯定也不干了。”

我爷爷说得不错，满洲贵族无端猜忌和排斥汉人，整个大清国人所共知。左宗棠班师回朝，很快被解除兵权，召入枢垣，而且时常遭到清廷掣肘。曾国荃和彭玉麟作为湘军陆师、水师两大首领，被清廷视为镇压太平天国的功臣，前者刚刚复职江南，很快又罢官闲居；后者宁可当一名渔夫，也不肯进京就任兵部尚书，实在受不了慈禧的猜忌和防范。后来，清朝跟日本及西方列强起争端，满洲贵族奉行“宁与仇人，不与家奴”的政策，令所有汉人心寒。

“你是满族，该为爱新觉罗家族高兴哩！”我奶奶揶揄他。

我爷爷“哼”了一声：“假的。我是汉族。”又说，“奕劻和载沣这么干，说明心乱了，手上也没抓挠了，完全没有康熙爷当年的气势和谋略！”

“康熙爷，你就知道康熙爷！”

“康熙爷当年……”刚要拉开话匣子的爷爷突然住嘴，瞟了眼外面陡然出现的一闪一闪的光，眼睛倏地黯淡下来，叹了口气，“这么干简直就是逼人造反，气数将尽！气数将尽啊！”

爷爷吹灭油灯，上炕，躺下，背对着奶奶，一锅烟工夫后突然翻过身，“嗖”地从炕上坐起来，小声说：“我发现了一个道道儿，只要一想喝酒，外面就出大事！”

爷爷神秘解释一番，奶奶的眼睛在黑暗中一亮，又一亮，充满好奇和猜疑。

农历五月十五，新历6月11日早上，我爷爷又想喝酒了。酒后照例去了劝学所。后晌回来时他惊奇地发现——他已经当爹了。听老辈人说，我爷爷见到襁褓中的儿子开心不已，嘴角上泛起了自慈禧独裁以来从没有过的喜悦。我爷爷高兴之余，给他的儿子取名“野鹤”，希望他“志存高远”，又按白家辈分取大名“乙化”，“化”字取“善变”之意。庆子是奶奶送给我爹的乳名。

就这样，我爹白乙化来到了世上。

4

武昌起义的枪声吓坏了清廷的官宦们，起义的火把将对峙双方的眼睛映得通红。我爷爷在听说这个消息前同样酒瘾发作，在得知后反倒异常平静。那天晚上他沉默寡言，知道自己尚还留恋的那个王朝就要坍塌了。他没有把这个消息告诉奶奶，但是奶奶还是从太奶奶那里得到了消息。年逾古稀老态龙钟但是小脚利索的太奶奶从街上闲逛回来后，忧心忡忡地告诉奶奶：“闹义和团了，又闹义和团了！”因此当吃后晌饭奶奶问起爷爷时，爷爷才不得不说起他道听途说来的武昌起义的消息。

起初，爷爷的讲述很平静，但是很快就激动起来。这顿饭他本来没喝酒，但是当他吃过一碗饭交出空碗让奶奶盛饭的时候，他的手突然停在了桌子上，然后又缩回去，略带羞怯地说：“我想喝两盅！”爷爷把碗放回桌上，把筷子架在碗上，等奶奶到板柜那儿拿来酒坛和酒盅，自己倒了一盅，惬意地喝起来。

“闹吧，再闹老百姓也得吃饭。”他夹了口菜，吃下，然后纠正说，“娘，不是义和团，是革命军。”

“街上人说是造反，跟义和团，跟太平天国差不多。”太奶奶嘴里的空当非常大，一颗牙也看不见。

“太平天国也好，革命军也罢，反正都是要推翻朝廷。这个朝廷，唉——”爷爷深叹了口气，“忒独！”然后一仰脖，又喝下一盅。

“早先说满汉一家，咋地啦?！”太奶奶瘪嘴里出来的话听上去都发瘪。

“一家？早就不是一家了。自从洪秀全闹太平天国，就不是一家啦！”

“杀、杀、杀，就知道杀！”太奶奶擦了擦瘪嘴，望了眼炕上襁褓中的孙子，“魁福啊，将来可不兴让我孙子杀人呀！”

爷爷若有所思地点了点头，眼睛里突然一亮——他要练拳。结婚后不再练功，拳脚已经荒废了两年多。此时，他暗下决心，等儿子乙化长到五岁，他就教他拳脚，以应对这个越来越混乱的世道。

当天夜里，石场峪闹了土匪，村里两个大户人家遭到洗劫，其中一家刚过门儿不到十天的少奶奶还被掳走。一切都是在寂静而昏暗的夜幕下进行的，没发出丁点儿声响。当土匪摸到我们家墙外，准备翻墙而入时，刚出满月的白家少爷突然哇哇大哭起来，急促而尖厉的哭声撕破了夜空的宁静，把土匪们吓了一跳。他们面面相觑，临时改变计划，猫着腰轻轻跑掉了。

5

第二天早上，我爷爷从炕上爬起来，穿上自己许久没碰的练功服，到院子里练起了金刚拳。长击短打，快狠刚疾，起如举鼎，落如分山。

事实上，还没等我爹长到五岁的时候，大概就是三周刚满的那天，我爷爷就开始教他拳脚。蹲马步，踩树桩，练长拳，跳沙坑，我爹的一天是从习武开始的。我奶奶心疼她幼小的儿子，把早饭时间提前了半个时辰，以减轻他的习武负担。村里没有像样的私塾，粗通文墨的奶奶开始教我爹识文断字，对此爷爷倒是没有反对。五岁的时候，我爹能背诵唐诗一百首，宋词七十篇——岳飞的《满江红》他最喜欢。同时，他的拳脚功夫也有模有样，一招一式中透着认真和聪慧。

我爹六岁那年，辽阳闹饥荒，为了养家糊口，爷爷北上黑龙江谋事，当了富锦县税捐局一名税官。他走后两个月，石场峪刮起一场大风，风后人们发现各自的头顶落上一层土刺，我太奶奶在村人们“天上下土”的惊呼声中终老病死。发送逝者的事情自然是由我另外两位爷爷完成的，但是，我爹也扮演了重要角色。

太奶奶灵柩下葬的时候，我爹哭得死去活来。他阻挡亲友们把太奶奶的身体装进棺材，阻挡杠夫们把棺材放进坑穴，他甚至在坟院抓起一把石子向执锹铲土埋棺材的人投去。我爹号啕的样子感动了树上的小鸟，惊愣了附近的野兔和山鸡，它们也加入我爹的哭泣中，哭得伤感、婉约、有排场，大大弥补了爷爷缺席葬礼的遗憾。

太奶奶出殡的第二天，我爹从奶奶那儿要来不久前爷爷从富锦寄来的照片，他把照片立在板柜的帽镜前，庄重地说：

“父母在，不远游。我奶奶死了，你知道吗？”

6

太奶奶去世俩月后，我奶奶也撒手人寰。

那年冬天，几个日本人窜到辽阳，说要找什么矿产资源，硬要在我们家祖坟上钻探。我奶奶执意反对，日本人一脚踢到我奶奶的肚子上。我奶奶有孕在身，流产时失血过多，不幸死去。我爹在经历过失去奶奶的痛苦以后，好像突然长大了似的，这次他没有大哭大闹，而是像个大人似的，盘腿坐在炕上的一角，瞪着两只虽不大但格外有神的眼睛，静静恭听叔叔和舅舅们的商议。当长辈们就某项丧事的细节达成默契时，会下意识地把目光投向他，而他则微微点点头，脸上的表情像是必须经他同意似的。他也并非一味赞许，一味点头，反对的时候就抬起胳膊摆摆手，从胸脯子里共鸣出一个声音——“不行”。他赞许时只点头不说话，讲“不行”时倒是显得霸道、气愤，他的心里满是对日本人的恨。

奶奶去世那天是腊月二十九，第二天是除夕。除夕夜，我爹没有去叔叔家吃饭，而是带着他三岁的妹妹，整夜为我奶奶守灵。他跪在地上的背影宽大而执拗，表情愤懑而悲伤，目光冷峻而坚定。我姑姑小重子跪地上还不到半个时辰，就嚷嚷着膝盖疼，我爹说：“你可以坐下，但是不能走。”他拉着妹妹的小手硬是坚持到了凌晨。后半夜，我爹独自守护着他母亲的亡灵，多次流下伤心的泪水。

第二天大雪纷飞，我爹在出殡路上摔了十几跤，雪糁下隐藏的石块硌伤了他的膝盖，梁道上的血迹画出一朵朵伤感的梅花。

7

三个月后，我爷爷带着一本《新大陆游记》从富锦回到辽阳，他发誓无论日子多么难过，再也不离开石场峪。《新大陆游记》是梁启超游历美洲后写成的书籍，从此他的政治思想大变，完全放弃从前所深信的“破坏主义”“革命排满”和“两党合作”的主张。两个月后，为了养活我爹和我姑，爷爷续弦曹氏。

这年六月，我爹年满七岁，被送进村里小学读书。

第二年爆发了五四运动，但是说实话，我爹并没有受到什么进步思想的影响。这个不能乱说。族人们的议论会涉及“五四”，但是没有人把它描述给孩子们。

爷爷按照自己对历史的理解，对我爹施加着一种“正统”而“安全”的教育，并且夹杂了自己的偏好。

爷爷对我爹寄予的希望，比村里那棵古树还高，比村里那块场院还大。如果说奶奶给我爹打下了古诗文的基础，小学老师让我爹认识了孔孟之道，那么，我爷爷就把他对清史特别是维新派的兴趣转移给了我爹。他给他讲康有为，讲梁启超，讲谭嗣同，讲戊戌六君子。爷爷对梁启超特别推崇，对《少年中国说》十分钟爱，甚至到了癫狂的地步。出乎爷爷的意料，他儿子仅用五天就把《少年中国说》背得滚瓜烂熟。

第一天，我爹背诵前两段，上来就被开宗明义的开头吸引了。第二天，爷爷带着他诵读第三第四段时，他更是激动万分。当读到“昨日割五城，明日割十城，处处雀鼠尽，夜夜鸡犬惊。十八省之土地财产，已为人怀中之肉；四百兆之父兄子弟，已为人注籍之奴”时，他的激动和愤怒把爷爷吓了一跳。他抬起右拳，狠狠砸在面前的八仙桌上，桌子的一条腿已经榫卯松动，此刻“吱嘎”一声脱落、断裂，祖宗传下的唯一家具轰然坍塌。桌下的老猫吓得魂飞魄散，仓皇出逃，两天后才回家。后半晌，爷爷用了整整一个时辰，才让八仙桌重新站起来。

第三天，爷爷去镇上办事，我爹独自诵读起来。“夫国也者，何物也？有土地，有人民，以居于其土地之人民，而治其所居之土地之事，自制法律而自守之；有主权，有服从，人人皆主权者，人人皆服从者。”这番话令他沉思良久——那年，袁世凯“退位”已经四年，张勋复辟也已经过去三年——他反复揣度“土地”“主权”“人民”的概念。

第四天，我爹继续诵读，他不等爷爷解释，仿佛无师自通，很快洞悉了其中的含义。“夫以如此壮丽浓郁翩翩绝世之少年中国，而使欧西日本人谓我为老大者，何也？则以握国权者皆老朽之人也。非哦几十年八股，非写几十年白折，非当几十年差，非挨几十年俸，非递几十年手本，非唱几十年喏，非磕几十年头，非请几十年安，则必不能得一官、进一职。其内任卿贰以上，外任监司以上者，百人之中，其五官不备者，殆九十六七人也。非眼盲则耳聋，非手颤则足跛，否则半身不遂也。”读到这儿我爹哈哈大笑，梁任公的辛辣、幽默、夸张深深折服了他。“而彼辈者，积其数十年之八股、白折、当差、挨俸、手本、唱喏、磕头、请安，千辛万苦，千苦万辛，乃始得此红顶花翎之服色，中堂大人之名号，乃出其全副精神，竭其毕生力量，以保持之。如彼乞儿拾金一锭，虽轰雷盘旋其顶上，而两手犹紧抱其荷包，他事非所顾也，非所知也，非所闻也。”我爹乐不可支，捂着肚子大笑，笑过后大呼：“快哉、快哉！”

第五天，爷爷去劝学所办事，我爹没有等他，再次独自读起《少年中国说》。“若我少年者，前程浩浩，后顾茫茫。中国而为牛为马为奴为隶，则烹脔鞭棰之惨酷，惟我少年当之。中国如称霸宇内，主盟地球，则指挥顾盼之尊荣，惟我少年享之。”读到这里，我爹意气风发，豪情万丈，仿佛未来中国就掌握在他这个翩翩少年的手中，仿佛他已经得到“指挥顾盼之尊荣”，看到了中华复兴的伟大一刻。“故今日之责任，不在他人，而全在我少年。少年智则国智，少年富则国富，少年强则国强；少年独立则国独立，少年自由则国自由，少年进步则国进步；少年胜于欧洲，则国胜于欧洲；少年雄于地球，则国雄于地球。”我爹豪情万丈，热血沸腾，“嗖”地站在八仙桌旁的长凳上，继续读道：“红日初升，其道大光。河出伏流，一泻汪洋。潜龙腾渊，鳞爪飞扬。乳虎啸谷，百兽震惶。鹰隼试翼，风尘翕张。奇花初胎，矞矞皇皇……美哉我少年中国，与天不老！壮哉我少年中国，与国无疆！”

“与国无疆！”他情不自禁，把书扔在桌上，张开双臂又重复了一遍。

这时，我爷爷夹着两本书从外面回来，当看到板凳上他儿子亢奋得忘乎所以的样子时，大为惊讶，抬手示意他下来时忘记腋下有书，结果那两本书扑簌簌掉落在地。那两本书，一本是梁启超的《中国不亡论》，一本是孙中山的《论三民主义与五权宪法》。

8

我爹爱读书，可是也贪玩、调皮，常做些让人意想不到的事情。二年级时，班上来了位城里的学生，名字叫曲家宝，他把一种“当总统”的游戏带到了班上。游戏玩法是：每个星期头一天，谁给老师提的问题多，谁就当一个星期的总统。当总统的人，有权在大家面前作威作福，说一不二，有资格坐上四个人用胳臂搭起的轿子，在操场上耀武扬威转一圈。这位同学聪明，口才好，头两周都是他当总统，但第三次就换成了我爹。那位同学不高兴了，说从今天起，不比提问题了，比从家里拿果子，谁拿的多谁就当总统。结果，连续三个星期一，都是他带来的果子多，就又当了三个星期的总统。班里其他人虽然也带来些果子，但总比不上他的多，只好认输。大家都很纳闷，曲家宝哪来的那么多果子？他父母是干什么的？后来大家干脆不带了，单等着吃城里的果子。第四个星期一，曲家宝从兜里掏出一枚果子，眼睛望着大家，大家摸了摸袄兜，但是袄兜空瘪得羞涩，这时他哈哈大笑，脸上布满得意，准备靠一枚果子当一个星期的总统。我爹恍然大悟，知道曲家宝在靠小聪明戏弄乡下人，就悄没声地走到他跟前，趁其不备，“嗖”

地抢过果子，紧紧攥在手里。

“你怎么抢我的果子？”曲家宝吃惊地问。

“谁抢你的果子啦？谁见啦？”我爹瞪了瞪眼睛，意味深长地问大家，“你们见了吗？谁见我抢他果子啦？”

同学们明白了我爹的意思，异口同声说：“没有。”然后一片哄笑。曲家宝威风扫地，鼻子都快气歪了。

“违反规则，你们违反规则！皇帝还是我的！”他一着急，把“总统”说成了“皇帝”，又引来一阵哄笑。

后来，曲家宝跟我爹成了好朋友，他们经常在一起讨论“皇帝”和“总统”孰好孰大的问题。

9

小学二年级念完，我爷爷望子成龙，花了银子托了关系，让我爹去县城读小学。刚进辽阳小学时，我爹被校园里的气派镇住了，也被那里的风景迷住了，发誓要好好上学，上出个名堂来。不到一个星期，他就适应了校园环境。可是，从第二周开始，他遇到了麻烦——城里的同学讲辽阳县城话，他讲石场峪乡下土话，无论是发音还是语调，两者都有许多不同——大家模仿他的腔调说乡下土话，然后哈哈大笑，那种讥笑和表情令我爹十分难堪，自尊心受到了伤害。但是为了学习，他没跟他们计较，而是默默地读书、写字。他的忍耐没有让班里同学的讥笑有所收敛，四个调皮家伙号称“四大金刚”，竟然强迫我爹说县城话。“如果不说，就不让你进教室！”我爹学说了两句，可由于舌头发硬，没有学成功，反倒引得哄堂大笑。我爹气坏了，当天放学回到我姨奶奶家，一口饭都没吃，生了半夜闷气。姨奶奶家跟县城小学隔两条街，我爹平时就住她家。第二天早上，我爹第一个走进教室，从书包里掏出四根绳子，不一会儿“四大金刚”中的老三进来了，我爹扑上去，把他按倒在地，用绳子把他捆起来。“怎么回事？你凭什么捆我？”我爹说：“过一会儿你就知道了。”过了两分钟，“四大金刚”的老大也到了，我爹同样把他捆了起来。“你个乡巴佬要干啥？你敢捆我？”我爹怒目而视：“捆的就是你！”其他同学进来了，看见两个人被绑着站在讲台上，惊讶之余也感到颇为有趣。“四大金刚”的老二、老四也先后进来了，被我爹纷纷撂倒，从手到脚捆了个结结实实。四个人被五花大绑着，站在教室前面，等着即将发生的事情。

“你们四个，从今天起，跟我学石场峪话！”我爹手里攥着一把尺子。

“如果不学，我就抽你们！”我爹挥动尺子。

“石场峪话难听！”“四大金刚”中的老大说。

我爹走到老大跟前，把尺子扬起来，狠狠地盯着他，“再说一遍！”老大没敢言语，教室里鸦雀无声。

四个捣蛋鬼站在教室里，跟我爹学起乡下土话，直到老师走进教室。后来，这件事被老师报告给了校长，校长大怒，把我爷爷和副校长喊来，上纲上线地一通臭骂，骂完了命令爷爷立刻给我爹办退学。就这样，我爹在县城小学上了不到一个月，又回到了村里。

在村里小学，我爹的“英雄事迹”很快传开，曲家宝在班里学着大人的样子，一本正经地宣布：“从今天开始，老白永远做我们‘总统’，永远做我们‘司令’，他指到哪里，我们就打到哪里！他说的每一句话都是对的，他干的每一件事都是正确的！”小小年纪，竟然搞起了个人崇拜。

10

小学五年，我爹先后师从赵振九、孙印生两位老师，学习的科目有国文、地理、历史、数学。他最喜欢国文和历史，又写得一手漂亮的大楷，深得老师赏识。放假的时候，赵振九先生常把他带到自己家里吃住，悉心教导；我爹拮据的时候，孙印生老师常周济他。过年了，我爹给村里人写春联，既令村人高兴，也让两位老师眉开眼笑。

在小学，我爹饱读《论语》《孟子》《大学》《中庸》，在儒家经典中品味传统文化的博大。他尤其喜欢《论语》，许多名句脱口而出。君子喻于义，小人喻于利。君子坦荡荡，小人长戚戚。君子和而不同，小人同而不和。士不可以不弘毅，任重而道远。邦有道，则仕；邦无道，则可卷而怀之。

那些年，我爹崇尚文武双全的人，南北朝时的宗悫就是他崇拜的对象。在英雄的影响下，他练武不怕苦，习文不怕累，品学兼优，文武兼备，人长得又帅气，成为石场峪村白家的绝对骄傲。

我爹上小学时，一直穿着我奶奶生前为他做的白布长袍。奶奶去世前两年，就为她儿子做好了这身袍子，但是他始终没穿。不穿不是因为身材不够高，而是因为舍不得。奶奶仙逝的时候，他自作主张披袍在身，成为他为母亲尽孝的最好证明。这一穿，就是整整五年。

五年间，我爹穿着长袍干过三件事：跟随父亲练功习武，拳法更纯熟，步法更诡异；帮助邻居吕大娘担水，用扁担打死一只袭击吕大娘的狼狗；独自爬上日本矿业公司（原来是我们白家祖坟的地方）院外的一棵大树，用弹弓把院里的三盏电灯打碎，一个喝得醉醺醺的日本人手举汽灯，从屋里出来巡视，在一垛干柴前跌倒，汽灯里的火焰引燃干柴，引发了一场火灾。

读完五年小学，我爹岁数还小，又到村里曹仰风先生家里读了一年私塾。正是上私塾那年，他继母曹氏因月子病辞世，我爷爷再次续弦，王氏成为他的第三任妻子。

爷爷两次续弦，我爹无法阻拦，但是他幼小的心灵受到了挤压。天下父子关系，历来针尖对麦芒，拳头碰拳头，我爹和他爹的关系同样如此。本来，我爹把对母亲的爱和对日本人的恨已经焊接一处，现在又把对生母的思念和对生父的不满杂糅在一起，他的性格里除了倔强，又多了一层愤懑。十岁以后，这种愤懑在爷爷面前开始表现——他偶尔会顶撞他。爷爷性情温和，也知道我爹命苦，从不和他计较。

我爹十三岁那年，以优异成绩考入辽阳最高学府——辽阳中学。

第二章

1

民国十三年（1924 年）秋天，张作霖发起第二次直奉战争。两年前的战争令他元气大伤，但是这个东北小个子心有不甘，他盘踞东北，试图东山再起。战役打响后，奉军先后攻占朝阳、建平、赤峰、隆化等地，10 月 7 日发动总攻击，占领九门天险，于九门口、石门寨、三道关等地与直军激战，双方伤亡一万多人。奉军占领山海关后，10 月 17 日进长城，而后长驱直入，11 月 3 日进逼天津，吴佩孚率领残部从塘沽出海南下，战争以直系的失败告终。

东北军的胜利令东北人欢呼雀跃，我爹却眉头紧锁。走在县城欢庆的队伍中，他一声不吭，愁眉不展，引来班上三位同学的不满。这三位同学一位是新任县长的儿子，一位是当地最大乡绅的孙子，最后那位的父亲在东北军里当连长。

“白乙化，你为啥不喊口号？”县长儿子郭家旺问。

“我为啥要喊？”我爹反问。他的倔强在上中学后也升级了。

“东北人打败了吴佩孚，当然要喊！”乡绅的孙子贾六说。

“今天你打我，明天我打你；今天你赢我，明天我赢你，都是中国人，有啥值得庆祝的！”我爹想起了我太爷爷和奶奶。

“俺爸在前线拼命，保护你们这些人，你他妈还横挑鼻子竖挑眼！”连长的儿子张广禄骂道。

“中国人打中国人，这不是‘三民主义’！”我爹义正词严地说。他早就知道了孙中山和三民主义。

郭家旺哈哈大笑，对张广禄说：“他个乡巴佬，还谈什么‘三民主义’！你懂啥是‘三民主义’？”

“甭废话，教训教训他再说！”张广禄捋起袖子。

张广禄率先动手，郭家旺和贾六紧随其后，要三个打一个。我爹的功夫没有白练，两拳打倒张广禄，一脚踢翻郭家旺，贾六的拳头跟我爹的拳头碰在一起，疼得龇牙咧嘴，嗷嗷直叫。三个人坐在地上，你瞅瞅我，我瞧瞧你，后来灰溜溜地站起来，从欢庆队伍中跑掉了。

那天下午，我爹被老师罚站俩小时，还让他向挨打的三个同学道歉，我爹申明是郭家旺和张广禄先动的手，但老师不以为然，他的犟劲立刻上来了——指着天上，不紧不慢地说：“让我道歉，除非太阳从西边出来！”把老师气得够呛。

这件事得罪了老师和权贵，却引起同学曹福增、李大山的好感，从此，他们成为肝胆相照的朋友。

2

天降大雪，积雪过膝，曹福增走到学校，却发现教室空无一人。此时，单薄的棉裤上挂满雪糁，棉鞋被雪水冻成了冰坨，凛冽的风吹过来像鞭子抽在脸上，下颏抖动，肩膀也随之打起寒战。因为大雪，学校放假三天，周六照常上课，周日休息，可曹福增记错了返校时间。

他走在学校的廊道上想哭。这时，我爹从校外商铺买毛笔回来，正好遇到他。他把他带回宿舍，替他扫去身上的雪屑，给他换上自己的衣服。错过了一天的课程，我爹又带他到校长室——正好韩校长值班——陪他补习功课。教历史的韩校长喜欢我爹，经常在办公室里给他开小灶。曹福增穿着我爹的衣服，又在校长室接受了辅导，心里十分感动。多年以后，曹叔叔向我提及此事，都对我爹那天的行为感慨有加，称赞他是有情有义之人。

李大山跟我爹一样是住校生，而且在同一个宿舍。同宿的还有一个姓刘的同学，身体瘦小枯干，生活不能完全自理。我爹把他当成小弟弟一样照顾。放假时，刘同学家里来接他，我爹帮他搬行李，不小心行李散落在地，李大山发现了被褥上的尿渍，直着嗓子喊："嘿，好大的'地图'，原来你尿炕啊！"刘同学脸上"腾"地红了，我爹马上制止李大山，"瞎咧咧啥啊?！多大个事儿啊！"刘同学回避着李大山惊奇的目光，低下头，承认自己有溺床病。他小声说："这套见不得人的被褥，都是乙化趁宿友不在的时候，偷着帮我晾晒。"他这么说的时候，我爹正折回宿舍帮刘同学拿脸盆和饭盒，李大山望着他的背影，心里纳闷——"你帮助刘同学，咋从没听你说过呢！"

3

我爹和曹福增、李大山经常在一起聊天，聊二十六年前的戊戌变法，聊十三年前的辛亥革命，聊孙中山的三民主义，聊北京政变和溥仪出宫，校园西北角的树林里经常出现他们的身影。

"孙中山不简单，要是真的实行三民主义，实现'人能尽其才，地能尽其利，物能尽其用，货能畅其流'，建成国富民强、天下为公的国家——真正的一个大同世界，该有多好啊！”说到激动处，我爹感慨万端。他深邃而明亮的瞳孔里，映射出对未来的向往。他对梁启超的兴趣已经悄然转到孙文的头上。

那年，我爹经常临写“天下为公”四个字，还送给曹福增和李大山一人一幅。

上小学时，我爹知道了康有为、梁启超、谭嗣同，上中学后，他听说了魏源、严复、达尔文，熟悉了孙文、黄兴、蒋介石。《天演论》《进化论》《三民主义》深深吸引了他，令他把《少年中国说》一时抛在脑后。其实，我爹并非把维新派看得一文不值，仅仅是他在打量中国的同时，又增加了一双观察世界的眼睛，虽然那种观察还很简单和浮于表面。

4

今天，老师布置一项作业，让我们写周记。这是我第一次写周记。

前天，即民国十四年三月十二日，孙中山先生在京逝世。这两日，国内各地举办哀悼活动，宣传他的遗嘱和革命精神。在辽阳，这样的活动几乎没有举行，对孙中山的怀念仅限于少数人的街谈巷议。在李大山家的酒馆，我书写的“悼念中山先生”的横幅高悬在窗棂上，引得许多人侧目。我和曹福增、李大山坐在酒馆里，给每一位顾客送上一幅字，或“天下为公”，或“革命尚未成功，同志仍须努力”。拿着我的毛笔字，有的人对中山先生的早逝表示惋惜，有人对我的书法啧啧称赞，而有的人则满脸疑惑，出门就把字扔了，好像拿的是一个烫手的山芋。

这些天，我总想起爷爷白秀云。日俄战争已过去二十年，然东北人——特别是辽东人——从未忘记那场发生在家门口清廷却宣称“中立”的战争。那年夏天，老毛子和洋鬼子在辽阳进行了一个月的会战，老毛子死了一万七千人，鬼子死了两万四千人，死于炮火的百姓难计其数。我爷爷就是一个。他是无辜的。他死得冤。他是战争的炮灰。虽为满人，但他恨清政府，恨他们专制腐败，软弱无能。还是梁任公骂得好。我亦恨清政府，更恨日本人、俄国人。二十年前，孙中山成立同盟会，政治纲领第一条就是“驱除鞑虏”，真有雷霆万钧之力。

而今，中山先生走了，我敬仰他，思念他。

5

孙中山逝世的那年春天，我爹郁郁寡欢。他不知道自己景仰的那个人死后，中华民国的大船会驶向哪里。

“放心吧，反正不会再出现袁世凯了！”曹福增宽慰他。

“也不会再出现张勋了！”李大山说。

“可是旅顺和大连还在日本人手里！”我爹忧心忡忡。

“相信国民政府，相信张大帅！”李大山又说。

“孙先生逝世了，还有胡汉民、廖仲恺，还有汪精卫、蒋介石！”曹福增的这番话让我爹眼前一亮。他对未来充满希望。

那段日子，我爹频频做梦而且怪梦多多。他梦见国民党里一个姓廖的人被暗杀，一个姓胡的党魁的堂弟是暗杀策划者，蒋介石不相信，把那个姓胡的人藏自己家里。我爹觉得梦境荒唐。他并未过度关注那几个人。他无法想象这个梦在五个月后会应验成真。他相信民国政府。

他对未来充满希望。

然而，我爹的希望只维系了七个月，秋叶萧瑟的时候，军阀之间又打起来了。

10月15日，发迹于直系的孙传芳向奉军发动猛攻，浙奉大战爆发。我爹眉头紧锁。半个月后，孙传芳打败奉军，控制了苏、浙、皖、赣、闽五省。我爹百思不解。六天后，北方国民革命军发动反奉系军阀战争。我爹寝食不安。再半个月后，奉系将领郭松龄在滦州起兵，发表反奉宣言，率七万大军攻占山海关，夺取绥中、兴城，冲破连山防线，占领锦州。我爹眼前一亮。那年年底冰冻一指的时候，日本人进入东北支援奉军，郭松龄兵败被杀。我爹一声叹息。

张广禄他爹是奉军的连长，在浙奉大战中一命呜呼。在得知他爹死讯的第二天，他娘带着他远走奉天，嫁给了一名商人。据说，他娘和那位商人在辽阳县城的牌桌上认识，早就眉来眼去，只是慑于连长丈夫的威严，未敢投怀送抱。李大山讲这些逸闻的时候，我爹因为感冒不时翕动鼻子，眼睛望着远处的群山，若有所思。

“不过，听说那小子没走成！昨个去奉天的火车出了故障。咱们要不要去揍他一顿？”李大山提议。

我爹瞧了眼李大山，“算了。落井下石的事，咱不干！”

“庆子说得对。爹死娘嫁人，他已经够倒霉的了！”曹福增手玩一对小铁球。只要不上课，他就倒腾那东西，又亮又光的铁球在他手里上下翻飞，转动自如。

“福增，你说，咱学校有没有国民党？”我爹突然问。

曹福增摇摇头。

我爹又看李大山。

李大山也摇了摇头。

6

民国十五年（1926年）是一个热闹的年份。国民党二大召开，三十六位新的执行委员会委员中，有七位是共产党人。蒋介石出任国民革命军总司令。广东出现把蒋描述成新军阀的传单。蒋怀疑是苏联人所为。蒋在政治上忽左忽右，时而扮演“左派”痛斥右派不能“容共”，时而制造事端逮捕共产党员。左冲右突中，蒋的势力快速蹿升，6月5日，他本人被任命为北伐军总司令。在此前后，他还被选为中央执行委员会主席和国民政府军事委员会主席，并兼任国民党中央组织部和军事部部长。他开始专权。试图刺杀他的人都没有成功。

这些事情我爹知之甚少。他只听说，国民革命军开始北伐，“打倒列强，除军阀”的歌曲在南方激荡。奉系直系又勾结起来，共同推出“讨赤计划”，张作霖和吴佩孚成为北京的新主人。

那年年初，张作霖宣布东三省独立，辽阳立刻提出建立“无赤县”，扬言“不让一名国民党员和共产党员存在”。这一提法受到张大帅的肯定，一时间奉天许多县都效仿辽阳，纷纷提出建立“无赤县”。

春天的一个傍晚，我爹和曹福增去街上买书，返校路上遇到两名喝得醉醺醺的兵痞正在调戏一个姑娘。我爹二话没说，跟曹福增使了个眼色，三招两式，就把当兵的按倒在地。我爹示意姑娘快跑，自己站在兵痞面前，防止他们开枪。果然，一个还算清醒的家伙定睛看了看我爹，伸手去拉枪栓，我爹飞起一脚，把他的步枪踢向一边。另一个家伙喝得烂醉，枪虽压在身下，嘴上却说：“老子枪……哪去啦？”见姑娘已经走远，曹福增拽了下我爹的衣襟，示意赶紧离开。我爹犹豫一下，走到刚才踢飞的步枪旁边，弯腰捡起来，使劲一扔，枪落在巷北民房的房顶上。曹福增也从另一个兵痞身下抽出枪，扔到了房上。

这时，四五个巡警闻讯赶来，他们两个撒腿就跑。他们脚下生风，穿街越巷，但是没有甩掉穷追不舍的巡警。情急之下，曹福增摸出兜里的铁球，“嗖”地抛出，铁球正中一个巡警的面门，那人捂头倒地；另一只铁球也抛了出去，砸在另一个巡警的鼻子上，鼻梁骨发出清脆的折裂声。两个家伙坐在地上嗷嗷叫，其他巡警放弃追赶。我爹和曹福增跑在黄昏的街巷上，鞋子踏在石板路上发出啪啪的声响。他们一口气跑回学校。

进校门的时候，他们撞见了县长儿子郭家旺。

7

第二天上午，我爹和曹福增被辽阳警署的人带走，直接送到了奉军驻辽阳团部。“你们小小年纪，竟敢袭击驻防士兵，不想活啦？”一个凶神恶煞似的家伙嚷嚷道。

“是他们调戏民女在先。”我爹马上说。

“调戏民女？”一个当官模样的人脸上一怔，立刻看了眼进门处一侧的两个人。

“营长，我们没有调戏……”一个狡辩。

“营长，我们正常巡逻。”另一个说。

“你说他们调戏民女，有啥证据？”那个当官模样的人是营长。

“你说我们袭击士兵，你有啥证据？”曹福增反问。

“大胆！扯什么犊子在这？活腻味了吧？”那个长得凶神恶煞似的家伙说，走上前要打曹福增，被营长拦住。

“好汉做事好汉当，人就是我打的！”我爹把曹福增拽到他身后，义正词严地说，“他身为奉军士兵，应以保境安民为己任，却酗酒闹事，调戏妇女，无耻至极！”

“营长，我们没有！”两个兵痞试图抵赖。

“和尚头上的虱子，明摆着的！你敢说你没喝酒吗？”我爹走到一个兵痞面前，伸出二指禅迅速捅了下他的肚子。虽然只有十五岁，但我爹的个子跟兵痞不相上下，加上浓黑的小胡子和仿佛看穿一切的眼睛，看上去英气逼人。

我爹捅兵痞的动作很突然，把兵痞吓了一跳，瞬间打了一个嗝，酸腐味裹挟着酒气从嘴里蹿出来。

营长下意识地在鼻子前扇了扇，然后抽出腰里的手枪，走到兵痞面前，把枪顶在其中一个的头上，“说，喝没喝酒？”

“长官饶命！喝了二两，就二两！”

营长缓缓把枪放进腰间皮套里，抬头的时候一甩手，一记响亮的耳光掴在兵痞的脸上，又飞起一脚，把另一个兵痞踢了个趔趄。

“但是，”当官的走到我爹面前，“他们酗酒滋事，自有军法处置，你们聚众袭击士兵，同样罪不可赦！”

“我们无罪！”我爹这么说。可他心里对营长有了点儿好感。

“抢枪无罪?!”营长问。

“我们没抢！”

“甭废话，快说，把枪藏哪儿啦？”

“房上。”

“啥？房上？”

“火神庙街最南边那家的房顶上。”

营长示意两个兵痞去找枪。

不一会儿他们回来了，手上拿着两条枪。营长不那么气愤了，但还尽量保持威严，“一人罚二十大洋！滚！”

两个兵痞灰溜溜地走了。

“有人说你们是国民党！”营长说。

“不是！”

“凭啥说我们是国民党？”

“有人举报到县府，去年国民党党魁去世，你们在酒馆张挂横幅，以示纪念！白乙化还写字送人！”

“那也不能证明我们是国民党。孙中山生前还夸张大帅把东三省治理得好呢，张大帅在天津还请孙先生吃饭呢，难道张大帅也是国民党？”我爹反问，他一点儿也不怯场，而且能言善辩。

“那是粤奉合作时的事儿……今天不同了，大帅和吴佩孚联合起来‘讨赤’，辽阳不能有国民党，也不能有共产党！”营长说。

“天下大事，分久必合、合久必分。今天大帅跟吴佩孚合作，也许明天就分开，转向跟国民党共产党合作；今天打革命军，也许明天又联合革命军打吴佩孚！那个时候，你还说建立什么‘无赤县’吗?！”

这番话把营长问愣了，他嘴唇动了动，但什么也没说。

那个凶神恶煞的家伙面露狰狞，扯着嗓子喊：“县长说了，辽阳必须抓两个国民党，你们写条幅、打士兵，就是你们了！”

“县长？”我爹和曹福增面面相觑。

“县长公子跟你们同班，对你们清楚得很！”

“多嘴！”营长瞪了眼“凶神恶煞”，泄了气似的说，“算了吧，两个孩子，什么国民党共产党的，放了吧！”

“县长那儿怎么交代？”“凶神恶煞”有些不满。

“我去说，不用你管。”

8

那天我爹和曹福增回到学校，发现李大山正等他们。张广禄站在李大山身旁。张广禄身后站着一个女子，十五六岁的样子，眉清目秀，模样姣好。我爹瞟了眼那女子，觉得面熟，但想不起来在哪儿见过。李大山介绍说，那女子是张广禄他姐，刚从女中辍学。

“多亏了你们！”张大妮向我爹和曹福增鞠躬。

我爹恍然大悟，感叹道：“没想到这么巧！”向张大妮还礼。

“我和广禄也要谢谢你们！”李大山拉着张广禄也向他俩鞠躬。

听说我爹和曹福增进奉军团部没遭罪，李大山很高兴。他暗自捏了捏张大妮的手。

曹福增说：“狗日的郭家旺太坏了，差点儿整死我们。”

我爹问张广禄：“你咋又回来啦？不是去奉天了吗？”

是的，张广禄两天前从奉天跑回辽阳了。他娘改嫁给商人后，受不了三个姨太太的凌辱，跳井自杀。张广禄带着他姐姐跑回辽阳。姐姐独自上街，碰上酗酒兵痞，又碰上我爹和曹福增搭救，才躲过一劫。

那天，张广禄做了两件事，一是找到县长儿子郭家旺，要他不要再难为我爹和曹福增；二是提出跟我爹、曹福增、李大山结拜兄弟，可我爹没同意。为什么不同意，我也不知道。曹叔叔没说过。

9

民国十六年（1927 年）春天，蒋介石在上海发动政变，大肆逮捕并杀害共产党人，国共合作失败。就像十一年前被袁世凯追杀一样，如今，蒋介石使用特务和杀手，向那些他格外警惕的异党分子动手了。四月底，张作霖在北京绞杀李大钊。两个多月后，汪精卫在武汉提出——“宁可错杀一千，也不放过一个”，对共产党人进行疯狂杀戮。这些消息传到辽阳中学，师生们大惑不解，我爹开始怀疑国民党，怀疑蒋介石，也对受打压的共产党产生了兴趣和同情。

“国民党是大党，共产党是小党，为什么大党要屠杀小党？共产党到底是个啥党，这么遭人嫉恨?！”

曹福增和李大山无法回答我爹的问题。张广禄也一样。

“国共合作可是孙中山先生提出来的呀！难道蒋介石……”我爹确实对北伐英雄产生了怀疑。他想了想，突然坚定地说：“我看这是背叛！”

“背叛？”曹福增和李大山睁大眼睛。

“对，就是背叛。孙中山把三民主义修改为‘联俄、联共、扶助农工’，蒋介石不但不联共，还限共杀共，不是背叛是什么？”

我爹的话令众人吃了一惊。他们对他很信服。

那年，整个辽阳都没有共产党，全东北也只有屈指可数的几名党员。大家对共产党和共产主义知之甚少。蒋介石对共产党的杀戮，反而引起了我爹对共产党的关注。

“他和孙中山可是连襟呀！”张广禄说。

“那又怎样?！李世民和李建成还是亲兄弟呢，照样发动玄武门之变。”我爹喜欢历史，博古通今。“血腥的背后，都是为了权力！”

10

这几天，总想起曹植的七步诗。“煮豆燃豆萁，豆在釜中泣；

本是同根生，相煎何太急？”想不明白。

听老师说，数月前郭沫若发表文章——《请看今日之蒋介石》，随后即遭通缉。只可惜看不到此文。康有为先生离世已经三个月，心里未起大的波澜。不知这算不算对逝者的不敬。

今天，国文老师告诉我们，上月初大学者王国维在北京昆明湖自尽。当时，我心里一震。以前读过他的文章，非常喜欢。老师说，他的遗书只有十六个字——“五十之年，只欠一死。经此世变，义无再辱。”短短数言，给人无数猜测。一个大学问家就这样没了，只有五十岁。他对时局不满吗？

11

那年，日本鬼子占领辽阳，从政治、军事上控制当地人不说，还以“租占土地”“中日合资”“移民经商”等形式，在经济上对民族工业和手工业进行挤压，导致日货冲击辽阳市场，县里许多企业倒闭。历史老师翟复渠在课堂上喊出“抗洋惜国”的口号。第二天，翟老师带领学生走上街头，举行游行示威，号召民众“不买洋货，买国货”。我爹跟在翟老师身后。他的心怦怦直跳。不是害怕，是激愤让他热血沸腾。牌子送来了。他跟曹福增走到翟老师左侧，李大山、张广禄走到右侧，每人手上举着一块牌子——上面刻着一个斗大的汉字——表示“抗洋惜国”的决心。翟老师喊口号“不买洋货买国货”，学生们也跟着喊。喊声一浪高过一浪。翟老师喊累了我爹喊，我爹的嗓子哑了翟老师再喊。头一天，游行队伍有二百多人，第二天到了五百人，第三天就到了一千人。队伍中的师生不只来自辽阳中学，还有辽阳师范学校和辽阳女中，一些老百姓也加入了游行的行列。

这次游行示威，官方没有镇压，只是派警察维持了一下秩序。县教育局局长却因此受到严厉批评，他把这种批评转嫁给了校长，校长周味尝当即决定开除翟复渠老师。在了解到我爹是游行的学生骨干后，校长又找来两位资助我爹上学的亲友，对他进行劝阻。可是我爹说：“我爱学习，更热爱中华。学习，就是为着中华民族的强盛，不然，学习还有啥用呢？不给我资助，我还可以想别的办法，不让我热爱中华，那是办不到的！”他声音不高，但语气坚定，就像枪管里射出的子弹，没有任何回旋的余地。

听说校方要开除翟老师，我爹立刻组织班里学生罢课，抗议校长“开除进步教师”。

“全校几十个班，只有咱一个班罢课，狗日的，影响太小了！”曹福增说。

“要不……”李大山欲言又止。他有顾虑。

“至今学校也没有收回开除决定，而且还有复课的迹象。咱们得想个法子。”张广禄说。

我爹点了点头，说：“这两年，校长乱涨学费，学生们早有怨气，只是敢怒不敢言。干脆，趁着这个罢课的当口，我们顺应民意，提出抗议学校乱涨学费，必然得到全校学生的支持！”

当天晚上，我爹他们写了三十多幅标语，贴在学校教室和宿舍外面的墙上，贴在树上。第二天一早，学生们看到“抗议学校乱涨学费”“校长搜刮乐，我们不上课”等标语，立刻群情激奋，纷纷罢课。见各班都参与罢课，学校一时慌了手脚，不知所措。

我爹他们乘胜追击，带领学生走出校园，到县教育局门口请愿，要求罢免校长。他们高喊：“抗议学校乱涨学费！”“打倒封建校长周味尝！”喊声引来围观，许多过路者加入请愿行列。此前，县教育局已经对周味尝有所不满，这次惧于学生罢课的压力，当即做出撤换校长、保留翟复渠公职的决定，罢课取得了胜利。

12

但是，县教育局错判形势，做出一个决定，让新任校长开除我爹。这个决定暗合了校长树威的私心。

校长在大会上宣布开除决定的时候，操场上八百多名学生鸦雀无声，空气仿佛要凝固。我爹在齐刷刷的目光中离开操场。他踽踽独行的身影令人心碎，许多眼睛变得潮湿起来。就在他即将跨出学校大门的时候，一个人影冲向主席台，操场上沸腾起来。我爹停住脚步，回转身子，发现翟老师走到校长跟前，“噌”地夺过扩音器，转过身，举起右臂，冲台下喊道：“反对开除白乙化！”操场上的学生心领神会，一起举起胳膊喊：“反对开除白乙化！”喊声如海啸，令校长失魂落魄，他慌乱地去扶眼镜架时，手指抖动不止，就像得了小儿麻痹。

后来，校方被迫调整对我爹的处理办法，改“开除”为“记过”处分，我爹重返校园。

第三章

1

我叫白素清，是白乙化的女儿。他只有我一个孩子。我老家在辽阳县石场峪村。我爷爷白魁福小时候念过几年私塾，长大以后，曾在辽阳县书局和乡劝学所当小职员，后来到黑龙江省富锦县税捐局工作，后来又回到辽阳。他喜欢练武，会些拳脚功夫。我奶奶是辽阳县三里庄老张家的闺女，小时候家里穷，念不起书，可她有天分、爱学习，一些有文化的亲友教她读书识字，也看了不少古书。

我爹小时候聪明，七岁上学，年年考第一，左右手都能写一手漂亮的毛笔字。爷爷经常夸耀他，让叔叔、姑姑向他学习。我爹六岁丧母，从此便生活自理，苦读学业。他十三岁考入辽阳中学，多次闹"学潮"。中学毕业后考入东北陆军讲武堂，后来毕业于北平中国大学。

我妈是三块石村人，她叫邹广娟，比我爹大两岁。他们在 1930 年结婚，两年后我妈怀上我，就是在那年，我爹离开我妈远走他乡。当时我妈哭了三天三夜。我爹走后给家里来过四封信，一封是在火车上写的，另外三封是在北平写的。从此杳无音信。

我没见过我爹。我爹也没见过我。但是，我无数次在梦里看见他。我想他。我想让他抱抱我。后来我想抱抱他。但是我们谁也没法拥抱谁。

我经常听爷爷讲他的故事。我想他。有时我会在梦里喊“爹”，没来由地把自己惊醒。三岁的时候，我开始出现幻听，我爹在千里之外说话的声音不时传入我的耳朵中；后来又出现幻觉，他走动的样子总在我眼前晃来晃去。七岁那年，就是我爹牺牲的前两年，我的眼睛里长了许多小白点儿（今天看来应该是白内障），看东西非常模糊。但是我的听力非常好，能听到千里之外我爹跟鬼子的拼杀声；嗅觉也灵敏，能闻到平西山桃花的清香和平北黄芩茶的糊香。1941 年初冬，春节刚过不久，我双目失明，成了一个瞎子。

2

民国十六年（1927 年），日本人占领辽阳，这对我爹是一件大事，对蒋介石却是小事。他的心思在清除异党上。就像多年前袁世凯视陈其美和蒋介石为眼中钉一样，此刻，蒋介石把共产党视为洪水猛兽。上海和武汉的街头不时响起沉闷的枪声。这年，我爹十六岁，当李大钊在北京被杀的消息传到辽阳，他为此鸣不平，引起校方注意。

第二年，日本帝国主义对中国的吞噬变本加厉，他们制造了“济南惨案”。那里有他们的特殊利益。1919 年巴黎和会通过《凡尔赛和约》后，民国政府始终不予承认，但日本仍然强行接管了德国在山东的特权。此时，他们以“行使权利、保护侨民”为由，坚决阻挠国民党北伐，并向济南派驻大量士兵。

蒋介石想避免冲突，但北伐军一部误入济南，双方出现对峙。日本人包围了国民党政府外交部驻当地办事处，割掉了负责人和十六名工作人员的鼻子和耳朵，随后又杀害了他们。蒋介石的外交部长前去谈判时遭逮捕，在胁迫下他签署了一项声明，谴责中国人首先挑起事端。与此同时，日本人在泉城济南炮击民宅，大肆屠杀无辜平民一万多人，制造了骇人听闻的“五三惨案”。要么抵抗日本人，要么屈服，蒋介石选择了后者。他的部队悄悄撤出济南，绕道北上。这一消息传到辽阳，传到辽阳中学的操场上，我爹义愤填膺。

“刽子手！畜生！”他攥紧拳头大骂日本人，但是无处发泄，气得咬牙切齿，“窝囊废！该死的！”他诅咒起当权者。

“狗日的日本！真该让他们吃老子一球！”曹福增骂道。

“咱们得抗议！罢课！”李大山说。

“上街游行！到县政府门口请愿！”张广禄说。

“你们说的都不成！”我爹摇了摇头，“同学们哪，小日本都开始杀人了，咱们还请愿?！还喊口号?！”

“那咋办？”三个人异口同声。

“武装救国！从军！”虽然只有十七岁，但是我爹胆识过人。

“当兵？当兵好！当兵就有枪，有枪就能打野鸡、杀鬼子！”李大山从小就爱玩弹弓，长大后对射击十分着迷。

“对，有了枪就好办！把狗日的小日本打成肉丸子喂狗吃！”

我爹和张广禄不喜欢曹福增说粗话，但此时也觉得很解气。

那年夏天，东北讲武堂在沈阳招生，正好赶上我爹从辽阳中学毕业，他没跟我爷爷商量，自作主张报了名。半个月后，一千多名学生被送到东北军教导队训练；三个月后，我爹以优异成绩考入东北讲武堂陆军第十期。同时考入讲武堂的还有曹福增。李大山和张广禄名落孙山。

开学前，我爹回了趟石场峪，正好赶上我爷爷在家。我爹上中学的第三年，爷爷白魁福忘记了发过的誓言，再次去了黑龙江省富锦县。那年他在富锦税捐局谋事，刚好在夏天回乡探亲。我爹把考上陆军讲武堂的事告诉了他。出乎我爹意料，爷爷非常高兴，并把一块德国怀表送给了他。

“这表是一个德国朋友给我的，据他说，这是一名德军军官送给他爸爸的！”我爷爷说这番话的时候神秘兮兮。

我爹不知道此说法是否属实，但是他非常喜欢那块怀表，他反复把表盘举到耳朵旁，仔细倾听表针跳动时发出的特别的声音。

当天，他在日记里写道，他第一次感受到了父爱。

3

我是一个盲人，但是我喜欢历史。解放前，爷爷经常给我讲古；解放后，我到夜校学习，对历史课情有独钟。改革开放后，人们随便夸人，送给我一个“历史学家”的称号。其实,我不是什么“家”——当“家”的滋味不好受——我充其量是一个“学者”。脱落的视网膜没有影响我看尽历史长河，白内障也没有成为我预判未来的枷锁。

民国十七年（1928 年）是一个特殊的年份。当毛泽东在井冈山刚刚安顿下来的时候，蒋介石正准备恢复自己在国民党和国统区中的独裁地位。在北伐胜利完成后，蒋介石的同僚和下属们注意到他的一个变化——“骄傲自负，独断专行”。如果把年初恢复北伐军总司令的职务视为他重掌军权的话，那么 10 月份就任国民政府委员会主席，就意味着他接近了权力巅峰。10 月 4 日，民国政府颁布“中华民国组织法”，宣布“训政”时期——国民党认为社会发展必须经过的一党专政时期——正式开始，但没有说明结束的日期。

当时，我爹对这些事浑然不知，他的注意力在东北。他的精力用在了军事训练上。他的射击本领在班里遥遥领先。站在百步之外，手拿驳壳枪，白天打飞鸟，夜间打灯泡，左右手都能百发百中。

6月3日，奉军奉命退出关外。第二天，震惊中外的“皇姑屯事件”爆发，张作霖被日本人炸死。随后，阎锡山进入北京，自任京津卫戍司令。

听说张作霖被炸的消息时，我爹和他的伙伴们正坐在沈阳的一家饭铺里吃饭。

“小日本真够狠的！”张广禄说。

“张大帅只有五十三岁，可惜了！”李大山伸出拇指和食指，抬起胳膊，做了一个瞄准的动作，“应该为大帅报仇！”

“张作霖跟日本人勾勾搭搭，穿一条裤子，狗日的，死了活该！”

我爹不以为然，白了曹福增一眼，“不能这么说！他毕竟是咱们东北人，毕竟是咱们中国人！勾勾搭搭也许是表面的，是策略，我听说他还是敢跟日本人顶一顶的！只是日本人狼子野心，恨不得把整个东三省都据为己有！”

“不会吧？”李大山瞪大眼睛。

“他敢！”张广禄“嗖”地站起来。

“做他娘的驴日梦！”曹福增骂道，“咱们东北人一人放一个屁，也把狗日的崩出去！”

我爹瞟了眼曹福增，眉头蹙起，“不要老是说脏话，也不要……盲目乐观。我们眼下最重要的，是学习杀敌本领！无论进没进讲武堂，文要读书，武要射击，只要是有用的本事，咱们都得学，早晚用得上！”

4

上个星期，国文老师从家里拿来许多书，让我们选读。其中一些是小说。以前我没读过小说，它一下子吸引了我。

有一位叫鲁迅的作家，他在我到辽阳中学上学的三年前出了一本小说集，名字叫《呐喊》。书里的小说非常好，《阿Q正传》《孔乙己》《狂人日记》我尤其喜欢。每篇我都读了两三遍。夜里，我竟梦见了小说里的人物——阿Q打孔乙己，狂人打抱不平，生吃了阿Q。

哈哈，梦境很荒唐，也很滑稽，足见我对鲁迅小说的喜爱。《呐喊》序的文字也好，有两段气势如虹，朗朗上口，已能背下。国人体格健壮，却精神麻木，看客心理严重，确实堪忧。鲁迅能发现这一点，足见其深刻。

从《呐喊》的序言里，我看到一个顶天立地的男人，他忧国忧民，目光锐利，又才华横溢。听老师说，鲁迅个子不高，只有一米六的身材，于是想到自己，真是空有了如此高大的皮囊！如果不做些什么，都对不起父母！

5

在东北讲武堂，我爹一边如饥似渴地学习军事知识，一边密切关注时局的发展。日本人对东北步步紧逼，但是当局听之任之。读书为了从军报国，可是讲武堂根本不谈救国，只是一味推行封建教育。我爹十分不满。他一度相信“三民主义”是拯救中国的良药，但是随着国共合作破裂，失望和失落的情绪像一条毒蛇，时刻咬啮着他的心灵。他确信，蒋介石不是扭曲而完全是背弃了孙中山的“三民主义”。东北易帜后，国民党势力进入东北，那些党政大员非但不谋划抗日，而且跟日本人眉来眼去，这令少数知情者愤懑，可大多数东北人如在梦中。

我爹是一个观察者，他具有这种愤懑。他把这种愤懑用在了学习和训练上。他的话越来越少。他跟曹福增的交谈也不多。一米八五的他经常独自在操场上跑步，一跑就是两个小时。李大山在辽阳县城里拉黄包车，张广禄给一家茶馆当跑堂，他们偶尔来沈阳，跟我爹和曹福增见一面。喝酒时我爹闷声不响，没几杯就把自己弄醉了。

6

我爹认识了一个人，这个人对他一生都很重要。他叫邹大鹏，也是辽阳人，还是一名共产党员。他的出现令我爹眼前一亮。从此，在他的眼中，“三民主义”的绿叶逐渐褪色，“共产主义”的种子开始破土发芽。

“国民党你咋看？”闲谈时邹大鹏问。

“今日之党，已非昨日之党。”

“蒋介石你咋看？”

“今日之蒋，已非昨日之蒋。”

“国民政府你咋看？”

“表面上光亮，但换汤不换药，都是为了利益——军事的、政治的、经济的。”我爹答，“我看就是新军阀，跟旧军阀差不多。”

见我爹这么实在，敢说话，邹大鹏提出要跟他交个朋友。当时他还没有亮明自己身份。他说他要跟我爹学习武术和射击。我爹没有谦虚，而是沮丧地说：“只要你愿意，我会的多着呢！书法篆刻，写诗唱歌，我都会，可那玩意儿现在没用！”

“抗日救国，艺不压身！有用！”

“那这样，我们互相学习。我有一个条件，或者叫请求。”

“你讲。”

“多跟我聊聊天，聊聊你心里话。你说你注意我很久了，我告诉你，我也注意你很久了。我感觉你看的书跟我的不一样，你肯定有你的想法。但是至今，你还没有说出你的想法，咱们认识两个月了，我感觉你总是在套我的话！”

邹大鹏哈哈笑了。他更喜欢我爹了。当天晚上，他把一本小册子送给了他，那本小册子是——《共产主义 ABC》。

7

读罢这本书，感觉心里沉甸甸的。书虽薄，捧在手上却有十足的分量。我喜欢它，只是尚不能完全读懂。它让我想起孙中山，想起他的新“三民主义”：联俄、联共、扶助农工。

这书，须再读几遍。

8

张广禄在辽阳茶馆做工，在伺候两个日本兵时不小心把茶水弄到人家衣服上，结果被活活打死。这个消息传到沈阳已经是两个月以后的冬天。李大山和张大妮的讲述令曹福增咬牙切齿，脏话连篇。我爹眼睛瞪得老大，红得像要喷血，拳头狠狠砸在桌子上。

“好兄弟，我答应……拜把子！”我爹懊悔不已，喃喃道，“咋就没答应你呢?！”

“狗日的日本！等着，你们等着！”曹福增面露凶光。

我爹提议李大山来沈阳，说兄弟们再也不分开。李大山点点头。

他渴望跟我爹在一起。他和大妮的孩子仍然没有找到。孩子不满一周就被人抱走，杳无音信。去年秋天，张大妮带孩子回娘家，经过一片高粱地时，把小虎放在路边，自己进地里小解，出来时孩子就不见了。

哭泣耗干了张大妮的泪水，她的眼睛变得干涩而呆滞。“我也来。”此刻，她的眼睛突然一亮，“张广禄，我苦命的兄弟！我代你跟他们拜把子！”

我爹当然无法跟一个女人成为结拜兄弟，可他从心里同情她。不久，在他的帮助下，张大妮和李大山来到沈阳，开始了新的生活。李大山继续拉车，张大妮则辗转来到一家日本餐馆当服务员，复仇的种子深深埋在她的心里。

9

张广禄被日本人暴打的场面不断在我爹眼前浮现。连续三个夜晚他都在做噩梦，醒来后发现眼眵增多，胸口堵得慌，后来还咳嗽起来。曹福增学过中医，自告奋勇给他把脉，说他心火旺，出去买了两服汤药，回来熬好让他喝下。两天后，情况有所好转，但还没有完全康复，曹福增又要给他把脉、拿药，被他拒绝了。我爹知道自己的病。心病。他知道谁能给他治病。他找到他。

“抗日救国是大道，也是大任务。”邹大鹏开导他。

“对，抗日救国。”我爹认真地点头。

“去年周恩来、朱德在南昌起义，毛泽东组织了秋收起义，今年他们在井冈山会师了。”

“是吗？！”我爹热血奔涌，“起义！就是要起义！”他突然想起自比陈胜吴广的梁启超，恨不得立刻组织一场起义。继而，他的眼睛又黯淡下来。

“可惜没有队伍。”邹大鹏仿佛看透了他的心思，“所以，我们要先宣传发动，要让更多的人懂得抗日救国的道理，加入到抗日救国的洪流中。”

“那咱们干起来，写传单、发传单，咋样？”我爹是个急性子。

“学校禁止谈论政治，更不允许搞煽动，你不怕？”

“不怕！”我爹想起那首正在流传的诗——生命诚可贵，爱情价更高；若为自由故，两者皆可抛。他听说那是一个叫殷夫的诗人翻译的。

从那天开始，我爹和邹大鹏白天写传单，夜里发传单，在讲武堂里宣传抗日救国的道理，激发同学们的抗日热情。

除了写、发传单，他们还约要好的朋友谈论时局，分析主义。大家对抗日救国的想法愈加成熟，对“CP”的认识更加清晰。有一个要好的同学叫赵光路，提出要跟我爹和曹福增“拜把子”，我爹想起死去的张广禄，二话没说就答应了。不过，我爹提出结拜要加上两个人，一个是校内的邹大鹏，一个是校外的李大山。

这年夏天，我爹和另外四人在似火骄阳中行结拜礼，誓为生死兄弟，并到辽阳照相馆合影留念。

10

民国十八年（1929年），我爹兜里的怀表显示了一种奇异，它的指针时快时慢，但是总能在一天的最后一刻找到它应该在的位置。在这种奇异中，军阀混战空前激烈。蒋介石囚禁李济深，蒋桂战争爆发。两个月后，粤桂战争爆发。蒋介石、冯玉祥开战，韩复榘、石友三叛冯拥蒋。国民党开除冯玉祥党籍，免去各职，通缉拿办。阎锡山受蒋指使，囚禁冯玉祥。西北军将领宋哲元、孙良诚通电反蒋，开始了蒋介石与冯部西北军之战。就像埃斯库罗斯《阿瑞斯特亚》所揭示的那样，仇恨不断，矛盾重重。

“打，就知道打！”我爹气得把粗瓷大碗摔到地上。可平静下来后，他耐心地跟同学们讲道理，“我们学本领，应该用来打日本人，而不是打中国人！”

“日本人在东北横行霸道，狗日的当官的咋就视而不见呢！”

“这些家伙就知道抽大烟嫖女人吗？”赵光路一生气，脑袋两侧太阳穴旁的血管就肿胀起来，像一条紫色的蚯蚓。

“抽大烟上瘾，嫖女人舒服呗！”李大山讽刺道。但是他神情古怪，好像话里包含着羡慕的意味。

“少帅听国民政府的，可蒋介石不打小日本啊！国仇不报，家仇也不报，这个少帅！”我爹忍不住拍了下桌子。在拍击声中，他想起一年前在北京杀死李大钊的张作霖，突然有所感触，“龙生龙、凤生凤”的俗语在他心里一闪而过。

其实，我爹忽略了一个事实。这一年，张学良不仅抽大烟、找女人，更想取消苏联在东北的特权——他查封了哈尔滨苏联商业机构，收回了中东铁路——但是斯大林命令苏军向东北进攻，东北军败北。张学良无奈签下伯力议定书，恢复苏联在中东铁路的特权。这是历史，只不过当时不为人所知罢了。

赵光路思维古怪，他突然冒出一句：“既然蒋介石不管，那干脆让日本人来管！”

我爹和曹福增不解地看着他，不知道他是在说赌气话，还是掏出了心窝子。“反正人家明治维新以后，老百姓富裕了，国家也强大了！人家那个明治维新比咱们的百日维新管用！”

"胡说八道！"我爹再也忍不住了，他指着赵光路的鼻子，"你这说的是什么鬼话?！日本人要占领东北，我们就不能答应！他们这是侵略！你以为是来帮我们搞'维新'来啦？你以为他们是来帮助我们过好日子来啦？赵光路，亏你想得出来！"

我爹把他训了一通，他起初还争辩几句，后来不言语了。这是我爹第一次冲他发脾气。

整个春天和夏天，启蒙者的脚步矫健而敏捷，讲武堂的暮色里经常出现他们张贴标语和散发传单的身影。秋天，他们的胆子更大了，开始在宣传抗日救国的掩护下，有意识有计划地宣扬共产主义。

很快，我爹的举动引起了校方的注意，讲武堂把他作为"共党嫌疑分子"，准备秘密逮捕。邹大鹏提前得知消息，马上安排我爹转移到李大山在沈阳东郊租住的民房里。

我爹脚步匆匆，但心思不乱，跟他怀表上的指针一样从容。

11

房子很旧，被张大妮收拾得井井有条。房东是一个九十多岁的老人，自称是道光年间出生的，膝下无儿无女。他有一只眼睛，另一只眼睛是跟太平军起事时在安庆被清军刺瞎的。同时被刺伤的还有他的下身，就此失去了延续香火的可能。他从战场上死里逃生，依靠攻城掳掠来的殷实，回老家置田置宅，独自过活。他独眼看世界，一看就是半个多世纪。

院子有北屋四间，东屋两间，老人住在东屋。东屋炕上除了他和他的铺盖，还摆着一口黑漆漆的棺材，里面装着他的未来。老人吃饱了就坐炕上出神地盯着棺材，眼睛好久才眨一下。平时，李大山和张大妮住北屋东边那间屋子，我爹来后，他们搬到西边，让他住东边这间。他们在一起已经三年了，但是并没有正式结婚。李大山白天给警察署打杂，晚上到街上拉黄包车，直到张大妮的餐馆打烊，两个人才一起回家。我爹住下后，李大山不再出去拉车，下班直接回家，回来时往往手上还提着一瓶烧酒。我爹平时不喝，但是心里闷了，也能喝上二两。我爹那年十八岁，李大山二十一。要是李大山的儿子还在，应该有三岁了。

这天黄昏，两人坐在炕上碰杯，张大妮急匆匆从外面跑回来。她神情有些紧张，手上裹着一条餐布，血从雪白的餐布上洇出来。

“咋回事？”我爹问。

“一个日本兵在餐馆吃饭，醉了，我把他捅了！”

“啊？捅死啦？！”李大山眼睛瞪得比杏核还大。

“死啦！断气了。”张大妮肯定地说，一副满不在乎的样子，“可我也受伤了，手上不小心刮了一下。”

“好样的！大妮，你是这个！”我爹感到非常意外，也十分激动，立刻给她竖了个大拇指。

“餐馆老板呢？他没看见吗？其他人呢？”李大山慌着问。

“老板先走了，其他人都是中国人，有两个朝鲜人。”

这时，街上响起狗吠声，夹杂着听不懂的东洋话。我爹疾步走到院子门口，往外一看，只见一个中国人带着几个日本兵，提着大枪向这边走来。我爹大步回到屋里，对张大妮说：“鬼子来了，你赶紧躲躲！”

“不躲！跟他们拼了！”张大妮从斜挎的帆布包掏出匕首。李大山吓得脸色煞白。

“拼不过！别说傻话。”我爹劝道，“大山，把大妮藏起来，哪儿合适？”

李大山眉头紧蹙，但是双眼茫然。

我爹急中生智，突然想起东屋的棺材，抬臂挥了挥，“跟我来！”带着他俩跑向东屋。他和李大山跳上东屋土炕，推开棺材板，张大妮二话没说就跳了进去。她平躺在棺材里。我爹不放心，把一些堆在墙角的秸秆拿过来，盖在她身上。两个男人抬起重重的棺材板压在了棺材上。

老人一只眼巴巴地望着他们，脸上没有任何表情。

五分钟后，提着大枪的日本兵来了，总共有七八个，一进屋就把枪端在胸前，指着我爹和李大山。这是我爹第一次跟日本兵接触，而且个个荷枪实弹，距离又这么近，他不免有些紧张——这从他当天的日记可以看出来。日本军曹瞪着小眼睛乱嚷，可他们听不懂，这时站在军曹身后的翻译说话了，他问这里有没有女人？我爹和李大山对视一下，把酒盅子放桌上，同时摇了摇头。军曹和汉奸翻译又问，见没见过一个女人？他们又摇头，脸上挂着无辜和茫然。军曹说了句什么，两个士兵直接去了西边的屋子，接着就传来板柜开合的响亮的声音。咣，咣咣。士兵搜查完毕，回来后对军曹说了句什么，军曹的目光在我爹和李大山的脸上睃巡片刻，又转而望向窗外，然后一挥手，带着人奔东屋而去。

东屋窗子不大，黄昏时更显灰暗。当日本人适应了里面的光线，发现炕上坐着一位独眼老人而他身旁又横着一架黑漆漆的棺材时，被吓了一跳。满屋子都是愣怔。老人用独眼看着他们——眼睛里射出的光显得直挺挺的，充满了怪异——看着看着，老人布满皱纹和阴影的脸突然一动，他无声地笑了，眼里冒出鬼魅般的光亮，嘴上露出一颗突兀的白牙，使站在最前面的军曹和翻译不由得后退了一步。我爹也吓了一跳。这是他住在这儿半个月来第一次见老人笑。军曹掏出腰刀，指着独眼老人，侧头跟翻译说了句什么，翻译点点头，上前一步，伸手在棺材板上摸了摸，然后把手指上的灰尘举到军曹面前。他在他耳旁嘀咕着。军曹缓缓放下刀，准备往外走。这时，棺材里发出一种清脆的声音，“吱——吱——”

“什么的干活？”军曹重新举起刀，指着棺材，命令士兵马上打开棺材。

我爹和李大山站在窗外，见两个日本兵从军曹和翻译中间挤过去，蹿上炕，猫下腰去抬棺材板，他们紧张极了。李大山思谋着回北屋拿菜刀，我爹则瞟了眼身边日本人腰里的手雷。他们开始做最坏的打算。我爹兜里的怀表好像停止了时间的跃动。

当日本兵搬开棺材盖子，探头往里望时，棒子秸秆里“嗖”地跳出一只老鼠，沿着板壁往外爬，并且发出“吱吱”的声音……终于，日本人悻悻地离开了。

我爹长出了一口气，心跳和怀表恢复了正常的律动。

“吓死人啦！好悬啊！”李大山嘴唇哆嗦。

张大妮一边扑打身上的秸秆叶，一边说：“他娘的，鬼子不怕，差点让耗子吓死了！”

不久，曹福增和赵光路来了，我爹把刚才的“险情”说给他们，曹福增二话没说，立刻出去买酒，要给我爹和李大山压惊。

第二天，邹大鹏听说了这件事，觉得李大山家不安全，他让他们尽快搬家，让我爹离开沈阳。我爹起初不同意，后来听邹大鹏讲了一些道理，只好作罢。

秋末冬初，我爹怀揣着邹大鹏的信，踏上了去北平的火车。

12

两天没写日记了。今在火车上。准备去北平。讲武堂待不下去了，可我还想读书。书对我很重要。

刚才睡着了,在车上做了梦,梦见许多书。一个胖乎乎的人，戴着眼镜，很斯文，教授模样，他把一堆书放到我面前。凭记忆，好像有《中国革命和欧洲革命》，有《呐喊》，甚至还有俄国、日本人写的书——那些就记不得名字了。这些书我都没读过，书名也闻所未闻，尤其还有日本人的书，真是荒唐。

我死也不看日本人写的书。

第四章

1

那年我爷爷白魁福还在富锦谋事，当听说我爹离开沈阳去了北平，就托人捎信儿，让他继续求学。我爹也很争气，先在宏达学院补习，后来考上了北平中国大学。

入学那天，我爹在学校门口认识了吴澜。他是沈阳东郊人，身材比我爹略低一点，模样周正，性格温和，两人一见如故。吴澜本来考上了南开大学，但是听说那里学日语，心里反感，立刻跟父母商议，最终改上了北平具有私立性质但教学条件绝不差的中国大学。他穿着阔气，举止潇洒，笔挺的西服、细花纹蓝色领带和锃亮的皮鞋，显示着他家境优裕的背景。吴澜身后跟着用人，用人手上那个巨大的金色牛皮箱令我爹印象深刻。

我爷爷远在富锦，一想起他儿子在北平上大学，就心花怒放。他托一个亲戚给家里捎钱带话，准备盖房置地，机会合适让我爹娶妻生子。但是，这个亲戚在路上赌博，把钱输得精光。那是我爷爷的全部积蓄。他听说后气得直吐血。生气之余，我爷爷辞去了富锦的活计，返回辽阳老家。

我爹在辽阳上学的时候，得到过赵振九、孙印生、翟复渠等老师的资助，到北平后失去资助，生活十分窘迫。他经常饿得肚子打鼓，心里发慌，腿肚子发软，人比北平大街上的电线杆子还瘦。我爷爷虽然支持他儿子求学，但是家里好几个孩子嗷嗷待哺，往这边寄的钱很有限。我爹求学的生活很清苦，那件自己飞针走线加长了的白色长袍洗了又穿，穿了又洗。为了生存，我爹经常在课余时间为报社写稿，挣取稿费；还尝试过卖报纸、拉洋车，但不知是因为长得既高又瘦，饿得眼放绿光，还是脸上长着络腮胡子吓人，报纸卖得慢，坐车的人也不多。

“快刮胡子，要不你看着不像好人，谁敢坐坏人的车？！”同宿舍的王世波喜欢开玩笑，偶尔周济我爹，他们无话不说。

那年，我爹的胡子进入疯长的阶段，而且是络腮胡，倒着长，看着就瘆得慌。

“买报纸也以貌取人？什么世道？！”我爹假装义愤。

“你要是三天不刮胡子，而且别洗脸，再戴顶帽子和墨镜，出去绑票都成！”王世波说。

“行，那改天咱们干一票！专干东洋人！”

“你绑人，我放哨。要是男的，就拉延庆大山里喂老虎，女的就留咱中国大学。”王世波挤眉弄眼。

“那不行，辱没了中国大学。”

后来我爹及时刮胡子，一度住在劈柴胡同洋车行里。写稿抄稿已能养活自己，但是他没放弃拉洋车，他的解释是既要锻炼脑子，还要锻炼体魄。我爹拉洋车的消息传到同学们中，一些富家子弟对他指指点点，说三道四，好事者在校内贴出一幅《白大个子拉黄包车》的漫画。王世波和吴澜不以为然，据理力争，把原来带有鄙视意味的标题变成一副对联：

白大个拉黄包车学士好力气，

丧家人为流浪客同胞骨肉情。

吴澜告诉大家，我爹拉洋车，不仅为自个儿，还是为了资助几个流浪到北平的东北学生。这个事只有吴澜知道，我爹一直瞒着王世波。

2

中国大学由孙中山先生创办，起初叫国民大学，1917 年改名为中国大学，旨在培养民主革命人才。宋教仁、黄兴是第一任和第二任校长。中大是一所具有光荣革命传统的学校，李大钊、鲁迅等教授曾在此讲学。因为地理位置优越，学校氛围宽松，从 1929 年开始，党组织和外围学生组织就在此扎下了根。我爹在那儿读书期间，蓝公武、吴承仕、杨秀峰、黄松龄等进步教授先后任教，其中蓝公武讲的《资本论》令我爹如痴如醉，两个人还就剩余价值理论进行过争论。讲授古文字学的吴承仕教授也很受学生欢迎，课堂里坐着许多他的忘年交。入学两个月后，我爹得到一本《共产党宣言》，这本书令他眼前一亮，心跳加速。宿舍里只有他和王世波两人时，他高声朗读起来，就像多年前热衷于朗读《少年中国说》一样。今天的他不再是热衷，而是狂热。

“……让统治阶级在无产主义革命面前发抖吧！”我爹站在床铺上，俯视着坐在那儿的王世波，“听听，多么激动人心！”

“激动人心！”王世波仰头望着我爹，学着我爹的腔调，还发出一个不屑的惊叹词——“哟嗬！”

“无产者在这个革命中失去的只是枷锁，他们获得的将是整个世界！”我爹张开双臂，语调激昂。

“哟嗬！”

“全世界的无产者，联合起来！”他举起拳头。

“哟嗬！”

“你哟嗬个屁！”我爹生气了。

“干吗那么激动？至于吗？”王世波问。

“当然。你不激动吗？”我爹说，“对了，我忘了，你不会激动，你不是无产阶级！”

“无产阶级怎么样？”

“无产阶级要砸烂旧枷锁。”

“砸烂以后呢？”

“砸烂以后……建设一个新世界！具体到中国，就是建设一个新中国，建设一个少年中国！”我爹这么说的时候，发觉自己好久没背《少年中国说》了。他的心里掠过一阵酸楚。

“砸烂了都重来，就是新世界？就是新中国？”王世波问。

我爹一怔，立刻说：“那是必须的！该重来的就得重来！”他是个要强的人，他不想输给王世波。

“都是瞎扯淡！新有新的弊，旧有旧的利！”王世波他爹是实业家，“依我看，还得实业救国！”

我爹不屑一顾地哼了一声。他兜里的怀表泰然自若。

3

在中大校园，我爹既高又瘦又白的外表引起许多女生的侧目，但是真正为他着迷的两个女性却出现在共产主义学习小组的讨论会上。一个是来自西北、出身寒微的朱贵枝，一个是北平城里富商的女儿王笑笑。朱贵枝是学习骨干，每次讨论会都参加，而且发言积极，措辞激烈，声音比王笑笑的胸针还要尖。王笑笑跟父母去学校看望她哥哥，见到我爹时眼睛一亮，目光久久不肯离开。周末，王世波回家的时候她软磨硬泡，后来撒起娇来，让哥哥介绍她认识我爹，并且打听我爹的秉性和爱好。后来，她以王世波的妹妹和师范大学学生的双重身份，加入了中大的共产主义学习小组。

朱贵枝因为营养不良，脸色蜡黄，皮肤干涩，但是眼睛明亮，目光犀利。王笑笑虽然也是大学生了，但是从脸上看更像中学生，白皮肤，长睫毛，大眼睛扑闪扑闪的，嘴巴在撒娇时微微努起，脸上则常常挂着调皮的笑意。

学习小组开始十几个人，后来剩下七八个人，而且这七八个人也不固定来，今天这五六个，明天那五六个。我爹和吴澜常去，朱贵枝和王笑笑几乎场场必到，王世波偶尔来一次。朱贵枝在第一次讨论会上听完我爹发言就心生爱意，她在讨论会结束后叫住我爹，在走廊里把一个纸条塞给他，然后气宇轩昂地离去。我爹打开纸条一看，顿时心跳加快，脖颈发热——这是他第一次收到女性的表白。那个表白令他欣慰，也令他惊讶——现时代的女性胆子如此大，如此开放，大大出乎他的意料。王笑笑是在第三次学习时向我爹提出，她要请我爹看电影，被我爹婉言谢绝。第五次学习时，她又提出看电影，我爹答应了，看完电影，她又提出去中山公园走一走，在公园里，她面对面对我爹说：我喜欢你！我要和你恋爱！你不许拒绝我！

这是我爹第一次当面听女孩子说情话，他的脸“唰”地红了，心跳快得像安了风火轮。可他稳了稳神，暗暗做了个深呼吸，礼貌地说：

"谢谢，我、我得想想。"不料王笑笑梨花带雨，竟然哭了起来，弄得我爹不知所措。

4

一次学习小组的例行活动中，讨论异常热烈，并夹杂着儿女情长。这天刚好我爹主讲，按惯例主讲人发言前，先朗读《共产党宣言》中两段自己喜欢的文字。

一个幽灵，共产主义的幽灵，在欧洲游荡。为了对这个幽灵进行神圣的围剿，旧欧洲的一切势力，教皇和沙皇、梅特涅和基佐、法国的激进派和德国的警察，都联合起来了。

我爹的声音浑厚有力，语调舒缓低沉，节奏感很强。

有哪一个反对党不被它的当政的敌人骂为共产党呢？又有哪一个反对党不拿共产主义这个罪名去回敬更进步的反对党人和自己的反动敌人呢？

从这一事实中可以得出两个结论：

共产主义已经被欧洲的一切势力公认为一种势力；

现在是共产党人向全世界公开说明自己的观点、自己的目的、自己的意图并且拿党自己的宣言来反驳关于共产主义幽灵的神话的时候了。

"好！好！"王笑笑毫无城府地鼓起掌来，脸上挂着雀跃的笑容，就好像富家子弟看杂技表演时通常表现的那样。

朱贵枝瞟了她一眼，脸上升起不屑。她抱着胳膊，判断他今天是不是仍然背诵她同样喜欢的《资产者和无产者》。

“至今一切社会的历史都是阶级斗争的历史。”

果然是《资产者和无产者》，朱贵枝嘴角浮起笑意，目光也变得柔和了许多。我爹读下去。当读完第一段时，王笑笑举手鼓掌，被朱贵枝制止，“别瞎来，这样破坏气氛！又不是看戏！”王笑笑瞟了她一眼，不满地噘了噘嘴，目光重新落到我爹脸上。

> 现代的国家政权不过是管理整个资产阶级的共同事务的委员会罢了。
>
> 资产阶级在历史上曾经起过非常革命的作用。
>
> 资产阶级在它已经取得了统治的地方把一切封建的、宗法的和田园般的关系都破坏了……总而言之，它用公开的、无耻的、直接的、露骨的剥削代替了由宗教幻想和政治幻想掩盖着的剥削。
>
> 资产阶级抹去了一切向来受人尊崇和令人敬畏的职业的神圣光环。它把医生、律师、教士、诗人和学者变成了它出钱招雇的雇佣劳动者。

“太好啦！”王笑笑并未仔细听,但是她按捺不住对朗读者的喜爱，再次鼓起掌来。

朱贵枝这次没有制止，也跟着鼓起掌来。

我爹翻动书页，找到另一段他喜欢的文字，继续读起来。

资产阶级使农村屈服于城市的统治。它创立了巨大的城市，使城市人口比农村人口大大增加起来，因而使很大一部分居民脱离了农村生活的愚昧状态。正像它使农村从属于城市一样，它使未开化和半开化的国家从属于文明的国家，使农民的民族从属于资产阶级的民族，使东方从属于西方。

“这也没什么不好！”王笑笑撒娇似的说，声音嫩得让人心旌荡漾，“毕竟是城市人让农村人脱离了愚昧，毕竟让半开化的国家走向了开化。”

“即便这样，那也不能成为农民受到新的奴役和剥削的理由！”朱贵枝驳斥道。她从心里反感这个资本家的女儿。“资产阶级不是救世主，享受文明也不是他们的特权！东方也不一定要从属于西方！”

“有道理！”王世波小声给朱贵枝加油。他暗地里喜欢她有两个星期了，但是这份情感，他跟我爹也没说过。

资产阶级日甚一日地消灭生产资料、财产和人口的分散状态。它使人口密集起来，使生产资料集中起来，使财产聚集在少数人的手里。由此必然产生的结果就是政治的集中。各自独立的、几乎只有同盟关系的、各有不同利益、不同法律、不同政府、不同关税的各个地区，现在已经结合为一个拥有统一的政府、统一的法律、统一的民族阶级利益和统一的关税的统一的民族。

“统一不好吗？”王笑笑天真地问。

“不好！”朱贵枝说，“别插话！”

“对，别插话！”王世波附和朱贵枝。

资产阶级在它的不到一百年的阶级统治中所创造的生产力，比过去一切世代创造的全部生产力还要多，还要大。自然力的征服，机器的采用，化学在工业和农业中的应用，轮船的行驶，铁路的通行，电报的使用，整个整个大陆的开垦，河川的通航，仿佛用法术从地下呼唤出来的大量人口——过去哪一个世纪料想到在社会劳动里蕴藏有这样的生产力呢？

“生产力提高是好事啊！”王笑笑表达观点时也楚楚动人。

“可是劳动的价值在下降，劳动者的地位岌岌可危！”朱贵枝字正腔圆，话里充满悲愤，掷地有声。

王世波觉得朱贵枝言过其实，但是他没有纠正她。

由此可见，资产阶级赖以形成的生产资料和交换手段，是在封建社会里造成的……这种关系已经在阻碍生产而不是促进生产了。它变成了束缚生产的桎梏。它必须被炸毁，它已经被炸毁了。

取而代之的是自由竞争以及与自由竞争相适应的社会制度和政治制度、资产阶级的经济统治和政治统治。

“自由竞争不好吗？”

“自由就意味着无序，就有投机者产生，还能导致两极分化！”

“可能……”王世波顺着朱贵枝说，“有点‘计划’也好吧！”

资产阶级用来推翻封建制度的武器，现在却对准资产阶级自己了。但是，资产阶级不仅锻造了置自身于死地的武器；它还产生了将要运用这种武器的人——现代的工人，即无产者。

…………

因此，花在工人身上的费用，几乎只限于维持工人生活和延续工人后代所必需的生活资料……

现代工业已经把家长式的师傅的小作坊变成了工业资本家的大工厂。挤在工厂里的工人群众就像士兵一样被组织起来。他们是产业军的普通士兵，受着各级军士和军官的层层监视。他们不仅仅是资产阶级的、资产阶级国家的奴隶，他们每日每时都受机器、受监工，首先是受各个经营工厂的资产者本人的奴役。这种专制制度越是公开地把营利宣布为自己的最终目的，它就越是可鄙、可恨和可恶。

朱贵枝“嗖”地从座位上站起来，两只眼睛熠熠生辉，鼓掌时因为用力过大，干枯的手掌有了疼痛感，但是这种疼痛只停留在她胳臂肘以下，根本没有进入她的意识中。王笑笑不甘示弱，也跟着鼓起掌来。王世波的鼓掌完全是随波逐流的。

“这个论述太准确了！太到位了！马克思太伟大了！”朱贵枝意犹未尽地评判着，“在资本家的眼里，工人就是工具！永远只是工具！”

“不能这么说！不是一切资本家都是这样的！”王笑笑想起她爹的厂子在夏天里给工人发白糖，在冬天的时候给工人发煤球，立刻反驳起来，“马克思这么说，是发动革命的需要！但是在现实生活中，不一定都是这样，我们看问题不能太偏激了，不能以偏概全！”

“你是资本家的女儿，你当然会这么说！你这么说，我一点儿都不觉得奇怪！”朱贵枝思维敏捷，口齿伶俐，而且气势逼人。

“你是农村来的，你当然会仇恨地主，但是你没有资格仇视资本家！”王笑笑毫不退缩。她声音里的娇气减少了，取而代之的是与生俱来的优越感和一股慢慢升起的霸气。

“资本有资本的价值，资本家不一定都是剥削者。”王世波小声嘟哝道。在朱贵枝面前，他总是有些心虚。

朱贵枝还是听到了，“你也一样，你这个资本家的公子哥！”

王世波的脸红得像南瓜。

5

我爹静静地望着他们，感觉很有趣，他们的讨论也引起了他的思考。他提醒他们他还没有读完，他们讨论的时间还没到。怀表恹恹欲睡。室内安静下来后，他继续读下去。

> 手的操作所要求的技巧和气力越少，换句话说，现代工业越发达，男工也就越受到女工和童工的排挤。对工人阶级来说，性别和年龄的差别再没有什么社会意义了。他们都只是劳动工具，不过因为年龄和性别的不同而需要不同的费用罢了。

“这是挑拨！挑拨男工和女工的关系！”王笑笑很任性，决定跟朱贵枝一斗高低。

但是朱贵枝没搭理她，她顿时有一种扑了空的感觉。

> 当厂主对工人的剥削告一段落，工人领到了用现钱支付的

工资的时候，马上就有资产阶级中的另一部分人——房东、小店主、当铺老板等等向他们扑来。

“租房当然要交房租，修理钟表当然要花钱，当铺又不是慈善机构，当然不会白给你钱！”王笑笑一口气来了三个“当然”，声音和神态已经完全不像小女孩了——对此，我爹感到有些意外，他错愕地看了一眼她。

“剥削，一切都是剥削！”朱贵枝愤怒地说，她根本不看王笑笑，她的目光只停留在我爹脸上，好像他们天生就是一个阵营里的人似的，“这些都是无产阶级的敌人，必须拿起武器，把他们打到十八层地狱里面去！必须！”她的目光和语气把王世波吓了一跳。他忽然怀疑起自己的暗恋。

我爹不喜欢王笑笑的任性，也对朱贵枝这种不假思索脱口而出而且声色俱厉的态度有所保留。

“那你的敌人可太多了！十八层地狱可不是只收有钱人的！”

“比起庞大的无产者队伍，剥削者还是太少了！地狱足够装得下他们！如果公主你也想下去，我们可以腾个宽敞的地方给你！”

“你！”王笑笑气坏了，“你去吧，你这个乡巴佬！”

“还是你去吧，你这个资产阶级阔小姐，去那儿都不用通行证！”

这场辩论偏离了学习的轨道，不是讨论的初衷，最终不欢而散。

6

回到宿舍，我爹阴着脸，好长时间一言不发。王世波看出来了，他对晚上的讨论不满意，有些烦躁。王世波开玩笑说：“要是你意犹未尽，就继续读，我当听众。唯一的听众！”

“扯臊。”

“怎么算扯臊呢？合着我一个听众你不兴奋？！”

“当然！”我爹也逗他。

“嘿——怎么着，我再给你请俩来？”

“你妹子就行。”

“啊？真的？”王世波瞪大眼睛，信以为真。

“看你一本正经的，开个玩笑都不成！”

“说真的，乙化，你觉得我妹怎么样？”

“不错啊！”我爹不再看他，拿过一本书，低头翻起来。

“如果你跟我妹结为夫妻，”王世波遐想着，“咱们亲上加亲，我就是你大舅哥！”说罢自己笑了。

“想得美！咱俩还是兄弟，你是弟，我是哥！”

“那我就委屈点儿！这么说你答应啦？”

“我没答应。咱们这不是胡扯呢嘛。”

“你一点不喜欢她？”

“不敢！”我爹没有抬头，用手绢擦拭书的封皮。

“为什么？”

“谢谢令妹的好意！我只是个穷小子！”

“你是不是喜欢朱贵枝？”王世波眯起眼睛狡黠地问。

“也不喜欢。我只喜欢它——”我爹把手上的书晃了晃，“当前最重要的任务是读书。”

“读书也有毕业的时候。”王世波沉默了两秒钟，又说，“如果你愿意，毕业后，我们可以让你留在北平。”

我爹抬起头，定定地看着王世波，他知道他说的“我们”的含义。

他的目光有些空洞，好像没在眼前这个人脸上，而是在遥远的别处。他沉默着。沉默中他似乎看到了自己的未来，一个金光闪闪的未来，一个靠自己奋斗也许永远都无法得到的未来。他暗自叹了口气。他第一次领悟到“命运”两个字的含义了。他感觉自己正在接近人生的十字路口，自己还没来得及选择，命运之神已经向他挥动橄榄枝。他仿佛置身于阔气的庄园和宽敞的平台上，仿佛闻到了琼浆玉液和美味珍馐的味道，仿佛触碰到了白皙娇嫩的女性身体……

不过，我爹很快也有了另外一种感觉，这感觉令他很不舒服。他在心里告诫自己：如果那样，我就是在出卖自己。

7

这天夜里，我爹失眠了。让他辗转反侧的不是花枝招展的王笑笑，也不是骨瘦如柴的朱贵枝，而是《共产党宣言》中的一句话——一切阶级斗争都是政治斗争。这句话令他的心脏连同上面的怀表跳动加速。

他一时无法理解这句话。他不知道伟人们借此想要说明什么。虽然他学习的专业是政治，但是他从心里对“政治斗争”这个词充满抵触。他不喜欢它。有些反感。

也许是我认识水平低，难以参透其中的真谛吧。他这样宽慰自己。

是的，我爹无法理解。报纸上的新闻和王世波的内部消息杂糅在他的脑子里。上个月，他在街上拉车时见到一条标语——“阎锡山是出笼的老虎”。对此，王世波有自己的解读，他说阎锡山不想屈就于蒋介石。果然，第二天，阎锡山就打电报给蒋介石，要蒋放弃统一中国的主张并立即辞职。王世波的描述绘声绘色。“这两天，蒋、阎之间的电报往来异常频繁，就像蒋的秘书说的那样，‘他们好像要打一辈子电报似的’。”他说领导人从不提名字，只说一个姓，好像这样更隐晦和安全。他的分析不无道理。后来汪精卫也卷了进来，他发了一封公开电报，谴责南京政府受贿、腐败、独裁。当时，我爹视此为政治斗争。他对此感兴趣，但是往往把自己搞得很愤怒。王世波昨天告诉他，阎锡山厌倦了文字游戏，突然在自己控制的省区没收了南京政府的财产，解除了中央军的武装。“听说他要出任反蒋部队总司令，冯玉祥甘心做他的副手。”

如果王世波的消息准确，那就意味着战争一触即发。

后半夜，我爹仍然无法入睡。他把德国怀表放在耳旁，悉心倾听指针跃动的声音，并默念道：“一、二、三……”终于，在一片模糊的云雾中，时间锁住了他的睡眠。

8

朱贵枝约我爹出来是在两周以后，他们在校园西南角的竹园见面了。这个西北女生开宗明义，寒暄两句后直奔主题：上次我说的事，你考虑得怎么样？我爹笑了——他对她的做派感到奇怪——微笑着向她表示谢意，说大家正处在学习阶段，不必急着考虑这个问题。虽然我爹的说法是委婉的，但是言外之意还是清晰的，可朱贵枝不为所动，她马上抛出她所谓的“通盘计划”：“如果你接受我的感情，我们毕业后可以去西北，也可以留北平；如果不想等毕业，现在也可以，现在就去西北军，我叔叔在冯玉祥手下做师长。”

我爹一愣，他当然感到意外。

“既然我们信仰共同的主义，就应该影响更多的人，特别是有一定觉悟的军人，让他们走上真正的革命道路。”

朱贵枝的表达结束了，竹园里一片寂静。偶尔传来几声蛙鸣和夜莺的叫声。后来，蛙鸣和鸟叫声也没有了，只有我爹心脏跳动的声音。时间仿佛凝固了。

我爹在寂静中感到欣慰，令他欣慰的不是朱贵枝火热的情感，也不是她为他“计划”时的一片苦心，而是她对革命形势的判断和远见——用新思想去影响旧军人。我爹没有料到，在朱贵枝干涩的头发下面，竟然潜藏着一个如此有想法有远见的大脑，为此他感到惊诧。他对她刮目相看了。

我爹望着朱贵枝的目光是欣赏的，温柔的。

朱贵枝把儿女私情和革命事业有机结合，就像马克思把唯物论和辩证法有机结合一样，富有极大的创造性和科学性，它让我爹心里一动，又一动，差一点就热血沸腾了。

9

入大学数月，看到现实种种，五味杂陈。写了一些稿件投出去，报纸也登出来，但感觉无甚新意，不过换两个铜板罢了。跟吴澜为商号誊稿，也只为挣得一点嚼谷。

近来，除去老师送我的那本书，还常到图书馆里找书读。鲁迅的杂文真棒，如匕首，直指敌人心脏，也令人震惊，有振聋发聩之感。下面这段话尤其喜欢，特抄录下来。

“中国人的不敢正视各方面，用瞒和骗，造出奇妙的逃路来，而自以为正路。在这路上，就证明着国民性的怯弱，懒惰，而又巧滑。一天一天的满足着，即一天一天的堕落着，但却又觉得日见其光荣……中国人向来因为不敢正视人生，只好瞒和骗，由此也生出瞒和骗的文艺来，由这文艺，更令中国人更深地陷入瞒和骗的大泽中，甚而至于已经自己不觉得。世界日日改变，我们的作家取下假面，真诚地，深入地，大胆地看取人生并且写出他的血和肉来的时候早到了；早就应该有一片崭新的文场，早就应该有几个凶猛的闯将！”

据报章消息，蒋介石和阎锡山、冯玉祥开战了。听王世波说，战役非常激烈，极其血腥——他在他父亲那儿看到许多不允许记者公开发表的照片。

10

我爹十九岁生日到了，王世波坚持要为他举办一个“生日 Party”。聚会没有在王公馆，也没有在北平饭店，而是在北海附近的一个私家花园。据说，那个私家花园是王世波他爹花了五千两银子从前清王爷那儿买来的。花园占地十五亩，亭台楼榭，山色湖光，别有洞天。我爹走进这座私家花园时暗自慨叹：世间的奢华，有时是普通人想象不到的！

这次聚会一共摆了四桌，大学里许多跟王世波要好的同学都来了。这些同学有的跟我爹要好，有的并不很熟，可由于王世波的缘故，大家都欣然前往了。令我爹没想到的是，王世波的父母也来了。他的父亲五十多岁，穿着朴素，声音爽朗，脸上的微笑令人感到温暖——这跟我爹心目中的资本家形象大相径庭。他的母亲四十出头，雍容典雅，风姿绰约。老先生左臂挎着夫人，右臂被宝贝女儿挽着，王世波引导他们来到我爹跟前。他为他们介绍，他父亲伸出手，我爹伸手前先鞠了一躬。握手时老人家说：“听孩子们讲，你很勤奋，成绩总是名列前茅。”我爹谦虚道：“没有没有，只是看的书多一些。其实，世波比我会学习，他能触类旁通。”两位老人立刻很高兴，脸上浮起开心的笑容。王世波他妈用有台湾味的普通话夸我爹：“你很帅气，也很精干，真的很精干！”这时，王笑笑偷偷向我爹做了个鬼脸，令他有些不知所措。他谦虚而礼貌地跟老人回话，并接受了他们赠送的礼物。

王笑笑也向我爹赠送了礼物，是一本小说——《莎菲女士的日记》。

在王世波热烈的祝酒词后，他父母举着酒杯走到我爹跟前，向他祝酒，献上祝福，小声说：“犬子……对你喜欢有加，如果需要，我们愿意资助你出国留学，开阔开阔眼界，学成归来，再报效国家。想去哪个国家——法国、德国、日本——随便你挑。”我爹非常感动，深鞠一躬，“非常感谢伯父伯母的厚爱，如果有需要，我会跟世波说。先谢谢您了！谢谢！”两位老人相视一笑，王世波他父亲说：“好，那就这样。我外面还有一个应酬，需要提前离开，请你谅解。”我爹忙说：“二老大驾光临，晚辈已经受宠若惊，您请便！我送您！”

王笑笑要留下来，被她父母亲阻止了，她不高兴地噘起小嘴，冲着我爹闪了闪眼睛，调皮地走了。

朱贵枝送给我爹的礼物也是书：一本是徐志摩的《再别康桥》，一本是鲁迅的《呐喊》。我爹眼前一亮。

吴澜送他一支派克钢笔，王世波送了一双意大利皮鞋，我爹都高兴地收下。“你送我鞋，让我上路呀?！”我爹逗王世波。

“嘿，你还信这个？”王世波看了眼吴澜，“还说自己信仰马克思主义，是唯物主义者，敢情——是假的！”

我爹哈哈大笑。吴澜向他俩竖起一根指头，嘴上发出“嘘”的声音。其实，那时候官方禁言还不那么严重，公开谈论马克思主义是可以的，因为政府认为马克思是学者，马克思主义是一种学说，而列宁、斯大林是革命党，是影响民国稳定的危险因素，不允许私下议论。

宴会上，我爹一面微笑着接受祝福，一面品味着心底的不安。眼前的一切，在他看来遥远而缥缈，仿佛海市蜃楼。他有一种虚无感。

11

宴会进行到一半的时候，蓝公武、吴承仕教授来了。仆人通报后，王世波一怔，立刻从座位上站起来，疾步走到我爹跟前，低头跟他耳语，然后小跑着出去迎接。两位教授进来的时候，餐厅已经从闹哄哄中安静下来，空气中全是对教授敬迎的目光。在门口，蓝教授已经就自己的迟到向王世波道歉，此时再次抱拳：诸位同学，我们因故来迟了，失礼，失礼！吴教授说：但愿没有扫大家的兴啊！

我爹走到教授面前，深深向两位老师鞠躬。

王世波把教授让到主桌主宾位置，待大家坐下，他提议让教授给讲讲话，“首先有请蓝教授！大家鼓掌！”

蓝教授脸庞端正，大眼浓眉，头发又黑又密，高鼻梁，宽额头，看上去格外精神。不久前他退出政坛，进入大学教书，从此不问政治。他脱去西装革履，布衣素食，淡泊明志。蓝教授最近正在翻译康德的《纯粹理性批判》。此刻，他从座位上站起来，待掌声安静，便发出那洪亮的声音——“同学们，今天受世波同学的邀请，参加乙化同学的生日聚会，非常高兴！我只说两句话。第一句话，感谢世波同学对我们大家的热忱邀请，感谢他为乙化举办这样的生日宴会，他跟他父亲一样，是北平爱心人士，是一个有情有义的人；第二句话，我要祝福乙化同学，祝你十九岁和十九岁以后，有一个健康的体魄，有一个健全的大脑，学有所成，学有所用，早日成为国家栋梁！”

一阵热烈的掌声后，王世波又把吴承仕教授请上台。

吴教授很幽默，上来就说：“感谢大家对鄙人的支持，书教得不好，但每堂课都有人来，而且没人向我投鞋子！”室内响起一片笑声。“王家的庄园真阔气，我也想买一座，可是买不起。”又是掌声和笑声。吴教授抬起胳臂，向斜上方伸出一个食指，“但是你们还年轻，你们要树立雄心壮志，实业可以救国，也可以富民强兵，庄园梦不是白日梦！”餐厅里掌声雷动，群情激奋。我爹心潮起伏。

吴澜在一旁微微点头，若有所思。

12

北平警察署的人闯进王家花园时，两位教授喝得微醺，但是不速之客令他们马上清醒过来。三个警察身着黑色制服，后面跟着十几个便衣——头戴黑色礼帽、身着黑色中山装、脚踩黑色皮鞋——活脱脱一群“黑衣人”。王世波瞟了眼身旁刚刚挨了一记耳光的管家，缓步走到警察面前，问道：“各位有何贵干？为什么私闯民宅？”

“查户口！”一个警察挥动手里的警棍。

“查户口？新鲜！”王世波回头望了望教授和同学们，“查户口查到我们头上了！”

“少废话！”一个长着酒糟鼻子的便衣叫道。他看上去像“黑衣人”的头头。

“你知道这里是什么地方吗？”王世波走到他面前。

“老子管你什么地方！天王老子也不成！”酒糟鼻子从兜里掏出一支手枪，戳在王世波的脸上。

我爹走上前，把王世波拉向身后，冷静地说：“长官，别生气，别动枪，这家伙容易走火！既然你们有公务在身，我们配合，只是你们别打人，别损坏这里的东西！”

“老子要搜查！你们这里有共产党！”

“共……”我爹颇感意外，赔着笑说，“我们这儿都是一帮穷学生，哪来的共产党？”

“穷学生？穷学生还在这里胡吃海喝！”酒糟鼻子看了眼别处，目光重新落到我爹头上，“我告诉你，穷学生、泥腿子里才出共产党！”

“哦，原来是这样。长官，你今天真让我长了见识。”我爹一边拖延时间，一边示意王世波马上跟他爹联系。他暗地里推了一把他。王世波很聪明，立刻移动脚步，向餐厅一角的电话机走去。

酒糟鼻子见我爹态度和气，慢慢把枪放下，从兜里掏出一张照片，在我爹面前晃了晃，“这个就是共产党！”

我爹的目光停在照片上，瞳孔立刻放大——照片上的人是朱贵枝。

13

蓝教授身材高大，他下意识地把朱贵枝挡在身后。吴教授走上前，跟酒糟鼻子交涉。交涉是没有用的。酒糟鼻子下令，让大家站成三排，准备逐个比对、排查。这时，电话铃响了，王世波拿起话筒立刻接听，知道是父亲北平市政府里的朋友打来的。他把电话交给酒糟鼻子，酒糟鼻子迟疑地接过听筒，凑到耳旁，脸上紧张起来。他一连说了三个“是”。

酒糟鼻子放下听筒后，转而对王世波说：“王公子，多有得罪，多有得罪！我们只找人，绝不影响你们聚会！”

我爹和吴教授对视了一下，又回头望了望蓝教授。

酒糟鼻子命令部下：“只准找人，不许伤人！不许损坏东西！”

便衣特务把大家围了起来。酒糟鼻子手举照片，从第一排开始，逐个比对，当走到第三排蓝教授身旁时，他看到了他要找的人，立刻举起枪对准朱贵枝：“找到了！找到这个女共党了！”人群中有一点惊讶和骚动。酒糟鼻子把枪指向众人，叫道：“谁也别动，谁敢乱动就别怪我不客气了！”其他黑衣人也把枪指向大家。酒糟鼻子重新把枪对准朱贵枝，“出来，跟我们走一趟！别玩花样，否则打死你！”

我爹始终站在酒糟鼻子身后。

朱贵枝出列，看了眼我爹，对身旁的蓝教授说：“蓝老师，我跟他们走！”她发现蓝教授的眼睛红了。

突然，我爹从后面搂住酒糟鼻子的脖子，以迅雷不及掩耳之势夺过他手里的枪，对准他的太阳穴，“你不能带走她，她是我朋友，让你们的人全部退下！”

14

酒糟鼻子感到意外，我爹也万万没料到自己碰到了亡命徒——他双手死死捉着我爹的胳臂，用力往外推，挣扎着用变了调的声音对手下说：“把她带走，别管我！”

“我打死你，你信不信！”我爹咬牙切齿。

“我不信。”

“你以为我不敢？”

“你不敢！”

我爹真的要扣动扳机了。

这时，朱贵枝喊道：“白乙化，你别胡闹！我跟他们走，他们不敢把我怎样的！别忘了，我舅舅是西北军师长。我又不是共产党，肯定是他们弄错了！”她的语气是轻松的，劝解是合乎情理的，同时暗含着聪明、任性、天不怕地不怕的劲头。

我爹气得五脏俱焚，但是他看到蓝教授和吴教授冲他点了点头，只好放开酒糟鼻子。他把枪还给了他。

酒糟鼻子离开前，挑衅地看了看我爹，并用枪指着他，“小子，你等着，等你遇到我手上的！”

我爹突然感到很虚弱，并且觉得自己渺小。一个念头在脑间迅速闪过。他明确地意识到，个人的力量终归是有限的，即便他会武功并且善于写文章。

15

蒋冯阎大战持续了半年，国民党官方媒体报道，阎冯部队伤亡十五万人，南京方面伤亡九万人。大战期间，由反蒋派组成的北平国民政府成立——他们宣称自己是“改组派”，以对抗蒋介石那个南京国民政府。这个政府是在9月9日成立的。两个政府都极力争取张学良。9月18日，张学良宣布支持南京，接管北平，成为华北无可争议的主人。他被蒋任命为海陆空三军副总司令。

10月10日，蒋介石利用政治上的主动权，发布了一个纲领，内容包括“根除共产主义”、重建财政、实施廉洁有效的行政、发展经济和区域自治五项任务。北方反对派领导人尴尬而沮丧，汪精卫、阎锡山、冯玉祥接受了这一纲领，并宣布下野。

16

有人下野，有人走上革命道路。这年秋天，一个高大瘦削的年轻学生走进吴承仕教授家里。在他家的客厅，年轻学生面对墙上鲜艳的旗子，跟随领誓人朱贵枝庄重宣誓，成为一名光荣的中国共产党党员。

这个学生就是我爹。

朱贵枝是一周前被她舅舅保释出来的。她跟吴承仕教授作为我爹的入党介绍人，见证了他入党的重要时刻。

德国怀表的指针“嗒嗒”跳动，令我爹的入党仪式更显庄重，他的誓言也因此更加轩昂。

17

今天，我加入了 CPC，成为她的一分子。是的，个人的能力终归有限，团体才有无穷大的力量。要依靠组织，信任组织，融入组织。我坚信我的选择，愿意为这个主义奋斗终生，牺牲也在所不惜。

当然，我会遵守纪律，注意斗争策略，避免无畏牺牲。

感谢吴老师和朱同学，你们是我的引路人。

下午想把此事告诉王世波和吴澜，但是出于保密的考虑，只好作罢。

第五章

1

这年冬天北平的雪来得格外早，我爹在雪花飞舞中登上了回辽阳的火车。我爷爷病重的消息令他心急如焚。他试着让自己平静下来，闭上眼睛，休息一会儿，但是做不到，我奶奶去世时的场景在他的记忆里鲜活起来，加重了他的焦虑。火车载着一个孝子的牵挂，轰隆隆驶出关外。那时候，蒋介石正在纠集兵力围剿红军，但我爹一无所知。他急着赶路，回乡省亲，恨不得火车能够飞起来。

可是一到家，我爷爷毫发无损地坐在太师椅上，语气平和但也不容置疑地说："我没病。这年头兵荒马乱的，你在外面我们不放心！家里给你提门亲，三块石邹家的闺女，先娶个媳妇，成个家吧！"

"媳妇？"我爹一愣，语气里满是诧异和不屑，好像爷爷要把一匹骆驼塞给他当战马骑，"我不要媳妇。不要！"

"那你要什么？"爷爷威严起来。

"我……只要爱人。"

"爱人？亏你说得出口！"我爷爷很生气，"这都是读书人讲的屁话！"是啊，那年月，"爱人"这个词太时髦，也太刺耳了。

我爹见爷爷骂他，觉得更委屈更生气了，他嘴唇发抖，眼睛要喷火。他盯着爷爷手上那把紫砂壶，真想把它夺过来摔在地上。但是他没有，只是隐忍着，用略带嘲讽的语气问："您到底病没病？"

"没病！就是诳你回来成个亲。"我爷爷倒是敢作敢当。

"有你这么当爹的吗？"他这么说的时候，突然想起鲁迅的文章——《我们现在怎样做父亲》。

我爷爷瞟了一眼他儿子，不以为然地喝起了茶。

我爹无言以对，气哼哼地走进自己房间，把门关上。他躺在床上，安静了几分钟，但是安静不下来，于是"嗖"地下床，对着梁上悬着的沙袋，凶狠而连续地击打起来。随后，又把地上的小马扎踢飞。即便这样，他躺倒在炕上的时候，仍然气咻咻地喘着粗气。他无法理解父亲的做法。他在心里嘲讽父亲曾有的维新意识。即便这样，他也无法理解自己为何如此大动肝火？是受到欺瞒了吗？还是自己缺乏了恭孝顺从之心？抑或自己长出了抗争的骨头？他没能给出令自己满意的答案。

大约一袋烟的工夫，我爹才从愤怒的沼泽中走出来。他又想起了鲁迅的那篇杂文。文章对封建孝道进行了剖析，揭露"父为子纲""以父为本"是国家和民族退化败落的病根，主张"各自解放了自己的孩子……放他们到宽阔光明的地方去；此后幸福的度日，合理的做人"。这时，他突然想到一个词：国父。他觉得此刻想到它不合时宜。继而，他又想到文章中的话——"他们以为父对于子，有绝对的权力和威严；若是老子说话，当然无所不可，儿子有话，却在未说之前早已错了。"

想到这里，我爹暗下决心，准备挑战一下"权力"和"威严"，砸碎即将套在自己脖子上的婚姻枷锁。这时，我爷爷轻轻地推开门，站在门口，有气无力地说："爹老了，不中用了，你回来帮帮我！"爷爷的话轻得就像一片随风飘落的枯叶，落在我爹坚硬的肩膀上。他可以耸耸肩膀，轻松地把枯叶抖搂掉，但是没有。他本来就心肠软，有孝心，此刻爷爷以“情”动人而非以“威”压人，他立刻就泄了气。

他决定遵从父命。

鲁迅先生都拧不过父母，何况我？他在心里给自己一个台阶下。

怀表轻轻一动，跟他的心脏发出共鸣。

2

这年年底，好像是 11 月 29 日，我爹和比他大两岁的邹广娟拜堂成亲，我妈成为石场峪村白家的媳妇。婚礼上，我娘头上蒙着一块红布，那块布真红，布里布外都是喜气。我爹却表情凝重，怎么也高兴不起来。他暗中告诫自己，不孝有三，无后为大，既然遵从父命选择完婚，就该欢欢喜喜的让老人高兴。但是，他就是欢喜不起来。可是，当他在来客中发现邹大鹏的身影时，立刻眼前一亮，脸上露出久违的笑容。

邹大鹏也是三块石村人，跟我娘是堂兄妹。邹大鹏临时提出为我爹和我娘证婚，得到我爷爷和司仪的同意，这让我爹感到自豪。他突然觉得证婚有了另外的意义。邹大鹏举止大方，言语幽默，院子里多次响起欢笑声。我爹面带微笑，给这场婚礼增添了吉庆的效果。

吃酒席时，穿着中山装的李大山把自己喝得烂醉，张大妮在旁边咋劝都劝不动。曹福增小声告诉我爹，李大山加入了国民党，我爹一怔，立刻表情凝重。

我爹敬了一圈酒，坐在李大山身旁，问：“大山，听说你加入了国民党？”

“是……啊！”李大山舌头僵硬，好像被绳子拴住了无法动弹。

“你咋想的？”我爹问。

“国……民党好啊，既革命……还……发饷！”

我爹看他舌头大了，已经口齿不清，就起身离开，走时拽了下张大妮的衣襟，她跟了出来。

“咋就入了国民党呢？”

“是县长的儿子——就是那个郭家旺——找到他，让他入的。”张大妮还是快人快语，“不行吗？入国民党折寿吗？”

我爹笑了笑，没再说啥，又问了问大妮的情况，叮嘱她不要因为报仇心切蛮干。张大妮答应着，眼睛不时往李大山那边瞅，关心和嗔怪混杂在她的目光里。他让她照顾好李大山。他起身去了趟茅房。回来时经过曹福增身旁，他让我爹坐在他旁边。我爹坐下后闻到一股浓重的酒味。他知道曹福增喝的也不少了。他望着对面的李大山和张大妮，笑眯眯地说：“干柴烈火……倒是天生的一对！”我爹不知道他要说什么，随口问道：“羡慕啦？羡慕你也找一个呀！”“没有没有，我、我先打鬼子！”曹福增结巴起来。后来我爹问他，李大山和张大妮的孩子找到没有，他摇摇头，说没有。

这时，赵光路回来了，我爹起身让位时按捺不住，又问起李大山的事情。

“人各有志！”赵光路的话不多，简洁得像一根针。

“你信啥？国还是共？”我爹问。

“啥也不信。”

“哪个党也不想入？”

“不想。君子群而不党，救国不必入党。”

“可是国家兴亡，匹夫有责！”

“匹夫不一定是党员啊！”

赵光路的冷静把我爹吓了一跳。他想对他说：你这是抬杠。可是没有。他不想在大婚的日子跟别人起争执。但是，他觉得跟赵光路突然没话可说了。

“哎，乙化，你去北平一年了，你入了啥党？”曹福增问。

我爹本来想据实说，但是看到场面混乱，又想起吴教授的叮嘱，只说了句“还没”，搪塞过去。

“对，入不入党不重要，重要的是跟日本人干！”曹福增眼睛里升起一团火，“把辽阳地面上狗日的日本人都赶走！”

我爹没说啥，他在他的肩上拍了拍。

3

酒席结束后，我爹把邹大鹏留在家里，他们整整聊了一个时辰。当邹大鹏听说我爹已经入党时，高兴地挥了挥拳头，然后跟我爹拥抱在一起。两个男人抱在一起的时候，我娘一个人在屋里潸然泪下，因为她等我爹已经三个时辰。

邹大鹏走时，天已大黑，村里静得出奇，我爹这才想起今天是他大喜的日子。

“相信共产党！相信共产主义！”他低语着走进了洞房。

4

我爹在家待了三天。这三天他除了看书，就是帮助爷爷干家务，并不多跟我娘说话。我娘长得漂亮，但他认为她是花瓶，是个摆设，因为她没有文化。我娘的确识字不多。但是我娘也是有心性的人。她说：“你教我写字吧！”我爹一怔，她的请求令他感到意外。他望着她的眼睛，脸上先后闪过惊讶、怀疑和欣喜。他看了看窗外，像是自言自语道："教你什么呢？"

"就教你和大鹏说的话。"我娘的眼睛里划过一丝光亮。

这光亮鼓舞了我爹，他说："好吧。今天就教你四个字。"

"哪四个？"

"保家卫国！"

我娘很聪明，当天就学会了这四个字。

第二天，我爹教她写"打倒日本帝国主义"，她也学会了。

第三天，我爹就回学校了。本来爷爷想通过成亲拴住我爹，但是我爹不为所动，坚持去北平，把爷爷气得直咳嗽，咳出的痰布满血丝。

5

我爹再回辽阳已经是腊月二十三。他本想利用寒假在学校补习功课，但是思乡心切——想念他爹和我娘——就背着许多书回来了。他背回的书有英文书。他朗读时我娘听到了，觉得新鲜，她一本正经提出也要学英语，我爹哈哈大笑，说你还是先学中国话吧，把我娘闹了个大红脸。

晚上，我爹跟我娘道歉，说白天不该笑话她，我娘通情达理地说："你说的对，小孩子不会爬就想走路，当然不行。"我爹想了想说："其实也不是，语言这个东西并不矛盾，从小同时学汉语和英语的人多着呢。"他想了想说："不过眼下，你还是多识些字，多写些汉字更要紧。"我娘闪着她水汪汪的大眼睛，认真地点了点头。

我爹给家里和村人写春联的时候，她帮助他裁纸、研墨，在旁边好奇地看着。她看着满炕上等待风干的春联，心里满心欢喜，十分激动。我爹写了不同内容的三十多副对联，她差不多都能认下来了。

“这个是‘天增岁月……人增寿，春满……乾坤福满门。’”

“这个是‘爆竹声声……辞旧岁，红梅朵朵迎新春。’”

“这个是‘铁肩担道义，妙手……著，对了，是著，著文章。’”

正月初六，村里的鞭炮声零星响起，春节的喜气渐行渐远。我们家发生了一场争执。我爹要去北平读书，爷爷还是反对，两人互不相让。争执过程充满压迫与抗争，角逐智慧和意志，可以说唇枪舌剑，硬话横飞。争执的结果，爷爷让步，我爹取得胜利。我爹的斗争能力从他爹那儿得到了锻炼。

6

“九一八”的枪声震惊了整个东北，也伤了国人的心。消息传到中国大学时，校园里秋风瑟瑟，树叶沙沙作响，仿佛沈阳东大营将士的呜咽。一场秋雨不期而至，驱散了操场上的学生，却无法让我爹愤怒的脚步停下来。他在雨中奔跑。雨水淌过他滚烫的面颊，又穿过衣领涌到他隆起的胸腱上。蒋介石的不抵抗政策散发着落叶糜烂的味道，封锁鼻息，破坏嗅觉，令他呼吸困难。三十万东北军仓皇的脚步声冲击着他的耳鼓，折磨着他的神经，也如一块磐石压在他的心上。成群结队的日本兵在东北行进乃至烧杀的画面，在他眼前挥之不去，令他分外眼红。

王世波撑着油布雨伞站在操场边，想喊停他的脚步，他却充耳不闻。他继续跑，跑过了夏商周，跑过了隋唐宋，跑过了元明清。他脸上挂着张骞的决绝，岳飞的悲壮，文天祥的凛然，高大的身躯在雨中执拗地跑过一圈又一圈，双臂摆动时舒展自如，真的像一只翱翔的野鹤。

那天，他感冒了。

在宿舍里，我爹喝下吴澜送来的姜汤，一口气打了七八个喷嚏。他浑身发冷，但是仍然咬紧牙关，身上裹着被子奋笔疾书，写下了抗战请愿书。王世波把那张宣纸举在眼前，轻声读道："大敌当前，还能有心求学吗？国家兴亡，匹夫有责，吾当先去杀敌，再来求学。如能战死沙场，余愿得偿矣。"王世波胆子不够大，但是不影响他钦佩英雄，他读着我爹的请愿书格外激动，声音也越来越大。

"佩服！真的佩服！大英雄啊！"读完后王世波说，"乙化，你来我爹的公司吧，凭你的胆识，来了就能做经理！"

吴澜扑哧笑了。要搁平时我爹也会笑，可这一天他没有。悲愤把他的心脏填得满满的。他只是说："保家卫国是每一个中国人的事，令尊也不例外。只要肯抗日，绝对有他用武之地！"

"那我呢？"

"国难当头，一切血性男儿，都可杀敌救国！"

一旁的吴澜为我爹竖起大拇指。

7

请愿书交上去后，蓝教授和吴教授颇感动，当然，也劝我三思。学友们亦觉得我放弃学业可惜，但是我意已决。上午去了趟校务长办公室，我说："国难当头，每个有血性的中国人都应该起来抗日，杀敌就在今朝！"

校方颇受震动，经研究，下午即同意了我的请求，且允许在我抗日期间保留学籍。党组织也批准了我的请求，指示我回辽阳组织抗日活动，在条件允许的情况下发展党员，建立武装。

朱贵枝始终都支持我，颇值得欣慰。她提出跟我回辽阳，但是我没同意。吴教授也不同意。看着她失意的目光，我内心有些不安。

王笑笑呢？该不该打个招呼呢？临行时再说吧。

8

这年秋天，我爹告别眷恋的母校，穿过重重封锁潜回辽阳。为了隐蔽地做好组织和发动工作，他在县城吕方寺高级小学做了一名国文教员。他认识了新同事王雪操，也很快见到了昔日好友曹福增和赵光路。分别不到一年，他们有了隔世之感，手握在一起时格外用力，仿佛要把坚硬的时局捏碎。

“乙化，你回来就好啦！咱们拉杆子，跟狗日的拼了！”

“有心报国，无路杀敌！”王雪操忧心忡忡。

“路在脚下！就在脚下。”

“对，光路说的对，抗日杀敌之路就在咱们自己脚下。”我爹指了指下面，“只要我们不怕，只要我们跟对了党，跟对了人，就一定能打败日本鬼子。”

“共产党针对‘九一八’的声明我也看了，真他妈痛快！”曹福增感慨道，“我瞅共产党是个好党，他奶奶的，我都想加入了！”

“共产党员可不能说粗话！”我爹说。

“你是共产党?！”曹福增瞪大眼睛。

我爹犹豫一下，点了点头。曹福增的眼睛瞪得更大了。王雪操也非常惊讶，看我爹的目光都变了。

“早就看出来了。”赵光路倒是显得很平静。他脸上挂着冷峻，目光里有打量和审视的意味。

“光路，如果你想入党，我可以……”

“不入。哪个党也不入。”赵光路语气坚定。前些天，李大山曾经找到他，要他加入国民党，被他拒绝了。

“那你愿意抗日杀敌吗？”我爹问。

“当然。救国不必入党，抗日必须杀敌！”

我爹把王世波和吴澜给自己的钱悉数拿出，摊在学务室的桌上，“我同学给的，够买两条枪了。”

9

表针跃动，循环往复，时间却按照它惯有的线性结构，不断向前。昨天，今天，明天。

今天，王雪操带我参观明福山。在日俄战争日军纪念碑前，触景生情，口占《浪淘沙·登明福山》一首，以表抗日之志。

流水一天秋，明福山头。荒山古刹吊公侯。碧血苍苔遗旧恨，战马啾啾。

零落眼中收，壮志难酬。抛杯按剑看骷髅。扑面风尘山河幻，旧恨新仇。

不，时间也是循环的，今天就是昨天的翻版和重复。

10

马占山江桥抗战的消息令国人振奋。邹大鹏就在马占山的队伍里，但是我爹没法跟他取得联系。

听说李大山能搞到枪，我爹跟随曹福增来到辽阳北郊一处四合院。那是李大山的家。一年前，李大山和张大妮从沈阳回到辽阳，在我爹和我娘结婚后一个月结为伉俪，成为正式夫妻。据说他的婚礼很有排场，县长都光临了。可昔日的朋友李大山一个没请。

“兵荒马乱的，就没告诉你们！”李大山解释道。

“不怪你。要怪也怪狗日的鬼子。”

“这顿酒先欠下。孩子满月的喜酒，我们可一定是要喝的！”我爹说。不过，他马上意识到，孩子的话题对他们是个痛，立刻岔开说，“福增说得对，不怪你，怪就怪狗日的小日本！”我爹也随着曹福增说了句粗话。

李大山默默点头，眼睛里有些犹疑。

我爹瞟了一眼张大妮，张大妮也正在看他，她的目光表明她对他的话题非常感兴趣。我爹的目光重新回到李大山身上。他说明来意。“日本人想生吃我东三省，让我们东北人当他们的奴隶！他们的野心还不止于此，妄图吞掉整个中国！为此他们做了二十多年的准备！而老蒋竟然看不清这一点。”

“能不能搞到枪？”曹福增急性子，打断我爹。

李大山摇摇头，面露难色。

“咱们花钱买。”

李大山摇得拨浪鼓似的脑袋突然停住了，“买？”

“对。买！”

“那我……试试。”李大山立刻眉开眼笑，“至少得七块大洋。”

“没问题！”我爹很高兴。

两天后，我爹和曹福增再次找到李大山，他们恨不得立刻握枪在手。“咋样？大山？搞到枪了吗？”

“行，就是贵点儿！得十块大洋！”

我爹一怔，曹福增瞪起眼睛，“狗日的，不是说七块吗？！”

“上个月确实是七块，昨天一问，涨了！”

“狗日的！”曹福增心疼得直龇牙。他兜里只有二十块大洋，本来想买三条枪的。

临了，我爹痛下决心：“十块就十块！三天后给你二十块大洋，你给我两条枪，但得是短枪。”

我爹和曹福增走后，张大妮问：“明明是七块大洋，凭啥你要十块？”

“老婆，有钱不赚是混蛋！何况我这边也有风险。”

“白乙化可是你的把兄弟！”

“亲兄弟还明算账呢！”

“可这是买枪打鬼子！”

“打鬼子也一样！一分钱东西，一分钱货！”

“李大山——！”

11

蒋介石的不抵抗政策引起国人愤慨，也引发了党内反对派的再次聚合。不同的声音来自广州。蒋派使者前去议和，表示愿意为民族利益与南方势力达成妥协。南方同意在上海召开“和平会议”。10 月，汪精卫、孙科等左派与蒋介石、胡汉民等右派举行会谈，但是，广州政府无意让步。他们认为，最简单的办法是南京政府把统治中国的权力移交给广州政府。胡汉民虽然代表南京政府，但在这个问题上却站在左派一边，并认为蒋应该离开中国。蒋提出辞职，准备下野，但不打算出国。最后，会议决定，在南京和广州分别召开国民党“四大”。两个“四大”在 11 月同时召开。

深冬时节，国内七万多名大中学生涌入南京，他们的到来使得因日本入侵东北而引发的骚动达到顶点。万名学生在政府大楼外宿营。蒋介石走到阳台上向学生们发表讲话。外交部长王宠惠受重伤。更多的学生从汉口来到南京，蒋介石同样“训导”了他们。他告诉学生们，他们这样做会被日本人利用。12 月的学潮规模更大，学潮组织者的决心也更坚定，一些来自北平的学生冲击了国民党党部和外交部，另一些学生则冲击了《中央日报》大楼，捣毁了印刷厂和报馆。

12 月 15 日，蒋介石辞去一切职务。

我爹没去南京，他在辽阳准备武装抗日。

12

历史的时间在人类的表盘上跳动，一眨眼到了民国二十一年(1932 年)。这年年初，日军先后攻占锦州和哈尔滨，东北全境陷落。政府请求蒋介石返回南京，学生和政客们也发出同样的声音——就连汪精卫和胡汉民也发来电报，希望他马上回去制定“抗日新政策”。日军发动“一·二八”事变，驻守上海的十九路军奋勇还击，淞沪抗战爆发。蒋光鼐和蔡廷锴的名字被人列入民族英雄的行列。国内四千万人捐款。3 月 9 日，伪“满洲国”在长春成立，溥仪出任所谓“执政”。

“听说蔡廷锴的名字成了一种香烟的牌子。”赵光路说。

“还有人把他跟华盛顿相提并论。”我爹说。

“谁是华盛顿？”曹福增念书不多，但是记性好，只对水浒三国七侠五义感兴趣，外国人和外国事一概不知。

我爹和赵光路微微一笑。当曹福增听完我爹讲解，马上点头，称赞华盛顿是大英雄，是伟人。他悟性挺高。

“可‘满洲国’呢？咋又出来个‘满洲国’呢？”曹福增问，“这狗日的宣统，又想当皇帝啦？”他总分不清年号和皇帝名字的区别。

“不是皇帝，是执政。”赵光路纠正道。

“都差不多！关键是日本人给撑腰，他就是个傀儡！”我爹分析着，“更可恶的是成立了‘满洲国’，这算什么？国中之国？独立之国？还是附属国？附属谁？不可能附属国民政府啊！”

“这不就是卖国吗？不就是……”

曹福增没让赵光路把话说完，“妈妈的，得抓紧找钱，抓紧搞枪，早点跟鬼子干起来！”

那年春天，他们抓紧筹备抗日武装，恨不得在黑土地里种上小枪，夏天就能收获一片大枪。我爹学会了篆刻，总把刻刀和石料带回家，给人刻章挣钱。我娘见他一坐就是一个时辰，非常心疼，把体己钱拿出来，交给他买枪和印资料，令他十分感动。他们的话越来越多。两个人的感情与日俱增。有一天，我娘去镇上当铺当掉了手镯，换回十块银圆，我爹接过银圆时一边埋怨我娘，一边兴奋地把她搂在怀里。我娘的小脸红扑扑的，说话声儿连同家庭地位迅速攀升。我爹大部分时间在县城，五六天回家一次，待上半天顶多一天，立刻赶回去。我娘在家里洗衣做饭，帮助长辈照顾小叔子小姑子，令公公非常高兴。

半年过去了，我爹又结识了六七个朋友，他们都是想拿枪抗日的东北汉子，加上曹福增、赵光路、王雪操，也够一个班了。他们大部分时间在县城，偶尔到我家里商量事。他们一说起抗日的事就没完没了。那时，我娘往往就在当院假装喂鸡，暗中放哨。

这天上午，张大妮找上门来。“我也要打鬼子！”她从腰里摸出一把刀，在众人面前晃了晃。

“快收起来，大妮，我知道你行！”我爹问，“大山呢？”

“出去鬼混了。他现在叫李金山。”张大妮抬起头，眼望窗外，泪珠儿在眼眶里打转。

我爹掂量着“鬼混”的含义。

“狗日的咋还改名啦？”

“有奶便是娘。别提他了！”张大妮突然有些不耐烦。

我爹明白了。李大山不仅入了国民党，而且还改了名，看来是要改头换面了。“人各有志，不可强求。”他对张大妮说，“打鬼子可以，但是我们缺枪。大家正在想办法。”

“我有办法。”

当张大妮和盘托出自己的想法后，我爹才知道，李金山当上了县警察署的警察。“可是，大山在那儿上班，要是……”他有些顾虑。

“管不了那么多了！”张大妮“嗖”地坐到桌子上，“实话跟你们说吧，最近几天，他跟一个日本商人勾勾搭搭的，我恨不得宰了他！”

男人们恍然大悟。曹福增骂骂咧咧。他们商定在三日后动手。

“平了警察署，我们几个就得离开辽阳。你呢？”我爹问张大妮。

“我有腿，跟着你们！”

13

我爹回到石场峪，在家待了一天。做饭时，他把半箱子材料搬到灶膛口，让我娘烧掉。我爹站在门口向外张望。我娘蹲在灶膛前烧东西。她怕那一摞一摞的纸烧不净，就用手一页一页地揭开，扔进灶膛。她的手背烤出了水疱。我爹发现后，捉住她的手凑到嘴巴前，给她轻轻地吹。我娘说："没事儿，只要把日本鬼子打跑，遭多大罪俺也愿意。"

晚上，我爹把煤油灯吹灭，借着窗外的月光跟我娘依偎而坐。他告诉她，他要走，要找抗日的队伍杀鬼子去。窗外细雨绵绵。"这个事不能告诉爹，免得他阻挠，担心。"打警察署的事他更是只字未提。听着男人的劝慰和窗外的雨声，我娘终于忍不住，哭了，哭得委屈，哭得伤心，弄得我爹心里一软，差点儿动摇。

当然，他不可能动摇。他给我娘讲道理，"中国是炎黄子孙的中国，决不能容忍东洋鬼子任意蹂躏。当局腐败无能，沦陷区的人民生灵涂炭，我是个男人，得出去打鬼子！待我消灭日本鬼子再回来……你在家里好好照顾老人。"

"我们结婚快两年了，近来你又有身孕。国家兴亡，匹夫有责，我等不到看一下咱们的小宝宝了。你若生个女孩也好，你身边有个伴；若是个男孩也不错，咱们中华又多了一个兵。

"我相信，总有一天会晴朗的，我们父子妻老会团聚的……"

"会的，会的！"我娘哭成了泪人，弄得我在她肚子里都很伤心。

这天夜里，我爹填词一首，送给我娘。

捣练子·离乡

风点点，雨丝丝，瘦柳残梧诉恨时。谁解小楼不睡意，砧声笛韵和离词。

夜悄悄，漏迟迟，明月孤灯两不知。擦泪静思离别日，别离还是去年时。

第二天一早，天刚蒙蒙亮，趁着家人熟睡之际，我爹悄悄走出屋。我娘跟在他身后。在院子门口，他抱了抱她，使劲抱了抱，然后打开板门，人影一晃就不见了。我娘含泪关上门，独自回屋了。

谁知，这一别，竟成了永别。

不知道我爹兜里的怀表是不是记住了这一时刻。

14

上午，我爹来到辽阳县城，回到吕方寺小学办公室。桌子上放着王世波的回信。除了介绍北平形势和个人近况，他还告诉他一些“高层”秘密——十九路军的将士们回到福建受到夹道欢迎，有人喊出了“蔡廷锴当总统”的口号，引起中央震惊；汪精卫和蒋介石吵架，汪精卫指责张学良要为失去东北负全部责任，但蒋介石袒护张学良，结果两人以辞职威胁对方。王笑笑也来了一封信。显然是他哥哥告诉了她地址。她在信中大胆想象自己的未来，也流露出这样的愿望：希望我爹早回北平。人都齐了。我爹跟众人商议行动细节。而后他回宿舍睡了一觉。他做梦了，梦见自己事后经过县城白塔寺，脱口来了句——“伤怀悲孤影，壮志撼辽阳”。梦见自己去欧洲打鬼子，因为戴眼镜而遭到嘲笑，于是扭断了大娘家一只鹅的脖子，士兵们才对他另眼相看。

梦见多年以后，自己当上一支队伍的团长，而妻子成了寡妇。

睡醒后，我爹觉得晦气，把梦告诉身边的曹福增。曹福增“呸呸呸”冲门口啐了三下，他让我爹照着做，并且安慰说：梦是反的，啥屌事都没有！我爹没按他说的做，但是对晚上的活动充满忧虑。

夜幕降临，众人在吕方寺小学聚齐，做最后的准备。我爹忧虑的阴云随风而去，信心像天上的星斗迅速聚集，子时一过，他带着曹福增和赵光路直奔警署正门，王雪操和张大妮赶着一辆马车，守在警署东街拐角处。王雪操和张大妮头上围着白布条，腰里系着白布带，手上举着幡杖，马车上装着一口黑漆漆的棺材。

县警署的围墙有两米高，我爹将近一米九的个头，一伸手就摸到了墙脊。他抠住灰砖，一用力、一纵身，人就趴在了墙头上。院子里很安静，呼噜声划破夜晚的宁静，但是没有他担心的狗吠声。借助月光，他向下看了看，墙下是几畦菜地，其中一片韭菜长得茂盛。他双手把住墙脊，身体慢慢向下，在脚尖距离地面一尺的时候，轻轻一落，就势蹲在了地上。

北屋里的鼾声突然停止。

我爹屏住呼吸，蹲在墙角一动不动。他知道里面的人可能被惊动了。他让自己镇静下来，并且思考对策——如果里面喊话，他就学一声猫叫，麻痹他们；如果里面出来人，他就先下手为强，一不做二不休。但是过了一会儿，里面既无人问话，也没人出来，只是鼾声不像先前那么响亮了。他轻轻叹了口气，告诫自己：冷静，一定冷静！

按照计划，此时我爹应该先打开警署的大门，把曹福增和赵光路放进来，但是屋子里的鼾声突然变弱，让他有些忧虑——他担心开门发出声响，会打草惊蛇。他蹲在墙角思忖片刻，决定独自行动。他打开手枪扳机，站起身，猫着腰，蹑手蹑脚走向北屋。他左手执枪，右手执刀，顺着门缝儿，把匕首送了进去。门闩徐徐滑动。就在门闩发出“吧嗒”一声的时候，里面传出一声惊问：“谁？！”

我爹破门而入，屋子里乱作一团。有一个人已经把灯打开，另一人找衣服，其余两个光着身子去拿竖在墙边的大枪——张大妮的情报非常准确，警署晚上果然只有四个人值班。我爹大喝一声：“不许动！谁动打死谁！”

四个人立刻蒙了，准备拿枪的停下动作，木偶似的僵在了那儿，另外两个“扑通”跪在地上。我爹命令求饶中的一个出去开门，那人犹豫一下，哆里哆嗦地走向院子。

曹福增和赵光路进来后，我爹说：“福增，你去西厢房拿枪。光路，你留下，把这几个人绑了！”

“一个人就敢端警署，真有你的！”赵光路掏出绳子，夸赞中含着嗔怪。

“拿枪不急！咱们一块儿绑！狗日的，别动！”曹福增直着嗓子喊。

“嘘！”我爹示意他小声点儿，转而对赵光路解释说：“这里边有个耳朵灵的，我怕开门惊动他们！”

绳子像蛇一样爬上警察的身体。我爹继续用枪指着他们，“日本人在东北横行霸道，还成立什么满洲国，我们不答应！……你们给他们当警察，这是助纣为虐！……废话不多说，借用一下你们的家伙，我们去打鬼子！你们就说遭了土匪，上边也不会咋样。要是敢乱说，过几天我们回来，把你们全毙了！”

“不敢！不敢！”

“干脆把狗日的都结果了，省事！”曹福增小声提议，眼冒凶光。

“大爷饶命，大爷饶命！”

“中国人不杀中国人！”我爹说，“要是你们谁愿意打鬼子，这就跟我走，要是不愿意，闭紧嘴巴就成。”

当即就有一个人站起来，表示要跟着去打鬼子。我爹喜出望外。但是另外三个没吱声儿。

“不跟我们干，没关系！但是别胡说，你们家在哪儿，家里有几口人，我一清二楚！”曹福增威胁。

“不敢！不敢！”三个人磕头如捣蒜，嘴里被一团粗布堵住了。

赵光路抱起炕上的两条枪，向门外走去。那个跟着打鬼子的警察叫郭顺，他带着我爹和曹福增直奔西厢房，从一个上锁的柜子里取出四条枪，阔步走向大门。

马车已经停在警署门口，众人推开棺材板，把枪放了进去。我爹突然想起什么，冲郭顺耳语几句，郭顺扭身跑回院子，不一会儿，就穿着自己的制服走了出来。他的手里提着一个麻袋，里面装着另外三个警察的制服。我爹接过麻袋，把它扔进棺材里。众人用力把棺材板盖上，然后用锤子把一指长的铁钉子钉进了棺材板。

“有了他，出城门更保险了。”我爹指了指郭顺。

曹福增笑了，夸我爹足智多谋。

我爹摆摆手，问郭顺：“用回趟家吗？”

“不用了。爹死了，娘没了，家里只有一个哥，前两天也被小日本抓去挖煤了！”

“走！”我爹挥了挥手。

他们很快消失在夜色中。

PART 第二部 TWO

第一章

1

我是曹福增，东北辽阳人，小时候读书少，但是记性好，庆子说我过目不忘。我跟他是好兄弟，好战友。入党前，我爱说土话、粗话，后来不了，改说字话、官话，也不再称呼他庆子，而是乙化或乙化同志。我是党的人，得讲规矩，要说桌面上的话，说符合政策的话。

那年夏天，“平东洋”抗日义勇军转战辽西、热东，三战三捷，名声大噪——你看，我也会用成语了——队伍在半年时间里壮大到三千人。乙化姓白，面色白净，常穿一件白色长袍，辽西百姓送给他一个绰号——“小白龙”。乙化只有二十一岁，老百姓也称他“娃娃司令”。

我们从辽阳出来后一路向西，走了大约二百公里，来到北镇县沟帮子村。沟帮子民风淳朴，但是自从日本人进来后（一批伪军跟在屁股后面），鸡飞狗跳，空气都变了味。以前，这里路不拾遗、夜不闭户——这两个成语用得漂亮吧——现在关着门还遭抢劫，调戏妇女的事情更是常见。当地人恨死了鬼子和伪军，但是敢怒不敢言，当面还得微笑和拥护。

沟帮子火车站有两名日本兵和十个伪军把守。乙化想端掉它，赵光路、王雪操和张大妮同志都同意，我和郭顺有些犹豫。我是有些怕。我觉得我们的力量还不足以直接跟鬼子交锋。我们毕竟只有七八个人。

“福增啊，自古两军相遇勇者胜，何况我们在暗处，他们在明处，我们有备而来，采用的是突袭的方法，应该有把握。”乙化再次分析了敌我对比情况，“福增啊，党组织考验你的时候到了！”

从辽阳一出来，我就提出申请，想加入中国共产党。乙化这么一说，我立刻热血沸腾，摩拳擦掌，羊胆子变成了狼胆子——我真恨不得叫他一声同志啊！

2

那天早上，我们装扮成坐火车的客人，从不同方向进入火车站。站台上站岗的伪军有五名，每隔十米一个，个个站得笔直，手中攥着同样笔直的汉阳造。一名日本军曹腰里别着枪，手上按着军刀，来回走动，老鼠样的目光还挺警觉。其他日本兵和伪军躲在站所里吃饭。按照计划，我和赵光路、王雪操、张大妮等五人坐火车，从车上下来，干掉站台上的敌人，乙化和郭顺扮成等车的，步行靠近站所，解决里边吃饭的敌人。

火车到达沟帮子站时，我们通过车窗发现乙化他们正慢吞吞地在站所附近转悠。车停稳后，打扮成商人的赵光路挽着张大妮的胳膊缓步走向日本军曹。其他人分别从三个车厢下车，直奔附近站岗的伪军。就在赵光路和张大妮距离军曹两米的时候，狡猾的军曹发现了什么，突然后退一步，手向腰里摸去。当时，我走到距他最近的一名伪军身旁，一边装作问路，一边注视着旁边的情况。乙化他们已经接近站所大门，从车上下来的人也大都来到了伪军身旁，只有光路和大妮距离日本军曹还有两米远，而且那名军曹还死死盯住他俩。不知道狗日的发现了什么破绽。光路和大妮也意识到了这一点，但是他们若无其事地往前走。我的心提到了嗓子眼上。是先干掉身边的伪军再去帮他们，还是放弃伪军直奔军曹？我寻思着。光路和大妮朝军曹走去，军曹紧张地注视着他们，目光警惕而诡谲。光路和大妮在经过军曹面前径直走了过去。他们没有停在他面前问路，因为车上下来的许多人都在问路，如果他们也问路，这的确是个疑点。尽管如此，军曹仍然喊道：站住！他们只好站住了。

我一看不好，立刻打乱计划，急中生智，掏出匕首。伪军的注意力随着军曹的叫声已经不在我这里，所以我轻易地把匕首攮进了他的前胸。血液奔涌而出，这家伙嗓子里咕噜一声，无声倒下——按约定我们轻易不杀伪军，此时也顾不上了，这家伙只能自认倒霉。

光路和大妮转身面向日本军曹的时候，军曹的枪已经握在手里，慢慢地指向他们。与此同时，他们背后七八米、十几米的地方，有的同志已经卡住伪军的脖子，有的正用枪顶住伪军的腰眼儿。日本军曹背对我，正好看到同志们的行动，马上呜里哇啦地叫起来，并打开手枪保险……我立刻掏出铁球，甩向日本军曹，狗日的后脑勺上正正吃了我一球，在扣动扳机前应声倒下。大妮飞身过去，掏出匕首，朝军曹胸上猛捅两刀，光路则夺过他手上的鲁格式手枪，然后跟我对视一眼，大步向站所走去。

乙化的背影在站所门口一闪，不见了。

3

站所里有一名日本军曹和五名伪军。乙化他们只有三个人。

我们迅速逼近站所。我边走边看站台上的情况，三名伪军已经被干掉，一名还在挣扎——我们的队员死死扭住他的脖子，两个人滚到了地上。我示意大妮过去帮忙，大妮立刻蹿了过去。我和光路走进站所大门。乙化已经跟日本军曹赤手空拳打起来，伪军们围在一张大板桌子前，手上有的端碗，有的执筷，桌上的大枪躺在那里跟他们一样犯傻——郭顺和另外一个人手上的枪，直挺挺地指着他们。伪军们纷纷举起手，嘴里的馒头不敢再嚼一下，筷子上的熬菜也不敢再往嘴里送，一个个呆若木鸡。这边，日本军曹一边呜里哇啦，喊伪军起来抵抗，一边跟乙化进行肉搏。他俩的拳脚都很快，脚步移动也快，进退转换和位置互换频繁。我和光路进屋后，光路掏枪瞄准军曹，我说了声“小心”——我怕他伤到乙化——立刻脱下汗衫，准备加入肉搏。不料乙化说：“一边去！我还不信这狗日的了！”

我提醒他：“狗日的也练过！”

“练过才过瘾哩！我就喜欢练家子！曹福增，去！”乙化一急了就说“去”，跟撵鸡似的。乙化跟我说话的时候，躲过军曹一记直拳，他突然出拳，一拳打在军曹的眼睛上，军曹后退几步。“外面的都解决啦？”乙化回头问我。

“解决了。就差里边了。”我说。

“福增的铁球管用了，小日本吃了一球！”光路夸我。

“你都干掉一个鬼子了，我必须也干掉一个！”乙化这么说的时候，军曹正好后退到墙角，他顺势从墙上取下军刀，这时，乙化飞身过去，抬腿一脚，踢到了军曹的手上。军曹胳膊疼得直晃，但是没有扔掉军刀。只见乙化一个戳腿，狠狠踹在了军曹的脸上，他立刻傻了——眼冒金星，身体晃了晃紧靠在墙上。乙化抢过军刀，高高举起，狠狠地劈下去……军曹分开的眼睛里充满了疑惑和不甘。

乙化脸上溅满了血，他转过身看着我们，脸上露出得意的微笑。

这一仗，我们打得真痛快，干掉了两名日本军曹和三名伪军，其余的都成了俘虏——他们愿意跟我们打鬼子。除了七名俘虏和十支汉阳造、两把鲁格手枪，火车里还有十二名乘客和车站上等车的四个当地人，目睹了我们杀鬼子的壮举，群情激奋、慷慨激昂——这两个词用得也不赖——立刻决定改变行程，加入我们的队伍。就连专卖沟帮子熏鸡的尹老板，也带着徒弟送来三十只鸡，表示对我们的支持和慰问。

这一仗，我觉得共产党员白乙化同志果然厉害，有胆气，有智谋，有功夫。我觉得我也不孬，距离共产党员的标准也差不多了。我更想入党了。

4

从辽阳出来，一路奔波，好多天没写日记了。

今天，在沟帮子火车站，我第一次杀了一个日本兵。这也是我第一次杀人。日本人占我东北，掳我城池，杀我兄妹，十恶不赦。我手刃了那个日本兵，可喜可贺。但是，毕竟是第一次，当刀劈下去后，我心跳得厉害，心里有点发慌，头也有些晕。好在我稳了稳神，把刀尖戳在地上，没让福增他们看出来。不能让他们笑话我，那样会军心不稳。今后，随着战斗经验的积累，我不会这样了。

晌午歇息时，我做了个梦，梦见朱贵枝了。她到我的队伍来了。我跟她握手的时候，人又变成了王笑笑。王笑笑告诉我，蒋介石在庐山召开军事会议，宣布“攘外必先安内”。

5

从沟帮子出来后，我们乘火车向西，很快就走出辽西，进入热东。好家伙，还是这脚踩风火轮的大铁罐子快，一百六十公里的路只用了三个多小时。下车后，我们走山道，继续向西，经过一些村庄时宣传、发动抗日，又有二十多人加入了队伍。到达喀左县一个小村庄时，乙化接到指示，批准我加入中国共产党。在破败的老房子里，我面对党旗，任凭心脏怦怦乱跳，跟着乙化宣誓：

“严守秘密，服从纪律，牺牲个人，阶级斗争，努力革命，永不叛党。”

宣誓后，乙化找我谈话，他肯定了我抗日的坚决和勇敢，也指出了我的不足。“福增，你身上有一股侠气，同时也有一股痞气。侠气是好的，讲义气，敢出手；痞气不好，像旧部队里的兵，像流匪，要改掉！”我没明白，怎么我就有了痞气了？怎么就像了流匪了？他解释道：“具体地说，你说话总带脏字，说粗口，这是不好的！要改掉！”我恍然大悟，立刻拍着胸脯子保证：“你放心，今后我不说粗话了，绝对不说了！从今往后，我说细话！如果我再说粗话，你毙了我狗日的！”

那天晚上，我请大家吃饭，结果喝醉了。醉前，我跟光路发生了争吵，差点儿动起手来。他看我激动，看我大碗干酒，就翻着眼睛讽刺我，入个党至于吗？我滚烫的心被泼了冷水，心里那个委屈，我大声说，当然至于！人是要有信仰的，人这辈子没有信仰，就等于没有灵魂，就是行尸走肉。我用从乙化那儿趸来的话压他，嘲笑他没有信仰，不料他撇了撇嘴，直着嗓子喊道：你说得太玄，共产党绝不是万能的！

光路的态度激怒了我，我“嗖”地站起来。这时，乙化向我摆了摆手，示意我坐下。我坐下后，他说，光路，你这个人啊，有主意、有主见，这不是坏事。可是你知道吗？在当代中国，只有马克思主义能够救中国，只有共产党才能救中国，只要你回顾一下三十年来的历史，只要你看看这方面的书籍，就会一目了然！

我说：“这是和尚头上的虱子——明摆着的！”

光路还是不以为然，撇了下嘴，斜视着张大妮说：“我还是那句话，救国不必入党，抗日必须杀敌！”

乙化笑了笑，“你这话也不错，救国不是必须入党，入党不入党是个人自由，不入党是你的自由，入党是福增的自由。今天我们不争这个，喝酒！”说罢带头举碗，我和王雪操也举起碗，但是光路虽然举起碗，并没跟任何人碰，自己一仰脖，喝了，喝完起身就走。我的火气顿时蹿到脑门子上了，“嗖”地站起来，“赵光路，你啥意思呀？自己思想落后，还对进步的阴阳怪气说三道四?！啥玩意儿啊?！”光路也不示弱，“谁思想落后啦？思想落后我杀鬼子？你啥玩意儿啊?！”我们俩往一块儿凑，都想动手灭灭对方的气焰。

这时，乙化站在我俩中间，大喝一声：“住口！”

他二目圆睁，眼中喷火，把我俩吓了一跳。他很少这样。他偶尔的一次发威把我们镇住了。

光路就是这么个人，倔强，嘴冷，但是心思缜密，遇事轻易不做决定；一旦做了决定，就是八匹马也拉不回来。九年后，他加入了民盟。十六年后，他以个人身份申请加入中国共产党，但是省委考虑他在民主党派中的影响更便于为党工作，就没有考虑他的申请。此后他一直递交申请，1987 年终于获得批准，成为一名共产党员。当时，他老泪纵横，哭得稀里哗啦的，那样子让我一辈子都忘不了。

6

夜里怪梦连连，醒后再也无法入睡。

先是梦见广娟，她生娃了，是个女儿。听说我在长城边上打鬼子，她乐坏了，经常跟孩子磨叨。她点灯熬油做千层底布鞋，又绣了枕头顶——上面绣有一棵白菜、一个萝卜、一只蝴蝶、一个蝈蝈，带着女儿到了山海关，哭着进了姜女庙。她没找到我，哭着又回辽阳了。

不只这个梦。我还梦见朱贵枝和王笑笑。王笑笑给我读报纸，一张是福建出的《人民日报》，内容是福州成立中华共和国人民革命政府的事情，后来又变成了《中央日报》，说国民政府怎样平息"福建叛乱"、策反十九路军的。当读到追杀蔡廷锴、徐名鸿时，朱贵枝突然出现了，她一把从王笑笑手中夺过报纸，扔进了炉火里，然后从印着朱毛头像的书包里拿出一份《中华苏维埃报》，津津有味地读起来。王笑笑掏出手枪，瞄准了朱贵枝……枪响了，朱贵枝化作一股白烟，飞天上去了。

从梦中醒来，我很纳闷，不知这梦从何说起。怪诞。白天行军百里，太累了，也太困了，只好又睡。这回梦见了爷爷。他说他从遥远的海参崴跑到了莫斯科，跟列宁做伴去了。他告诉我，斯大林很厉害，很能干，政敌惧怕他，人民爱戴他，他的权力至高无上，"比你们的领袖蒋介石还行！"爷爷这么说的时候，我跟他争辩，我说蒋介石不是我们的领袖，他是独裁者，是投降派，是曾国藩的徒弟，专门与洋人讲和，与人民为敌。我爷爷掏出一个印有斯大林头像的毛巾，塞进我嘴里，差点把我憋死。

这都是什么呀？荒唐。脑袋乱得很，但也无法入眠了。

7

我们的队伍进入喀左后，乙化病了一场，是感冒。小时候，我学过几天中医，给他从山上抓了六味草药，他吃下去三天就好了。他体质好。我的医道也不赖。我们选择第一个目标是鸽子洞。

鸽子洞位于大凌河西岸云山峭壁上，是天然石洞，因为里边常有野鸽子栖息，俗称鸽子洞。鸽子洞主洞高大宽敞，天门洞、双门洞等副洞连环互通。这里背靠青山，俯瞰大河，既有利于避乱御敌，又方便渔猎生存，清朝中期就是有名的匪窝。伪满洲国成立后，这里洪家帮的二百多号人全部被收编，成为伪满喀左保安大队第二支队，匪首洪道魁成为支队司令。喀左县城有他的司令部，但是他住惯了山洞，大部分时间窝在山上。他手下有两个副队长，一个是洪道财——他没出五服的叔伯兄弟，一个是洪道生——他的亲兄弟。

党组织指示我们，要想方设法跟洪道生取得联系。

这天下午，我和乙化按照约定去县城喜丰药铺，跟洪道生见面。刚进入喜丰胡同的时候，遇到两个日本兵正在追赶一个小姑娘，小姑娘顶多十二三岁。我俩见状，义愤填膺，互相使了个眼色，放过小姑娘，等日本兵经过时同时一个扫堂腿，两个狗日的——对了，我不能说粗话——两个鬼子立刻跌倒在地。没等他们出声，我俩的手已经像钳子一样卡在了他们的脖子上，他们试图抵抗，拔枪的手改为保护脖子，胸口使劲顶我们的膝盖，两条腿像鱼一样乱扑腾，可是没用，很快他们就老实了，一动不动了。

我们起身要走的时候，发现身边站着几个伪警察，四杆长枪对着我们。这是怎么回事，我们俩互相看了看对方，感觉很纳闷。他们从哪儿冒出来的。我们没有丁点儿察觉。一个军官模样的人背着手，站在那儿无声地看着我们。

“干什么的？”军官问。

“杀鬼子的！你都看见了。”乙化脱口而出。

“哪的人？”

“中国人。”

“敢杀皇军，找死！”一个端大枪的伪警察叫嚣着。

“嘘——”军官制止道。他看了眼周围，伸手把伪警察手上的大枪往下压了压，目光炯炯地看着乙化，“赶紧走！”

我和乙化一怔，恍然……那个词叫什么来着……哦，对了，恍然大悟，我们向他打了拱，说了句谢谢的话，起身奔喜丰药铺走去。

走出二十多米，我回身看了看，几个伪军把两个鬼子的尸体拉向一个涵洞。

我和乙化在喜丰药铺坐了十分钟，药铺掌柜的就引着一个人走上二楼。这个人也是商人打扮，但是我们一眼就认出来，他就是十分钟前给我和乙化放行的伪警察头目。掌柜的介绍了我和乙化，也介绍了他，原来他就是洪道生。这个我们真没想到。

“太险了，你们出来跟我见面，路上还管闲事……”洪道生觉得说得不对，想马上纠正自己。乙化没给他机会，他打断他，“日本鬼子在咱们土地上横行，欺辱咱们的女人，咱们不能不管啊！”

“可是……”

“没有可是。这种事有一次就得管一次。”乙化用五个指头敲了敲桌子。

屋子里陷入短暂的沉默。

“佩服！不愧是‘小白龙’！”洪道生打破沉默，“相比之下，我这个喀左保安大队二支队的副司令，却无法保境安民，惭愧！”

“抗日不分先后，也不分山上城里，更不分穿啥衣服。洪先生也是在抗日！”乙化这么说的时候，我跟着点了点头。

从药铺掌柜的嘴里得知，洪道生在沈阳东北讲武堂学习时认识了邹大鹏，并受到共产主义思想影响。邹大鹏希望我们到达喀左后，能够积极宣传发动抗日，通过洪道生促使喀左保安大队第二支队反正，成为党领导下的抗日武装队伍。其实，所谓保安大队第二支队，就是鸽子洞洪家帮，只不过在三个月前刚刚被伪满喀左县政府收编而已。我们知道，做一支土匪帮会的工作相当难，弄不好还要丢性命。但是，党组织既然已有指示，必须遵照执行。

“两天后到鸽子洞，我在洞口等你们。”洪道生说。

“有劳洪先生！”乙化说。我不懂乙化为什么不叫洪道生司令，司令听上去多气派啊！

“白先生辛苦！你们赶紧出城，晚了就出不去了！”

“我和乙化同志谢谢你！”我伸出手，按照一个共产党干部的做派跟洪道生握了握手。当然，我也想显示一下自己共产党员的身份，因为乙化没介绍我。五分钟后，我们消失在傍晚的霞光中。

8

两天后的晌午，我和乙化、光路、大妮乘船靠近鸽子洞。按照约定，我们在船上向洞口张望，如果看见狼烟升起，就立刻返回；如果看见旌旗摇动，只管下船，放心上山。但是，我们看了好久，既不见狼烟也不见旌旗，又过了两锅烟的工夫，一面旌旗才急匆匆摇动起来。我们立刻下船，往山上走去。

洪道魁端坐在主洞堂里一个虎皮椅子上，国字脸，高鼻梁，宽下颏儿；头发乌黑，很整齐地倒向一侧；浓眉大眼，目光炯炯；漆黑的保安制服在他的身上格外笔挺。他右侧站着洪道生，腰板挺直，面若春风，但微笑的脸上也藏着一丝忧虑。他左侧站着一个人，身着保安服，但是上衣没有系扣，里面露出黑马褂，腰里插着一支枪；中分头，三角眼，脸上斜着一条疤——这人是洪道财。

“拜见洪家帮大当家的！”乙化说。

“我大哥现在是县保安大队支队司令！”洪道财声音尖厉，话语间含着不友好。我摸了摸腰里的家伙。进来时他们没有搜身。

“你就是白乙化?！”洪道魁问。

“在下正是。”

“端了辽阳警察署，平了沟帮子火车站，杀日本人、绑满洲国警察，都是你干的？”

“不错！还有他，他，她！”乙化指了指我，又指向赵光路和张大妮，最后指向山洞外面，“还有他们，所有不甘受辱的东北人，所有有血性的中国人！”

洪道魁脸上露出喜色，他立刻对面前这个皮肤白净又长着连鬓胡的大个子发生了兴趣。他看了眼洪道生，又看了眼洪道财，他的欣喜又藏了起来。

“刚才洪道财说得不错，我现在不是大当家的了，洪家帮已经是喀左保安大队第二支队了。我们拿着满洲国的俸禄，理当为满洲国效劳，这是天经地义的！”洪道魁语气温和，语速舒缓，但也字正腔圆。

“既然你不是大当家的了，那么，我就称谓你洪大先生了。洪大先生，中国有句古话，卧榻之侧，岂容他人鼾睡。你在鸽子洞经营三十多年了，这三十年里，你肯定不允许其他的把子来你这儿捣乱，可如今，日本人进入东北，强掠肥田沃土，强开金银铜矿，杀我同胞兄弟，奸我同族姐妹，我们每一个东北人，只要有血性，都应该站出来，武装抗日、保家卫国！”乙化慷慨激昂，掷地有声。

洪道生微微点头。洪道魁不露声色。洪道财二目圆睁。

“白乙化，我喜欢你这个性子，也钦佩你杀鬼子的胆气和行为。”洪道魁停顿了一下，又说，“你的想法，老三已经跟我说过不止一次。可是我两百多号人，如果都跟着你去抗日，谁来发饷，谁来解决人吃马喂？让我们都喝西北风吗？”

“洪大先生，你上过私塾，也教过几天私塾，是有文化有见识的人。顾炎武说过，天下兴亡，匹夫有责；《增广贤文》里也说，君子爱财，取之有道。眼下国难当头，我们理当不负五尺男儿之躯，拿起刀枪，抗击日寇，何谈饷银薪金？没有枪我们抢，没有粮我们种，我不信在这黑山白水之间，还没我们东北人吃饭的地方！还没我们中国人的出路！”

“说得好！”洪道魁拍了下榆木椅子的背梁，嘴角挂着笑意。

“大哥，你！”洪道财怔住了。

“弟兄们，白乙化白先生说得在理，这些日子我也正琢磨着这些事情。前两天，三当家的跟我说起抗日的事情，我冥思苦想，连续两宿没睡。今天听了白先生一席话，更受启发，深蒙教诲。”洪道魁看了眼乙化，又看了眼洪道生，然后扫视一下分立两侧的弟兄，清了清嗓子，大声道，“我已经想好，从今天起，我洪道魁正式参加平东洋抗日义勇军，跟着白先生打鬼子。有愿意跟着我干的，带着枪跟我走，不愿意干的，把枪留下，发十块大洋，各回各的家，各找各的妈！但是有一条，”洪道魁竖起食指，脸上露出威严，“谁也不能再跟满洲国的保安支队干，那是帮助日本人欺负中国人，那是卖国求荣！”

洪道魁的话已经很清楚了，已经明白无误了，我和乙化把目光投向洪道生，洪道生暗暗点了点头。

“大哥，我不去！你给我留下我的人，我还在保安大队干。”洪道财眨了眨三角眼。

“不行！”

“那……我不给满洲国干，继续占山为王。”

“那也不行！”

洪道财瞪起三角眼，眼睛里吐出辣辣的火苗，这火苗直接蹿向大当家的。“洪道魁，你这是叛变！”他拔出手枪指着洪道魁——他后面的四五个人也举起枪，指向我和乙化、光路、大妮——他大声喊道：“把这几个人给我绑起来！”

“谁敢?!”洪道生大喝一声，掏出枪指向洪道财。他身后的三个人也掏出枪，指向洪道财的人。

我和光路、大妮也掏出枪，指向洪道财。

“都把枪放下！”洪道魁命令，但是谁也没放。双方僵在那里。山洞里火药味十足，一触即发。

“福增，你们把枪收起来。用不着。”乙化在身旁的一个座位上坐下，徐徐解开身上的灰色长袍。我把枪放下。只见他长袍的衣襟散开后，顺势滑向两侧，一排别在腰间的手榴弹露了出来，把众人吓了一跳。他什么时候绑的手榴弹？我都不知道。其他人也不知道。洪家兄弟更是一惊，喽啰们的头不自觉地后仰了一下，整个山洞好像晃了晃。

洪道财的脸愈加狰狞，他的手微微颤了颤，但是很快稳住。他的枪继续指着乙化，阴笑着，“好啊，好啊！洪道魁、洪道生，鸽子洞三十多年的好日子到头了，你们是罪魁祸首！老子跟着你们干了二十年，杀了多少赃官，抢了多少富人，可至今连个老婆都没讨上！死了也好，死了省去烦恼，二十年后……”洪道财打开手枪保险，再次指向乙化，“二十年后，老子还是一条好汉！”

“啪！”洪道生先发制人，拔枪怒射，子弹打在洪道财的膝盖上，他应声倒地。但是狗日的——对不起，我又说粗话了——洪道财一边咬牙切齿，一边试图稳住手腕，再次瞄准乙化。

“啪！啪！”坐在虎皮椅子上的洪道魁掏出手枪，一甩手就是两枪，子弹打在洪道财的胸上。

“放下枪，都放下枪！”洪道魁大喝一声，“谁敢乱动，这就是他的下场！”

洪道财身边举枪的人左顾右盼，纷纷把枪放在地上，“扑通、扑通”跪下——

“大当家的，饶命、饶命！”

“我们跟着你走！跟着你打鬼子！”

洪道魁盯着倒在地上的洪道财——他的叔伯兄弟——眼里淌出两行泪水。

9

鸽子洞的洪家帮已经归顺，队伍一下子壮大了，如虎添翼。洪道魁大义灭亲，杀了堂兄弟，令人嗟叹。我不想杀自己的同胞，也不想同胞间互相屠戮。可是没办法。

要是中国人都能一条心，拿起武器抗日救国，该有多好啊！

想起鸦片战争，想起甲午海战，想起鲁迅先生的《复仇》。

10

洪家帮归入义勇军后，怎么安置，怎么编排，我给乙化出了主意。我的意思是，把洪家帮的人打乱，编入各支队，让洪道魁和洪道生各当一个支队的副支队长，以防生变。俗话说，防人之心不可无。可乙化不同意，他说，用人不疑，疑人不用，咱得信任他们。他不想把洪家帮的人打乱，而是直接编成两个支队，即第三支队、第四支队，每个支队一百多人，每人当一个支队长。他说出这个想法后，我半晌没言语。他发现了我沉默里的含义，开导我说，人家为了抗日杀死自己的兄弟，这是多么大的决心，这是多么值得敬重的英雄啊！

我想说，正是这份凶残，才不能不防，自己的叔伯兄弟都能杀，何况别人？但是我没说。我已经是一名共产党员，不能乱说，不能嘴上没把门儿的。

乙化看出我的忧虑，又解释说，这个你别担心，洪道魁弃暗投明，说明他身上有一股侠气，有一股大丈夫气，这样的人我们应该放心；另外，他也是读过书的人，身上还有一股文气——智者不忧——抗日救国的道理他懂，这个道理让他心里豁亮了，他见到了外面的光明，就不会再走回黑暗。

他说得头头是道，我也觉得有道理，可我想到了一个人。我说李大山呢，当初咱们结拜时咋说的，两年不到就变卦了，自己单干去了，成了满洲国的狗。一说起他，我就气不打一处来，“狗日的！”——我也不管粗话细话了——当时就骂了一句。

乙化嘴唇动了一下，低下头，叹了口气，又抬起头对我说：“李大山是个特例，我们不能因为出个李金山，就不相信任何人。不能一朝被蛇咬，十年怕井绳。更何况，洪道生还是共产党员，这等于上了双保险，所以我说，洪家帮不会走。”

他这么一说，我觉得也有道理，共产党员确实应该胸襟宽阔。但是，当他说出不仅让洪道魁当支队长还要当副司令的时候，我不干了，我的肝火腾地蹿到脑门子上了。

“乙化同志，这个不合适吧！”我克制自己，尽量用一副公事公办的语气说。

“有什么不合适？”他问我。

“我们的副司令可一直空缺着！”我咬了咬嘴唇。

“是啊，现在正好补上嘛！”他轻描淡写地说，好像从来没有考虑过我一样，这话差点儿把我脑袋气成两半。

“一帮土匪刚过来，任命两个支队长就足够了，还任命副司令？我和赵光路谁都能当副司令，可是我们谁都没……张罗——关键时刻我拉上了光路，以给乙化施加压力——现在倒好，他一来就当司令，凭什么吗？他脚下踩着风火轮还是头上长着牛魔王的犄角哩？是他手上攥着丈八蛇矛枪呢还是后背背着青龙偃月刀呢？”我开始意气用事了，忘记了共产党员的标准。

乙化笑了，笑得还挺开心。他拍了拍我的肩膀，“福增啊，我知道你这个想法，不过，你今天能说出来我很高兴，说明你没跟我闹心！平东洋义勇军是抗日队伍，不是我‘白家军’，你和光路打仗没的说，也有些谋略，你还是党员，有一定党性，可你想过没有，咱们都是辽阳人，咱们还是把兄弟，如果让你们俩干了副司令，人家咋看咱们这支队伍？咋看共产党？”

我承认他说得有点儿道理，可我就是转不过这个弯儿来。放着自己人不用，偏要用外人，脑子是不是让驴踢啦？我当时真这么想。

“你和光路是一、二支队的支队长，是我的左膀右臂，是义勇军的命根子啊！”

我不想当命根子。

“我是司令，这已经足够了！要不你来当司令，我让贤！”

“我和赵光路谁都能当副司令，唯独洪道魁不成！”

听他口气不像赌气，但我是赌气。因为我心里真的堵得慌。我不想当司令，只想当副司令。

“福增，你现在也是一名共产党员了，宣誓时咋说的？你忘了吗？……咱们入党，不是为了当官做老爷啊！”

“我？”是啊！我差点忘了这个道理。共产党打土豪分田地，号召全民族抗日，确实不是为了自己当官做老爷啊！

我突然有些羞愧。

11

驻扎在喀左县城的是日军龟田小队，共二十五人。经过几天的商量，特别是乙化最后的拍板，我们确定了消灭鬼子的方法——引蛇出洞。洪道魁到县城请小队长龟田到山上做客，龟田爽快答应，第二天就带着一名副官和四名随从来到鸽子洞。我们的人分成三组，一组由我和洪道魁负责，王雪操和张大妮参加，在龟田吃“山宴”时将其打死；另一组由赵光路和洪道生负责，到喀左县城对保安一支队进行劝降，顺便把“龟田被抓”的消息告诉日军，再次引蛇出洞；第三组由乙化和郭顺负责，在鸽子洞东南三公里处的峡谷处设伏，待日军出峡口准备渡船时，从侧面山坡上干掉他们。乙化制订的这个计划真是天衣无缝，按他的话说，既考虑了天时地利，也考虑了人和，有望全歼龟田小队驻喀左的二十多人。

一切都按照计划执行了。

一切都很顺利。

当然，义勇军也有伤亡，我们在鸽子洞对付龟田时，他的随从开枪反抗，洪家帮的弟兄一名牺牲、两名负伤。赵光路和洪道生在茶楼上对喀左保安一支队的头目劝降时，对方不从，双方拔枪互射，结果对方被击毙，洪道生手下一个人和义勇军二支队的一名队员牺牲，赵光路左臂中数弹，血流不止，后来不得不锯掉了胳膊。在峡谷处伏击鬼子时，鬼子组织反击挺猛，四名义勇军战士牺牲，六名负伤，其中郭顺的眼睛被打瞎，从此成为独眼龙。那时候我们训练少，打枪不准，吃了不少亏。

保安一支队的队员们在驻地听到枪声，立刻炸了锅，由于群龙无首，只好集体待在大院内等支队长回来。可支队长回不来了。等我和乙化以及洪家兄弟率队赶到时，他们有些人茫然地坐在原地，有些人举起枪指向我们，当然，指得也不那么坚决。只见洪道魁大步走向院子中间，“嗖”地蹬上一张石桌，“弟兄们，我们跟着日本人干，他们却要杀我们！龟田的人全被我们干掉了，你们不要怕！你们的队长就是日本人杀的，我已经给你们报仇了！”

洪道魁话音一落，七八个端枪的人放下了枪。其他人你看看我，我看看你，脸上愕然。

洪道魁说：“日本人陈兵东北，杀我们兄弟、辱我们姐妹、占我们良田，我们咋能跟他们干呢？”

又有七八个人放下了枪。

“你们听说过‘平东洋义勇军’吗？这位就是义勇军白司令！请他给大家讲几句！”洪道魁说完，从石桌上跳下来。

乙化大步走到石桌旁，跨上去，看了一遍院子里的人，底气十足地说："《左传》里有一句话，多行不义必自毙。我们辽阳也有句土话，自家的场院，不晒别家的谷子。小日本来我们东北，花言巧语说要帮助我们，这是黄鼠狼给鸡拜年——没安好心！如果说前两年大家还受蒙蔽，现在情况越来越清楚了，他们的真实面目已经昭然若揭——侵略，彻头彻尾的侵略！鬼子杀人、占地，欺骗奴役我们，大家有目共睹！而且，我负责任地告诉大家，日本人占领东北，绝不仅仅是东北，他们妄想把整个中国都吞掉，我们能答应吗？！"他瞟了眼身旁的赵光路，炸雷似的喊道："我们三千万东北人、四万万中国人，决不能当亡国奴！我们手里的枪，是用来打鬼子的，不是帮助他们打中国人的！"

其他端枪的也都把枪放在了地上。

最终，保安一支队的一百二十人，除了十几个人要求回家外，其余的都参加了义勇军。我们的队伍一下子壮大到五百人。龟田小队驻扎在喀左县城的日军，也被我们全部歼灭，我们又取得了一个胜利。

第二章

1

喀左距离凌源只有四十公里，我们马不停蹄，直奔凌源县城。不用我说，你都能猜到我们是如何拿下凌源的。是的，我们穿上小日本的衣服，干掉县城南城门两个鬼子和两个拒不投降的二鬼子，在两个投降的二鬼子的带领下，兵分两路，一路直捣日军驻凌源县城队部，另一路收拾了把在北城门的几个敌人。

在凌源，我们吃掉了日军龟田小队的三十人，一时名声大噪。凌源县十里八村的二百多名青壮年找到我们，要加入义勇军。我和乙化会见了每一个人，全都收下了。乙化拍着这些小青年的肩膀，那种高兴劲儿甭提了，脸上笑得就像光棍子娶了新媳妇。

从招募点回来，走进临时医院，乙化再也高兴不起来。是啊，打仗就有牺牲，伤亡在所难免——这个词好吧，我是听赵光路说的。乙化带着我去看望伤病员，他一会儿眼睛湿润，目光关切，嘴里吐出实实在在的问候；一会儿咬牙切齿，盯着伤病员伤口的眼睛像着了火，暗自攥紧的拳头嘎嘎作响；有时候，他又慷慨激昂，面对伤病员发表一通演说，嘴上像有百万雄兵。从他的表情中，能看出他对战士的关心完全出于真心。他爱惜他们。许多伤员等着换药、喂饭，但是医生人手不够，伤员只能眼睁睁地看着，等着，他就拿起纱布亲自给他们换药，端起碗筷亲自给他们喂饭，令大家十分感动。受他的影响，我和光路还有洪家兄弟也都给伤病员们喂喂饭，掖掖被子，那种感觉真好，跟弟兄们就像一家人。当时我想，大概这就是共产党说的“官兵平等”吧，其实，又岂止是“平等”呢？

在老伤员郭顺那里——他的眼伤还没有完全康复——乙化当着众人面，给他洗起了脚，让郭顺的独眼哗哗落泪。对这个举动，我起初不以为然，觉得有点过分——乙化毕竟是义勇军司令，应该注意自己的形象——后来想到郭顺兄弟是咱辽阳人，出来打鬼子伤了眼睛，有可能成为独眼龙，着实不容易，也着实可怜，洗洗就洗洗吧。这么一想，我就理解了。

当时，我觉悟就是这么低。

2

我们在凌源休整了一天一夜，继续西进，往热河方向移动。路上，我们边走边打，边打边宣传，加入义勇军的新兵达到两千多人，到1932年年底，抗日队伍达到三千人。当然，在增加兵员的同时，我们也失去了不少战友——在大小十几次战斗中，我们伤亡了四百多人，其中牺牲了一百七十人，包括副司令洪道魁。

洪道魁是在黑峪口战斗中阵亡的。当时，他带领三十个弟兄负责掩护义勇军撤退，却被鬼子死死缠住，无法脱身。当鬼子只剩下四个人而洪道魁成为光杆司令后，双方展开了肉搏战，洪道魁一把大刀砍掉了两个鬼子的脑壳，砍断了另外两个鬼子的三条胳膊，自己也身受十二处刺伤。那些遍布胳膊、肩膀、肚子、大腿的血窟窿令他昏厥过去。他伤口虽多，还不足以致命。可是，一条走失的日本狼狗气喘吁吁地从远处跑来，看了看倒在地上的主子，又看了看血泊中奄奄一息的洪道魁，“嗖”地扑过来，冲着他的脸和脖子一阵撕咬。副司令没有被日本兵打死，却被一条日本狗扯断了喉咙，结束了生命。这一切，被一位在山上采药的老农看见，他愤恨地骂道：畜生！畜生啊！

洪道魁的死——不，是牺牲——令我们心情沉重，乙化更是悲痛万分。

第二天拂晓，我们一部分人又摸回了黑峪口——乙化坚持要回来一趟，光路觉得有道理，我当时迟疑些——并且很快找到了洪道魁的尸体。乙化伸向他脸上的手直发抖，两行热泪落在洪道魁血肉模糊的脸上。乙化压抑着自己，没有哭出声，静静地瞅着他。过了一会儿，他站起来，冲洪道魁的尸体三鞠躬。大家也跟着鞠躬。这时，洪道生走到他跟前，两人紧紧拥在一起。一对肩膀随着抽泣不住颤抖。我们都知道，洪道生在三个月内失去两位哥哥，这是多么大的悲伤啊！

把洪道魁的尸体埋进一个坑里后，乙化让我们先走，他盘腿坐在坟前，又待了好一阵子。足有一袋烟的工夫。我和洪道生站在远处等他，望着他瘦弱的脊背，也感觉十分悲伤，心里湿湿的、凉凉的。他的嘴唇在动，好像在说着什么，但是我们什么也听不见。

3

洪道魁同志牺牲了，异常悲壮，异常惨烈。场面不忍睹，不忍忆。想起鲁迅先生的《记念刘和珍君》，想仿一篇《纪念洪道魁君》，但不知从何下笔。心里像装着一块巨石。

赋诗一首，聊作对他的纪念。

壮士常断头，不遗碧血羞。身埋桑梓地，魂守汉家瓯。

福增爱打呼噜，不过打得很轻;光路说梦话，总说“喜欢”，喜欢什么呢?

4

近来，朱贵枝成了我梦中的常客。她喋喋不休地给我讲国民党和蒋介石。她骂国民党一党专政，排斥异己。她说蒋介石是民贼独夫，是秦始皇、汉武帝、曾国藩。她骂国民政府是“蒋家天下”，政治、经济、军事、文化上全部姓蒋，简直就是“蒋家王朝”。她说现在有的还不清晰，将来一切都会水落石出，真相大白。她说得慷慨激昂，滔滔不绝，唾沫星子乱溅。我不喜欢她。

喜欢。喜欢。光路又说梦话了。

不仅说梦话，他从炕上坐了起来。他大概想起夜了。我看了看轻轻打鼾的福增，低声问了光路一句，他没言语，兀自披上衣服出去了。

光路将近半个时辰后才回来，而且鼻青脸肿。他回来的时候合着眼，跌跌撞撞地躺在了炕上。

5

我们突袭喀左和凌源日军，引起了日本人的恐慌，他们纠集力量对我们进行“清剿”。可是乙化用兵灵活，声东击西，指南打北，多次跳出鬼子的围堵。乙化的军事指挥才能顶呱呱，我的政治觉悟也不蔫乎，洪道生和赵光路的战斗作风越来越硬棒。

乙化提出让洪道生接替副司令，我心里有些不甘，但是我从大局出发，举手赞同。乙化非常高兴，夸我党性强、觉悟高，提议我当义勇军政委。这个提议，洪道生举手赞同，赵光路略有疑义：“政委？设个政委做什么？”乙化解释了一通，他微微点头，也举手表示同意。我谦虚了一下，对乙化说：“司令，要不让光路当政委吧？”乙化说：“光路不是党员，不能当政委。”我做恍然状，点了点头，感觉自己有些虚伪。

我和乙化散步的时候，曾经向他提议，给赵光路弄个副司令干干，“一个人是干，两个人也是干。三千多人，两个副司令也说得过去。”

乙化说：“两个倒是没问题。”

关键是能钳制一下洪道生。我想说，但是没说。我发现自己的点子越来越多。我不知道这算不算谋略。

他说：“再看一看。”

“看什么？”我问。

“光路的思想我摸不透。”

“哦，你是说，他对党……”

乙化点了点头，“不过，光路打仗没的说！”

“那是！我觉得他比我都勇敢。”

“他对当官不当官的好像也不在乎。”乙化这么一说，弄得我脸上有点发烧，不知脸红了没有，真怕被他看见。

“光路只剩一只胳膊，出来进去不方便，应该有个女人照顾。”我想起一件事。

“应该，应该！”乙化若有所思，“你帮助物色一个，看哪个女战士合适。”

三天后，我就把义勇军四支队一个来自承德王土房的女队员介绍给他。两人互相都觉得顺眼。五天后就办了喜事入了洞房。他不跟我们住一个屋子了。他搂着媳妇睡去了。他肯定整夜整夜地说“喜欢、喜欢”了。可是，天有不测风云，半个月后这位新娘子不知得了啥怪病，一命归西了，弄得赵光路蔫头耷脑，就好像霜打的茄子。

他是腊月初八重新当上光棍的。过年以前他始终郁郁寡欢，打不起精神。正月初九，我让他再次当上了新郎官。这回他娶的是赤峰牛家营子的一个女子，这姑娘个头比赵光路还高，身体比赵光路还壮，赤红脸，厚嘴唇，大胸脯，看样子生出七八个义勇军队员也不在话下。可是，结婚没一个月，这女子也突得暴病，不治身亡——“不治身亡”这个词用得好——从此，我再也不敢给他介绍女人了。医生没解释清她的死因。他重新回到集体宿舍。队伍里传出许多谣言，这些谣言五花八门，花里胡哨，令女人们见到赵光路直躲，好像他是瘟神或者是索命小鬼似的。

6

1933 年元旦夜里，日军向山海关进攻，把侵略矛头指向热河。东北军将领何柱国奋起反击，古长城烧起了抗击侵略者的烽火。通过三昼夜的激烈巷战，中国守军第一营、三营将士全部殉国，两天后山海关失陷，太阳旗插上了天下第一关的城头。后来，日本人和伪满洲国军队进军热河，东北军元老、热河省主席汤玉麟不战而逃。再后来，日军进攻长城各隘口，国民政府派遣西北军将领宋哲元、冯治安、张自忠、刘汝明和中央军将领徐庭瑶、关麟征、黄杰、刘戡以及东北军将领王以哲、何柱国、万福麟等人，率兵在义院口、冷口、喜峰口、古北口、界岭口凭险固守，与日军形成对峙，准备跟鬼子死磕。这些消息都是我们后来知道的。当时，我们是瞎子的眼睛，啥也看不清楚。

气焰嚣张的日本鬼子还想消灭我们义勇军，调集重兵，从通辽、绥中方向对我们实施“围攻”。这回他们下了大本钱，而且来势汹汹，势在必得——这两个成语好——我们缺粮少弹，且战且退——这两个也不赖——一直退到了长城边上。是进入关内，还是回师辽西，我们展开了讨论。大家讨论得热火连天——不，应该是热火朝天。第二天，商震32军的一个人来到营区，把一位师长的亲笔信交给我们，说他的队伍在冷口关接应我们，希望我们尽快入关，共同抗日。对此，乙化非常高兴，我们这些人也都欢呼鸟跃——不，应该是欢呼雀跃。

送信的人是李金山。我们端掉伪辽阳警察署后，他没法在辽阳待下去，就外逃关内，参军抗日，那时已经是32军一个团的参谋。小样儿爬得还挺快。

7

冷口关是喜峰口至山海关中间一个较大的关口。西距白羊峪关十二公里，东距刘家口十二公里，南距迁安城二十五公里。冷口关地势险要，各朝各代都派重兵把守。明代戚继光当蓟镇总兵时，曾在此修边城、筑敌台，作为要冲。那时，冷口正在成为中国军队长城抗战的一个主战场——今天说这样的话没事了，五六十年代因为这么说，我被打成了“右派”。

“蒋介石抗日啦？变啦？”起初，乙化有些怀疑。

“毕竟是中国人！毕竟是中国军队！他蒋介石不能做千古罪人！”洪道生说。他觉得老蒋抗日在情理之中。

“不抗日是暂时的，抗日是长久的；不抗日是偶然的，抗日是必然的！”赵光路也振振有词。他挤眉弄眼的样子我真不喜欢。

“听说商震将军还是有正义感的！”我随口说道。对这样的话我并没有什么把握，我只是想表达一下“政委”的意见。堂堂义勇军的政委，不能没有“意见”。

大家都这么说，也就打消了乙化的顾虑。会上乙化拍板，义勇军撤至山海关内，同32军会合，寻求更大发展。

8

三天后到达冷口，等待我们的却是——缴械，驱散。听说是奉了上级的命令。我们连商震的人毛都没见到。

赵光路气得嘴唇发抖，对32军破口大骂，也把李金山骂了个狗血喷头；我和洪道生暗中嘀咕，想跟他们拼了；乙化眼睛里直喷火，但是很快平静下来，他用一句话反复劝我们——“留得青山在，不怕没柴烧。”

我们的队伍就这样被解散了。

9

队伍解散，我痛心疾首，懊悔不已。抗日救国，抗战杀敌，为什么国民党就不让呢？这次失败，怪自己年轻幼稚，轻易相信了32军。但是，我本人没有败在日本人手里。没关系，失败了重新再来！反正不打走日本鬼子就誓不罢休！

第三章

1

1934年北平的春天来得很晚，3月底柳枝才发芽。

乙化回到中国大学已经一年，我和赵光路、郭顺开的餐馆也已经营业整整三个月。“东北杀猪菜”在前门一带非常有名。开餐馆前我们拉过车、卖过报，澡堂子里给人搓过澡，戏园子里端盘子伺候人家喝茶水吃点心，这些都干过。后来有了一点积蓄，我们就开了“东北杀猪菜”。乙化长期住在劈柴胡同洋车行里，课余时间拉拉洋车，更多的时候是代课和写稿，挣些生活费。如果是周末，他也会来餐馆帮帮忙，我们偶尔喝点酒。后来，餐馆生意越来越好，乙化的学费就不成问题了。我们的吃喝也不成问题。只要不谈时事，我们从不叹气，但是我们做不到。

在冷口被遣散，我们三个人跟随乙化来到北平，他继续学业，我们自谋生路。乙化插入政治系13班学习。洪道生带着他的弟兄们钻进了深山老林。李金山嘴上抹蜜留下了张大妮。王雪操本来也想到北平，但是乙化让他跟着洪道生进山，确保留下抗日火种。开餐馆后，乙化曾带着一个东北老乡来吃饭，他叫才山，可是来一次就不见了。

吴澜倒是常来，他出手大方，坚持吃饭给钱，弄得我们直跟他急。那时他跟乙化整天忙于“政治学社”的事情。后来，我们成为战友和一生的朋友。

乙化和才山认识是在一年前，那天我和他去铁狮子胡同，准备在东北救亡总署跟各路义勇军头头见面。路上乙化情绪高涨，竟然唱起了歌：“不要皱着眉头，大众的歌手，路途是多荆棘的，黑夜总有个尽头。要提防掉进陷阱里，跌倒就要爬起来，挺起胸膛走，黎明就在前头！”那天，我们结识了许多人，这其中就有才山。才山那时还叫才治安。我们一见如故——这个词儿不知用得对不对——决定利用东北义勇军绥西垦区这块招牌，秘密发展队伍，建立抗日武装。

一年来中国发生了许多大事：1933 年 3 月，国民党第 29 军、第 17 军将士在长城喜峰口、古北口与日军激战，重创日军，29 军大刀队闻名中外；3 月份，红军打破国民党军队第四次“围剿”，中央苏区与闽浙赣苏区连成一片，红军迅速扩大到八万人；5 月下旬，察哈尔民众抗日同盟军在张家口成立，冯玉祥任总司令，方振武任前敌总司令，吉鸿昌任前敌总指挥。报纸和电台的消息令我们激动，眼睛比老鼠的还亮，恨不得立刻上前线打鬼子，可是前线在哪儿呢？

“在哪儿？在长城边上。喜峰口、古北口，不都是抗日的地方吗？宋哲元、冯志安、赵登禹，不都是抗日将领吗？我说过，国民党不抗日是偶然的，抗日是必然的。咋样，我说对了吧？”赵光路耷拉着一只独臂，振振有词，脸上有些得意。这阵子，他没怎么说梦话。

我一时无言以对。但是我感觉他好像话里有话。他似乎忘记了被遣散的事情。郭顺拿剩下的一只眼瞟乙化。

“29 军抗日不假，宋哲元、冯治安、赵登禹也是好样的，咱服！但是，说蒋介石的国民政府也是抗日的，还为时过早！”乙化语气平和，不急不躁，“从去年春天到今年春天，除了让咱们高兴的事情，同志们，毕竟还有一些让咱们添堵的事情啊！”

是啊，这一年确实还有另外一些大事，令我们憋屈、恶心，像是被人强灌下一碗带鸟屎的粥。1933 年 3 月，热河省主席汤玉麟不战而逃，日军以一百二十八个骑兵的先头部队，兵不血刃占领承德，热河沦陷；4 月，北平教育界公葬李大钊，遭军警镇压；5 月，中日签订《塘沽协定》，中国军队迅速撤退至延庆、昌平、顺义、通州、香河、宝坻、林亭口、宁河、芦台所连之线以西、以南地区，以后也不得越过该线及作一切挑战扰乱之行动；10 月，日本指使蒙古德王在百灵庙成立所谓“内蒙古自治政府”，妄图实现“满蒙独立”“以华制华”的目的；1934 年 1 月，在日本关东军的导演下，“满洲国”改称“大满洲帝国”，在新京——今天的长春——恢复帝制，溥仪当上了康德皇帝。这些事情令人愤怒，我们对国民党的失望和对日本人的仇恨，每天都在心里翻腾。

“别忘了，国民党同日本人签订《塘沽协定》是真的，蒋介石对苏区发动‘围剿’也是真的，我看他剿共的热情比抗日的热情还高！”乙化给大家分析，“另外，溥仪就任皇帝，内蒙古德王宣布自治，这是日本人企图搞‘满蒙独立’，形势严峻啊同志们！”

大家都觉得有道理，牙齿咬得“咯咯”响。

2

有一天，朱贵枝来到餐馆，讲了一个故事，起初大家不信，后来经过多方求证，才发现是真的。

这年 3 月底，日本关东军间岛辎重队共产党员伊田助男，用汽车送给中国共产党东满游击队十万发子弹，然后自杀身亡。他留下一张从笔记本上撕下的纸片，纸上写着：我很想和你们见面，同去打倒共同的敌人，但我被法西斯恶兽们包围着，走投无路；我决心自杀了，我把运来的十万发子弹赠送贵军，它藏在北面的松林里，祝神圣的共产主义事业早日成功！后来，东满抗日救国军李延禄部在马家大屯将伊田助男掩埋，并举行了追悼会。

这件事令赵光路大开眼界，大跌眼镜，“我的娘哎，共产主义有这么大魅力？日本人也魔怔啦？”

他这么说我很不爱听，什么叫“魔怔”，会说话吗？不会说把嘴缝上！我刚要指责他，乙化制止了我，这时光路自己挠了挠头皮，不好意思地说：“我这么说是急不择言——他这个成语我没听说过——说秃噜嘴了，你们别介意啊！我只是觉得新鲜，共产主义在世界上这么有市场？！”

“你以为呢？”我难得有“教育”他的机会，但是，我不知道接下来怎么“教育”他。我不善于说话，只是想借这件事出口气。

“光路，早就跟你说过，在现时代，只有马克思主义能够救中国，只有共产党才能救中国。”关键时刻，还是乙化站出来，帮我“教育”了他一番，“当然，你也说过，共产党不是万能的，这个我不跟你抬杠，因为，世界上就根本没有万能的人，也没有万能的组织……”

“没有，肯定没有！”赵光路用独臂摆了摆手，打断了乙化。

“我不同意你们的观点！”朱贵枝用她那只枯干的手拍了下桌子，“共产党就是万能的党，共产党政权就是万能的政权，咱们拭目以待。”——这个成语我就是从她那儿学来的！

大家面面相觑。

郭顺眨了眨独眼，侧头看窗外飞絮。

3

那天夜里，我梦到了朱贵枝，不知为啥我们抱在了一起，醒来后发现裤头湿了。我脸上火辣辣的，不敢言语。我知道，朱贵枝正在……追求……乙化。我做这个梦，对不起他，对不起组织。

宿舍里只有我和光路两个人。乙化回学校住去了。光路又开始说梦话了，“想，想。”他想谁了呢？

“光路，你想谁了？”我问。

他没有回答我。

4

这年夏天，我们的餐馆生意不错；到了秋天和冬天，就不明不白地冷清起来。我们没有偷工减料，没有慢待顾客，不知啥原因，来吃饭的人越来越少。后来一打听才知道，西单那边新开了一家“隆福轩”，主营东北菜，背后的人是国民党部队驻北平的一个团长。到我们餐馆吃饭的有三种人，当兵的，拉车的，附近戏园子里听戏的。现在当兵的一个不来，买卖一下子冷清了许多。后来，戏园子不仅经营茶水和点心，还供应炒菜，看戏的人就不来我们的餐馆了。

有将近半年的时间，乙化也没怎么来。夏天，我去中国大学看过他两次，他都猫在图书馆里；秋天，我去找过他一次，他在教室里听课。我在教室外面踅摸了一个时辰，才把他等出来。

我们走在校园里，聊起各自近况——他读了很多书，我受了很多累。听说团长开起“隆福轩”，乙化骂他“不务正业”；听说戏园子开始供应“炒菜”,他说它“不伦不类”。我又学会了两个成语。我记性好，不定啥时就能用上。我给他讲一些餐馆里的事，赵光路想女人，郭顺想家，他都点头示意，偶尔笑一下。谁不想呢？他感慨地说，没碰过女人还不知道想女人，一碰了反而更想。他这话我不太懂，但是让人浮想联翩——这个词用得多好！他说，辽阳远在千里之外，而且还在日本人的控制下，不想才怪呢。我说出一些挣钱的想法，他静静地听着，并没有反对，只是我多心，怕他嫌弃我只知道挣钱——掉进了钱眼里——他却引用鲁迅的话安慰我：“钱这个字很难听，或者要被高尚的君子们所非笑，但我总觉得人们的议论是不但昨天和今天，即使饭前和饭后，也往往有些差别。凡承认饭需钱买，而以说钱为卑鄙者，倘能按一按他的胃，那里面怕总还有鱼肉没有消化完，须得饿他一天之后，再来听他发议论。”

他这么说我非常意外，我以为他会说“没钱怎么买枪，没枪怎么抗日”一类的老话呢。没有。我又告诉他，那位团长早年也参加过汪精卫刺杀亲王的行动，是站在远处站岗放哨的，只是贪财，所以提拔得很慢。团长不是开烟馆，就是开妓院，最近连饭铺的钱也要挣了，上面拿他一点办法也没有。据说是有人撑腰。他又引用鲁迅的话：“被虐待的儿媳做了婆婆，仍然虐待儿媳；嫌恶学生的官吏，每是先前痛骂官吏的学生；现在压迫子女的，有时也是十年前的家庭革命者。”

我从来没有听到过鲁迅的这些话，此刻乙化一说，我有五雷轰顶的感觉，人家说得太好了，太深刻了。看来，以后我也得读一些书，要不就是睁眼瞎了。

“咋好久没去餐馆？”我问。

“功课太紧。”他答。

“你脑子聪明，功课再紧也难不倒你。”

乙化低下头，又抬起来，“这一年我没少看书，文学、哲学、历史，吴承恩、曹雪芹、鲁迅、巴金、老舍、茅盾，托尔斯泰、巴尔扎克、肖洛霍夫，尼采、康德、柏拉图、苏格拉底、马克思，我发现我对鲁迅和马克思还是更感兴趣。”

我不怀疑他的话。但是我不喜欢看书。他说的人名好像在梦里听说过。

“鲁迅你说过许多次，马克思也不止一次。”我顺着他的心思说。

他高兴地点了点头，“那当然！如果咱们是航船，那他就是指引航船前进的明灯。”

“光路的话你不必在意！”我小心翼翼地说。

“哦，没关系。他入不入共产党没关系，信不信共产主义也没关系，只要他抗日，我就认他是好兄弟！是好同乡！”

“是的。”我赞成他的话，“只要他别变成李金山那样，给满洲国或者国民党做事就成，都是好哥们儿，都是阶级弟兄！”

“给国民党做事还比给满洲国做事好些。给满洲国做事，不就是给日本人做事嘛！”

“就是！鼠……狗……妈的李金山！”我忍住没说脏话，“不过，话说回来，给国民党做事，也不如给咱共产党做事好！”

“那是自然！”乙化深深地看了我一眼。我知道，此刻他对我的信任，远远超过对赵光路的信任。

“等攒够了钱，咱们回东北！”这是我的真心话。

“花木非有土不可，正同拿破仑非有好兵不可一样。”

我没听懂这句话。这时，朱贵枝走了过来，停在我俩身旁。我知道我该走了。

5

今天，曹福增来看我，聊起许多趣事。餐馆的生意不大好，处于维持状态。方才问了王世波，看他有什么好主意——商人的儿子，对经商自然有心得——他果然就贡献了两个计策：一、东北菜里放上罂粟壳，勾人上瘾；二、关了餐馆，开药铺，他帮忙办执照。第一个说说而已，是玩笑；第二个倒是可以考虑，改日告诉福增。

跟福增聊天时，我数次引用鲁迅，貌似自然，实则未必。是的，最近数月确实读了先生许多文章。我承认我迷上了先生。不知福增是否能懂，他文化水平毕竟低些。大抵也差不多，鲁迅以锋利著称，看社会以准确闻名，文字本身并不晦涩，从不故作深奥。

朱贵枝跟我在校园散步，她说她舅舅让她去苏联学习，问我什么意见。我说你自己做主。她坚持要听听我的意见，我说我的建议是不去，出国还不如到你舅舅身边做事，那样可以发展党员，壮大力量。她问，只有这些吗？我点点头。我知道她什么意思。我不能答应她，不能给她任何希望。我承认我的婚姻是包办婚姻，但广娟是好人，她怀着我的娃——娃如果顺利生下来，都能走路了——我不能办对不起她们娘俩的事。朱贵枝对我的感情很深，这我知道，我也很感激，但是我不能接受这份感情。

朱贵枝说：好，那我就去苏联。

朱贵枝流着泪说：让我们保持一定的距离吧。

这是我第一次见她流泪。

临走时，朱贵枝靠近我，让我抱一下她，我没有拒绝。但是当我轻轻抱住她的时候，我想到了妻子，心中生出不忍，于是收回双臂。

6

那天我回到酒馆宿舍，已经晚上十点。光路早早睡了。郭顺住在酒馆里值班。本来说好我们三个人轮流值班，但是郭顺坚持要自己一个人值，我们只好作罢。开酒馆郭顺出的钱少一点，他总觉得内疚，处处想多干些。我们虽是一个集体，可也是个人，除了干大家共同的事业，自己还要生存，都想有一点积蓄。这是人之常情。就算实现共产主义了，个人恐怕也得有自己的财产。

光路不打呼噜，但是又说梦话了。想，想。

他又想上了。也不知道是在想谁。

我躺下不久，快睡着的时候，光路从炕上摸索着起来了，大概是出去解手。我没理他。从中大到酒馆走了一个时辰，我腰也酸了，背也疼了，躺在炕上真舒服呀。我累了，想早点睡觉。

乙化说话的神情在我眼前晃了一下。

朱贵枝的模样也晃了一下。

他们为啥不能……

我睡不着了。本来因为困倦，脑子已经昏昏然，但是因为一个念想，头脑又清晰起来，活跃起来，胡思乱想起来。我倒不是想女人。我在猜朱贵枝跟乙化的关系。他们会不会结合？乙化始终不同意，朱贵枝始终不松劲，结果会怎样？军阀可以娶十几个女人，我们为啥不行？

蒋介石可以再婚，白乙化为啥不行？听说共产党干部妻子牺牲了也可以找新的伴侣。革命需要嘛！人之常情嘛！当然，男女的事情我一窍不通。我不该对别人的事这么热心。可我脑子突然集中在这儿了。我沉浸在自己的瞎想中。

半个钟头过去了，光路还没有回来。当我意识到这一点，又有点担心了。我“嗖”地从炕上爬起来，披上衣服，走了出去。

光路别是出了啥事啊!

7

茅房里没人。院子里也没人。我顿时紧张起来。门在里面闩着，光路去哪儿了呢?

我们租住的是一个四合院，院子正房住着房东，东房和西房住着另外两个租房的南蛮子，我俩住南房，因为南房便宜些。

夜深人静，院子里鸦雀无声，只是不见光路人影。

我急了，轻声喊了一声他的名字，很快，一个奇怪的声音从上面传过来：哎，我在这儿!

我仰起头，借着月光，发现光路骑在院子中间那棵老椿树上，身体在夜风中微微晃动。我的眼睛适应了上面的光线，逐渐看清了他的表情——脸上蒙着一层雾，雾下面是若隐若现的微笑，眼睛似闭似睁，嘴角微微上翘，一副悠然自得的样子。

他说：赣州，赣州。

干粥？什么鸟话？我不懂。

8

我把光路背回屋，费了好大劲才把他唤醒。他眨了眨眼睛，习惯性地问我：“回来啦？”好像我刚从外面回来。他合上眼要继续睡觉。

我没让他睡，把刚才发生的事情和盘托出，他却浑然不知。他懵懂地看着我，目光是怀疑的，警觉的。我知道了，梦游者对自己的行为是毫无知觉的。

“说梦话不算——想、想，——还梦游上啦?！‘想’到树上去啦？”我跟他开玩笑。

“梦游？树上？”光路摇摇头，“不可能，绝不可能！”

“没有录影机，要是有，我一定给你录下来。”

“我做了个梦，梦见自己坐在上海一座高楼大厦的顶上，看街上游行的人群。他们高喊‘民族复兴’的口号，手举‘新生活运动’的横幅。”光路说，“我看见了蒋介石，他讲他的道德主张——仁爱忠孝、礼义廉耻，宣布了指导人民生活的八项原则，把印有日常行为九十五条准则的小册子发给大家。我还看到了宋美龄，她长得很美，可以说仪态万方，她对人们说：‘如果我们要复兴民族，报仇雪耻，那么我们不需要谈论枪炮，而是必须从用冷水洗脸谈起。’”

“她给你洗‘冷水脸’了吗？”我逗他。

“去你的！不过，我梦见自己从楼上飞下去，落在她面前，从她手里接过一本小册子。”

“她没给你干粥喝？”

“什么干粥？”

第四章

1

时间过得飞快，转眼就到了 1935 年的春天。一年来中国发生了许多大事，一些事情是多年以后我们才知道的，比如共产党在遵义召开了重要会议，湘江之战红军由八万人锐减到三万人。湘江之战的消息令人痛心，而《中央日报》上大获全胜式的报道令我们气愤不已，我把那期报纸撕得粉碎。我撕报纸的时候引起酒馆里许多顾客的注意，光路站在柜台后面直冲我使眼色，而郭顺则走过来紧拽我的衣襟，然后默不作声地猫下腰捡拾地上的纸屑。

“红军四渡赤水”在报纸上成了“共匪残部在国军围剿下成了惊弓之鸟”，只好“在赤水河两岸飞来窜去”。这则消息骗不了我们，尤其是在乙化为大家解读一番后，我们知道，红军摆脱了国民党部队的围追堵截，正在转危为安，当晚我们喝得大醉。

这年夏天，中国共产党北平临时工作委员会成立了，我们又找到了党的组织，恢复了党的生活。乙化从北平中国大学毕业，留校工作，兼任中大学生会副主席。从学生到教师，他角色转换得很快，当然也更加忙碌。除了文书股的分内工作，他跟学生会主席董毓华等人创建了“东北问题研究会”，进行抗日救亡宣传。《八一宣言》传到他手中，他无比激动，带着我印刷数百份，广为散发。他们以《穆楼壁报》为榜样，出版了一期《抗 × 救□》壁报，并在卷头语中说："人家是不允许抗 × 的，可是让抗 × 吗？神圣家族的老爷们，是不让救□的，可让救□不？"这期壁报标题醒目，含义深刻，巧妙冲破了国民党的新闻封锁，在学生中引起反响。只是刚到秋天，"东北问题研究会"被国民党中央宣传部强行解散。同时被解散的还有北京大学的"帝国主义研究会"和清华大学的"现代座谈会"。北平的学生们内心压抑，他们预感到：华北之大，竟然容不下一张课桌了。

夏秋之际，华北地区降了几场暴雨，黄河水灾泛滥，难民流离失所——这个词用得多准！北平城内，到处是逃难的灾民。党组织为救济灾民和教育学生，在各大中学校学生中成立"黄河水灾赈济会"。乙化带着我们参加赈济活动，自己登台义演——唱京剧，演二人转——为灾民筹集救灾款。但是，国民党当局对灾民视而不见，一方面集中兵力"剿共"——不知为何，他们视我党为眼中钉肉中刺——另一方面，又跟日本人眉来眼去，令广大学生和市民背后直啐唾沫。

一天夜晚，我和光路在餐馆送走最后一拨客人，郭顺从外面急匆匆跑进来。"《何梅协定》！你们听说了吗？"

我们摇摇头。他简单讲述一遍。两个多月前，国民党华北军分会代理委员长何应钦与日本华北驻屯军司令官梅津美治郎经过秘密谈判，签订了《何梅协定》，内容是：取消国民党在河北及平津的党部；撤退驻河北的东北军、中央军和宪兵第三团；撤换国民党河北省主席及平津两市市长；取缔河北省的反日团体和反日活动，等等。这个协定实际上放弃了华北主权，为两年后日本发动全面侵华战争埋下了隐患。这个消息被国民党当局一直封锁着，老百姓根本不知道。

"日他妈的老蒋，难道华北也要给日本人吗？"光路不顾餐馆里还有两位客人，把面前的柜台拍得“嘭嘭”响。他在梦里喜欢宋美龄，不意味着他在现实里拥护蒋介石。

“光路，别着急，这个消息……”我劝他，没想到他会发这么大的火。当然，我觉得这个消息未必准确。

“曹福增，郭顺说得有鼻子有眼，消息假不了！你还是不是中国人？我都拍案而起了，你这个共……”光路赶紧降低声音，“你这个共产党还无动于衷？！”

我笑了。这话从他嘴里出来，就相当于是对共产党的肯定了。“如果是真的，太可恶了！”我确实有些怀疑。这么丧权辱国的协议也敢签订？！

“是真的，他说的是真的，我也听说了。而且还有比这更坏的消息！”这时，乙化走进餐馆——身后跟着吴澜——走到我们身旁，从兜里摸出一块皱巴巴的纸，“还有一个《秦土协定》，刚签没几天，这个更卖国，也更糟糕！上面是我手抄的。你们听听！”

我暗自纳闷，“亲土”协定？为啥要“亲土”呢？

“张北事件后，日本人不依不饶，国民政府屈服于日方压力，于6月中旬免去宋哲元察哈尔省政府主席职务，任命29军副军长秦德纯代理察哈尔省主席。6月下旬，日本关东军特务机关长土肥原贤二同秦德纯在北平谈判，签订《秦土协定》，将驻扎于昌平和延庆一线的延长线之东，并经独石口之北、龙门西北和张家口之北，至张北之南这一线以北的宋哲元部队，调至其西南地区；解散排日机构；取消察省境内的国民党机关；将张北县城北门守备团长和第132师军法处长免职。另外，日本人还要求：承认日满的对蒙工作，援助日本特务机关的活动；对日满经济发展和交通开发工作予以协助，例如对张家口至多伦之间以及其他满洲国至华北之间的汽车和铁路交通，加以援助；察省必须从日本招聘军事及政治顾问；政府必须援助日本建立各种军事设备（如机场设备和无线电台的设置等）；中国军队撤退地区的治安，应根据停战区所使用的方法予以维持，以地方保安队维持秩序。”

乙化话音刚落，光路直接把柜台推翻在地。光路掉了一只胳臂后，脾气变得古怪；死了两房老婆后，脾气变得暴烈；见政府当局卖国求荣，脑袋里像安了雷管——这大大出乎我的意料。他一向是比较安静的人，话不多，口气也不硬，顶多爱讽刺个人、质疑个事，如今也爱激动了，激动起来还挺吓人。这跟他晚上梦游时的状态完全相反。

“狗日的狗官！”我也忍不住骂道。

“司令，咱们招兵买马，跟日本人干吧！”郭顺闪着独眼说。

吴澜也说：“对，跟他们干！”

2

深秋的夜晚已经很凉了，光路穿着一件薄衫坐在老树枝杈上，冷得直打寒战。他手里拿着一张报纸，用一种奇怪的仿佛电台播音员的声音诵读道：“日前，国民党第五次代表大会隆重召开，蒋介石在会上作重要讲话，他强调，‘我们不应轻易地谈论牺牲，除非把我们逼到了不能不做出牺牲的最后关头。’”

我不再上树拽他，而是用一根长长的竹竿捅他——这根竹竿的一头绑着铁丝钩，是用来钩香椿的——这一招很管用，他马上不再出声了。我又捅了他两下，他乖乖爬了下来。他的动作非常熟练。直到今天，我都闹不明白，他一只胳膊和两条腿咋配合得那么巧妙。

“三更半夜的，吵什么吵？等别屋的人出来，就有你好看的了。”我说。

我拉着他回到屋里，让他躺下，但没弄醒他，而是捆上他的手脚，给他盖上被子，让他继续睡。当时我想，从今往后我天天捆你，看你还往外跑不。

我拿出一个小本本，把他刚才念的悄悄记在了上面。

3

那年冬天，北平的雪来得格外早，大片大片的雪花从天上落下，各式各样的老建筑像是身披缟素。大雪一场接着一场，从 11 月初下到 12 月初，让人幸灾乐祸，恨不得把政府和里边的人都冻僵。

12 月 9 日，雪后的北平寒风刺骨。八点钟，乙化和董毓华带领学生们出发，准备上街游行。当时董毓华是学生会主席，乙化是副主席，董毓华还是北平学联的负责人，北平学联就设在中国大学。游行是北平党组织交给我们的任务。那些天，我也天天去学校参与筹备工作，餐馆里的事情只好放一放了。我们走到学校南门，远远发现两排军警横在那里。

“不好，走漏风声了。”董毓华揣度着。

“怎么办？”乙化急中生智，“安排几个人过去跟他们交涉，打掩护，咱们化整为零，从北门出去。这样成不成？”

董毓华点了点头。乙化转身让王世波带领几个同学奔南门。他叮嘱了他两句。王世波走后，乙化看了眼身后百余号人，没有立刻往北门方向走。他要等一等。南门距离指定地点近些。两分钟过去了，王世波还在跟军警交涉。我站在乙化身后，能清晰地听到他的声音，我们出去看戏，为什么不让我们出去？我们还有没有行动自由？持枪军警一脸麻木，身体站得笔直，就像冰冷的大理石。乙化看到交涉没有希望，走到董毓华身旁，又示意吴澜和另外两名同学凑过来，小声说："南门出不去了，大家分头往北走，北门集合！不要着急，要显得若无其事似的！"

十分钟后，一百余名学生来到学校北门，不料，北门上着锁，锁子比平时的还大两号。门外两侧各站着三名警察。董毓华和乙化耳语几句，乙化一挥手，带领大家往北门西边走去。我跟在他身后。走了二百多米，队伍在一堵墙下停住。"同学们，为了抗日救国，我们只有跳墙头了——这面墙高了些——大家怕不怕？"乙化问。

"不怕！"回答的声音压抑而兴奋。

"不怕就好，"乙化指了指旁边一个中等身材的男同学，"你先来！"说完他猫下腰，蹲在地上，让那名同学踩到他的肩上。当乙化一米八八的身材徐徐站直的时候，肩上的同学高高在上，伸手就把住了墙脊。他手指紧抠墙脊，身体慢慢上移，待脑袋探出墙头时，紧张地向左右张望，然后回过头说："没人！"乙化让他跳下去。那名同学骑到墙脊上，又侧转身，把两条腿顺到墙外，闭上眼睛，然后又睁开……突然扭过头喊道："我不敢！"

人群中发出两声低笑。

乙化没笑，他想象得出墙的高度，"兄弟，墙只有两米五！加上你自己的身高，顶多还剩一米，可以跳，完全可以跳！"

那名同学受到鼓励，也给自己打了打气，但是他看到了地面和自己身体的巨大落差——实际上是眼睛和地面的落差，而不是双脚与地面的——脸上立刻煞白："不行，真不行！乙化哥，你先上来吧！"

乙化扑哧一笑，忙挑了一个身材跟他差不多的同学，"你负责当梯子，一个一个把大家送上去，行吗？"那名同学答应着，立刻蹲了下去。乙化轻轻踩在他的肩上——一个稳健的宽宽的肩膀——很快，手就把到了墙脊。他手上一用力，脚下轻轻一蹬，一蹿，身体伏在了墙脊上。然后坐直，转身，面向墙体，抠住墙脊，身体下移，到达胳臂完全舒展开的瞬间，一松手，跳了下去。

那位骑在墙上的同学改变姿势，重新趴在墙头上，身体下滑，双脚找到乙化的肩膀，随着他的下蹲徐徐下落，逐渐接近地面。最后，他轻轻一蹦，双脚落到地上。

董毓华、吴澜先后跳到墙外。我也过去了。

二十分钟后，同学们全部翻墙而过。乙化后来说，当时他的肩膀感到一股尖锐的被撕拽般的疼痛，像是不小心被烫伤了，有一种火烧火燎的感觉。

墙那边还有一名充当人梯的同学无法过来，乙化正在想办法，这时，校园里的钟声接连响起，响了整整九下。他冲墙内喊道："兄弟，都九点了，今天的游行你就甭参加了！"说罢往外走。

"白乙化，如果你不让我过去，我跟你决裂！"墙那边的同学大声喊，"决裂！永远！"

听到喊声我扑哧一笑，乙化也笑，他拽住我胳臂就往回走。由于时间紧迫，乙化不等我蹲下，自己小跑着奔向高墙，借助惯性用力一蹿，双手攀到了墙脊。他骑上墙脊后，两腿搭在墙两侧，左手抠住墙砖，身子往里倾斜，向那名同学伸出右手。半分钟后，墙里人踩到我肩上，慢慢降落地面。乙化自己跳了下来。我们甩开脚步向请愿队伍追去。

4

北平大街上寒风凛冽，我们的脸上像被抽出冰冷的口子。但是，冷和疼没有阻止住大家的脚步，他们的爱国热度不断温暖着自己青春的身体——我这句话说得多好——要搁以前我是说不出来的。乙化和董毓华高举“打倒日本帝国主义”的横幅，走在请愿队伍前列。我站在乙化右侧，吴澜站在董毓华左侧。赵光路和郭顺随着队伍外围行进。我们高唱救亡歌曲，“工农兵学商，一齐来救亡，拿起我们的刀和枪。”我们高喊口号，“打倒日本帝国主义！”“打倒汉奸卖国贼！”

口号声此起彼伏，请愿的队伍在六朝古都延伸。在西单北大街，师大女附中、市立女一中的同学加入其中，大家热情高涨，不论熟悉还是陌生，互相挽起手，每排十个人，阔步向前走着。

“中国人民团结起来！”

“争取爱国自由！”

新华门是国民党北平军分会所在地，军警像黑木头桩子一样杵在那里。门两侧各停着五辆摩托车，车上架着机关枪，枪后是表情坚毅但目光茫然的士兵。他们大都来自乡村，本来内心干净，朴实无华，但是因为受了特殊教育，心里已经没有国家，只有他们宣誓效忠的一个党、一个人。摩托车之间站着近百军警，站成八排，每排十人，腰别短刀，肩挎大枪。

“打倒日本帝国主义！”

“停止内战，一致对外！”

乙化带头喊起口号，新华门顿时成了愤怒的海洋。

清华学生被挡在了西直门，北大、燕京、东北大学的学生逐渐赶到新华门，请愿人数达到千人。学生们一边喊口号，一边提出要面见何长官。

何应钦根本不在军分会，他跑到昌平小汤山泡温泉去了。十分钟后，军分会的参谋长侯成走出来，直着脖子说：“同学们，何长官开会去了。我理解大家的爱国热情，也请大家谅解政府难处！请大家先回去，好好学习，将来报效祖国！”看学生没有退去的意思，就又喊了一次，内容跟先前的一样，一字不差。估计是他的口径。见同学们不肯离去，侯成悻悻返回新华门。

董毓华跟其他几所大学负责人聚到一起，经过商议，决定放弃和平请愿，改为游行示威。队伍从新华门出发，沿西三座门大街，经西单、西四牌楼，转道沙滩，计划到天安门集合。当游行队伍来到王府井南口，一道严密的封锁线挡在前面。封锁线那边是日本驻北平使馆——原来，北平当局怕学生冲击日本使馆，提前在这儿安排了警力。我们愤怒极了。乙化带头向封锁线的警察走去。董毓华本想整理一下队形，只好一挥手，带着其他学生紧随其后。在场的北平一区警察署长用手枪指向乙化，面露凶色，眯着眼睛威胁道：“谁敢往前冲就打死谁！”

乙化没有被吓倒，高呼着“中国人不打中国人”的口号，挽起吴澜和我的手迎着军警们乌黑的枪口冲了上去。军警们没敢开枪，但是他们的警棍向我们头上砸来，皮鞭向我们手上抽来，刀片向我们胳臂砍来……乙化左手举着横幅的竹竿，抬起右手挡住砸过来的枪托，飞起一脚，把一名军警踹翻在地；又躲过砍来的一片大刀，一拳把另一名军警打退到两米外——人也成了乌眼青。愤怒的学生们勇敢地跟军警们搏斗起来，怒吼声、厮打声、咒骂声、呻吟声，响成一片。

这时，军警高压水枪的水柱向我们喷过来，大家穿得本来就不暖和，棉袍很快就变成了“冰袍”。乙化扔掉竹竿，疾步跑到一名军警面前，夺过他手上的高压水龙头，冲着军警猛喷。军警们纷纷退下。乙化把水龙头拽到队伍里，交给一名同学，然后跑到军警那儿，又抢过来一个水龙头。两个试图过来抢回水龙头的军警被他打翻在地。军警的任务是阻截，没有命令不敢开枪。学生们凭着两个水龙头且战且进，队伍往前推进了十来米。署长向天上开了两枪，向一名后退的警察腿上打了一枪，后退的阵形方才稳住。又有三名军警试图过来抢水龙头，但是都被乙化踢倒。一名狡猾的警察悄悄摸向水车，用匕首把输水管子捅豁，乙化手上的水龙头立刻泄了气。另一名军警得到启发，挥刀砍断另一根水管。乙化扔掉手上的水管喷头，从同学手上抢过那个被割断了水管的喷头，使劲一拽，七八米长的软管匍匐着爬到脚下，他左手拿着铁喷头，右手攥住软管的另一侧，伸出胳膊缠绕几下，又松开左手的喷头，高压水枪摇身一变成了他熟悉的九节鞭。鞭子在空中飞舞，发出呜呜的声响。军警们眼都直了，出于恐惧，脚下不自觉地后退。署长叫嚣着："不许后退！再退打折你们狗腿！"署长没有向学生下达开枪命令的权力，却有致伤下属的权力。他凶狠地喊道："水龙头掩护，其他人给我上，不信他的脑袋比枪托硬！给我砸回去！"

乙化受到高压水枪的喷射，视线不清之际，五名军警扑上来，五个枪托冲他砸过来，他躲过四个，也打倒了三个，仍然有一支枪托砸到他的前额，鲜血顷刻间淌过面颊……他捂着受伤的额头，退到游行队伍当中。

倒在地上的三名警察站起来，小跑过来，试图要扭住乙化，我在远处看见，立刻掏出一枚铁球，使劲一抛，一个警察应声倒地，另两个吓得止住了脚步。

我和郭顺走到乙化身边，撩起外袍，撕碎身上的衣襟，为他包扎伤口。光路刚才走散了。气喘吁吁的董毓华凑过来，一边察看乙化伤口，一边跟他耳语起来。

游行队伍停下向前的脚步，反动军警也不再过来，双方僵持在王府井南口。刚才我始终盯着乙化，这时才发现其他同学很多已经受伤。但是他们并不惧怕，还在不断地喊口号，唱抗日歌曲。双方在那儿僵持起来。两个时辰后，董毓华跟乙化和其他几所大学的头头商量，决定下午五点，游行队伍自行撤退。

5

今天请愿游行，表达了爱国热情，实现了向当局示威的目的。董、吴及所有的学生们，都是好样的。曹、赵、郭也参加了游行，同样勇敢。也许我在今天的行动中勇猛些，机智些，师生们送我一个“一二·九虎将”的称呼。我实不敢当，但也为之自豪。其实我只是做了一个中国人该做的事。

福增让我住到酒馆宿舍去，我没答应。我必须回学校。关键时刻，我不能离开学校。额头上的伤口隐隐作痛，这倒不算什么。傍晚，收音机里响起一个熟稔的声音，那是王笑笑在读《中央日报》社论。她已经是国民政府电台的播音员。收音机是她上个月托王世波送给我的。

睡前翻书——这是我近年来的习惯，始终没改变。读了《论雷峰塔的倒掉》，真是一篇好文章！是啊，法海手握权柄，不做自己该做之事，却要控制人类情感，实属作奸作孽。文章结尾，读来甚为过瘾——

“当初，白蛇娘娘压在塔底下，法海禅师躲在蟹壳里。现在却只有这位老禅师独自静坐了，非到螃蟹断种的那一天为止出不来。莫非他造塔的时候，竟没有想到塔是终究要倒的么？活该。”

鲁迅先生具有孩提的率真，智者的幽默，战士的勇敢，既可爱又可敬。看今日之北平，何应钦就是法海，军分会就是雷峰塔，它快要倒掉了。实在不倒，我们也该推它一把。

6

那天晚上，乙化没到酒馆宿舍来住，他回学校了。他说得对，作为中大教师和请愿组织者，他不能离开学校。我理解他。我和光路早早躺在了炕上。我肩上被军警砸了一枪托，晚上疼得厉害，怎么也睡不着。光路大概是累了，早早就睡了，还打起了鼾。他最近不梦游了，我没有再捆他。

那天我很晚才睡，躺在床上想到很多。我恨狗日的国民党，也恨蒋介石。我觉得他就是一个政客。一会儿联共，一会儿剿共，一会儿拉冯打阎，一会儿又拉阎打冯，他也够多变的！我真想跟他说，日本人欺负到你的国土上来了，撒尿撒到你臣民的脖子上来了，你竟然不抵抗，不宣战，那你有什么资格管理国家？《中央日报》整天说鬼话，冠冕堂皇的，总是在糊弄老百姓——我当时就是这么想的——其实说一千道一万，别的都没用，眼下就看你打鬼子不，不打鬼子你就是个糊涂虫，就是个屃蛋包！

夜里又梦到了乙化的爷爷。老人长着大翅膀，驮着我在莫斯科上空飞来飞去。他说两年前六百万人死于大饥荒，许多农民采集浆果和菌类吃，捕捉家鼠和白鼠充饥……

7

一周后，更大规模的游行示威在北平爆发。乙化指挥由中国大学、弘达中学一院、北大法商学院组成的第二大队，巧妙躲过宪兵的重重阻拦，按时到达天桥，参加了抗日大示威。我和光路、郭顺也参加了这天的游行，当然，我们没有站进队伍里，而是在大街旁跟进，密切注视乙化的安全。看着乙化、吴澜、王世波手举横幅无所畏惧的劲头，我羡慕得不得了，真想也走到队伍里边去。

在北平“一二·九”和“一二·一六”游行示威中，仅中国大学受伤的同学就多达百人。为了揭露国民党政府镇压爱国学生的罪行，乙化多方奔走，联系各校各系的受伤学生，征集血衣。12月26日，北平学联在中国大学逸仙堂举办血衣展览，揭露北平当局镇压爱国学生的暴行。北平各校代表两千多人参加展览。乙化主持展览，并为展览书写横幅：“血淋淋铁的事实！”仪式上他发表演讲，揭露国民党政府“内战内行，外战外行”，驳斥“无论如何也要拥护国民政府”的谬论，引来掌声一片。

观看展览时，爱国学生们三五成群，小声议论起来——

“抗日救国，国民党是靠不住的！”

“所以，我们必须脱离他们，拿起武器！”

8

“一二·九”运动以后，北平当局迫害进步学生，用另组新学联、开除学生领袖、取消学籍等手段打击和破坏学生运动，使许多爱国青年失学。师大的反动教授杨力葵与政府当局一起，操纵指挥“师大抗敌反共救国会”，对进步学生进行迫害。一些学生被跟踪，在巷子里遭到殴打；一些学生失踪，跟家人从此再无联系；而另一些人被暗地里注射了一种奇怪的药液，从此变成了傻子。乙化写了篇文章，名字叫《盗国贼的卖国嘴脸》，完全是鲁迅的风格，印发后引起强烈反响。

乙化的老师吴承仕在报纸上连续发表文章，揭露杨力葵的丑行。他在《新学生团体的出现》一文中，肯定北平师范大学三百多名学生签名拒绝参加新学联的做法；在《袈裟与手枪》一文中，他揭露反动派“需要袈裟时，就把手枪藏在袈裟下面，用袈裟做掩护；不用袈裟时，就用手枪来代替袈裟”。

“《袈裟与手枪》写得真好，听说是你老师写的，真的吗？”

“是的，是吴老师。”乙化给我和光路介绍，“吴承仕是安徽歙县人，当世著名经学家、古文字学家、教育家。早年曾受业于章太炎门下，研究文字、音韵、训诂之学及经学，与黄侃、钱玄同并称章门三大弟子。吴先生任北京师范大学国文系教授、系主任多年，后来在北京大学和中国大学任教。”

“他是共产党员吗？”我好奇地问。

“听说写了申请，还没有批准。不过，也有人说，吴老师去年就入了党。”乙化说。

我突发感慨：“这么大的教授都要加入共产党，共产党肯定没错！”想到自己可能先于吴承仕教授入党，我心里美滋滋的。

赵光路定定地看着我，若有所思，没说什么。

独眼郭顺表达了他想入党的想法。乙化和我有些惊讶，马上肯定了他这个想法。

9

“一二·九”运动引起了国民党政府的恐慌，逸仙堂血衣展览让北平当局如坐针毡——这个词我早就知道了。血衣展览时学生关于“上山打游击”的议论，被国民党特务听到，他们对骨干学生实施监视跟踪。

第二年2月下旬，北平学联在北大法学院召开抗日救亡大会，抨击国民党政府的腐败和无能。乙化在会上发表演讲，强烈要求国民党给人民以言论、出版、集会、结社的自由，呼吁国民党政府出兵抗日，收复东三省。台下掌声雷动。会议结束时，大家刚刚走出校门，就被反动军警包围。乙化和吴澜等五十多名学生被当场逮捕。一条铐链锁两个人，他跟吴澜被锁在同一条链子上。

后来我们才知道，乙化被关押在国民党东北宪兵第三大队，第二天转到宪兵司令部看守所，给他们的罪名是“聚众宣传，侮辱国家”，真是荒唐。无论在第三大队，还是司令部看守所，他们坚决反对当局强加给他们的罪名，并宣传了抗日救国主张。两次提审过程中，乙化都咬定自己不是共产党，但是他说：“我是东北人，然而东北已非中国人之东北；我是中国人，然而中国也将国将不国！作为一名大学教师，我渴望上战场打鬼子，无论国民党还是共产党，谁带领中国人打鬼子，我就跟着谁！”见他这个态度，军警们无可奈何，把他当作爱激动、有脾气的书呆子。

有一个看守对他表示同情，偷着帮他传递信息。由于社会舆论的压力，加上党组织和校方营救，一个星期以后，当局把他们五十余人全部释放。这期间，朱贵枝和王世波、王笑笑兄妹也四处奔波，上下斡旋，生怕乙化身陷不测。

10

光路说：姐姐，姐姐。

夜里，他又出去了。他爬到树上，喊：姐姐，姐姐。

院子北屋里的房东披着棉袄出来了，这个独居的军官太太不耐烦地嚷嚷道："大晚上的，谁在那儿乱喊？烦不烦啊？"

"姐姐。"

军官太太顺着声音往树上一看，被黑漆漆的人影——好像一个大猩猩——吓了一跳，立刻退回屋里。但过了一分钟，她又打开门，在门缝儿里露出一张狐媚的脸，用一双丹凤眼窥视树上人。

我刚要走到树下捅光路，光路自己下来了。他靠在树上，一条胳臂伸向北屋，"姐姐、姐姐"地叫了两声，把门缝里的那张脸又吓了回去。

我不能再让光路闹笑话了，立刻冲到香椿树前，背起光路往回走。那双丹凤眼盯着我俩的背影，我感觉到了。

醒来后，光路对刚才发生的事情浑然不知，他只是说：他做了一个梦，梦见蒋夫人了，他叫蒋夫人的名字，她竟然答应了。

"你这是想女人想魔怔了！连蒋夫人都敢勾搭！"

"去你的，你才想哩！半老徐娘的！"光路这么说的时候，脸上闪过一丝羞怯。

"可是风韵犹存啊！"我说。这个词我新学没几天，我喜欢。

11

乙化出狱后，介绍吴澜到绥西垦区，要他协助任作田、才山工作。他说："你先去，过一阵子我也去！这里不可久留，那里才是我们活动的天地。"

吴澜问他经费情况，乙化说当然紧张，但是自己再想办法。吴澜没说什么，第二天就走进西单一家当铺，把心爱的金壳怀表、狐狸皮大衣和巴拿马小帽换成钱，全部交给了乙化。乙化激动地跟他拥抱在一起，一只手拍打着他的后背。

不久，一个抗日的爱国学生组织——中华民族解放先锋队在北平成立，乙化带着我和光路、郭顺参加了“民先”组织。我们利用餐馆为“民先”做保障服务工作。大家达成共识，必须通过组织武装斗争，实现抗击日寇侵略的目的。乙化组织队员进行军事训练，还到月牙河畔、教授家中为进步学生讲授军事知识。大家对他的游击战法赞不绝口。

12

夜里，光路靠在树上，伸出独臂，手指北屋：姐姐。

我站在暗处，没有立刻过去。我想他白天的冷笑，那冷笑令我心怀不满。

军官太太披着薄衫走出屋，走向光路，伸出小手捏住光路的手，“姐姐在这儿，跟姐姐走。”

官太太拉着光路走向北屋。

我一时不知所措。我快步走到正屋门口的时候，门已经从里面闩上了。

我站在门外，感觉有些后悔，也有些得意。我孤单地站在门口，倾听着里面可能发生的一切。

13

这年7月，奉党组织命令，北平“民先队”和北平学联组织进步学生来到西山，参加樱桃沟军事夏令营。这次夏令营由乙化任总队长和军事教官，负责做军事报告，组织大家进行攻防战、伏击战、遭遇战、游击战等训练演习和紧急集合、急行军、捉舌头等军事活动。夏令营举办过程中，著名学者杨秀峰做政治形势报告，董毓华向学生们宣传武装救国思想，老虎洞里燃起抗日的火种。

夏令营开始时只有二百多人，后来发展到千人。

“东北杀猪菜”暂时歇业，我和光路、郭顺参加了军事夏令营。我们和王世波辅助做些保障工作。在西山的半个月里，光路没有再梦游。他始终不承认自己的梦游活动。我没有讲光路在夜里跟官太太的事情，第一是照顾他面子，第二是我另有打算。

14

国民党北平军分会对西山军事夏令营已有耳闻，派出暗探搜查。学生们早有防备。第一层防御人员是在香山卧佛寺的闲逛者，暗探看不出破绽，往前走，在通往樱桃园路口上发现有人在拉洋片。洋片名叫《国难当头》。他们不知道，拉洋片的人是清华大学学生，姓荣，叫荣高棠。他手里敲打着锣鼓，嘴里唱着戏词儿，样子很投入。观众围得里三层外三层，场面特别热闹。这是第二层防御人员。暗探看不出异常，就走了；如果再往前走，就有人快步往老虎洞走，提前去报信儿。

军事夏令营使拿惯了笔杆子的大学生端起了枪杆子，许多人从此开始革命生涯，后来驰骋于抗日战场和解放战场，成为人民军队优秀的指挥员。二十年后，我为乙化扫墓时告诉他，那年我们在西山举办夏令营，参加者中有十余人在1955年授衔时成为将军——他好像听到了我的念叨，我也仿佛看到了他的笑容。

不久以后，王世波告诉我们，北平宪兵司令部的“黑名单”中出现了乙化的名字。北平地下党组织在确认这一情况后，立刻下达命令，让他马上离开北平，到绥西垦区从事党的地下工作。

15

今天获悉，党组织允许福增、光路、郭顺跟我去垦区。王世波没有获得批准。

离开北平是不舍的。这里有我的同学、恩师、同事，有我喜欢的图书馆，有我对文学和哲学的热爱，有我在“一二·九”运动中洒下的热血。但是，我要听从党组织的安排，这是天经地义的。

从今天起，我要留胡须了，就像鲁迅先生那样，用胡须表达他对世界的愤怒和不满。

打败日本鬼子，我是有信心的。

16

这年8月，乙化辞去公职，离开了学习、生活、工作七年的中国大学，奔向新的战场——绥西东北人民抗日义勇军垦区。

临行前，我们回酒馆收拾东西，光路抠出藏在墙缝里的钱，郭顺挖出埋在地下的三把手枪，我收下王世波给我们的最后一笔钱——他接管了“东北杀猪菜”，给了我们一个好价钱。到四合院收拾行李时，女房东从屋里走出来，跟我们寒暄，拉着光路的手说：“姐姐舍不得你走……”弄得光路很尴尬，表情不自在，他瞟了一眼我，忙把手从官太太手中抽出来。我知道，他们的幽会已经不限于梦游了。

临走时，官太太流下了伤心的泪水。

第五章

1

绥西垦区位于内蒙古西部乌拉山下的黄河河套地区，当时属于绥远省扒什铺隆。它成立于 1935 年 4 月，是由爱国民主人士朱济青先生创办的一个收容东北抗日义勇军流亡战士和东北难民的特殊组织。我们 8 月从北平出发，9 月到达垦区，教育股长迎接我们。教育股长就是吴澜，他还兼任着小学校长。在垦区，我们还遇到了失散多年的洪道生，他和我们一一拥抱。我感觉他瘦了，骨头更硬了。当晚，我们就喝起了他自酿的高粱酒。

吴澜告诉我们，垦区成分十分复杂，有三派势力：一是以汪春亭、潘廷弼为首的国民党势力；二是以任作田为首的中间势力；三是以王志成为首的共产党进步势力。吴澜介绍完情况，乙化点了点头，他说，垦区就是“现实中国的缩影”。

当然，我在垦区还遇到了有过一面之交的才山。

乙化的公开职务是垦区理事、森林警备股股长，党内职务是垦区工委书记（后改为特委书记）。“党组织交给你的任务是，把广大垦民紧紧团结在党的领导下，培养坚定的抗日干部，提高他们的军事素质，积蓄革命力量，迎接全面抗战的到来。”北方局领导李葆华握着乙化的手，目光中饱含信赖和期待，让乙化感到肩上的分量。

绥西垦区处于国民党统治区，中间派势力代表任作田是垦区办事处主任，国民党势力代表汪春亭是垦区办事处副主任。我们经过观察发现，任作田比较软弱，汪春亭实际上掌握着垦区管理大权。以前，王志成和老洪、吴澜虽然做了一些工作，但是共产党作为地下组织，势力还比较弱。乙化知道自己挑起的是一副重担子。

到达垦区后，乙化给自己提出要求——健全自己、影响旁人。他引用一个叫苏格拉底的哲学家的话说，“人要认识自己”。是的，只有认识自己，才有可能健全自己，影响别人。垦区环境恶劣，“一年四季尽黄沙，老死不见桃杏花”。身为理事和股长，乙化跟垦民同吃同住同劳动，没有丁点儿官架子。乙化干活是一把好手，开渠引水、拉沟种地不说，连纺线弹棉花都会，大家都纳闷他无所不能的时候，给了他一个“劳动英雄”的称号。“说干咱就干，要干就干好！没啥！”面对赞美他乐呵呵地说。垦民们当面叫他股长，背后叫他“白大个子”，他让他们当面也叫他“白大个子”，他说股长的官儿太小，说不定哪天还撤了，个子可是天然的高，轻易撤不了，逗得大家哈哈笑。

乙化到垦区做的第一件事是成立党的外围组织——中华民族抗日先锋队——他喜欢这个名字，可我和洪道生不太喜欢，认为这个名字太大。他给我们讲道理：“旗子举得越大，旗子下聚集的人才可能越多！抗日本来就是全民族的事情！”我们表示赞同。吴澜也赞成。赵光路压根儿觉得这个名字好，他那时候就有统战思维，总说要把所有抗日的力量都团结统一起来。郭顺觉得叫什么名字无所谓，只要打鬼子就成。

抗日先锋队简称“抗先”，代号为“KC”。乙化还主持创办《抗日先锋报》，建立各种文体和学习组织，比如体育兴趣小组、文学兴趣小组等，团结教育爱国青年，进行抗日救国宣传。为了更大限度地在垦民中树立威信和影响垦区青年，乙化反复教育我们：“我们共产党人，一定要先健全自己，再影响别人，别人不干的咱们去干，别人怕干的咱自己先干。”为此，他把自己弄成了一个标杆——白天，放下大学教师的架子，脱去长袍，换上短装，开渠筑坝，引黄入灌，晚上又穿上长袍，当起夜校老师，帮垦民补习文化。慢慢地，垦民们又不叫他“白大个子”和“白股长”了，而是改叫“白老师”了。我们都知道这意味着什么。乙化没有因此得意。

2

任作田请乙化吃饭，他去。

汪春亭请吃饭，他去。

王志成请吃饭，他也去——完全自家人嘛！

任作田请乙化和我吃饭，意在联络我们，巩固他的主任地位。他并不掩饰他在垦区的尴尬处境，说到激动处老泪纵横。他恨汪春亭，恨他的霸道，恨他的手腕，也恨自己的软弱。他让乙化帮助他重整旗鼓，东山再起，甚至想把亲侄女嫁给乙化。

汪春亭请我和乙化吃饭，当然也是在拉拢我们，让我们成为他的“左膀右臂”。他的屋子很宽敞，地上铺着一块羊毛地毯，甚至还有两件明清家具，我们一进去他就迎上来，握住乙化的手连说了三个“好”。“好兄弟，我第一次见你就觉得痛快，咱俩对脾气，是一路人！”他三姨太上下打量了乙化一番后“啧啧”了两声，说：“瞧瞧这大个子，看着就解气！”汪春亭看不起任作田，吃饭时总说“那个人”，好像任作田没有名字和职务。酒过三巡，他说森林股股长没意思，要干就干财务股或者保卫股，啥时候想换了，只管跟他说。

任作田想把侄女嫁给乙化，乙化没答应，乙化说自己已经有妻室；汪春亭许诺他换岗式的“重用”，他说“暂时不用，承蒙厚爱”。

事实上，汪春亭始终没让乙化干财务股或保卫股，他并不相信他。他始终怀疑我们。他是个老狐狸。

王志成请我们吃饭，是同志间的真情，没有任何个人目的。当然，促进党内团结的目的，还是有的。论起到垦区工作的资历，他比乙化早；而另一个人——洪道生，比他还早。按照他的说法，我们没到垦区前，组织上让他临时负责党在绥西垦区的工作时，洪道生有些怨气，但是没有明面表现出来。王志成认为，虽然没有怨气，但是洪道生手下有七八十号人，不能掉以轻心。“他毕竟干过土匪，我们不可不防啊！”王志成忧虑地说。

“这个你放心！道生毕竟是党的同志，起码的信任还是要有的。洪道生拉起队伍跟汪春亭走，是绝不可能的。这个咱们放心。不过，你倒是提醒了我，”乙化诚心诚意地说，“你和老洪都是垦区的老人，我哪里有做得不对的地方，直接给我指出来，帮助我改正错误。这既是对我个人的支持，也是对党的事业负责任，更是抗日救国的客观需要啊！”

后来，乙化单独跟老洪谈过一次，老洪承认原来有点想法。“你来就好了，你的能力没的说，风格我也喜欢，咱们合得来！放心，我一定配合好你工作！”

“也不是我的工作，其实都是党的工作。”

“对，党的工作。”

不久，乙化向上级推荐，由王志成和洪道生担任垦区工委副书记，吴澜任工委秘书长，负责抓宣传组织工作，他们工作的积极性更高了。

我和赵光路担任了抗日先锋队的副队长，这样，党组织和抗日组织都健全了。我得到了副队长的职务，虽然没有副司令那么响亮，但也差不多了，感觉很带劲。另外，洪道生手下的两个弟兄和郭顺入了党，垦区党组织有了鲜亮亮的血液。

3

光路又开始说梦话了：想，想。

他醒来后，我问他：你到底想啥？

他这么回答我：想打鬼子呗。

我说：去你的吧。谁信啊？！

4

任作田想把侄女嫁给乙化，他谢绝了。乙化懂任作田的意思，是想政治联姻，巩固他在垦区的地位。这个机会对我们也很重要。就像乙化说的那样，我们应该团结垦区的中间力量，孤立和瓦解反动势力。联姻是一个好办法。听说任作田侄女很漂亮。我暗自盘算，娶两房也合法嘛，可乙化拒绝了人家，弄得人家很没面子。我们担心任作田会倒向汪春亭，又觉得也不至于。事实上为了避免这种情况，乙化很快想出了补救措施——他想让我娶任作田的侄女。可我对女人实在不感兴趣，我是这么说的："啥时候把日本鬼子打没了，啥时候我再娶媳妇！"乙化听后非常感动，不住地点头。我说的是真心话。可是乙化从工作的高度，从抗日大局的角度，三言两语就把我说服了。为了抗日和党的事业，我掉脑袋都不怕，还怕娶个女人不成？不怕！

乙化把这个想法跟任作田讲了，任作田倒也满心欢喜。

一天傍晚，我们见面了。当时，乙化带着我走进任作田家，同去的还有独臂赵光路。我不知道乙化为什么叫上了赵光路。大概是为壮壮声势吧。那个姑娘叫莱娅，非常年轻，皮肤很白——在垦区实在少见——身材苗条，眼睛有灵气，会说话，还略带一点儿妩媚。我从来没见过这么美的姑娘。说她是垦区的一枝花都不为过。我这个只热衷于革命和抗日的人，见到她突然心跳加快，脸上发热，口干舌燥起来。只看了一眼，我就把目光转向别处，再也不敢正眼看她了。我的心嗵嗵跳。任作田和他的妻子、莱娅坐在炕桌一侧，我和乙化、赵光路坐在另一侧。我有点晕，像是要从山上往下坠落，有失重的感觉。乙化和任作田说垦区事情，谈抗日局势，我偶尔插一句话也结结巴巴，声音也变调了——在莱娅面前，我竟然羞涩起来。我很奇怪。那年我已经二十五岁，但从来没有过这种感觉。从始至终，莱娅没说一句话，她的婶子只是微笑，只是忙碌，把酒温好，把热菜端上来，把冷菜端下去，也没怎么说话。

第二天上午，任作田走进乙化屋里，既是找乙化聊天，也是想探探我们的意思。我当时正和乙化商量事，他见我也在场，有些不好意思，“呃，呃，”他欲言又止，犹豫再三，才鼓足勇气说，“俺侄女咋样？能相中不？”我立刻表示：“相中！相中！”乙化在一旁就笑。我真想说你侄女简直就是个仙女，我真想抱着仙女成个家，但是我没说，我是一名共产党员。

任作田沉默了一下，说：“只有一条，俺上次忘了告诉你，俺侄女是个哑子。”

5

这件事我想了三天。当时不仅我惊讶，连乙化都一愣，脸上有些不悦。是哑巴咋不早说呢？找个哑巴做媳妇，说出去多不好听。不过，莱娅俊俏的脸在我眼前晃动，会说话的眼睛仿佛在远处瞅着我，目光里含情脉脉——这个词太好了！那天我发现，外面的树枝在风中摇摆，麻雀在树上叽叽喳喳，两只喜鹊追来追去，我心里痒痒起来。

任作田再来的时候，我说："没事儿，我喜欢不爱说话的女子。"话一出口，我对自己格外满意。任作田高兴地走了。

"别委屈自己。"乙化对我说。

"不委屈！女子长得忒好看……女人爱唠叨，烦人，哑巴倒是省事了。"我说的是心里话。

两天后，乙化出面请任作田夫妇和他侄女吃饭，我和郭顺帮着忙活，简单地做了两个菜。

这顿饭吃得愁眉苦脸，因为莱娅很失望，会说话的眼睛东张西望，好像在寻找什么。乙化就问任作田，任作田问自己老婆，任作田老婆冲侄女比画一通，莱娅也比画一通。

"她问，上次见的那个男人呢？"任作田老婆说。

"上次？"乙化看了看我，恍然大悟，"你说赵光路呀，他今天带人挖渠去了！"

任作田老婆冲莱娅比画起来，莱娅也比画着。

"弄错了弄错了，"任作田老婆脸上通红，"莱娅喜欢的是赵队长赵光路，她以为那天让她相看的是他呢！"

我像被人抽了一个大嘴巴子，脸上火辣辣的，恨不得在地上扒开一道缝儿，立刻钻进去。

“这咋会错呢，我说的是曹福增啊！”乙化瞪起了眼睛。

“是啊！”任作田不满意地看着老婆和侄女。

“那、那，可能是我没说清。”任作田老婆立刻检讨。她怕自己男人，又不敢埋怨他侄女，脸上挂着无奈和愧疚。

“这事闹的！白股长……”任作田两手搓起来，搓出一大堆赔礼的话。他不敢面对乙化的目光，有些心虚。

乙化看了看我，我也不知所措。我想对任作田说，那你问问莱娅喜欢我不？我成不？但是我没问。我不能那么没皮没脸啊！我装作无所谓地说：“那就把莱娅给光路吧，他想媳妇想得厉害！”

“光路一只胳膊，恐怕……”乙化说。

“没事，莱娅虽然模样好，但毕竟是个哑巴！”任作田赶紧给自己一个台阶。

6

就这样，美人莱娅成了赵光路的媳妇。三天后，二人在垦区学校完婚。婚礼结束后，估计赵光路用一只胳膊把莱娅抱上炕的时候，我跑到垦区附近的荒原上大哭一场。我心里苦，像服下了黄连、木通、龙胆草。我哭得稀里哗啦，上气不接下气，终于把苦味哭出去了，可是心里头又酸得厉害，像生吃了一把五味子。我知道这很没出息，但是遗憾和嫉妒折磨着我，让我回去后半宿没睡。

我恨赵光路，他哪里比我好？明明是给我介绍的莱娅，凭什么他抱得美人归？他倔他脾气暴躁他一只胳膊，他夜里说梦话还爱梦游而且跟官太太乱搞，他又不是共产党员，他哪里比我好？为啥喜欢他而不是我？这不是羞辱我吗？以后让我咋在队伍里混呢？

以前我对女人没兴趣，也不善于讨女人欢喜，可这次我突然就爱上一个女人了，第一次爱上一个女人了，这个女人却把我拒绝了。我万分沮丧。

我恨莱娅，疯狂地恨她——你一个哑巴，有什么了不起的，还敢拒绝我？你等着瞧，我曹福增也不是吃素的，看看我和你丈夫谁混得好！

后半夜，我终于睡着了。梦里一个女人来到我面前，这个女人好面熟，细一看，原来是朱贵枝。

7

福增没有娶到莱娅，丢了面子，伤了元气。最近应跟他聊一聊，开导开导他，让他卸掉包袱。这件事处理不好，可能会影响团结。共产党人要有革命胸怀，要有远大抱负，更要有舍得意识、奉献精神。

朱贵枝收到了我月前给她的复信，又给我回了一封。她在信里介绍了一些苏联情况，有些内容竟跟我和福增做的梦一样，稀奇！

朱贵枝说，她有可能提前回国。

8

汪春亭利用自己的特殊身份，在每周一次的国民党纪念周上，大肆宣传反动言论。“蒋委员长的‘攘外必先安内’政策是对的，大家试想，国家混乱不堪，怎么抗日？”乙化针锋相对，立刻打断他：“‘攘外必先安内’，字面上似乎说得通，但攘外是全体国人的呼声，是国家的事情、民族的事情，安内只是国民党自己的任务。究竟党大还是国大？所谓安内，还不就是‘剿共’吗？另外，共产党早就提出‘停止内战，一致抗日’了，可国民党还在‘剿共’，放着日本人不打，专打中国人，国民党实行的是光‘安内’不‘攘外’呀！”汪春亭说：“国民党并非不抗日，不是有淞沪战役吗？不是正在陇海线构筑工事吗？”乙化反驳他：“难道华北就不要了吗？东北就不要了吗？”汪春亭被问得张口结舌，一时哑口无言。乙化乘势向垦民们说：“中国是中国人的中国，东北是东北人的东北，我们东北人应该团结起来，打回东北老家去！”

吴澜和才山带头鼓掌，他的主张得到大多数人的赞同。

我和赵光路、洪道生紧盯着汪春亭，防止他人脸变狗脸，然后跳墙头。他身后总跟着两个警卫股的人，个个腰里别着家伙，开会也不例外。

9

最近，我写了一首《垦区歌》，已经传唱开来。

乌拉山旁，黄河套里，
开辟我们的新天地！
吃饭就得做工，
做工必须努力！
不受剥削，不分阶级，

镰刀斧头，
是战胜一切的武器。
我们今天流汗，明天流血，
结成一支铁的队伍，
打回东北老家去！
把日本强盗赶过鸭绿江，
把整个中国建成一个新的天地！

垦民们非常喜欢这首歌。可以想见，未来一段时间，乌拉山旁，黄河套里，一定会在歌曲中形成抗日热潮。

10

俩月后，莱娅突然昏厥，死在了赵光路的炕上。垦区医生给不出合理解释。不知道她吃了啥苦，她没跟任何人说，真是哑巴吃黄连。

事情过去这么多年了，我今年也已经九十多岁了，我必须跟你们坦白——当时，要不是莱娅暴病而死，我说不定会做出错事，犯下吃多少后悔药都无法弥补的错误和无法原谅的罪行。

自从光路和莱娅结婚，我就处在一种极度的嫉恨状态中，这种感情纠缠着我折磨着我压得我喘不过气来。我简直要疯了。我的思想在悄悄发生着变化。什么革命思想，什么抗日救国，在我心里都越来越轻了，无足轻重了。嫉妒就像一粒马钱子种子，在我身体里生根发芽，即将结出最毒的果实。我在暗地里谋划着一次杀戮、劫掠、叛逃行动，具体说就是杀光路、掠莱娅，带着几个铁杆弟兄回东北打游击，实在不成占山为王。我没有跟兄弟们明说，只是利用他们想家的心理，打着保家卫国的虎旗，说服他们跟着我回东北，离开队伍。干掉赵光路只有一个弟兄跟着我就可以了，而这个弟兄曾经挨过赵光路的批评——那次批评相当严厉，甚至带有了羞辱的成分——他因此怀恨在心，我们轻松达成了联手对付赵光路的默契。

然而，就在我们行事的前一天晚上，莱娅死了。

她跟赵光路只做了两个月的夫妻。

莱娅的死拯救了我，让我豁然开朗——这个词儿应该没用错，从嫉妒、怨恨和仇视中走出来，没有铤而走险——这个词儿也还行。我的莱娅！让我恨到骨头里又让我从心里放不下的莱娅！她让我肚子里的马钱子也死掉了。

葬礼上，任作田一句话不说，脸上阴得能下雹子。他老婆用三角眼剜了赵光路好几次。此前她已经听到一个传言，这个传言就是赵光路曾经克死两任老婆的婚史，她感觉她和丈夫受了骗上了当，才把哑巴侄女送上了黄泉路。任作田只有一个哥哥，但哥哥被日本飞机炸死，身后只留下一个闺女。任作田自己的老婆不生育，莱娅是任家唯一的血脉。任作田的沉默实际上是一种无言的愤怒，我站在五步之外都能感觉到他肝火旺盛，气滞血瘀。

本来想通过联姻巩固势力，却闹了个竹篮打水一场空，任作田心里不痛快，我们能理解。

莱娅的死让我揪心，我在葬礼上暗自流下了泪水。命运无常，乙化说。我第一次听说这个词，但是立刻明白了它的意思。可我更想莱娅了——要是跟了我，说不定她不会死。赵光路连克三妻，难道他肚子里长着马钱子？还是尿里能尿出水银？

赵光路新婚丧妻，也挺悲伤，他问我和乙化："莫非我是铁扫帚命？

莫非我是女人的克星？”

对此我无法解释，只能给他虚伪的安慰。其实我才更需要安慰。

“不要迷信！”乙化说。

11

光路重新回到宿舍，但是他的床铺已经被郭顺占用，他自己提出住外屋。郭顺让他跟我住里屋，他去外间住，光路没同意，他说他毛病多，还是单独睡外间比较好。郭顺还要进一步让光路，我拽了下他的衣襟，他不作声了。

起初几天，光路睡得比较老实，后来开始说梦话，喊莱娅的名字，还哭，哭得很伤心，跟个做怕梦的孩子似的。我在里屋听得真亮亮的。有一次郭顺也听到了，他披上衣服，到外屋叫醒光路，还跟他说了会儿话。我装作没听见。第二天郭顺把光路说梦话的事告诉我。“在北平他就这样，我都习惯了！”我差点把他梦游和睡官太太的事情说出来，但是没有。我觉得没那个必要，至少暂时没有。

不久，光路又开始梦游了。他跑到莱娅坟上，抱着坟头呵呵笑，后来又哭，哭作一团。郭顺站在他身后不远处，既是审视他，也准备保护他。我站在更远处，心里像服下五味都有的中药，酸、苦、甘、辛、咸，不知道哪种味道属于莱娅。我想她。

12

有一天傍晚，我和光路找乙化商量事，发现乙化趴在桌子上睡着了。他大概是太累了。我们悄悄站在他身旁，没忍心叫醒他。不料，他的鼾声越来越大，十分钟后突然中止了，梦话取代了鼾声，他焦急地说：“不，不可能！”后来竟哭了起来——从没见过他这样——我立刻按住他的肩膀，一边摇晃他，一边喊他的名字。他被我叫醒后，“嗖”地站起来，脸上挂着几粒黄豆大小的汗珠儿。

“做噩梦啦？”我小心地问。

“梦见鲁迅先生了。梦见他牙齿掉了，而且嘴里流血……”他的样子很揪心，一副不忍说下去的神情。

“这可不是好梦，难道……”我没敢说下去。

乙化点点头，“梦里是这样的。”他知道我要说什么。

“梦是反的，不会的、不会的。”我赶紧安慰他。

“鲁迅先生 1881 年生人，”赵光路受乙化影响，最近也在看鲁迅的书，“今年只有五十五岁，不可能，绝不可能。”他总爱说“绝不可能”。

晚上，我也做梦了，梦到一棵樟树倒下了，一群鹤在樟树周围飞来飞去发出哀鸣。

那两天我们注意听收音机，很快就得到了鲁迅逝世的消息。

夕阳西下，天空中的晚霞像金色的麦浪，我和乙化边走边聊。赵光路跑来，把收音机里听来的那个消息说出来，乙化的腿立刻软了。他的胳臂轻轻抬起来搭在我肩上，好像要向我倾诉什么，也好像不这样做就不足以站稳似的。他的嘴唇动了动，但是什么音节也没有发出来。他的脸色慢慢变灰，气息变弱，瞳孔周围变得黯淡无光。我们都注意到，乙化的嘴唇在抽搐，目光有些呆滞。

“只有五十五，”他低语时细若游丝，“真的是五十五，太可惜了！”

乙化大病一场。病愈后，他组织了一场诗歌朗诵会，以此纪念鲁迅先生。诗歌朗诵会是在两天后一个晚上举行的。学校最大的教室里座无虚席。赵光路担任主持人，并饱含感情说了开场白。第一位上场的是吴澜，他朗诵了鲁迅 1918 年发表的新诗《他们的花园》；紧接着，我和王志成、才山纷纷上台，朗诵了《人与时》《他》《哭范爱农》《湘灵歌》《题呐喊》《题彷徨》等作品。没有人朗读《自题小像》，大家不约而同要把这首诗留给乙化，好像由他朗诵才最合适。最后，乙化拖着羸弱的身体走上讲台，他清了清嗓子——他的嗓子还有些沙哑，一咽唾沫就疼——开始了低沉但激越的朗诵：

灵台无计逃神矢，风雨如磐暗故园。
寄意寒星荃不察，我以我血荐轩辕。

掌声响起的同时，乙化的泪水夺眶而出。

13

西安事变的消息传到垦区，汪春亭慌了。乙化高兴得眼睛直放光，他竖起大拇指说："张学良是好样的！逼蒋抗日，这是兵谏啊！"我问："他有这个胆量？是不是我们共产党做他的后盾了？他会不会是共产党员？"光路说："不可能，绝不可能。"洪道生和王志成也对我的猜测表示怀疑。吴澜没有发表意见。

朱贵枝说："福增同志的推测也不是空穴来风。张学良即便不是共产党员，也受到了共产主义的影响。"她是刚入冬时从苏联回来的，趁着假期来到垦区，成为党组织驻绥西垦区的临时特派员。对于这一任命，我们感到不解，因为特派员制度已废止多年。特派员前还加了个"临时"，这更让人疑惑。

乙化点点头，"贵枝的话有道理！他有可能受到了共产主义思想的影响。这些年，他奉命剿共，跟红军打了几仗，没少吃苦头！苦头吃得越多，越促使他反思‘攘外必先安内’的政策。”

赵光路低着头说：“张学良是中国人，也是一个军人，他有良知和血性，实行兵谏也许跟主义没关系。”

“我不同意你的看法。你这个想法太消极！”我指责他。

“多年来，我们党在争取国民党军官抗日方面做了大量工作，这是事实——我舅舅这么说，延安的同志也这么说——我想，既然冯玉祥和他的许多部下都受到党的影响，张学良受到影响也是在情理之中的。这虽然是推测，但也是实事求是、唯物主义的态度。光路同志，看不到这一点，说明你对党的统一战线政策还认识不够，说明你的灵魂深处还缺乏历史唯物主义和辩证唯物主义灯塔的照耀。”朱贵枝站在我这面说话，而且高谈阔论，一套一套的，我既佩服也高兴。

高谈阔论，朱贵枝确实喜欢高谈阔论。

14

一天晚上，朱贵枝把我叫到她屋里，以特派员的身份跟我谈心。她问了很多，我答了很多，从抗战形势到民族前途，从苏联现状到世界格局，从党员思想到军事素质，我们聊了很久。我感觉我们在很多问题上看法一致。她也有这种感觉。我内心很充实，也很激动，她毕竟是党组织驻垦区的特派员，跟她一致总不是坏事。

最后，她又问起乙化的感情和婚姻问题，我实事求是地说，在这方面我知之甚少——这个词我用得不赖吧？——我尽量把话说得文气一些，人家毕竟是留学生，不能让她看不起我。我说，他和妻子还是有感情的。她说，他们有名无实。恩格斯说过，没有爱情做基础的婚姻，是不道德的婚姻。她这么说，我有些惊讶，因为垦区里没人谈论爱情。我觉得这番话她该跟乙化说。

后来她问到我的个人问题，我说到了莱娅。当时我犹豫了一下，但还是说了。我信任她。只是说着说着，竟然悲从中来，不争气地落下了眼泪。我呜咽的样子像个伤心的孩子。至今想起来，那一刻我怎么那么伤心呢？我不明白。至今也不明白。咋会在特派员面前哭呢？而且哭得越来越厉害，都没法收场了。我突然想家了，想念母亲。她走到我身旁，站在我面前，静默了几秒钟，然后伸出双手，就像一个母亲或姐姐似的轻轻揽住我的头，贴在她那充满母爱的胸脯上，任我流下更欢实的泪水。

15

有人说朱贵枝跟曹福增恋爱，我不相信。我问了福增，他说没有，朱贵枝也矢口否认。我不知道为什么会有这种说法。

傍晚，朱贵枝跑来找我，再次跟我谈起“解放区的婚姻问题”，继而谈起“我们的感情问题”。我没有过多说什么。我再次拒绝了她。这很无情，也很残酷，但是没有法子。我有妻子，我是一名共产党员。我一直提倡“完善自己，影响别人”。如果我做出了这种事，又怎么去影响别人？当然，我也反省自己，是不是太不近情理，太追求理想主义人格了，甚至想到了“多情未必真豪杰”这句话。最终，我还是否定了这套说辞，婉言拒绝了她。

“不能做你的新娘，”她喃喃道，突然提高声音，“我想跟你好一次，把我的第一次给你，这样就没有遗憾了！”

我万没料到她会这么说。我几乎被她的想法吓住了。我低着头一言不发，在沉默中跟自己斗争，也跟她斗争。

我摇了摇头。

她默默地走了。她走的时候楚楚可怜。我的心快要碎了。我望着她的背影，在心里对她说：如果有来生，我一定接受你，一定娶你为妻！

16

那天晚上，我躺在炕上翻来覆去烙大饼，就是睡不着。既担心得罪了特派员，又不断地跟自己的身体做斗争——我体会到了欲望的力量——让它冷却下来。夜过三更的时候，我才睡着。

三天后，乙化找到我，说要给我和朱贵枝保媒，令我惊讶。可我没有兜圈子，直接问："她不是一直喜欢你吗？"他笑了，"那都是以前的事了。人家留学回来，现在改头换面了，谁还看得起咱这泥腿子？！"他哈哈笑着，大概是怕我误会，又一本正经地说："我有家室，不能那么干！咱们是共产党员！如果我那么干了，人家更说咱共产共妻了！"

他追问我对朱贵枝的感觉，我说挺好，但是人家留过学，喝过洋墨水，能瞧得上咱吗？

"能！"乙化大包大揽地说，"她觉得你党性强，关键时刻敢于表达自己观点，人也实在，值得信赖。"

我的眼睛瞪得老大，显得没有一点城府。那一刻我忘记了掩饰自己。

就这样，我和特派员在乙化的撮合下成为夫妻。我们的婚礼在三天后举行。婚礼简单而热闹。洪道生和赵光路开怀畅饮。吴澜因为感冒没有喝酒。汪春亭不请自来。任作田的妻子送来了礼物。那天晚上我成为一个真正的男人，她也成为了一个真正的女人。

蜜月一晃就过去了。

一天，贵枝提出：她想去苏联继续学业，把剩下的书读完。我听后大惊，她忙解释起来，讲了些学习的重要性，重申了苏联革命对于中国抗战的意义。我舍不得她，跟她讲不去苏联的种种好处，她起初微笑着听我说，后来脸色越来越难看。

我退一步想，反正还有一年，也快。去就去吧。

17

贵枝走后，我回到光路和郭顺的宿舍，重新跟他们住到一起。

夜里，光路又开始梦游了。他手里拿着一张不知从哪儿得来的报纸，走出房间，走到院外一棵大树下，腿脚利索地爬上树，坐在一个粗粗的枝杈间，双手端着报纸，认真地读起来：

2 月 10 日，中国共产党中央委员会致电国民党中央执行委员会，提出下列五项原则：

1. 停止一切内战，集中全国的力量反对日本的侵略；

2. 保障言论自由，释放所有政治犯；

3. 召开各党、各界、各军会议，共同抗日救国；

4. 迅速完成对日抗战之一切准备工作；

5. 改善人民生活。

如果南京政府接受上述观点，共产党将保证做到下列五点：

1. 停止推翻国民政府的武装暴动方针。

2. 解散中国共产党苏维埃政府，更名为特区政府。

3. 在特区政府区域内，实行普遍的民主制度。

4. 停止没收地主土地的政策。

5. 红军接受南京军事委员会的指导。

把光路从树上弄下来背回宿舍后，我好奇地夺过他手上的报纸，想找到他读的内容，但是没有找到。报纸上没有他读的新闻。我非常纳闷。

18

光路的梦游防不胜防。他坐在树上，继续读报纸：蒋介石委员长指出——

1. 国家武装力量的组织和领导必须统一，以便加以有效控制和进行有效的行动，不允许有完全不同政治信仰的武装力量并存。因此，所谓的红军和它使用的各种不同名称的部队应该完全解散。

2. 政权的统一是国家统一的先决条件。不允许两个敌对政府的同时存在。因此，所谓的苏维埃政权和其他有损于统一的组织应该加以彻底解散。

3. 共产主义和三民主义是完全对立的，只有三民主义才能救中国。共产主义违背中国人民的利益，违背他们的生存机会和生活道路。因此，必须停止其活动。

4. 阶级的战争是以某个阶级的利益为根据的，必须停止阶级斗争。

我知道报纸上没有这些内容，但是我拿着本子和笔，站到树下，在光路一遍又一遍的“朗诵”下，把内容全都记下来。我觉得他嘴里有毒，他说的东西对我有用，早晚有用。

19

卢沟桥事变发生后，全面抗战随之打响。按照党组织的要求，7月中旬我跟乙化来到北平，接应参加西安事变后被解散的东北军学兵队队员和一批流亡爱国学生。这当中就有王亢、苏梅。王亢相貌英俊，国字脸，浓眉毛，大眼睛，鼻梁挺拔，耳轮敦厚。党组织指示把他们接到垦区，壮大力量，蓄势待发。他们的到来，不仅壮大了党在垦区的队伍，也改变了垦区的知识结构——二百人的抗日先锋队中就有以乙化为首的将近七十个大学生——人们把我这个东北讲武堂没毕业的人也视作大学生，加上爱看书的赵光路和另外两个人，同称为“七十二秀才”。

一时间，绥西垦区成了知识分子的聚集地，成为抗日干部的摇篮。后来，抗日先锋队逐渐壮大，具备了一支武装部队的雏形，变成垦区一个具有广泛群众基础的革命组织。“抗先”定期进行军事训练，乙化是最受欢迎的老师，他不仅传授军事技能，还反复讲“健全自己，影响旁人”的道理，强调共产党员的模范带头作用。

七七事变后，垦区何去何从，成了摆在三方势力面前的一个问题。任作田主张，垦区后撤五原，然后经宁夏、甘肃去西安。这实际上是行不通的。而汪春亭的想法别有用心，他主张把垦区交给驻扎在附近的国民党骑兵第七师。他的主张我们坚决反对。乙化提出，垦区的人应该南渡黄河，经东胜去榆林，再经陕北到西安。他说的这条路不仅路途近，而且比较安全。我们的真实目的是，在南进过程中设法与陕北红军取得联系，带着队伍投入党的怀抱。汪春亭和任作田都不同意我们的想法，大家各持己见，互不相让，争论十分激烈。

9月初，乙化到太原汇报请示工作；月末，他在垦区主持召开垦区工委会议，传达上级指示，决定垦民家属撤往延安，垦民留下准备暴动，夺取枪支，组建抗日武装。

20

光路仍然梦游，不是读报纸，就是想莱娅。读报纸他上树，想莱娅他去哭坟。他真是个情种。我这么说，你们别误会，其实我也是重感情的人。我想贵枝。跟贵枝结婚前，我一直想莱娅，甚至跟光路为了他死去的新娘争风吃醋。但是，当我得到贵枝的感情，跟她成为夫妻后，我不再想莱娅了——我一度很纳闷，人的感情咋变得这么快？——竟然可以心平气和地跟光路谈论莱娅了。

贵枝出国后，我又回到宿舍，跟独臂光路和独眼郭顺一个屋了。郭顺对我的回归很高兴，跟我开玩笑："嫂子出国了，你又想起兄弟了！"我不好意思地笑了笑，说别着急，早晚给你说个媳妇。他脸红了，像天上的晚霞。光路对我的到来也表示欢迎，让我感到了兄弟间的友谊。光路说梦话，我坦然面对；光路梦游，我跟着他，以防不测。我们毕竟是结拜兄弟。我毕竟是共产党人。

老爷子好久没来，没有光顾我的梦境，不知道他在忙什么。

21

10月上旬，日军大举进攻，归绥、包头相继失守，绥西形势严峻。征求我们几个意见后，乙化再去北方局请示工作。这次是赵光路、王亢和郭顺陪他。我和王志成、吴澜、才山留在垦区，按照乙化临行前的交代，如果形势紧迫，我们可以相机行事，提前暴动。

一天傍晚，汪春亭约潘廷弼到家中吃饭。爱喝酒的潘廷弼十喝九醉，可是那天，他从汪春亭家里走出来却十分清醒，而且神色慌张，东张西望——我派了眼线暗中跟踪他。第二天傍晚，潘廷弼再次来到汪春亭家，身后还跟着任作田。这顿饭吃了三个小时，出来时任作田晃晃悠悠，潘廷弼却十分清醒，警卫股股长凶巴巴的脸上暗藏杀机。

种种迹象表明，汪春亭已经稳住任作田，计划趁乙化不在，以武力强迫垦民归顺国民党。狗日的汪春亭，胆子可真不小！关键时刻，王志成和我——没找洪道生——经过紧急商量，决定提前暴动。

10 月 7 日中午，在垦民们正吃午饭的时候，我们带领共产党员、爱国学生出其不意地进入垦区警卫股，缴了哨兵的械，抢走了全部枪支弹药。随后，我们召开垦民大会，宣布举行“同工暴动”——因为当时党组织在垦区处于地下状态，进步垦民之间都互称“同工”，而不是“同志”。

“同工们，日本鬼子占领了咱们东北，还要占领华北，不是他们吃了熊心豹子胆，而是他们觉得我们中国人太软弱了，太窝囊啦！我们也不是好惹的，我们不当亡国奴！”王志成说。

“他们叫嚣着三个月占领中国，这是痴人说梦！我们四万万中国人决不答应！我们手里有刀，有枪，一定让狗日的有来无回！我们不当亡国奴！我们决不当亡国奴！”才山带领大家喊口号。

会场气氛群情激愤。洪道生面无表情。大家摩拳擦掌。洪道生脸色发青。有人喊：把汪春亭抓起来。洪道生紧闭双唇。有人又喊：把潘廷弼也抓起来。洪道生冷笑着离去。

王志成带人直奔汪春亭家，却扑了个空；我带人去潘廷弼家，也扑了个空。两人家里一片狼藉，帐篷外的马匹不见了，看来是早有防备，一听说暴动立刻脚底抹油——溜了。

“没有抓到汪春亭、潘廷弼，真是可惜！”晚上开会总结时，王志成说。洪道生瞟了一眼王志成，没言语。

“可惜归可惜，暴动毕竟成功了！这个具有重要历史意义！”我说。不知道从啥时候起，我说话总喜欢用一些“大词儿”，而且基本上不带脏字，更像一个干部了。“尤其是在乙化不在的时候，暴动取得成功，更是来之不易！难能可贵！意义非同寻常！”乙化送我那本成语词典就在枕头旁，每天睡前都翻开背上几个，就像小时候背药方一样。

吴澜和才山也说了说，他们的话更朴实些。

老洪点了点头，但是看上去郁郁寡欢。暴动策划时，我们没有跟他通气，主要是王志成对他不放心，老洪蒙在鼓里，为此很愤懑。这个可以理解。第二天乙化回来时，老洪当众表达了不满，乙化居中调停，委婉地批评了我和王志成，客观地肯定了老洪的党性，也肯定了他手下的弟兄们。王志成一言不发，但是面露愧色，直到会议结束后才拉住老洪的手：“道生兄弟，不是我不相信你，是你手下的那些弟兄……你是个讲义气的人，为朋友两肋插刀，这个我知道，可我实在是怕走漏了风声！”

“开玩笑！我讲义气，我为朋友两肋插刀，可我也是一名共产党员！我是有原则的人！我是讲究斗争策略的！你以为我是山大王呢！”老洪瞟了眼我和乙化，“看来，在有些人的眼里，我还是土匪！”

王志成想辩解几句，乙化摆摆手，他没再说什么。

按照上级精神，经过会议确定，我们把垦区的暴动队伍组建成一支抗战队伍——抗日（民族）先锋总队，人数比原来的中华民族抗日先锋队多出一倍。乙化任总队长，王志成任政委，我、洪道生、赵光路任副总队长。吴澜任党总支委员兼中队长。王亢、师军任中队长。

得到信任的洪道生非常高兴，不久后他从手下弟兄那里得到一个消息，他把它告诉了乙化——汪春亭和潘廷弼已经跑到国民党骑七师，正在说服一名团长向我们进攻。

“想吃掉我们，做梦！”乙化说。但是他知道，真正跳出汪春亭和潘廷弼的阴谋，必须有个万全之策。

第六章

1

1937年的中国风雨飘摇，卢沟桥下刀光剑影，南京城里血流成河，中国人在血雨腥风中度过了悲壮而屈辱的一年。1月1日，红军西路军遭受重大损失，军长董振堂壮烈牺牲。2月2日，东北军分裂，主和将领王以哲被杀。7月7日，日本人发动卢沟桥事变，三周后北平、天津沦陷。11月9日，太原陷落；三天后，日军占领上海；一个月后，国民政府首都南京陷落，日军开始了长达六个星期、人类历史上最惨无人道的南京大屠杀。大屠杀期间，三十万人被杀，南京城三分之一建筑被烧毁，八万妇女遭强奸。这些消息有的来自电台，有的来自报纸，有的来自上级党组织，有的是事后多年才知道的。

侵略者的暴行令亿万国人从沉睡中惊醒，他们攥紧拳头，拿起武器，开始了同仇敌忾的抗战。国共合作再续前缘。中苏缔结《互不侵犯条约》。八路军取得平型关大捷。淞沪会战彪炳史册。忻口大战虽败犹荣。日军多次空袭南京，中国军队奋起抵抗，击落敌机七架。这些消息鼓舞着每一个中国人，也让我们抗日先锋总队的队员们为之振奋。

“但是，总的来说，全国大形势不利，地方小气候也不利，汪春亭还在蠢蠢欲动，你们必须跳出重围！”邹大鹏说。他已经是东北挺进军的军械处处长。“上边指示也来了，就是安排身体条件不好的人去延安，其他的人就地抗日。”

“我们都去延安不行吗？”乙化问。

“谈何容易。”邹大鹏说，“如果你愿意，不妨暂时加入东北挺进军。挺进军眼下就在绥远，马司令是一名抗战将领，值得信赖！”

“马占山我知道，组织过江桥抗战，是条汉子！”乙化说。

在邹大鹏的帮助下，马占山将军收编了抗日先锋总队，把我们编为抗日挺进军东北挺进支队。马将军送给乙化一把手枪。大鹏命令军械处发给我们两挺轻机枪和百余支步枪及部分子弹。挺进支队由乙化任支队长。支队长相当于旅级。我们这些副支队长相当于副旅级，官不小了。我高兴得一夜没睡。没睡就想媳妇，可贵枝没给我来一封信。

那阵子，我们经常凑到一起，听收音机里的新闻。王笑笑的声音清纯悦耳，她通过那个神奇的大匣子告诉了许多我们不知道的事情，比如美国炮艇“帕内”号被日军击沉、蒋介石接见德国驻华大使陶德曼、国民政府逮捕并枪毙韩复榘等等。听着王笑笑字正腔圆的新闻播报，我们偶尔开开乙化的玩笑，他一笑了之。

这年 11 月，我们离开绥西地区，南渡黄河，穿过库布齐沙漠，到达内蒙古东胜地区。

那时，面对鬼子大举进攻，国军节节败退，许多部队都退到东胜。东胜位于蒙古地区的中南部，北平的西部，归绥远省管辖。这里矿产丰富，储量最多的是煤，另外还有油页岩、天然气、黄铁矿、泥炭、石灰石等资源。日本人对东胜觊觎已久，绝不会放过这块肥肉。东胜上空阴云密布，日本人的枪炮声随时可能响起，恐惧如鱼腥草一般在队伍中发出怪味。

“国民党正规部队都打不赢日本人，凭咱们这几百号人，行吗？”一天傍晚，我们散步时，王志成发出疑问。

“目前有这种疑问的人，队伍里不在少数。”我说。

“打得赢打，打不赢也得打！”洪道生的目光中有一团火，“谁让我们是东北人！谁让我们是中国人！”

“那不成。我们还是要讲究策略。”我看了眼老洪，又把目光移向乙化。

“打是要打，这是肯定的，这是我们抗日的根本。但是怎么打，打什么，什么时候打，还真是要研究一番。既要寻找战机，还要听从东北抗日挺进军的整体安排！”乙化的眉宇间也有一丝困惑。

“昨天开会，乙化分析得很透彻，东胜东部是丘陵，西部是高原，不适合我们作战，特别不适合我们支队小规模的作战。”我说，“恐怕还需要观察和等待。”

“要不我们先暂时后撤一下。”王志成说。

“问题是，我们已经跟着挺进军在撤了。”洪道生说。

“我的意思是，能不能把撤的速度再快一些？”

“撤，就知道撤！总是撤咋成？今天喊抗日，明天喊抗日，现在抗日的时候到了，我们能一味地撤吗？能临阵脱逃吗？”

“我又没说逃跑，撤退和临阵脱逃是两码事嘛！”

“反正要少死人。”半天没说话的赵光路突然冒出这么一句。

我揣度着他的意思，然后说：“必要的牺牲也是应该的！战争，革命，死人的事情是经常发生的。”当时，我不知道伟大领袖也会说这句话，但我发现乙化比较满意。我越来越会说话了。

“我也弄不懂马占山什么意思。不过，据我初步判断，他是在寻找战机。马将军不是投降派，这个我相信。”乙化让大家再等等，一边观察，一边等待战机。

2

我渴望收到妻子的信，但是没有。不知道是她没写，还是寄到了垦区我已无法收到。不知道她在苏联咋样了。我想她，也为她担心。我把她送我的两本书都看了一遍。一本是毛泽东的《论反对日本帝国主义的策略问题》，一本是斯大林的《论中国革命的前途》。我承认我有点看不进去，但还是耐着性子看完了，因为当时她说：“我以特派员的身份，向你提出要求，希望你能认真阅读领袖同志的著作。”这么说自有她的道理，我也感觉这不仅是妻子的嘱托，更是党组织对我的期望。

一天晚上，我梦到了她。她跟我说，她给我写了信，但被国民党的特务机构查获了。她没告诉我她在那边怎么样，却说了些我听不大懂或者不感兴趣的话……我在她的滔滔不绝的讲述中睡着了，还做起了跟她亲嘴的梦，她掏出一根皮带，狠狠地抽我……

疼痛把我从梦中惊醒，回到那个梦里。大概因为太疼了，我几乎没在那个梦里停留，直接回到了现实里。我发现，光路的胳膊压在我的胸前，而他长长的手指甲正好戳在我的脖子上。

3

队伍在缓慢后撤中度过了两周。其间，发生了一件事，让整个抗日挺进军都沸腾了，就像熬药时药锅子发出的咕嘟声。郭顺喜欢上了女战士王义——这个我知道，但是没跟乙化说——他刚刚鼓起勇气靠近她并表白的时候，王义自杀了。她是在郭顺走后开枪自杀的。她把一封信交给了郭顺。她让他把信设法交给马占山。她说你把信交给马将军后回来找我。结果郭顺把信送到司令部回来后，面对的是眼睛永远闭上了的王义。

马占山在女战士的信中看到这样的话——“我深知，自杀是懦弱的行为。但仅以我的死，能够激励将军和全体官兵更加奋勇杀敌，早日打回东北老家去，我认为我的自杀是值得的。”

王义的死令乙化潸然泪下，听说马将军也哭了。郭顺更是号啕大哭。这是他平生第一次喜欢一个女人，并且下决心向她表达，她却开枪自杀了。郭顺奇怪地把王义的死同自己的表白结合起来，好像没有他的表白就不存在她的自杀似的。这样一来，他不但具有了失去意中人的痛苦，还给自己套上了不义的枷锁。他心里像是服下了一截苦参。

王义的牺牲告诫所有挺进军官兵：不打日本人，生不如死！在这种氛围下，马占山开始主动出击，寻找机会跟日本人干。一个月内，我们配合部队打了几次小战役，队伍由二百人增加到五百人，队伍士气高涨，队员像吃了开心果。

4

夏至那天，邹大鹏请我们吃饭，我很高兴。好久没有喝酒了。乙化带上了我和赵光路、洪道生、王志成。路上碰到闷闷不乐的郭顺，就把他也喊上。跟大鹏一起作陪的，是挺进军政训处处长刘广英。刘广英个子不高，眼睛不大，声音沙哑，皮笑肉不笑。

那天阳光很好，我们坐在东胜酒楼二层靠窗的座位上，有说有笑——除了光路和郭顺。大鹏要的菜都是我们爱吃的，有手把肉，有沟帮子熏鸡，喝的是当地的高粱酒。邹大鹏很健谈，一会儿聊抗日形势，一会儿聊身边趣闻，弄得大家既开心，又长了见识。乙化回忆了在东北讲武堂学习的时光，我感觉那好像是上辈子的事情了。我也发了许多感慨。当我发现自己说得有些多的时候，赶紧敬酒，第一个敬大鹏，他喝干了。然后敬刘广英处长，他浅浅地喝了一口，说自己不胜酒力。再敬志成、光路、道生他们，他们都干了。连郭顺也干了。郭顺的独眼红红的，脸颊也红红的。他还沉浸在对王义的思念中。这小子重情义。他只顾自己低着头吃东西，也不知道敬酒。我提醒他，他端起杯敬大鹏，然后又埋下头一声不吭吃东西。志成提醒他，给白队长和刘处长敬一杯。郭顺抬头看了眼乙化，乙化说不用，要敬就敬刘处长，郭顺又看刘广英，刘广英说不用不用，郭顺重新看了眼王志成，说句“他们都不用”，又埋头吃菜了。

王志成“噌”地从座位上站起来，“郭顺，你什么态度，长官就是这么敬的吗？”

郭顺抬起头，定定地望着志成，眼睛里满是惶恐。

“算了，算了。”大鹏劝道。

“政委，咱们是抗日队伍，又不是旧军阀，哪里有什么长官？”没等我开口，洪道生先说话了。他抓住了王志成的失误。

“你！”王志成没想到洪道生会站出来打抱不平，“咋地洪道生，你找碴儿不是?！我是支队政委，我让郭顺敬处长一杯酒，错了吗？”

“郭顺想敬就敬，不想敬就不敬，这是他的自由！难道敬酒也需要下命令吗？”洪道生的声音更大了，他从座位上站了起来。

“你要干什么？”王志成质问。

“你——要干什么?！”洪道生把“你”字说得很重，而且拉长音，右手习惯性地摸向腰里。

“咋地？还想掏枪？”

“大炮轰蚊子——用不着！一个拳头就把你揍扁！”洪道生的手离开腰间，攥起拳头，在王志成脸前晃了晃。

“白队长，你看——”王志成气得脸发白，慌忙向乙化求助。

“不像话了啊，道生，坐下，快坐下！”乙化站起来，伸出手摁住两人的肩膀，“都给我坐下！”

他俩都坐下了。

这时，独眼郭顺站起来了，手上端着一杯酒，慢慢伸到王志成面前，“政委，我错了，我敬你一杯！”

“我不用你敬！要敬先敬队长！”王志成大声嚷道，他还在气头上。

这时，郭顺说了一句不该说的话——“队长是我大哥，不用敬。”

王志成更不高兴了。郭顺的话分出远近了，但我不认为郭顺有恶意，只是他头脑简单罢了。我暗自观察光路的表情。他没有表情，只是把手放在郭顺的腿上，轻轻按了按。王义死后，郭顺像换了个人似的，训练经常迟到，有时身上还带着酒味，王志成找他谈过话，可都谈得不顺利。乙化并不知道这些，此时他提议道：“咱们敬两位处长一杯！”

大家举起杯，喝下一小盅，然后落座。坐下后，郭顺莫名其妙地哭起来，哭得还挺伤心。

刘广英微微皱了皱眉。

“别哭，兄弟！”洪道生拍着郭顺肩膀，侧头问，“有什么苦水，你就直接倒出来。”

郭顺趴在桌上，哭得更厉害了。

“郭顺！”赵光路说。

“郭顺兄弟！”我说。

“小郭同志，咋啦？”邹大鹏问。

“这个酒没法喝了,真不如散了吧！”王志成觉得让处长们见笑了,感觉无地自容，站起身想往外走——他毕竟也是喝了酒的。

“是啊，这酒确实没法喝了！”洪道生拍了下桌子。

“处长，队长，恕不奉陪啦！”王志成起身就走。

“看看，这就是我们的政委！”洪道生的语气里有两种含义，一种是讥讽，一种是鄙视。

乙化再也忍不住了,“腾”地站起来，抄起桌上一个大碗狠狠摔在地上，把我们一通臭骂。这是他第一次骂人。骂得很凶，骂得很难听，骂得失去了儒雅的面目，把我们都吓坏了。

5

第二天，邹大鹏分别找乙化和志成谈话，他们都承认自己不冷静，不成熟。尽管如此，这件事还是被刘广英告发了。他这个人天生喜欢告密。他写了封信，绕过马占山将军，直接寄给了傅作义。

三天后,马占山接到傅作义密电:白乙化治军不严,属下骚扰百姓,藐视长官，必须严惩。

乙化和邹大鹏紧急商量，决定支队立刻离开马占山部——暂用挺进军东北支队的番号——向贺龙率领的八路军 120 师靠拢。

那天王志成接到母亲病危电报，返乡探亲。从那以后，除了我大家谁也没再见过他。我俩见面是在二十多年以后，当时关在同一个牛棚里。

6

收音机里偶尔有王笑笑播报新闻的声音。上个月，收音机里说，中国空军在台北上空击落四架日机。这个消息如果真实，当然令人振奋。昨日收音机又说，国民党在汉口召开临时全国代表大会，蒋介石当选为国民党总裁，对所有党的决定拥有最后裁决的权力。我高兴不起来。独裁者权力越大，政治风险和国家危机就越大，民族前途堪忧。国家就是一条大船，固然需要一个统一的舵手，但舵手不是万能的，仅靠舵手是不成的，二副、三副、管轮、水手、机工不是摆设，其作用是无可替代的。蒋介石身兼数十个职务，甚至连禁烟总监这样的职务都不放过，这已经不是独裁的事情了，是典型的人治！岂能治理好国家？岂能领导抗日大局？怪哉。

收音机里没有共产党的新闻，没有八路军打胜仗的消息，这是新闻封锁。如果说《中央日报》是他们的党报，那么广播电台就是他们的党台，他们以党代国，以国养党，欺民愚民，可恶至极。我突然失去听收音机的兴趣。

想起那句古语：万般皆下品，唯有读书高。

于是重读鲁迅先生《论雷峰塔的倒掉》。

读罢此文，有一个强烈感受：旧势力依靠权力，想控制世间万物，包括人们的情感，是多么大的野心，多么强的欲望！从1919年开始，这想法大概一去不复返了。但是今天，这种势力的这种愿望好像又抬头了。

想念鲁迅先生。

7

从东胜到河曲的路很漫长，对我们是一种考验。队伍中最大的四十五岁，最小的十六岁。男的占绝大部分，女的也有五分之一。有的人打过枪，有的人连枪都没摸过。队伍急需扩充。枪支弹药也急需补充。乙化时刻在想这些问题。我和道生也在琢磨中。

路上，赵光路话不多。自从死了第三任媳妇，他就变得沉默寡言。不过，他喜欢看书了。这个倒是令乙化很高兴。我有点嫉妒。我不喜欢看书。虽然乙化送我词典，贵枝也要求我读书，我硬着头皮也看了一些，但还是不上瘾。当时我怀疑光路读书的动机。不过，喜欢读书后，赵光路的性情变得平和了。

在路上，乙化和他多次交流读书感受。我听不大懂他们的话，心里头有些别扭。我突然想念特派员了。

8

队伍经过陕西神木，到达府谷。府谷是黄河流经陕西的第一个县，自唐朝设县以来已有一千多年历史。这里沟壑纵横，峡谷蜿蜒，黄河在此流经一百多公里。我们到达黄河岸边，准备东渡时遇到点儿麻烦。当时，四个鬼子坐着两辆摩托，突然出现在我们身后不到二百米的地方，那时，我们已经有九十多人到达河岸对面，另有二十多人刚刚上船，准备渡河。府谷渡口一共有三条木船，一条船一次渡过十个人，一次三条船，我们计划分十五六次全部过去。此时小部分人渡了过去，大部分人还在河这边，不料鬼子嗷嗷叫着向这边扑来。也许是我们的行踪被他们发现了，也许是遭遇，这个一时无法判断。鬼子越来越近，当确认他们只有四个人后，乙化说："大家不要慌，轻易别开枪，因为附近可能还有鬼子。"然后又冲着我和赵光路、洪道生说，"鬼子只有四个，咱们一人解决一个，有没有问题？"我们一齐答应"没问题"，赶紧去摸腰里的家伙。这时郭顺说："还有我呢！"乙化想了想，答应了他，然后对我说："福增，那你在远处，注意发挥你铁球的威力。"

"谁有香烟？"乙化喊了一嗓子，"交给我们四个。"

很快，他们四个手上都拿到一盒香烟，有的拿在手上，有的装进兜里——毕竟是老搭档了，大家都懂乙化的意思。

很快，敌人的摩托车"唰"地停在面前，鬼子兵呜里哇啦，枪栓拉得咔咔响，其中一辆摩托车上的机枪指着大家。乙化赔着笑，随口说了两句日语——不知他啥时候学的——敌人的警惕有所放松。他慢慢走到一个端着大枪的士兵面前，递上一支烟，鬼子没接，"什么的干活儿？"乙化答："逃荒的。"然后又说了两句恭维的话，再次把烟卷递到他面前，"我是良民，大东亚共荣。"鬼子脸上放松警惕，终于把烟卷接过去。乙化回头看了眼同伴，他们也效仿他，拿着烟卷往另外三个鬼子面前靠拢，可其中一个狡猾的家伙嘴里乱叫让他们停下，木鳖子一般黑的枪口在他们身上转来转去。乙化用汉语说，都是自家兄弟，都拥戴皇军，然后回头看了眼我，我点了点头。乙化给他面前的鬼子点烟，鬼子没拒绝，斜睨了他一下，大口抽起来。洪道生和赵光路也凑到了另外两个鬼子（包括摩托车上的机枪手）面前，只有郭顺面前那个鬼子还把大枪端得笔直，直直地对着他。洪道生的烟卷送出去了。赵光路的烟卷也送出去了。只有郭顺的烟卷还在自己手里。乙化回头看了眼我，我立刻懂了他的意思。乙化赔着笑说，皇军，这盒烟都送给你，大大的好抽！鬼子摆手推让的时候，乙化玩了个单手夺枪——左手攥住枪身，右手单掌猛劈他的面门——鬼子一声没吭就倒下了。与此同时，我看见赵光路和洪道生的匕首刺进了鬼子的脖颈，血液顺着匕首凹槽蚯蚓一样流出来，郭顺面前的鬼子立刻扣动扳机，好在郭顺早有防备，一只独眼始终盯着鬼子扣动扳机的手，此刻他“嗖”地上前一步，伸手抓住大枪的枪管，可就在枪口没有完全托向空中的时候，一粒子弹射出直奔我而来——当时我刚刚扔出铁球，扬起的手还在半空里，突然像是被马蜂蜇了一下，火辣辣地疼。我顾不上自己的伤，眼睛盯着对面——铁球砸到鬼子的鼻梁，他捂着鼻子“嗷嗷”大叫——郭顺顺势抢过大枪，绕到他身后，一脚蹬在他的腿弯处。鬼子跪倒在地的时候，一把匕首插进了他的前胸。

四个鬼子毙命后，乌黑的血流出来，竟然都冒着泡泡，而且很快混在一处，蒸腾起一缕白白的热气。

乙化见我手上受伤，一边喊卫生员，一边掏出手帕为我擦拭伤口。这时，我才发现自己的右手少了一根指头——食指。多年以后我在北京第三福利院治病期间，遇到一个写诗的病友，笔名就叫“食指”。

“妈的，没法儿扔铁球了！”当时我很沮丧。

“没事儿，咱还能扔手榴弹！”乙化宽慰我。是啊，缺一个指头没法扔铁球，但是可以扔手榴弹，因为手榴弹针对的是一群人而不是一个人。乙化的语气像是开玩笑，但是我知道他心里很难过。我是他多年的同学、同乡、兄弟和战友，我的一个手指头没了，他当然难过。

卫生员二梅的动作很麻利，她一边给我包扎伤口，一边回头问郭顺：“郭大哥，你没伤着吧？”

郭顺的脸上飞过一抹红晕。

9

老爷子再次光顾我的梦乡，他告诉我，斯大林通过中国驻苏联大使，向蒋介石传授国家团结的秘诀。

PART 第三部 THREE

第一章

1

曹福增老先生的记忆常常在某一时空节点上凝固，从而使得他的讲述偶尔出现瘀滞状态，我适度的引导和补充丰沛了他记忆的河流，使他的讲述更加流畅、生动和完整。无论他的经历，还是我的想象，战争的细节总能在交谈中发生共鸣，从而起到催化剂的作用，只有这样，历史才得以从他那厚厚的嘴唇里滚滚而出。作为一名作家，我在过去三十多年里，见过曹福增五次，白素清七次，他们关于白乙化的讲述都使我受益良多。不论现实还是梦境，我都无法悉心考证其真伪，但是，以我对八路军老战士的了解，我不能对他们或他们的后代有丝毫的怀疑。这是一个原则问题。也许你们会说，有时我凭借想象就会使他们的讲述更加生动，但是，我要重申一点，是他们的经历构成了他们的记忆，然后激活了我的想象，使它插上有力的翅膀，在弯曲的时空中翱翔。当然，目前我对我的功课并不满意，因为这离我凡事力求完美的标准还相去甚远。郭生河、曹友林和万峰先生关于白乙化的传记文章，是我了解主人公的原始资料，它扎扎实实地给了我营养和鼓励，催促我十去辽阳倾听历史深处的足音。

2

东渡黄河后，抗日先锋队很快到达山西省河曲县楼子营镇。途中，他们遇到许多溃退的国民党军队——他们准备逃到黄河以西。白乙化却逆水行舟，带领大家高唱“枪口对外，齐步前进”的歌曲，朝着敌人的方向迎击过去。对此有些人想不通：堂堂的中央军都顶不住鬼子进攻，我们这些学生兵就能行？主张随国军撤到黄河以西。这个想法有蔓延之势。白乙化及时给大家做工作：“我说同志们哪，还是那个话，我们从北平到绥西，从绥西到这里，今天嚷嚷抗日，明天嚷嚷抗日，现在日本鬼子就在眼前，哪能不打就走呢？抗日就得流血，甚至牺牲生命！这次，咱们坚决跟鬼子拼一下，考验咱们的时候到了！”这么一说，西撤的声音沉下去了，军心从畏惧的潮水中浮出海面。

在河曲，白乙化和曹福增为二梅和郭顺举办了婚礼。曹福增掉了一根手指头，但是不影响他做媒。受伤后，白乙化让郭顺和二梅轮番照顾他，二梅两次偷眼看郭顺被他发现，他跟白乙化提出，要给郭顺找个女人。白乙化说，找个女人当然好，可找谁呢？他说，二梅勤快，人也实在，对郭顺有意。白乙化问，郭顺呢，郭顺对她有意吗？他说差不多，又说，如果有个女人，也许能让兔崽子欢实起来。曹福增这么说，让白乙化想起了王义。郭顺肯定还在想王义。这时，白乙化想到了《我的节烈观》，随即他否定了自己。他觉得有点荒唐。女人不该讲节烈，何况男人。何况他和王义并未结婚。

婚礼很热闹，喜气感让他们好像身处和平年代。吴澜和才山都有这种感觉。但是赵光路没有。白乙化看着壮壮的新郎和瘦弱的新娘，有所联想，有所感悟，他叮嘱郭顺要善待人家，不能把张家的怨气往李家身上撒！在闹哄哄的气氛中，吴澜提议白乙化为新人作首诗，他想了想，一篇《贺新郎·伴侣》脱口而出。

云横河曲。革命路上结伴侣。英雄成家。阵地独赏一梅花。
雁唱山涧。不让倭寇袭家眷。方入厅堂。四手工作更繁忙。

3

两天后，河曲县委的人带来喜讯，120 师一部驻扎在附近的刘家塔，他们要见一见白乙化。民运部长徐文韬来接应他们。白乙化和曹福增、吴澜来到刘家塔，见到了盼望已久的“老红军”。红军刚刚改编成八路军不久，战士们还穿着红军军装，虽然衣服旧得发白，但是都格外精神，也非常热情，待白乙化他们像家里人。徐文韬个子不高，头顶刚好到白乙化下巴颏儿。白乙化跟他聊了许多，双方感觉很投机，也都很兴奋。徐部长说，早听说东北有个“小白龙”，能文能武，我看不“小”嘛，你看这个子，分明是条“大白龙”嘛！白乙化哈哈大笑，觉得部长很幽默。徐部长又说，你这是飞龙在天，大有作为啊！白乙化一听他用了《易经》的话，赶忙接道：部长过奖！要是没有党和八路军的领导，我就是潜龙勿用，发挥不了什么大作用！

徐部长后来谈到联合抗日，谈到统一战线，白乙化高兴之际，信口说了一句：“国民党不抗日，咱们共产党自己干！”

曹福增附和道：“对。”

徐部长脸上露出不悦：“国共已经实现合作，联合抗战的局面来之不易，可不能乱讲啊！”

白乙化发觉刚才的话有些鲁莽，立刻说：“是的、是的，我说话没有原则了！部长批评得对。”

吴澜也帮白乙化打圆场，讲了讲他对建立抗日民族统一战线的认识，说得徐部长挺高兴，事情也就过去了。

当天晚上，白乙化回到楼子营，立刻召开挺进军东北支队中层干部会，就“学习八路军发动群众抗日”工作进行部署，宣布恢复“抗日先锋总队”的番号。

4

白乙化睡前读书的习惯始终坚持着。

鲁迅翻译的《域外小说集》一直沉在箱子底，从北平出来后他还没有碰过。这天晚上，他收拾东西时拿出了它，随手翻起来。森鸥外的《沉默之塔》和芥川龙之介的《罗生门》引起他的注意。日本作家的小说出乎他的意料。他发现自己更喜欢芥川龙之介。此后不久，他同赵光路、郭顺去县城侦察，恰巧在书店里碰到一本李烈文翻译的《芥川龙之介小说集》，便立刻买了下来。

芥川龙之介三十五岁自杀，《河童》是他遗世之作。这篇小说给白乙化的感觉比较好。故事通过一个精神病院23号患者的口吻，讲述了他作为一名登山爱好者误入传说中的河童国的经历。河童是日本神话中的动物，有鸟的喙、青蛙的四肢、猴子的身体和乌龟的壳，居住在河川，个子不高，如孩童。小说虚构的河童世界，与人类社会既相悖又相似，但贯穿全篇的讽刺和批判，却处处指向20世纪20年代的日本社会现实。河童国有医生，有渔夫，有诗人，有哲学家，有作曲家，有爱情也有自由。那些个子不高、样子奇怪但可爱的河童让白乙化展开了无尽的想象。那里也有资本家，有律师，有警察，有欺骗，有暴力，有压迫也有独裁。他们招募遗传义勇队，“我”不能理解，但是河童嘲笑人类，说他们的义勇队比人类为争夺一条铁路线而相互残杀的举动高尚得多。白乙化想到进入中国的日本人。河童国与水獭国发生战争，起因竟然是一次误会——母河童要毒死不务正业但投了人身保险的丈夫，氰化钾的茶杯却让来做客的水獭一饮而尽。这是对战争多么深刻的拷问。小说中，哲学家马古告诫人们，减少对物质的欲望，未必能够带来和平；而如果想求得长久的和平，我们必须减少精神上的欲望。小说借讲神话故事批判现实，提醒人类不要丢掉“省身”和“省察”。小说具有强烈的哲学意味。这让白乙化想到了荀子和苏格拉底。

白乙化觉得这部小说既有现实主义的冷峻，也有浪漫主义的奇思妙想。他非常喜欢它。他想到了《西游记》。罗贯中和芥川龙之介有异曲同工之妙。小说的意义不言自明。白乙化承认自己喜欢这部小说了。他甚至联想，如果有一天战争结束了，说不定自己会脱下戎装，放下手里的枪，提起案上的笔，坐在中国大学图书馆靠近窗子阳光明媚的座位上，也写上一部小说——那该是多么美妙的事情。也许我会成为一名作家，成为一名像鲁迅一样的作家，或像托尔斯泰一样的作家。像果戈理也成，陀思妥耶夫斯基也成，芥川龙……

白乙化这么想的时候，突然有了一种罪恶感——这是他从来没有过的。日本人侵略中国，烧杀掳掠，我怎么能喜欢上一个日本作家呢？怎么会喜欢一个日本人写的小说呢？怎么还想成为芥川龙之介那样的作家呢？我是中国人啊！我是抗日战士啊！我的祖父就死在日本人的炮火之下啊！我的战友张广禄、洪道魁就死在日本人的屠刀下啊！赵光路的胳膊是被日本人砍下的啊！郭顺的眼睛也是被日本人打瞎的啊！曹福增的手指也是被日本人打断的啊！

这么想的时候白乙化十分懊悔。他觉得对不起死去的祖父和战友。

他想把《河童》烧掉。他划着火柴，火焰很快映红了他的瞳孔，瞳孔中火焰接近书页，越来越近，但是就在火焰即将吞噬书页的瞬间又分开了——他舍不得，舍不得自己珍爱的书。书是他的命。

白乙化有点恨自己。他的心里像是爬着一条虫子，虫子在咬啮着他的良知。他也感觉自己很丑陋，丑陋得像一个河童。

窗外传来“啪、啪”的声响。

郭顺不知从哪弄来一挂鞭，鞭炮声把白乙化从臆想中惊醒。

5

曹福增晚上做了一个梦，他梦到朱贵枝了。他过去搂她，却被她不耐烦地推开。她整了整身上的军装，小心地擦了擦胸前的像章。

醒来以后，曹福增非常纳闷，他不知道她为什么要佩戴一枚像章。那像章上的人，是谁呢？

6

120 师政委关向应接见了抗先总队，白乙化内心喜悦。河曲是交通要镇，抗先总队按照关政委要求，在楼子营镇进行整训。120 师派出干部给他们讲课，帮助他们筹集给养。白乙化和才山率队进行军训，帮助当地培训武装自卫队，并且择优选拔进行扩军，队伍很快发展到四百多人。

1938 年 4 月中旬，120 师对抗日先锋总队进行调整、充实，白乙化任总队长，下辖两个大队和骑兵队。一周后，白乙化率队向山西偏关挺进。到达偏关后，发现偏关失守。国民党军队仓皇撤退，沿途丢盔卸甲，士兵的脸仓皇得像脚趾刚刚被蛇咬过。两个操东北口音的人劝白乙化：“兄弟，偏关失守了，日本人快追上来啦，你们快跑吧！”白乙化瞟了一眼他们手中的枪，心里生出一股怒气，但是他没有发出来。他知道人家的好意。他也知道，如果“没有智，没有勇，而单靠一种所谓‘气’，实在是非常危险的”。(鲁迅语)他叫来曹福增、赵光路、洪道生，开始做起“较为坚实的工作了”——打开地图，查看地形，制订作战计划。白乙化提出一个大胆的计划——迎着日军全速前进。

大家在惊讶中执行命令。

在偏关附近的煤窑沟，抗日先锋总队埋伏在沟旁的丘陵上。半个时辰后等来了急速推进、不可一世的日本人。

日军兵力不多，只有四十多个人，但都是骑兵，显然是先头部队。先锋队有五百多人。人多不一定势众，决定战争胜败的因素还有战术和武器。日本人的枪好，三八大盖，四百六十米就进入有效射程，而先锋总队的破步枪，比鸟铳强不了多少。敌人在晋西北的黄土地上快马加鞭，无所顾忌，要不是马蹄激起的厚厚的黄土烟尘，他们也许觉得自己好像是在东京赛马场里拼速度。白乙化告诫大家，不要急于开枪，千万不要急！战士们屏住呼吸，静静地等待命令。敌人的骑兵在视线中蠕动，很快进入沟底——先锋队正前方大概两百米的地方，白乙化大喊一声：“打！”沉寂已久的子弹一股脑射向鬼子。

白乙化的枪法没的说，左手一抬干掉一个，右手一抬又打趴下一个。洪道生的枪法也不错，虽然只能右手打枪，但是连发两枪也打倒了一个。鬼子兵毫无防备，人仰马翻，但也很快稳住阵脚，组织起反击。他们有一挺机枪。机枪手寻找掩体，匍匐在一个坟头后，以坟头做掩护，向先锋队扫射。队员们被打得抬不起头来。子弹在黄土棱上飞舞，细细的黄土被打得尘烟四起。战士们的耳朵旁不时划过“嗖嗖”

的声响，子弹飞过时裹挟着股股热流，辣辣地涌进脖颈。白乙化探出头，刚要举手开枪，敌人一梭子子弹打过来，他只好缩了回去。赵光路试了两下，也没成。这时曹福增来了，白乙化突然想起他有两颗手榴弹，立刻让他扔出去。一颗手榴弹扔了出去，离鬼子阵地十来米的地方爆炸。手榴弹的威慑作用只有十秒钟，十秒钟后机枪重新响起。火力比先前更猛。敌人有的是子弹。福增，还有几颗手榴弹？白乙化问。其实白乙化知道还有一颗。曹福增说，只有一颗，再扔出去就没了。又说，这是咱们先锋队最后一颗手榴弹。白乙化说：扔掉，然后咱们冲下去！曹福增发狠劲扔出手榴弹，趁着鬼子趴在地上隐蔽的时候，先锋队队员们在总队长的带领下大喊着冲向谷底。

郭顺跑在最前面，按照曹福增的说法——这小子结婚后像变了一个人，打仗的胆子更大了。小队长王亢也很勇敢，紧紧跟在白乙化身后。别看他白白净净的，打起仗来可一点儿不含糊。

冲杀中日本人又死了一些，剩下的十几个人放弃了反击，扔下二十多具尸体，拍马跑了。两个瘸腿的家伙歪戴着钢盔，身上的黄军装也变了形，嘴上嘟嘟哝哝，上马的时候非常笨拙，这让白乙化想到了滑稽的河童。

白乙化朝这两个骑兵开枪，但是子弹没有了，郭顺却打中了其中一个——他本来就没在马鞍上坐稳，此时从马上摔下来。另一个跑掉了。

他们在煤窑沟活捉了一名鬼子兵。

7

煤窑沟战斗是抗日先锋总队主动发起的第一次战斗，并且初战告捷。战士们的信任、钦佩一起涌向白乙化，令他更加自信。

5月初，抗日先锋总队在山西平鲁遇到了八路军宋时轮支队。宋司令待先锋总队非常好。他们共同活动了一段时间，也打了几仗。其中一次阻击战打得非常漂亮。白乙化发现王亢不仅勇敢，还善于用兵，有时他的想法能够补充完善自己的军事部署。最清楚的一次就是先锋队打伏击那次——他们诱敌深入，把鬼子引诱到两山间的峡谷里，按计划王亢带领小分队绕道西侧山包上，但是日本人脚步迟缓，他临时改变主意，带着人径直往前走并且做出溃逃的样子，结果日军大踏步追过去，进入了他们提前设计的伏击圈，而王亢冷不防杀了个回马枪，三面夹击，把鬼子全部干掉了。

王亢是白乙化从北平接到垦区的爱国学生，不仅会读书，还会打仗用兵，白乙化感觉如虎添翼。

从煤窑沟俘获的日本人叫芥川一郎。当时，白乙化走到他跟前举起大刀的时候，他仓皇地举起了手。芥川一郎的大腿血肉模糊，举在空中的双手不住地颤抖，他面色苍白，羔羊似的目光怯怯地望着白乙化。白乙化的刀停在了空中。郭顺过来要杀他，被身旁的赵光路拽住。洪道生过来要杀他，被吴澜拦住，“八路军不能杀俘虏！”

“我们不是八路军！我们是抗日先锋总队！”

“先锋总队也不成！你是共产党员！”

白乙化说：“按照政策，确实不该杀俘虏！”

“可他是日本人！”洪道生的眼睛瞪得老大。

“日本人也不成！”白乙化低沉地说。他转身离去时神情沮丧。

8

战斗结束后，我独自走在路上，思考俘虏政策的条款。我不合时宜地想到鲁迅先生《杂忆》中的话：报复，谁来裁判，怎能公平呢？便又立刻自答：自己裁判，自己执行；既没有上帝来主持，人便不妨以目偿头，也不妨以头偿目。有时觉得宽恕是美德，但立刻也疑心这话是怯汉所发明，因为他没有报复的勇气；或者倒是卑怯的坏人所创造，因为他贻害于人而怕人来报复，便骗以宽恕的美名。

无论怎样，我是一名共产党员，必须执行党的政策！

在这件事上，吴澜和光路做得比较好。

9

芥川一郎跟着先锋总队一边疗伤，一边行军，从偏关到达平鲁的时候，腿伤已基本痊愈。宋司令对白乙化不杀俘虏的做法十分赞赏。

芥川一郎家在广岛，父亲和哥哥都是好战之徒，是日本军国主义的拥趸。他的哥哥是侵华日军的一员，死于古北口激战中。古北口位于北平东北部的密云县，这是白乙化第一次听说这个地方。那时候他还不知道五年以后他会牺牲在那里。芥川一郎的父亲是一名军火商人，没少发战争财。他的母亲是一位家庭主妇，上过大学，是一位和平主义者。

芥川一郎让白乙化想起芥川龙之介，虽然他跟他没有丁点儿关系。

芥川一郎二十五岁，在东京开始读大学的时候只有十九岁。他大学一年级开始学习汉语，三年级就能够阅读中国作家的文章。他喜欢鲁迅，《从百草园到三味书屋》《藤野先生》《范爱农》，有些篇章他竟然能背诵下来。这令白乙化颇惊讶。

白乙化没想到一个日本鬼子竟然喜欢鲁迅。

而这个日本鬼子刚好又被同样喜欢鲁迅的白乙化俘获。

白乙化和赵光路都很惊讶。

白乙化控制住自己不去想他，也避免跟他过多接触。他毕竟是一个俘虏。毕竟是一个日本人。而赵光路无所顾忌，只要不打仗不练兵，有空就找他去。芥川一郎的许多情况都是他告诉白乙化的。

但是白乙化也有按捺不住好奇心的时候，一天傍晚，他跟着赵光路走进了芥川一郎的小屋。

在那间不算宽敞但明亮的小屋里，芥川一郎跟白乙化大谈《阿Q正传》和《孔乙己》，而且谈得头头是道，让他哭笑不得。他的内心是激动的，嘴唇也是激动的，但是脸上尽量保持克制和理性。他知道，他面对的是一个日本人，这个日本人虽然是他的俘虏，但他的同胞正在中国大地上对中国人进行疯狂的杀戮。他不知道他该如何跟他相处。赵光路似乎跟芥川一郎已经很熟稔。芥川一郎作为战俘，本来无精打采，眼睛黯淡，但是讲起鲁迅后眼前一亮，并且语速加快，许多词汇一带而过，白乙化都听不大清楚。他的发音总体上还可以，但个别词汇不准确，“历史”在他的嘴里成了“历喜”，“故事”成了“故戏”。白乙化忍不住笑了一次。芥川一郎滔滔不绝。他讲阿Q的人物形象，讲中国的国民性和日本的国民性问题。他说《孔乙己》跟安德烈夫作品的关系……从小屋出来的时候，白乙化心里五味杂陈。他先是想一个日本人是不是有权利读鲁迅讲鲁迅，继而又想即便有权利读也有权利讲，该不该跟中国人讲，最终也没想出个所以然来。他让赵光路回去，自己去黄土梁上坐了一阵子。

白乙化思忖，战争结束后，要写一本关于鲁迅的书。

可是，战争什么时候结束呢？他掏出怀表，眼睛盯着表盘和表针，仔细端详起来。

10

洪道生喜欢听收音机，有事没事就往白乙化屋里跑。白乙化自己很少听，让他干脆把收音机搬走，洪道生没有那么做。他从收音机里得知了澳门和苏州失守的消息。他喜欢听收音机里的新闻，即便是国民政府中央社的新闻也不例外。他总往那儿跑。赵光路也爱听。他们经常在白乙化屋里相遇。但是，自打先锋总队俘虏了日本兵芥川一郎，白乙化和赵光路找日本兵聊天开始，洪道生就不怎么来了。他对他俩有意见。

赵光路梦游的毛病逐渐好转，梦游的次数越来越少。偶尔的梦游，他不局限于上树，有时还攀上房顶，坐在房脊上，端着手上的报纸“读”新闻。

曹福增夜里总是梦见朱贵枝，朱贵枝告诉他，在不久的将来，日本人要进攻苏联远东军，想让苏联军队撤出朝鲜，但是他们不会得逞。最后的结果是，伟大的、光荣的、战无不胜的苏联红军宣告胜利。

第二章

1

1938年6月，在平鲁西北的丰镇，土匪胡锡侯率众参加抗日先锋总队。洪道生在其中立下汗马功劳。抗日先锋总队发展到近千人。庆功宴上洪道生酩酊大醉。醉后他出去解手，晃晃悠悠摸到芥川一郎的小屋，想把他毙了，被赵光路发现，及时制止。

第二天先锋总队召开干部会议，白乙化批评了洪道生。起初，他还辩解几句，说什么“留着也是祸害”的话，后来白乙化严肃地指出了他的错误，吴澜也深入地给他讲党的政策，他才不大情愿地承认了错误。

2

今天下午，我收到了朱贵枝的来信。信是从八路军总部转来的。

她在信中介绍了国际形势和抗战局势，提到了徐州会战和台儿庄战役。她告诉我，上个月，厦门、合肥、徐州已经沦陷，两天前安庆也落入敌手，但是国民政府并未向外公布。她还说，蒋介石当上了国民党总裁（行总理职务），汪精卫是副总裁；张国焘逃离延安，被开除党籍。她还介绍了一些苏联情况。

不知道贵枝给福增写信没。她是应该写的。

3

曹福增没有接到朱贵枝的来信。当白乙化确认这一点后，立刻在回信中提醒了她——你应该给曹福增写封信，他是你的丈夫。按理说他不该隐瞒她的来信，但是他怕曹福增知道后产生误解，影响团结。因此他没有告诉曹福增她给他写了信。

他对自己的行为有点不解，也有点烦。打鬼子他不怕，就怕这些鸡毛蒜皮的小事。这些事烦人，费心思，耽误工夫。

那些天，白乙化夜里总梦见他娘，他发觉自己想家了。他给妻子和父亲各写了一封信。然而白山黑水在他的脑海里挥之不去。突然，他产生一个念头——打回东北老家去！

第二天会议上，白乙化提出这个想法。

“为什么？”洪道生第一个提出疑问。

“因为东三省是咱们的家。”

“咱们已经没家啦！”

“可咱们得把它夺回来！”

“就凭咱们这几条枪？！”

白乙化知道洪道生的意思，这个他不是没有考虑过。“咱们的枪不够人手也不够，这个我知道，可是打热河、回辽西，中间可以壮大队伍。热河、辽西咱们可是轻车熟路啊！”

“轻车熟路不假，可是……”曹福增欲言又止。

“没有可是，煤窑沟战斗后，咱们士气大振，现在得乘胜追击，找仗打！最近跑来跑去的，净是些游击战，太不解气！”白乙化说出心里话。

“咱们现在跟八路军接上头了，贸然提出打回东北去，人家会怎么想？”曹福增终于袒露心迹。

“他说的有道理。”洪道生说。

吴澜和才山把目光投向白乙化。

“怎么想？还能怎么想？回东北打鬼子也算抗日嘛！”白乙化觉得他们杞人忧天。

“我也不同意回东北。现在不同几年前，日本人已经在那儿站稳了脚跟。”赵光路的手上拿着一个烟斗。

“光路的话有一些道理，五年前日本在东北立足未稳，我们有机会利用地形跟他们周旋，现在这种机会少了。”才山说。

吴澜和王亢表态，都同意打回东北去。

“当然，我们的意见不重要，大主意还是你拿。”曹福增说，“你知道，有时候我们跟不上你的思路——大家说是不是——这也是常事！”他一本正经的样子不像是跟白乙化开玩笑。但是白乙化很高兴。其他几个人也点了点头。白乙化真的高兴。表达意见归表达意见，但是大家都很信任自己，这个令他欣慰。

晚上白乙化又想了半夜，决定请示党组织，只要上级批准，他们就打回老家去。

4

一周以后，党组织正式批复，允许抗日先锋总队打回东北。组织希望他们在热河、辽西一带建立抗日根据地，宣传党的抗日主张，发动敌占区人民参加抗日。白乙化信心大增，恨不得半天就打回辽阳去。

他们制订了一个作战计划：北出凉城，经集宁、张北、张家口，挺进热河，然后东进，直奔辽西。对这个作战计划，其他几位干部略有异议，他们认为这条线路敌伪力量强，没有八路军部队的支持。白乙化认为他们胆子小，保守了。他坚持了自己的意见。

一天拂晓，队伍离开宋支队，从平鲁出发，北上凉城。

在接下来的十几天中，白乙化发现，北上和东进的计划很难实行，沿途所有交通要道都有敌伪守护，连沟壑、山梁都设了哨卡，到处都是二鬼子。"真是邪了门儿了！哪来的这么多汉奸啊?！好像一夜之间有十几万中国人投降了似的！"他发出这样的感慨。

正像俗话说的，怒从心中起，恶向胆边生。愤怒中白乙化失去理智，不信邪的劲头来了，开始急躁冒进。在丰镇隆胜庄，先锋总队遭到了日军包围，险些被吃掉。突围时损兵折将，郭顺牺牲了。

痛失好战友、好兄弟，白乙化心如刀绞。郭顺新婚不久，二梅刚刚有了身孕，他感觉是自己的错误决定把他的命断送了！除了郭顺，还有四十多名同志牺牲，近百名队员受伤。"早知今日，何必当初！"他懊悔不已。

"挺进热河的计划是我制订的，我又是队长，"回到平鲁后，白乙化在会上主动检讨，"那么多同志牺牲，造成了队伍这么大的损失，责任完全在我。我把困难看简单了，而且没有听取大家的意见，我接受大家的批评！"

曹福增和赵光路也承认了错误，以此减轻他的责任。洪道生和才山安慰他。看到老同学锥心般的痛苦，吴澜心里很不是滋味。

5

那天夜里，白乙化整夜无眠，郭顺朴实憨厚的笑脸、独眼里偶尔闪过的向往胜利的光泽、说话时清脆而年轻的声音，不时在脑海里呈现。他承认所有的牺牲都令人心痛，但郭顺不一样，他为他流下的泪水更为伤悲——他无家可归，无依无靠，从辽阳警察署出来打鬼子，瞎了眼睛，死了意中人，娶了二梅又无法看到即将出生的孩子……他作战勇敢，听从命令，都当上了小队长，今后会在抗战中发挥更大作用……然而他死了，白乙化心里想，真对不起他。

懊悔无法锁住他失控的泪水。

白乙化闷在屋里，一连两天没有出去。他变得嗜睡起来。

半梦半醒间，郭顺打开屋门，倚在门框上，闪着那只熠熠生辉的大眼睛，问他："队长，他们走吗？"

白乙化答："他们不走。他们要吃掉我们整个国家。"

"我不想死，真不想死，虽然我打起仗来不怕死！"

"后悔啦？"

"不后悔。打鬼子不后悔。"

"我没照顾好你。"

"不怪你，是鬼子太可恶！"

"我错了！"

"没事，打仗哪有不死人的。哥，我想托付你一件事。"

"你说，兄弟！只要我能办到的！"

"二梅有了娃，别让她改嫁。"

白乙化一下子惊醒了。身上湿漉漉的，出了许多汗。

6

广娟吾妻：

我离开家一晃六年了，你好吗？上次给你写信，不知道收到没有。就是收到，你也没法回信给我。兵荒马乱的，我的地点总是不确定的。我很想家，想念你和父亲。

当然，我更想孩子，想抱抱他（她），虽然还不知孩子是男是女。我想，他（她）大概很高了吧？应该满街上乱跑了吧？一定要让他（她）习字，一定要让他（她）读书。

前些日子，我曾经想打回东北去，但是中途遇阻，没有成功。郭顺牺牲了。郭顺是咱辽阳人，原来是县警察署的警察，后来跟我们出来打鬼子。他死了。世上没有郭顺了。刚才我做了一个梦，梦见死了的郭顺对我说——别让二梅改嫁。二梅是他媳妇。做了这么个梦，感觉很奇怪。

有很多话想说，又不知从何说起。那就以后再说吧。

祝家里一切都好！代问父亲和孩子好！

7

八路军 359 旅在雁门关活动的消息很快得到证实，白乙化征求大家意见后决定南下。这年 6 月底，他们如愿以偿，来到 359 旅所在地灵丘县西沟村。王震旅长亲自主持欢迎大会，欢迎白乙化带来的这支“由知识分子组成的抗日队伍”。王旅长没有架子，声音洪亮，欢迎会上始终满面春风。

“你们看，白队长多白，白面书生似的，哪像带兵打鬼子的东北汉子？”欢迎会前，王旅长向各团团长、营长介绍白乙化。

“咋晒也不黑，我……”白乙化说。

“白好啊，女子们都喜欢白净的男人！”

白乙化没想到王旅长会开这种玩笑，立刻觉得跟他没有了距离。

“当然，这是玩笑。好女子真正喜欢的，是敢打仗会打仗专杀鬼子的男人，白净不白净倒是次要的！不过，你小子这胡子长得够冲的，还卷着，比我这‘王胡子’还横！好样的！有种！”

“人称‘小白龙’！文武全才！”曹福增说。

“别胡说！”白乙化制止道。

“我看不是胡说，你小子左右手能打枪，能写字，当然是‘文武全才’！”

“不敢当！不敢当！旅长过奖了！”

王震命令炊事班做了一桌好吃的，款待他们。晚上还举行文艺晚会，欢迎抗日先锋总队。

为了把先锋队打造成抗日雄兵，白乙化向王震旅长请求，由359旅教导营对先锋队队员进行政治军事训练，学习八路军党建、军建和建设地方政权、组织群众抗日的工作经验，学习老红军的作战方法和优良传统。王旅长答应了。三天后，王震亲自给抗日先锋总队讲课，他的普通话带着湖南浏阳口音，令人印象深刻。课后，他指示把发给359旅过冬的棉衣首先发给抗日先锋总队，并补充枪支弹药和部分兵员。这让白乙化非常高兴。吴澜带头鼓掌。曹福增既鼓掌又鞠躬。才山、王亢高兴得直敬礼。赵光路微微点头，脸上是欣赏和敬重的表情。洪道生感觉王震大方得像个绿林好汉。

白乙化魄力非凡，决心巨大，他把先锋队的所有干部送到359旅随营学校进行实战培训，把适合在机关工作的人送到359旅各团的司、政、卫、供等处实习。西沟学习持续了两个月，比河曲那次更深入、更系统，队伍面貌有了很大改观。白乙化以普通一员的身份参加学习，学习让他获得了新的力量。他说他大有收获。通过这次学习，抗日先锋总队的政治军事素质有了质的飞跃，战斗力大大提高。在雁北一次反扫荡战斗中，王震让白乙化率队担任在灵丘牵制敌人、配合主力部队歼敌的任务。

当时，抗日先锋队埋伏在灵丘一个峡谷两侧的黄土梁上，白乙化和曹福增在东面，洪道生和赵光路在西边，王亢从峡谷北边五里地的一个岔口偷袭敌人，然后且战且退，把鬼子的一个小队吸引过来。这队鬼子本来是要向北跟中队会合共同执行扫荡任务的，但是发现了八路军，立刻忘乎所以地追过来。

鬼子接近峡谷的时候停下脚步，往两侧的丘陵望了望，突然停住了脚步。先锋队有树和杂草掩护，敌人应该不会发现他们。但是敌人驻足不前，犹豫不决，甚至有了返回的迹象。这时，鬼子小队长又用望远镜望啊望的，就是不动弹，王亢急了，甩手一枪，一粒子弹冲着鬼子小队长飞过去，他的帽子被打了个洞。王亢趁鬼子恼羞成怒之际，灵活地改变计划，没有迂回绕上黄土梁，而是顺着峡谷继续往南走，佯装溃败。鬼子兵见两侧丘陵鸦雀无声，溃败之敌继续南逃，立刻下令赶了上去。等鬼子完全进入峡谷的时候，白乙化一声令下，队员们手中的二百多条枪一同开火，子弹蜂拥而下，敌人立刻被打晕了。五十多个鬼子当即倒下十几个，剩下的很快找到掩体，组织反击。你得承认，鬼子狡猾得很，反应迅速不说，火力网配备也很合理，弄得先锋队一时抬不起头来——他们只有二百条枪，每条枪里的子弹超不过十发，按理说应该省着用，但那时管不了那么多了——他们趴在丘陵顶上的黄土棱上，对着鬼子一通猛打。子弹打完了随手摸起一些石块，用力抛向峡谷。白乙化和曹福增从东侧打，洪道生和赵光路从西边打，王亢从峡谷南边杀个回马枪，构成三面夹击的态势。

白乙化大喊："给我瞄准了打！不要浪费子弹！"

一时间，子弹、石块和愤怒的杀声，共同射向鬼子。半个小时后，敌人死伤过半，只剩下十几个人还在负隅顽抗。敌人的火力仍然很强大。战斗又进行了半个小时。鬼子还剩下四五个人。这几个人藏在峡谷南侧一块巨石后面，白乙化在北边打不到他们，西边洪道生由于角度问题也无法对他们进行瞄准。鬼子的机枪喷出串串火舌。白乙化思忖片刻，跟曹福增商量了一下，想组织大家冲下去，可是刚站起来，一串子弹打过来，曹福增眼疾手快，伸手用力推了白乙化一下，子弹从白乙化耳旁飞了过去。

白乙化带着几个人绕过东梁，神不知鬼不觉来到谷底。王亢的人本来不多，大部分已经负伤，白乙化让他掩护他们，自己和曹福增贴着峡壁悄悄摸了过去。

四个鬼子藏在巨石后面，一个劲儿地往北梁上射击，对白乙化他们三个人的到来浑然不觉。白乙化本来想走到跟前，亲手腰斩了这几个畜生，但是敌人的火力相当猛烈，每秒钟都有先锋队的队员受伤或牺牲，愤怒已经让他失去耐心，他在距他们三十米的地方抬枪就打，鬼子无声地倒下。白乙化注意到他们头上戴着绿钢盔，身上穿着黄军装，一个个表情狰狞，加上倒下时难看的姿势，就像某种怪物一样丑陋，像河童。

白乙化想到了河童。

洪道生赶到后，发现一个鬼子睁着眼睛，以为他还活着，搬起身旁一块石头，狠狠地朝鬼子头上砸去。

在这次“反扫荡”中，抗日先锋队圆满地完成了牵制任务，359旅歼敌一个中队，击毁日军汽车四十多辆，受到总部领导的表扬。

“以前咱是地方武装，现在算八路军领导的正规军了！”曹福增说。

8

白乙化偶尔去找芥川一郎聊天，赵光路大都陪着。赵光路把自己最近做的梦告诉白乙化，白乙化不以为然，连说荒唐，“斯大林怎么会杀自己人呢？绝不可能。”赵光路也解释不清，只好作罢。白乙化把自己梦见郭顺的事情告诉他，他也觉得荒唐，两人不再“痴人说梦”了。他们跟芥川一郎聊文学聊鲁迅，一聊就是一个时辰。白乙化觉得时间过得很快，怀表表针仿佛加快了跳动的速度。

曹福增没事干，就找洪道生去聊天，他把从妻子那里得到的东西讲给他听，讲苏联形势，讲伟大领袖斯大林同志。

“你看人家的领袖，多好！咱们的呢？哼，老蒋差多了！”洪道生说。

“这叫啥话？咱们的领袖也不能是老蒋啊！”曹福增纠正他。

“那是谁？”

“是谁我不知道——也许是朱，也许是毛——但肯定不能是蒋！咱们的领袖咋着也得是咱自己党的人啊！”

洪道生点了点头，脸上有点愧疚的意思。

9

那天下午，白乙化接到朱贵枝的信。那是一个很别致的有异域风情的信封，这个信封他已经见过一次了，信封右下角写着他熟悉的三个字：苏联，朱。他很纳闷，无论他在绥西还是河曲，她总能得到他的通讯地址。她在信中给他讲世界形势，讲苏联建设，讲斯大林之伟大。她恨国民党政府的腐败无能和独裁专制，恨官方媒体对新闻的封锁。她的字里行间像是在咬牙切齿。

她告诉他，广州陷落后敌人进行了无休止的轰炸，导致许多居民丧生，也摧垮了汪精卫的抗日意志。据可靠消息，他和陈公博来往频繁，正在秘密谋求跟日本的“和解”，他们所谓的“和解”，实际上就是妥协，就是投降。

白乙化偶尔还会去看芥川一郎，他跟赵光路说起他时，不再说“日本俘虏”，而是直呼芥川一郎的名字。

10

这年年底，灵丘下了一场大雪。队员扫雪的时候，芥川一郎也提出要参加，赵光路同意了。白乙化好久没去芥川一郎的小屋了。他听说他在读书。只要是队伍上有的书，他都读了。队伍上的书读完了，芥川还跟赵光路提出，要借白乙化的书读。他知道白乙化有很多书。白乙化毫不犹豫就把书借给他了。他意味深长地说，我不能把对鬼子的仇恨放在他一个人的身上。尽管如此，他的心里偶尔也会犯嘀咕，因为他时常想起郭顺。白乙化理性地告诉自己，郭顺的死跟芥川一郎没关系，跟他向他借书没关系。但是，书借出去后，白乙化总觉得郭顺的独眼远远地望着他，一言不发，弄得他心里很不是滋味。

“俘虏参加劳动，这是符合政策的。”白乙化问过宋队长和王旅长。他们肯定了他不杀俘虏的做法，但是究竟怎么办——放还是留，也没明确指示。他们让先锋队先带着他，“这个日本俘虏，说不定什么时候有用。”

“让日本人教育日本人。”赵光路说。

白乙化点了点头。可能首长们就是这个意思。他想。

雪下得很大，是当地三十年来最大的一场雪。芥川一郎个头矮，雪都没过他的膝盖了。他干得很卖力气，一把铁锹和一把扫帚轮番握在手上，不一会儿就大汗淋漓了。雪打扫得差不多的时候，他向白乙化走过去——嘴上还喘着粗气，粗气一出来就变成了白汽。他要跟白乙化借书。白乙化说上本书你还没还给我。他说下午就还。白乙化说还了再说。白乙化几乎没怎么看他。

下午，芥川一郎来到白乙化屋里，身后跟着背着枪的战士。

借书还书之后，白乙化等着他走，但是他没走。“书也借了，走吧！”白乙化突然有些烦躁。

“白队长，你，不喜欢，我吗？”他语速缓慢地问。

“喜欢？谈不上。”白乙化心里冷笑了一下。

“我们有一个共同的爱好——读书。”

“可你毕竟是日本人，你为什么来中国你很清楚。”

“那都是过去的戏（事）情了。现在我系（是）你的一员——不，系（是）你的阶下囚，在你还没同意我加入以前。”

“过去的事情？新鲜！可你们的杀戮还在进行。”白乙化站起来，背着手，在屋子里踱起步来。他尽量让自己的心情平静下来，但是他做不到，心里涌上一股莫名的烦躁，“加入我的队伍？你?！你以为我会相信你？”

“会的。因为我已经知道自己的……罪行……这些天我想了很多……我们不该发动这场战争，不该……杀人，放火，我们错了！”

“你觉得我会原谅你吗？你觉得我们中国人会原谅你们吗？”

“会的。因为中国人很伟大。中国人向往和平。”

“少来这套！”白乙化不喜欢人家给他戴高帽，给国家戴也不成。“他妈的。”他继续踱步，并轻声来了句“国骂”。他并不知道，他的这句“国骂”可不是鲁迅解释的意思，而是对这个日本人仇恨的稀释和防备解除的开始。是一个征兆。他没有意识到这一点。

不料，芥川一郎听到了“国骂”，他一脸不乐意的样子，“白队长，你是军官，在大学读过书，请注意你的语言。”

白乙化“嗖”地蹿过去，伸出手想抽他个嘴巴，但是手举过头时停下了，他看到芥川一郎合上了眼睛，侧了一下头，把脸让给他。

终于，白乙化的手缓缓地放下了，但是他的脸有些狰狞。他的内心在挣扎，手指在颤抖，神经有了撕裂感。

“白队长，你、不要生气，”芥川一郎睁开了眼睛，“我知道，你、不会虐待俘虏的！”

白乙化回到座位上，暗自喘着粗气。他妈的！他在心里骂道。

“其实，错的系（是）天皇，系（是）首相，系（是）军国主义，不系（是）我们这些年轻人。”

“你还为你们的行为辩解？我毙了你，信不信？”白乙化又从座位上站起来。

“息怒，息怒。我的话还没有讲完。即便这样，我们也是错的，是有罪的。别的日本人我管不了，我自己呢，想赎罪！”

白乙化一愣，看着他的眼睛，他的眼神很清澈，不掺一点杂质。这种清澈都令他感到不舒服。

“我想加入你的队伍，做一些力所能及的事情，比如……”

“你能杀你们的人吗？”白乙化打断他的表白。

“这个，”他歪了下头，抬头直视白乙化，“这个我不能，但是我学过医，我可以救你们伤员。伤员康复以后，可以继续——”他思忖着，“按照你们的说法，可以继续去‘打鬼子’！”

白乙化以为芥川一郎会说他敢杀自己的人，但是没有。这令他感到意外。他突然想起河童来，继而想起郭顺。郭顺在那边用独眼望着他。还有他爷爷白秀云。我和一个日本人在这儿斗嘴，不知道我爷爷他老人家咋看。白乙化想。爷爷和郭顺认识吗？他们在天庭里说过我吗？他的脑袋突然有点儿疼。一丝眩晕笼罩了他。

很快，白乙化的意识恢复了清醒。众所周知，他的心理素质不错，意志品质硬得像优质钢材。

“甭兜圈子，你到底要干什么？”白乙化冷静地问。

“我说过了。我要加入你的队伍。”

“这个不可能。”

“你是共产党员，你为什么不请示上级？”

“这个不用请示，我自己就能做主！”

芥川一郎失望地摇了摇头。他悻悻地走了。

后来，白乙化请示了上级，结果党组织批准，允许日本俘虏加入抗日先锋队，做一名战地医生。这倒是在白乙化的意料中。待会上消息一公布，曹福增一个劲儿地点头，赵光路眼睛里亮晶晶的，他甚至给白乙化竖起了大拇指——“贵党博大，贵党博大！”吴澜既理解也赞同上级的指示，洪道生起初一声不吭，后来忍不住了，发作了，“这叫什么事？带个日本鬼子打鬼子，可笑不？”

“这是贵党的统一战线政策！”赵光路提醒洪道生的身份。

“统一也不是统一日本人啊！”

赵光路无言以对。白乙化若有所思。

“这么说吧，道生，”最后，还是白乙化做出了一个比较合理的解释，“他是俘虏，杀掉肯定是不成的。整天派人看着他，还浪费咱们力量，不如就允许他加入咱们队伍——关键是他自己确实有了转变。下雪那天我们俩谈了谈，此后我让吴澜和赵光路也跟他各谈了一次，都觉得他变了，他确实认识到了自己的错误……罪行。”

吴澜和赵光路点了点头。

“他毕竟是学医的，对我们有帮助。”白乙化说。

“你相信他不会故意用错药？你相信他不会跑？”洪道生斜着眼睛问。

“相信。”白乙化回答得很干脆。

11

卫生员二梅会做手术了，这令白乙化非常高兴。

几乎所有抗日先锋总队的队员们都知道，是芥川一郎提高了整个卫生队的医疗水平，六个卫生员的包扎术、缝合术、接骨术大大提高。看着芥川面对伤员给二梅她们辅导累得脑门冒汗的场面，赵光路和才山竖起大拇指，白乙化面带微笑，曹福增微蹙眉头，洪道生悄悄离去。待芥川突然讲起中医知识时，曹福增眼睛一亮，看面前这个日本人的目光变得友好了许多。

12

这年年底，白乙化独自坐在收音机旁，听到王笑笑播出了一则新闻——

1938 年 12 月 26 日，蒋介石拒绝了日本的“和平”条件，他反驳说：“日本强加给中国的所谓‘新生’，实际上意味着一个独立主权的中国的灭亡和一个受奴役的中国的出现。所谓‘新秩序’的前提是中国沦为奴隶国家，并和日本一手炮制的‘满洲国’拴在一起。”

一周以后，王笑笑播出另外一条新闻——

国民党中央委员会决定开除汪精卫党籍。

第三章

1

1939年年初，120师副师长萧克受八路军总部委派，到平西组建冀热察挺进军，开辟冀热察抗日根据地。王震旅长跟萧克是红军时期的老战友，他是红六军团政委，萧克是军团长。王旅长写信把白乙化和抗日先锋队推荐给萧克。信中说，他那里有二百多名平津流亡青年学生，大多数是东北人，有六七十个大学生——其中多半是共产党员——他们年轻，有文化知识，接受党的政策快，会做群众工作，是一支特殊的抗日队伍。又说，为首的白乙化能双手打枪、双手写字，会武术、善带兵，而且胆大心细。萧克副师长见信后，非常高兴，立刻回复，欢迎白乙化率队去平西。

当王震把这个任务告诉白乙化时，白乙化一愣。

“你不是总想打日本人吗？现在就回北平，与小日本面对面地干！”王震说。

“还想跟着您……这里也有鬼子打！”

“那不行，这是任务！那里更需要你！”王震郑重地说。

临行前，王震把一个新兵连补充给白乙化，并赠送四挺机关枪、数十支步枪和一些弹药，使抗日先锋队重新恢复到五百人，而且实现人手一枪。

2月上旬，白乙化和他的战友们开始向平西开拔。那年冬天格外冷，崎岖山路里阴风使他着了风寒，继而感冒、发烧、咳嗽，染上了肺病。他一边服药，一边坚持工作，以乐观精神鼓舞士气。路过紫荆关地区时，方圆百里内找不到粮食，只好选择杨树、柳树叶子充饥。树叶子摆到战士们面前，大家面面相觑，谁也不动手。一个饿得快要虚脱的小战士吃了一口，立刻吐出来，面露苦色。白乙化说："树叶子虽然苦，但这苦是暂时的。这比当年红军长征时吃草根吃皮带好得多呢！"他带头吃起来，大口地吃，好像那是香喷喷的馒头。曹福增夸他是"吃苦在前的榜样"。

队伍经过涞源黄土岭时，遇到一队日伪军到村里"扫荡"。涞源是个孕育抗战奇迹的地方，但那时白求恩还没有感染，阿部规秀也还没有被击毙。那次扫荡，日军人数不多，不足一个小队，伪军却有二百多人。村里乡亲都被赶到了戏台下，鬼子军官和翻译官站在戏楼上，戏楼两侧支着机关枪。其他鬼子和所有伪军都站在戏楼下，从东南西三面围住人群，个个面无表情。他们端在手上的枪就是他们的表情。人群中鸦雀无声，大部分人不敢正眼看戏楼，都侧着身子，偶尔抬起头往上面瞥一眼。他们眼中充满恐惧，那恐惧令白乙化在一百米外都能感受到。

鬼子军官在台上呜里哇啦的时候，抗日先锋队已经做好战斗准备。曹福增从东面，王亢、赵光路从西面，白乙化和洪道生从戏楼的对面——就是北面，准备向敌人发动袭击。"妈的，这么多伪军！"洪道生说，"我最恨二鬼子了。"白乙化看了眼洪道生，点了点头，"听说半年来有许多国军整建制地投敌，少则一个连，多则一个师，可恶至极。"洪道生的牙齿咬得咯嘣嘣响，像是能把石块嚼碎。白乙化也咬着嘴唇子。因为怕伤及百姓，他们迟迟没有开枪。鬼子军官腆着肚子在戏楼上训话，翻译官小心地翻译着。翻译官的腰杆挺得笔直，皮肤很白，看不出是中国人还是日本人。后来，他们从人群中揪出一个老汉，不知道他们觉得他是可疑分子，还是认为他可能会交代些什么，询问着、恐吓着，但是老汉始终保持沉默，鬼子军官失去耐心，伸出食指指了指老汉，然后打了个响指，只见台下一个鬼子兵举起刺刀，凶狠地朝老汉刺去。老汉的前胸和后背顿时被一道冰冷打通。

白乙化不想再等下去了，他不能容忍再有第二个老乡被杀。

“打！”话音未落，他右手扣动扳机，驳壳枪的子弹脱膛而出，飞向戏楼。另外两面的枪声同时响起。戏楼上下的鬼子纷纷倒下，有的中弹身亡，有的迅速反击，有的既没死也没反击，他们捂着眼睛或者大腿嗷嗷怪叫。

乡亲们似乎见惯了这种阵势，谁也没跑，几乎都抱着头趴在地上，最大限度地把自己隐蔽起来。

抗日先锋队的火力不亚于敌人。白乙化感到很痛快。王旅长赠送的机枪真带劲儿，它让一个又一个的鬼子倒下。

战斗持续了二十分钟。抗日先锋队有四十六个人受伤，十二人牺牲。三十多个鬼子除了一个倒在地上奄奄一息，其余全部完蛋。伪军死了五十个，其余一百六十个都举起了手。

“过来。”洪道生把芥川一郎喊到那个奄奄一息的鬼子兵跟前。

“你把他给我毙了！”他把手枪塞到芥川的手里。

“不，不，我不能！”芥川一郎摇了摇头。

白乙化有些生气。狗日的芥川，毕竟你是日本人。白乙化气他。可是，他也气洪道生。明明知道芥川不可能开枪杀人，非要来这么一出，想到结局了吗？开枪就能证明他绝对可信吗？不开枪就能证明他是卧底吗？洪道生给白乙化也给自己出了一道难题。

芥川一郎死活不肯开枪。

洪道生从卫兵手里夺过一支枪，直直地指向芥川一郎："开枪！"

芥川一郎摇摇头，看了眼白乙化，目光里有些失望。手枪在他的手里垂头丧气。他脸上也是垂头丧气。他低着头。枪筒在下垂的胳臂上延伸，蔫头耷脑。突然，他抬起头对白乙化、洪道生说："我是一名医生，我现在要去治疗伤员。"

"我们不稀罕！"洪道生知道有几个重伤员在等着他。

"白队长！"芥川一郎期待地望着白乙化。

白乙化不知道该如何表态。这个问题有点复杂。

"不打死这个狗日的，你就别想走！"洪道生的枪继续指着芥川一郎。

见白乙化还是没有表态，芥川更失望了。他慢慢地举起枪，把枪口对向自己的太阳穴，"洪队长，不用你动手，我自己来！我压根儿就没想活着回去！"

"住手！"白乙化大喊一声，"把枪放下！都放下！"

芥川一郎把枪放下了。洪道生的枪还在指着他。

"放下！道生，把枪放下！"白乙化低沉的声音里有一种不容反对的力量，"让芥川先去治疗伤员！"

这时，地上那个奄奄一息的日本兵动了一下，手慢慢伸向腰间的手雷，洪道生发现后立刻掉转枪口，"啪、啪、啪"连发三枪，那家伙一动不动了。

白乙化皱了皱眉，"芥川，你先走吧。"

芥川走了。

洪道生本来就在气头上，此刻见白乙化放走了芥川一郎，立刻脸露狰狞，举起撸子冲天上开了三枪。“这活儿没法干啦！”说罢扭头就走。

“他说‘干活儿’？”白乙化冲着曹福增说，这个词儿确实令他有了一种奇异感，“打鬼子，保家卫国，怎么就成了‘干活儿’？什么怪话?!”

洪道生走了十几米远，又折了回来。地上的伪军跪成一排，个个双手举过头顶，齐刷刷地望着气咻咻离去又突然走回来的洪道生，一个帽子戴歪了的家伙眼神发直，他的目光引起了洪道生的误会，“看什么看？你个狗汉奸！”洪道生大喝一声，听上去非常气愤，“你是中国人吗？为什么给日本人当狗？为什么帮助日本人打中国人？”这么一问以后，洪道生更加生气了，怒不可遏了，抬手就是一枪，伪军的手掌被打透了。

“洪道生，你这是干什么？过分了啊！”吴澜说。

“我毙了你，信不信?!”白乙化掏出手枪。

“毙！毙吧！”洪道生把脑袋往战友的枪口上顶。近来他脾气暴躁。白乙化气得手发抖。才山一把捉住洪道生的袄领子，把他拽向一边。洪道生险些摔了一跤。曹福增扶住他，小声劝道：“别跟队长较劲！”

“爱咋地咋地吧。”说完，洪道生悻悻地离开了。

2

当天晚上发生了两件事，一件是洪道生在吴澜陪同下找白乙化承认错误，他说他不懂政策，脾气暴烈，灵魂深处“残留着土匪习气”，他的诚恳感动了白乙化，他当然原谅了他，顺便也教育了他一番；另一件是二梅早产，大出血，村里的接生婆和队上的医生无计可施，芥川一郎出面为她止血治疗，确保了母子平安。

在房东家，二梅觉得自个儿死了一回。顺子，咱们有娃了！虽然虚弱，虽然阴阳两隔，她还是觉得有必要把这个消息告诉郭顺。她觉得郭顺没走远。

二梅得救后，芥川一郎赶紧回村公所治疗重伤员。其中一个高烧不断，已经让芥川和其他医生忙活了一下午。晚上十一点，重伤员终于恢复知觉，烧也退了。白乙化如释重负。

芥川回到他的小屋已经凌晨，白乙化跟了过去。白乙化向他道谢。他说不用，这是我的职责，我的职责就是救治伤员。他的目光很清澈，白乙化发现自己不再讨厌这种清澈。白乙化把自己珍藏多年的一本鲁迅小说集送给了他，他喜不自胜，开心得像个孩子。这本书白乙化从没有拿出来过，没有借给过任何人。芥川如获至宝。他高兴之际，把一本周氏兄弟合译的《日本现代小说集》送给白乙化。这令白乙化同样意外。白乙化坚持不要。他说这个太珍贵，既然你来（白乙化想用“侵略”这个词，但是没有）中国……都不忘带着，说明你非常喜欢，我不能夺人所爱。芥川执拗地说，你收下，收下，中国有句古话，来而不往非礼也，非礼也！白乙化只好收下了。

这是白乙化和芥川一郎的最后一次见面。

3

连续三天行军，很累，没动一个字。三天的日记只好一起写了。

前天拂晓，先锋队离开黄土岭，向涞水、易县方向行进。重伤员尚未康复，加上刚刚生产的二梅，就安排他们在村里再静养三日。留下十人护送，一个是洪道生，一个是芥川一郎，一个是卫生员，另外七个是战士。同时留下的还有两匹马和一辆摩托。约定他们三日后出发，预计五六日即可追上我们。

洪道生是主动请缨的，还问我是不是信得过他。我当然信得过他。承认了错误就是好同志嘛！共产党员也是人，也会犯错误的嘛！

芥川一郎留下，因为他是医生。他的医术比队里谁都高。我对他是放心的。六个重伤员需要他的进一步观察和治疗，二梅也一样。她早产了一个月，还大出血。我不能让郭顺的后代有任何差池。二梅也一样。

这两天，我们跨沟谷、越山梁，走得很辛苦。有的地方没有沟梁，只好等晚上走，趁着夜色绕过日伪据点。吃饭和睡觉，都没有任何规律。但是一想到即将回到北平，身上就有用不完的劲儿。

前天，我们经过涞源杨家庄镇、王安镇的六个村庄，进入了易县。昨天，又从易县的大龙华来到梁各庄，再途经永阳，今天到达涞水。顺利的话，明天就能进入涿州了。

但是并不顺利。

今天下午四点，我们到达涞水张庄。张庄距李庄只有三里地。李庄位置重要，有鬼子据点，而且地势平坦，易守难攻。我们只好等天黑再做打算。让大家到张庄的后山上休整。

我们的任务是去平西。没把握的仗不能打。要接受教训。

刚才睡了一会儿，做了一个梦。

先是梦见洪道生牙疼，顺着牙缝儿流血，后来牙掉了。我吓了一跳。醒了，知道是个梦，翻了个身继续睡。又梦见天上一架飞机，芥川在地上冲飞机挥手，结果飞机扔下一条绳子，他拽着绳子上去了。接着，这个梦好像延续了下去。洪道生他们从黄土岭出发了，出村不久就遇到了情况。一架敌机在上空盘旋。真有飞机了。飞机好像发现了他们。飞机往下扔东西，有纸张，有面包，也有炮弹。芥川就跑，跑得飞快，边跑边冲天上的飞机大喊。洪道生看芥川跑了，就大喊，站住，站住，可是芥川还是跑，并且脱下身上的衣服冲天上舞动，偶尔还冲身后洪道生和伤员们摆手。芥川一郎跑啊跑的，一直跑到河边，仰头看了看飞机，飞机不见了。芥川笑了，笑得前仰后合的。正笑的时候,洪道生气喘吁吁地从后面追上来,嘴上骂骂咧咧的，冲着芥川就是一枪。这枪打在了他的腿上。芥川龇牙咧嘴地说着什么,直着脖子冲他喊。洪道生继续向他靠近,又开了第二枪。这枪打在芥川的肩上。这时，消失的飞机又出现了，飞机往下扔炮弹，炮弹落在他们中间的位置，两个人都倒下了。不知是谁的血，溅得老高，溅到另一个人的脸上。

我又一次被吓醒了。这个梦不是好梦。

我坐在土埂上，心跳得厉害。正自我宽慰的时候，曹福增带着一个战士跑过来，向我报告——“洪副队长带着伤员离开黄土岭不久，就遇到敌机轰炸，日本军医要逃跑，洪队长追赶，击毙了军医，结果自己也被炸死了。”

我的脑袋“嗡”的一下大了。

在心情稍稍平复后，我拉住那位骑着马回来报信儿的战士的手，问了问事情的来龙去脉，特别是一些细节。我发现了事情的真相——芥川一郎是在引开飞机，不是逃跑，洪道生误会了——顿时心如刀绞，百感交集。队伍失去了一员虎将，一名好医生。

作诗一首，送别二位挚友。

世上本无国，人类乐自活。
待有疆界日，灵心始蹉跎。
鬼蜮生魍魉，神州蒙战祸。
兽血泼城郭，士骨燃烽火。
英雄多豪迈，壮志慷殉国。

4

朱贵枝在来信中告诉白乙化、曹福增，苏联对国共合作抗日很满意，命令其宣传大军采取一种新的姿态，极力吹捧委员长。在电台和报纸上，蒋不再是“法西斯”和“反动派”，却成了一位“英雄”，一位“伟大的领袖”。她对此十分不满，叮嘱他们要对苏联保持警惕。她信誓旦旦地说，这肯定不是斯大林同志的本意。

她还担心地说，一群来自各国的左翼作家正聚集在重庆，为建立这种新形象而出力。她已经给延安写信，建议中央组织已经到达和正要到达延安的进步作家，加强对自己党派和领袖的宣传，以抵制重庆。为此，她还向中央建议，从白乙化的抗日队伍里抽调力量进入编写组，因为这里有七十二秀才。

这封信是写给白乙化和曹福增的，因此白乙化把曹福增叫过来，两个人凑到一起，共同拆阅了这封信。

5

这年春天，抗日先锋队昼夜兼程，来到平西抗日根据地，开始了血战平西的生活。

三坡镇春光明媚，山花绽放，根据地一派生机。村里响起欢快的锣鼓声，村人们扭起大秧歌，迎接这支来自太行山脉的抗日队伍。这支队伍人数不算多，也不算少，足足有五百人。他们当中的许多人都很年轻，为首的是个大个子，一伸手就能摸到房檐，他长脸盘，络腮胡子，清瘦的脸上挂着淡淡的笑容。他身边的几个人腰里挎着手枪，也是相貌堂堂，并带着几分书卷气。其中，一个人只有一只胳膊，但是目光如炬，腰板挺得直直的，显得格外精神；另一个人的右手缺了一根手指，但是那手并不显得虚弱，举手敬礼的瞬间十分干练，似乎手握千钧之力；第三个人中等身材，圆圆的娃娃脸，眼睛大大的，看上去亲切而和善。

萧克司令员主持的欢迎仪式隆重而热烈，这令白乙化非常激动。冀热察挺进军这个名字铿锵有力，一路上他跟战友们磨叨了不下二十遍。挺进军比先锋队好听多了，白乙化在路上想，等到了平西，最好能加入挺进军。

“你也弄个司令干干。”曹福增笑着说。

“就凭咱这几个人？做梦！”白乙化说，“当不当司令不重要，关键是怎么杀鬼子，给战友们报仇才是真格的！”

“对，那倒是！”曹福增嘴上说，心里却想，当不当司令肯定不一样。他幻想着队伍编为挺进军支队，白乙化出任司令，自己当个副司令，那样就更有利于抗战杀鬼子了。

欢迎仪式朴素而简短。萧克的讲话内容明确，重点突出，富有感染力，三次掌声说明了这一点。当时，白乙化站在台上想，不愧是司令员，没有一句废话。等司令员让他讲讲的时候，他突然有了一种压力——他还是第一次当着首长对大家讲话——那次王震旅长欢迎他的时候没让他讲——但是他很快恢复了镇定，他希望自己也做到一句废话不说。他成功了，还引经据典，提到了鲁迅的《非攻》，大意是共产党八路军向往和平但也不惧怕战争。他说，楚国地大物博，人口众多，却要去侵略物寡人稀的弱小的宋国，这是不义，多行不义必自毙，打起来一定失败。他笑了下，接着说，当然这个比喻也不太恰当，我们中国还是地大物博、人口众多的，日本是弹丸之地，除了野心大什么都小，看看他们那五短身材……这么说时，台下有人笑了，紧接着是一阵噼里啪啦的掌声。这让他很欣慰。

欢迎仪式不到十分钟就结束了，白乙化跟着司令员走下主席台，顺着场院一侧往外走。司令员边走边向他叮嘱着什么，他也认真地听着，不时予以回应。突然，一个人影晃了一下，随后站在他面前，嘴上喊出他的名字。司令员见他有熟人打招呼，就说了句“你们聊”，转身走了。

三天前白乙化还无法想象队伍到达平西时受到的礼遇，更无法想象欢迎人群中竟然出现李大山的身影。他站在白乙化的面前。他身后站着一个女人，这个女人很面熟。

李大山半天没说话，直勾勾地盯着白乙化的眼睛，好像在辨别失散多年的亲人。突然，他开口了，乙化，我是大山啊！

白乙化一怔的时候，李大山伸出双手，摸索着找到他的手紧紧握住。大哥，我是大山，我是李大山啊！

大山！白乙化轻轻叫了一声。

这轻轻的一叫令李大山泪如雨下，"嗵"的一声跪倒在地。哭泣中，他断断续续说自己不叫李金山了，又改回李大山了，他说他再也不跟国民党干了。然后就是一通大哭，哭得声泪俱下伤心欲绝，仿佛他经历的苦难能把长城淹没。

哭了足足有五分钟，李大山才安静下来。他坚硬而沉重的身体恢复了柔软和轻灵。白乙化手上一使劲，把他扶了起来。

"兄弟，就是有天大的困难，有天大的委屈，见到了咱们哥几个，见到了共产党八路军，就没有过不去的火焰山！"白乙化说。

"就是，听白大哥的！别哭得跟个娘们儿似的！"李大山身后的女人说。她掏出手帕，为他擦拭脸上的泪水和鼻涕。

白乙化这才想起，面前的女人是张大妮——他昔日好友张广禄的妹妹，李大山的妻子。他觉得她丝毫没变，跟六年前完全一样。

6

晚上，昔日的把兄弟坐在村北山坡上，回忆起这两年的事情。李大山抽着自己卷的旱烟，白乙化嘴里含着一根无名草——他没有叫曹福增和赵光路，他担心李大山会在人多的时候有所顾虑，这个想法也恰恰暗合了李大山的心意。

六年前，义勇军在冷口被遣散，李大山留在商震的部队，从团参谋直升连长。分别前他跟白乙化见了一面，他信誓旦旦说自己受骗的神情至今两个人都还记得。当时白乙化相信了他。白乙化说只要抗日，你就是好样的！李金山点头称是。白乙化说当一名中国军人总比给满洲国当警察强，撂下这句话就走了。

张大妮没有跟白乙化走。李金山挽留她，他的跪地哭诉和深情表白让张大妮心里一软又一软，就改变计划留在了 32 军，一下子当上了连长太太。

“当上连长后，我兢兢业业，忠心耿耿，为了抗日，为了党国利益，我恨不得豁出自己这条命，然而事与愿违……”

李大山所在的一团二营军纪涣散，军官腐化，士兵横行，营长对他提出的一整套军训措施视而不见。李大山有些灰心。有一天他给团长写了一封信。很快营长拿着这封信找到了他，把他臭骂一通。他这才知道，营长是团长的老部下，两人是把兄弟。

“更可恶的事情还在后头。”李大山犹豫了一下，决定跟面前唯一的兄弟讲讲自己的倒霉经历。

有一天，在一个偶然的机会，营长认识了张大妮，对李大山的态度突变。他找到李大山，肯定了他从严治军的一系列想法，让他在连里搞实验，等成功了在全营推广。李大山高兴坏了，完全没猜到营长的花花肠子。他厉兵秣马，早出晚归，一门心思用在军事训练上。他甚至想告诉营长，自己跟一些日本商人打过交道，看营长在谍报方面有没有考虑。但是他没想好，不知道说出来是福是祸，只好暂时保持了沉默。一次营长宴请连长们吃饭，连长太太们也都参加，三个连长被灌得酩酊大醉。营长让属下把连长们送回连部，说自己陪太太们搓几圈麻将。

“大妮后来对我说，营长让人把你们送回去了，安置妥当了，我们就不好不留下了。她说得对。我不怪她。”

营长陪三位连长太太打了两圈麻将，起身去了趟厕所，回来时说屋里酒味太大了，让警卫员端上香炉去去味儿。大香炉端上来放在高桌上没十分钟，张大妮就感到头晕，眼见着另外两个女人花朵凋谢似的倒了下去，随后自己也倒下了。

营长把张大妮抱到卧室，急不可待地脱去她的衣服，嘴里呼呼喘着粗气。

“该死的畜生！”说到这里，李大山抹了把眼泪。

当张大妮确定自己被迷奸以后，她把这件事告诉了李大山，李大山气得简直要疯了。他掏出枪就往外冲。张大妮制止了他。张大妮出奇冷静，她说我们不能蛮干，蛮干就是送命。

第二天，营长找到李大山，说要提拔他为副营长，把全营整顿训练的事情都交给他，李大山喜忧参半，嘴上没有立刻答应。

“算个啥事呀！”营长坐在椅子上，两条腿伸到桌子上，目光通过马靴交叉的间隙落到李大山的脸上，“不就是个女人嘛，至于吗？我家里有四个女人，随便你挑，挑中哪个你搞一次，咱们扯平！”

李大山没想到营长会跟他来这套，这让他很不自在。他本来是要给自己留条后路的——说实话，他已对副营长职务和全营军训发生兴趣。但是没想到营长把这事挑明了，而且语气轻松，轻松得都不像流氓无赖了。这令李大山心里很乱，有些窘迫，甚至惭愧，一时间脸上泛起红潮，好像是他迷奸了营长太太。

“不敢不敢，营长！”李大山忙说。

“我当时真是这么说的。我别无选择。”李大山说。他这么说的时候，仍然觉得自己当时很无耻。

白乙化听得直咬牙根儿。“后来呢？”

后来，李大山忍了，晚上跟张大妮哭了一通，说君子报仇，十年不晚；白天，就投入到军事训练中。

但是，张大妮复仇的火苗可不是那么容易被扑灭的。

终于有一天，她找到了机会。她本来是想杀掉他的，可是他身上跟日本人拼刺刀时留下的伤疤使她改变了计划，她决定让他成为一个阉人。她做到了。做完后马上跑回家。

张大妮回到家就收拾东西，一边收拾一边告诉李大山事情的来龙去脉，李大山听明白后吓得直冒汗——这个结果是他万万没有料到的。此刻，他只能跟着张大妮跑了，但是他心有不甘。

“我，我不想走。”他嗫嚅着，犹豫着，说出自己天真的想法，“我要训练新兵，下个月就有一场硬仗打！”

“不走?！”张大妮的眼睛睁得老大，她万万不敢相信自己的耳朵，“不走？不走你等死吗？”

“不，不一定吧。”

张大妮气坏了，不是气他不跟自己走，而是气他的愚昧无知。但是好说歹说，李大山还是要留在32军。

“大妮含着泪水告别了我这个傻蛋，我好傻啊！”李大山说。看样子他追悔莫及。

“后来呢？”白乙化问。

这时，赵光路小跑着来到身旁，喘着粗气说，“乙化，萧司令员找你。”

7

那天晚上，萧克司令员找白乙化说两件事，一是要求抗日先锋总队和冀东人民抗日联军合并，组建华北人民抗日联军，隶属冀热察挺进军领导；二是要求白乙化举起华北抗联这杆大旗，打好到平西的第一仗。

冀东人民抗日联军是1938年冀东抗日大暴动中诞生的队伍。暴动后，这支八万人的队伍在八路军第四纵队的掩护下，计划开赴平西进行整训，但是受到日伪军重重阻截，到达平西的只有一千多人。李运昌将军带领六千人返回冀东打游击战。五个指头虽然暂时不能攥成一个拳头，但是上级明确指示，必须在领导和组织上统一，形成攥拳之势。新组建的华北人民抗日联军本来由李运昌任司令员，但是他无法到达平西，改由王仲华任司令员，白乙化任副司令员。抗联下辖两个大队和一个特务连，共一千余人。王仲华就是董毓华，白乙化的大学同学，他们都是组织“一二·九”运动的骨干。

白乙化对这个任命很赞同，他向司令员保证，一定不负重任，配合李运昌带好队伍，巩固平西抗日根据地。

“您说的第一仗很重要，事关华北抗联的士气，我一定好好选择战机，精心安排，争取打个开门红！”

“不是争取，是‘一定’！”萧克说。

“好！一定！”白乙化向司令员敬了个军礼。

白乙化回去后找到曹福增、赵光路、王亢、吴澜才山，商量作战的事情。中途，白乙化又把李大山叫来参加会议。半个时辰以后，众人商定不打无准备之仗，先熟悉地形，等待战机。这么考虑主要有两个原因：第一，队伍刚到平西，情况不熟悉，甚至地形都不熟悉，贸然找仗打，显然不实事求是，也不是萧司令员的本意；第二，李运昌远在冀东，王仲华三日后才到达平西，等一下更为妥当。

“总之，我们目前的任务是——熟悉情况，整训队伍，等待王仲华。”最后，白乙化做了会议总结。

“我服从白司令指挥。”李大山在会上没怎么说话，突然冒出一句，笑嘻嘻地说，“我倒是迫不及待地想打一仗哩！”

曹福增和赵光路对视了一下。吴澜也看了眼白乙化。白乙化宣布散会。

8

第二天傍晚，两个人来到村北山坡，继续聊天。白乙化问起李大山在32军后来的情况，他笑了笑，犹豫一下，还是告诉了他。张大妮跑后的第二天，营长把他抓了起来，一顿严刑拷打，让他供出张大妮躲藏的地方。他如实交代，说大妮在附近的八里铺等他，三天内如果他不去找她，她就去北平。营长派人去抓张大妮，结果没抓到——她聪明，根本没去八里铺，而是藏在七里墩一个老乡家。去八里铺要经过七里墩，而她所在的老乡家建在一个高台上，从院子门口往下看正是去八里铺的必经之路。营长不信李大山的话，恼羞成怒，准备以通敌罪把他送上法庭。他给营长跪下了，说我妻子剪了你的命根子，我拿我的赔你，你把我的命根子也剪了吧。营长很气愤，说你以为我不敢，就让人把李大山的外衣和内裤脱光，打开明晃晃的剪刀，伸到他阴部……刚要动手的时候，营长突然说了声“等等”，然后“呜呜”哭起来。李大山不明白他为什么让手下人“等等”，更不懂他为什么哭泣。哭泣中他说自己只有二十八岁，家中有好几房姨太太，这回完了，全是别人的啦!

“那个营长哭得像个孩子。”李大山说。这个确实很有趣。

“后来，我跟营长说，我媳妇对不起你的地方，我加倍补偿。我好好给你练兵，我把咱们营练成全师最棒的营。”

其时，那个营长已经原谅李大山了，也不打算治罪于他，但是团长很快知道了这件事。团长不干。团长坚决地撤了李大山的副营长职务，把他降为副班长。

“副班长就副班长，我从头干起。没想到，团长暗地里给我拴了个套，让炊事员偷着送我一块银圆，我也不争气，收下了。第二天，团长就以克扣军饷为名，把我的副班长撤了。后来我才知道，原来，营长是师长的侄子，师长自己没儿子，指望侄子传宗接代呢！可师长在国民党里以从严治军著称，想干掉我也不能师出无名，就设计了这么一出……乙化，你看看，国民党多腐败啊！一气之下，我就走了！这么个鬼地方，没法待了！”

李大山的经历让白乙化感慨——国军的军官私心太重了。不过，眼下正是两党合作抗日的时期，他也没跟大山说什么不利于团结的话。

9

三天后，王仲华到达平西，悄悄出现在白乙化身后。当时，白乙化正站在一张条桌后面，低头察看桌上的军事地图，等抬头发现老同学董毓华站在跟前时，立刻喜上眉梢，迅速绕过条桌跟他拥抱在一起。由于急切，白乙化的衣襟被桌角挂住，并扯出了一道口子。四年没见了，两个人百感交集，各自的眼睛有些湿润。

“怎么还改名啦？”

“革命需要。”

那天晚上，两人盘着腿，坐在炕上彻夜长谈。他们聊大学生活，聊抗战形势，聊平西情况。白乙化告诉他，平西条件艰苦，断粮时只能用黑豆充饥，老乡家的碾盘长期不用，都长了绿毛。挺进军战士的口粮往往就是清水加盐煮野菜，困难时吃树皮，后来连树皮都被扒光了。尽管如此，萧克司令员向战士们提出要求：第一层树皮不能动，要让老乡扒，他们扒完了我们吃第二层。王仲华对平西的艰难唏嘘不已。他们也聊到挚爱的文学。王仲华带来两本《七月》杂志。从交谈中，他发现王仲华没有读过《罗生门》。但是，他们聊得很投机。小山村格外安静，王仲华的咳嗽声偶尔打破夜空的宁静。他来平西前查出肺炎，路上一直在服药。尽管如此，他们仍然聊到后半夜，天将拂晓才各回各屋。

战机在两天后来到了，上级交给华北抗联的任务有两个，一个是诱敌深入，把扫荡平西的日军一部吸引到偏坡峪，迫使敌人兵力分散，掩护挺进军歼灭日军主力；另一个是护送两名地方干部过境。事先，白乙化和王仲华、曹福增、王亢骑马深入偏坡峪，观察地势地形，做到了心中有数，并很快制订了作战方案。挺进军司令部很快批准了作战方案，抗日联军开始行动。

这本该是一次万无一失的战役。白乙化做了周密部署，依靠偏坡峪的特殊地形，歼灭敌人一到两个小队根本不成问题。但是，战斗一打响，那些驻守在偏坡峪西侧来自冀东的士兵们不知谁喊了一句："被包围了！"这一声没头没脑的叫喊就像瘟疫，立刻在队伍里传染开来。许多人跟着瞎喊，然后撒腿就跑，就连白乙化身边几个冀东的士兵也跟着跑，他大喊："回来，回来！"但是无济于事。他甚至向天上放了一枪。最后，冀东的人跑掉了大半。后来白乙化才知道，此前冀东抗联一个纵队司令（高志远）策划部下叛变投敌，虽然没成功，但已造成军心涣散，遇敌时自然阵脚大乱。白乙化只好带着先锋队的人阻击敌人，但是日军频繁往阵地上开炮，并在机关枪的掩护下，开始向山上进攻。二十分钟后，抗日联军被冲散，庆幸的是需要护送的两位地方干部还在身旁。白乙化临危不惧，把手枪装进枪套里，扬手拿下常背在脊背上的"三八"式长枪，边打边撤，掩护杜专员和焦县长安全转移。

到平西首战告负，这令白乙化无法接受。他向冀热察挺进军领导做了检查。领导接受了他的检讨，但也肯定他完成了护送任务。回来后，抗联召开总结会，吴澜和王亢分析了导致失败的客观原因，白乙化提出了整改措施，曹福增、赵光路、才山表示赞同。

三天后，王仲华因为过度劳累，肺炎加重，引发高烧。白乙化让最好的医生为他治疗，不幸的是，王仲华因注射盘尼西林过敏而去世。平西根据地沉浸在巨大的悲痛中。三坡镇下起了雨。华北抗联为他举行追悼大会。白乙化送上挽联：斗争谁敢谈生死，可惜英雄少白头。追悼大会在雨中进行。泪水和雨水在白乙化的脸上合流。一股对日本人的仇恨油然而生，狗日的，要不是你们来侵略中国，我们不会背井离乡，不会东躲西藏，王仲华不会英年早逝。

战斗的欲望在他的血液里滚动，像个怪兽横冲直撞。

10

1939 年 5 月初，华北人民抗日联军进驻斋堂镇马栏村，开始在那里整训。白乙化挑起了抗联的担子。按照他的建议，才山负责军事训练，吴澜负责政治思想教育。队伍以大队为单位，分别由曹福增、赵光路带队，每个大队再分成三个中队，每个中队一百五十人，进行全面整训。大家接受了他的建议。李大山善于队伍整训，他在国民党 32 军里的那一套也派上了用场。他跟着白乙化往返于各大队、中队之间，对整训提出严格要求。

军事训练的内容包括投弹、射击、刺杀和班排的攻防训练及各种野外战术动作，白乙化的要求近乎“残酷”。战士练习突刺，每天都要来三百下。他亲自督阵，力度不够，狠劲不到家，重来。许多人练习投弹刺杀，胳膊肿得像发面馒头，吃饭时手连筷子都拿不住，心里有怨气。但是训练仍在加码。他亲自上阵，一杆三八式步枪吊上五块青砖，练习持枪；两腿绑着八九斤沙袋，练习越障碍。练刺杀，他要求别人拼刺一百下，自己绝不九十九下。他流出的汗水超过所有人。有怨气的战士也终于想通了，他们理解了司令员的苦心：平时训练多吃苦，多流汗，打起仗来才会少流血，少牺牲。

政治方面主要抓爱国和统一战线教育，以提高战士们的政治觉悟，激发他们抗日救国、奋勇杀敌的热情；对知识分子增加一条，即“言行一致,表里如一”的教育。“我们成天喊抗日,抗日不只是喊几句口号,发表激情澎湃的演说。抗日就得战斗，就得流血牺牲，说的和做的必须一致起来。”他挥舞着手里的马鞭子说。

“工农干部对我们有怀疑眼光，有的人说我们不能独立打仗。同志们，我们要拿出点精神来呀！”他做了个下劈的手势。

文化教育是华北抗联的强项，重点是对工农出身的战士进行扫盲。大学生教他们识字写字，遣词造句，不但普及了文化，也密切了关系，加深了感情。从冀东过来的一些工农同志，都深为白乙化和那些大学生干部们的行为、作风所感动。冀东暴动时任大队长的赵立业说：“白司令和这些知识分子们,既是首长更像兄长,对他们,我们完全诚服了。”

整训期间白乙化格外辛苦，疲劳程度甚至超过了战斗。他夜里睡得特别香，很少做梦——只梦见一次芥川一郎和郭顺，日记也顾不上天天写，仅仅把睡前读书的习惯保持了下来。

为期三个月的整训很快结束，部队面貌焕然一新，士气高昂。大家摩拳擦掌，盼着战机的到来，憋着劲要打一次翻身仗。

机会很快来了。白乙化率领整训后的抗日联军深入官厅据点，与敌人打了一小仗。第二天，鬼子追赶抗联到雁翅镇，双方展开激战，日军伤亡惨重。第三天，华北抗联在青白口以伤亡二十余人的代价，再次击溃日伪军的进攻，并拔掉了青白口据点，打死打伤敌伪七十余人。挺进军报纸报道说，华北抗联“三日内三战三捷”。雁翅、青白口两役的胜利，使华北抗联名声大噪，白乙化的名字开始在平西老百姓中传开。

11

收音机里传出消息，日本人对蒙古边境发起进攻，中苏两国元首依靠电报和特使，正在秘密磋商，同时与日本方面进行交涉，提出严正抗议。

这条消息让赵光路大惊，他告诉白乙化，他在一个月前做过这个梦，是老人家告诉他的。他当时跟他讲过这个梦，但是白乙化忘了，脸上一半信任一半怀疑。

赵光路神秘地说：“会反击的，会给日本人颜色的！但是在两三个月后。一个姓朱的苏联军官指挥战斗，挫败日军的锐气。”

白乙化问：“姓朱的？苏联军官？”

赵光路点点头。

“应该是朱德吧？应该是中国军官。”

“不是。老人家在梦里告诉我，就是苏联军官，姓朱，对了，叫朱可夫！”

12

广娟吾妻：

见信如面。前信不知收到没有，若家中无变，应当收悉了吧。

父亲大人身体如何？你的身体又如何？我非常牵挂。孩子好吗？多高了？是女孩吗？我夜里时常梦到她，虽然我们从未见面。

上月初，我们到达北平西部山区，跟这里的八路军挺进军会合了。近来，我们打了两次胜仗，一次在雁翅，一次在青白口，队伍士气大振。去年曾想打回东北，但是失利，现已从失利阴影中走出来。

这两日，我总梦到郭顺，他哭着央求我，不让他妻子改嫁。他的妻子叫二梅，是队伍上一个卫生员。她跟郭顺的孩子已经出了满月。她人不错，勤快、机灵，模样也好。郭顺怕她改嫁，总给我托梦。我是共产党员，不该相信梦，但你是我妻子，我要跟你说说。你说，郭顺真是这个意思吗？

不过，昨天队伍里发生了一件事，让我很吃惊。

二梅到河边洗衣服，洗完衣服后，站起来往自己住的老乡家走，还没出那片林子，突然晕倒了。赵光路经过那儿，刚好看见，立刻走过去，准备扶起二梅。他蹲在她身旁，嘴上喊着她的名字，手摸了摸她的额头，有人从后面打了黑枪。

好在子弹歪了，没有伤着光路。他回手一枪，打中那人的腿。那人趔趄着跑掉了。

凶手很快被查出来了，是郭顺的一个兄弟。这个人说，郭顺死前跟他交代过，要是他死了，他不允许二梅改嫁，也不允许她跟别人相好。“要是她敢跟谁相好，你就打死她。男的也打死。”那个年轻人答应了郭顺的要求。他承认，那天只是想开枪吓唬吓唬跟二梅“相好”的男人，但没想到瞄准的竟是二大队大队长。

跟你说这件事，不是要向你讨主意。

这件事我会处理好的。我想二梅也不是那样的人。当然，她也有改嫁的权利。我们是唯物主义者。

姨母的身体好吗？如果好，想必还能更好地照顾一下父亲。无论如何，你是辛苦的，一大家子人，少不了你的操持。我欠你的，待抗战胜利后，加倍补偿你。

代我亲亲可爱的女儿。就算是女儿吧。

我可爱的女儿，爸爸还没有见到你。

保重。勿念。

民国二十八年夏日

13

邹广娟收到丈夫家书的那天上午，二梅找到白乙化，哭哭啼啼地诉说自己近来夜里做噩梦的经历。每逢夜晚，只要她刚一睡着，郭顺就出现在她屋里，额头上挂着导致毙命的那个伤口，伤口血糊淋拉，头也不抬，嘴里嘟哝道：“不许改嫁，不许改嫁！”或者一声不响出现在屋里，蹑手蹑脚走到她跟前，斜着刀片般的眼睛看着她，逼她答应“不改嫁”并且发誓。起初二梅在梦里答应他，并且发誓，他就脸上一笑，一股烟似的不见了。后来，即便二梅发誓，郭顺也不走了，而是坐在她身旁，伸手去摸她的胸脯，揉她的脸颊，掐她的脖子，把她吓坏了。她想跑，又跑不掉，感觉胸闷、气短，嘴巴和鼻子就像被堵住似的。醒来后，二梅发现自己浑身是汗，而且会咳嗽好一阵子。她的惊悚甚至吓到了身旁的孩子。孩子经常无来由地大哭。她找了个伴儿，另一个卫生员睡在了她身旁。姐妹的加入使她的噩梦有所减少，三天后又恢复如常。二梅夜里不敢睡觉，白天无精打采，一缕皱纹悄悄爬上了她的眼角。

“白大哥，白司令，我可咋办啊？”二梅说。

“毕竟是梦，不要当真。”白乙化稍加思忖后，开导起她来，“人死如灯灭,郭顺已经不在了。我们都思念他。你也是思念他,对不对？”

二梅点了点头。

“这就对了。日有所思，夜有所想。不要过于悲伤了！”他觉得自己像是在敷衍。

二梅额头蹙起一片茫然，“我承认我想他，可他也不能这样吓唬我啊！”

“当然，想念归想念，二梅，你还是要打起精神，好好带孩子，让他早点儿长大成人，跟着大家打鬼子，这才是对郭顺最好的怀念。”白乙化这么说的时候，感觉自己有一点打官腔，有点说教的意味。但是，他觉得也只能这么说，而且是真心话。

二梅虽然“嗯”了一声，还是呜呜地哭了起来。

白乙化不打算把自己做过的梦告诉二梅，他解释不清这些梦。用弗洛伊德的理论也解释不清。周公解梦也不成。都解释不清。他不想给二梅徒增新的烦恼。

二梅哭了一阵，又说：“我们孤儿寡母的，本来就活得不容易。现在他整天晚上来闹，闹得我筋疲力尽，可咋办呀?！”说罢她偷觑了他一眼。

白乙化发现了她这个举动，心里闪过一个念头，“二梅，你是怎么想的？”

“想什么？”

“想不想改嫁？想没想过？”

“我没想过。但那是过去。现在我的想法变了，我想。”

“为什么？”

“害怕！怕夜里郭顺老来吓我。”

“仅仅是为这个？”

“对。就为这个。”

“改嫁了就不怕啦？”

“我想是的！有个男人在身边，阳气重，也许他就不敢了。”

“你这是迷信！封建迷信！”白乙化指出。他的声音有些严厉。

二梅不言语了。她开始抹眼泪，“白司令，我没这个权利吗？”

“权利？”白乙化一怔。

“改嫁。改嫁的权利。我有改嫁的权利吗？”

白乙化脸上挂着明显的错愕，他沉默了一下，深深地吸了口气，“二梅，你有，你有这个权利。”他从座位上站起来，背着手，在屋子里踱起步来，“我们是共产党人，是唯物主义者，我们反对封建婚姻制度和伦理道德，反对什么贞节烈女贞节牌坊的鬼话！但是——”

白乙化突然站住，目光火辣辣地盯着二梅，“可是，你变了，变得这么快，让我始料不及。郭顺死了还不到半年。”

“跟他死多长时间没关系，完全是因为我……我还有孩子，他不为孩子着想，我还得为孩子着想哩……”

“为孩子着想，行，你可以这么想……你可以改嫁……这是你的权利。”白乙化觉得自己的口气有点公事公办了。他深呼吸了一下，然后下了逐客令：“我们马上要开会，研究作战方案。”

“人总要为活人活着……”二梅这么说的时候，曹福增、赵光路、王亢、李大山已经进屋了。

“你们忙吧。”二梅知趣地走了。

14

白乙化坐下后，脸上很严肃。他心里有点难受。曹福增似乎猜到了什么。赵光路知道他曾经做过郭顺的梦。白乙化干脆把这件事兜了出来。不说出来好像能把他憋死。他知道这件事跟打鬼子比，实在是小事一桩，可是不吐不快。好像有些愤怒，好像有点怨气。他不知道这怨气来自郭顺还是二梅。他把这件事跟大家说了出来。

“这虽然不是打仗的事情，可也关系到打仗。这是队伍建设过程中早晚会遇到的事情。”吴澜说。

白乙化点了点头，他没想到吴澜会认识到这一层。坦率说他自己还没往这方面想，没把它上升到队伍建设这个高度上。

“我不同意她改嫁。烈士尸骨未寒！”曹福增当即表态。

“我不同意，坚决不同意！”曹福增又说了一遍。

“二梅有改嫁的权利。”赵光路低声说，“白司令不是也承认这一点吗？”

白乙化没反对。他确实承认这一点。但是他有些不舒服，有点窝气，好像是对自己的“承认”有些不满意。他突然很烦躁，烦郭顺也烦二梅，烦这个事情本身。

“爹死娘嫁人，自古的道理。这个改不了。”李大山也发言了。

“但我们是共产党八路军，代表着无产阶级，代表劳苦大众，烈士的家属不能这么对待烈士，这么无情无义！”曹福增嗓门儿很高，并且听上去很激动。好像他是郭顺似的。

“这跟情义没关系。二梅嫁人未必就忘记了郭顺。”赵光路说。

“心里想着郭顺，躺在另外一个男人枕边，这叫啥事?！”

“这涉及伦理道德问题。咱们都说不清楚。但是我个人认为，二梅可以改嫁！完全可以！”赵光路说。他知道朝他打黑枪的性质，虽然是个误会。

“嫁给谁？”曹福增瞟了眼白乙化，转而问赵光路。

“想嫁给谁嫁给谁！”赵光路不屑地“嗤”了一声，“这不是问题的关键！”

“想嫁给谁嫁给谁，听听，这叫什么屁话?！我倒要替郭顺兄弟做做主，我看她敢嫁给谁？谁敢娶了她？”

“你要怎么样？”

“我也打他一黑枪！”

“敢?！”赵光路“嗖”地从座位上站起来，他知道曹福增的话已经完全是冲着他来了。“如果他不嫌弃我一只胳膊，我还真不嫌弃她是个寡妇了！我敢娶她！咋地吧?！”

“你！”曹福增“啪”地拍了下桌子，手下意识地摸向腰间。

“你想干什么？”白乙化发现了曹福增准备拔枪的动作，立刻瞪起眼睛，曹福增立刻把手放回原来的位置。不仅曹福增，其他人也怕白乙化瞪眼，只要他一瞪眼，别人立刻哑火，只是他轻易不瞪眼睛。

见两个人不再争执，白乙化摆了摆手，“好了、好了，咱先不说这个了。还是说作战方案吧，这个更简单些。”

“郭顺派人盯着二梅，并且要杀人，这个事情本身，性质是严重的！”吴澜说。

“这小子是有点过分。”李大山说。

“岂止过分，简直可恶！罪不可恕！”赵光路说。

曹福增默默地低下了头。

15

上个月，收音机里王笑笑播放日军轰炸重庆的消息时，白乙化搬起收音机要摔坏它，被赵光路拦住了。他知道白乙化在气头上，随口开了个玩笑，然后把收音机抱回自己房间里了。

这天，收音机里说，国民政府发出了捉拿汉奸汪精卫的命令。赵光路把这个消息告诉白乙化，白乙化非常高兴，指着收音机说：“原来这破东西里面也有好消息。”

第四章

1

沿河城战斗的激烈程度超出了华北抗联官兵的预料。要不是白乙化部署得当，指挥灵活，这一仗凶多吉少。如果说让抗联一大队在马栏村从侧翼攻击敌人是第一杀招的话，那么白乙化打掉三个旗语兵就是第二招，最后命令一中队奇袭敌军后勤辎重，则是把大岛大队彻底击败的第三招，也是关键一招。

1939 年 6 月，日军两千人（从沿河城、傅家台、石门子、矾山、河北出发）兵分三路，向平西根据地进犯，妄图摧毁根据地中心区斋堂（后为冀热察挺进军总部所在地）。挺进军司令部把堵截顺永定河向平西进攻的这路日军交给了华北抗联。19 日，日军桑木师团大岛大队三百余人从沿河城向斋堂进犯，企图攻下斋堂后，在门头沟与沿河城之间建立据点。大岛大队训练有素，战斗力强，带队督战的竹野太郎善于作战，深得师团长桑木的欣赏。面对这样一支骄横的日军，白乙化的战斗欲望反而更加强烈，他暗下决心，要啃掉这块硬骨头。有了雁翅和青白口战斗的胜利，将士们完全赞同趁热打铁，抓住这次大岛大队从沿河城出来“扫荡”的机会，一举歼灭他们。

大岛大队从沿河城出发的时候，白乙化率领抗联一大队、三大队在青白口西山、娄儿峪、牛战等地阻击敌人。为了打敌人一个措手不及，白乙化又安排抗联一大队在马栏村隐蔽待命，在适当时机投入战斗，出其不意地打击敌人。大岛大队进入华北后长驱直入，还没遇到真正的对手，虽然知道平西根据地有一支新组建的抗联队伍，但根本不把这支地方武装看在眼里，他跟部下奥村中队长叫嚣：我要跟冀热察挺进军作战，我要全歼他们，华北抗联的，死啦死啦的！竹野太郎骑在马上，大摇大摆地钻进了白乙化预设的伏击圈。

娄儿峪是制高点，有鬼子炮楼，从中可以监视斋堂、沿河城、牛战、灵水、碣石等村的动向。日军先期到达那里。白乙化从望远镜里发现，敌人在永定河边洗澡、放马，四处抓鸡，立刻命令才山的三大队从牛战村插到敌人右翼，随后双方展开激战。

战斗打响后，大岛大队晕头转向，但也迅速散开队形，以河坝、巨石为掩护进行反击。他们火力很猛，并在头二十分钟里捞到一些便宜。当大岛摆出决战阵势，准备跟抗联"主力"一决雌雄时，白乙化命令三大队悄悄撤出阵地。大岛见对方火力渐弱，命令奥村中队长向半山腰我方阵地冲杀，到阵前却发现扑了个空。恼羞成怒之际，王亢中队突然出现在娄儿峪——对面山包上——在山上冲他们叫战。奥村饿狼般地向王亢扑去，王亢按照白乙化的战术，且战且退，向牛战村靠拢，突然消失在丛林中。日军气急败坏，又无可奈何，是退守娄儿峪山顶，还是向斋堂进发，一时犹豫不决。这时，白乙化下令，让各部同时作战——他亲率一大队从敌人左翼冲击，让三大队从右翼向敌人射击，王亢中队从正面阻击。

这样的攻击出其不意，令大岛大队兵力分散，局面被动，兵员受损，但并没有伤筋动骨。他们很快分兵作战，有条不紊地跟抗联队伍拉开了架势。战斗很胶着。双方都有伤亡。抗联地形条件好，鬼子武器装备好；抗联战士战斗热情高，鬼子取胜的决心也不孬；抗联队伍是正义之师，打的是正义之战，但是到了一场具体的战斗中，正义要想取得胜利，必须还要加上勇敢和顽强的意志。鬼子打的不是正义之战，但是狗日的枪好，枪法也不差，黑魆魆的枪口也是径直瞄准抗联战士的脑袋和胸膛的。何况他们也有他们的信念——有军国主义的唆使，有效忠天皇的精神鼓舞，有瓜分中国的动力驱使——同样打得十分顽强。事实上突遭伏击，鬼子凭空里又多了一种求生的欲望，这欲望在某种程度上使他们增强了战斗力。

然而，这一切都不及抗日联军的勇敢和无畏。

抗联官兵们的勇敢感动了白乙化。他多少有些意外。他们根本就不知道躲避，哪怕子弹从脸颊一侧飞过，哪怕炮弹在他们面前轰鸣。白乙化喊了一声：注意隐蔽！但是无济于事。他们似乎抱定了必死的决心，或者至少有这样一种想法——不能低头，坚决不能向狗日的鬼子低头，不是你死，就是我亡；一命换一命不赔，打死俩就赚，打死仨就是英雄！曹福增往山下扔手榴弹，他的手榴弹扔得又远又准。王亢抱起了机枪，一梭子就干掉了两个日本兵。赵光路单手打枪，手枪的准确程度仅次于白乙化。李大山手端长枪，喜欢瞄准，瞄啊瞄的总是不开枪，但是一旦开枪，就一定能干掉一个小队长或班长。二大队副队长鲁晓天五次杀入敌群，亲手刺倒了四个日本鬼子，最后壮烈牺牲。

战斗从上午十点打响，下午两点还难见分晓。这可不成，白乙化心里琢磨，如果鬼子增派援军，抗联就被动了。“越往后越对我们不利，必须加快战斗，速战速决。”他停止射击，猫着腰在阵地上走来走去，仔细观察敌军的阵形。突然，他发现了敌人的旗语兵。

白乙化灵机一动，立刻走过去，跟曹福增、王亢耳语几句，带着李大山离开了阵地。他们弓腰前行，左拐右拐，绕到敌人侧后方。他让李大山瞄准旗语兵，可李大山瞄准的时间太长，瞄啊瞄的，让他直嘬牙花子，很快就失去了耐心。“我的同志啊，要是你这么打仗，我们死多少回了！”他从后背上取下自己的三八大盖，举枪瞄准敌人的旗语兵，扣动扳机，啪！一个旗语兵倒下了。啪，啪。另外两个也倒下了。他弹无虚发，三枪打掉三个旗语兵，李大山高兴得直鼓掌——啪、啪，啪、啪、啪！

“好样的！比我枪法还准！”

“废话！就你是神枪手？”白乙化开玩笑说，他的幽默感无处不在，“同志啊，我让你开枪，不过是想省自己两颗子弹。”他觉得自己的三八大盖这回算真正派上了用场。半年前，王震旅长见他总背着一支老套筒枪，就把一支德国造的驳壳枪送给他，他当时接过来，冲山上打了三枪，然后说：这玩意儿在战场上是样子货，我不喜欢，您送给我一支三八大盖吧。王震旅长就喜欢他这直脾气，让手下又送给他一支新的三八大盖。

这回，这三八大盖发挥作用了。

大岛失去了旗语指挥，队伍立刻有些乱。

趁敌人后退的时候，白乙化让大家休整一下。

半小时后，鬼子向山上的进攻又开始了。双方一直打到天黑。

2

战斗进行到第二天，华北抗联的弹药越来越少。这个问题摆在白乙化面前，而且很急迫。撤出战斗心有不甘，继续战斗于我不利。他把曹福增叫过来，曹福增无计可施；把赵光路叫过来，赵光路也眉头紧锁；最后把王亢叫过来，王亢说干脆你们掩护，我带领一个中队冲下去。白乙化摇摇头，“不能硬来，我们要以最小的伤亡换取最大的胜利。”

“有烟吗？”从不抽烟的白乙化问李大山要了根烟。

白乙化刚抽两口，立刻把烟掐灭，“有了！命令一中队，设法绕到敌人背后，袭击敌人辎重，夺取弹药，然后马上返回。”

王亢准备下去布置的时候，白乙化又嘱咐道：“实在夺不过来，全炸啦！”

一个小时后，日军后勤辎重遭到袭击——部分弹药被炸毁，部分被抢走。大岛暴跳如雷，军心大乱。失去旗语兵，他的指挥已经不畅，此刻更加混乱并陷入被动。日军进攻的脚步变得迟缓。抗联的枪声一阵紧似一阵。看到时机成熟，白乙化“噌”地从掩体后站起来，大喊一声：“冲啊！”率领战士们冲下山去。

对面还有一挺机关枪在叫嚣，密集的火舌向山上扫来。白乙化用手枪瞄准机枪手，因为太远三枪都没有打中。他伸手向身边的李大山要枪，李大山没给他，李大山自己趴下准备射击。但是他瞄准的时间太长，白乙化忍不住骂了一声：“李大山，你这是打鬼子还是生孩子哪？”

这时，李大山的子弹出去了，鬼子的机枪手应声倒下。

抗联战士大喊着向山下冲去。

白乙化仗着浑身胆气和身高臂长，跑在队伍前面。他双手执枪，左手一抬，一个鬼子胸口被打透；右手一抬，一个鬼子手指被打折。冲到鬼子队伍跟前的时候，他的子弹没有了，他弯腰从一个日本伤兵手里夺过三八大盖，受伤的鬼子却顽固地伸手去拉腰里的手雷，他就势用枪托狠狠砸在他的脑袋上。他的三八大盖上着刺刀，他端着它冲向了密集的人群。鬼子们见到这么一个大高个子出现在面前，仰着头望着他时有点惊讶，但是马上就把刺刀对准了他。他们的刺刀倾斜着往上扎，这样才能扎到大高个儿的心脏。他们判断眼前这个人可能是个军官，他们心里默念着擒贼先擒王的道理，把刺刀齐齐地刺向他。面对三支捅过来的白晃晃的刺刀，白乙化毫无惧色，他用手中的大枪用力一拨，趁三个鬼子身体发生偏转的时候，迅速收枪，略作停顿，迅疾来了三个点刺，三个鬼子纷纷捂脸倒下。因为是点刺，白乙化没法保证他们肯定毙命，这时他回身冲着身后的赵光路喊："光路，你的！"赵光路单手执刀，高高举起，向地上的鬼子砍去。

白乙化好久没有施展自己的棍法枪法了，他打得浑身是汗。他感到一股久违的酣畅。虽说子弹不长眼，但是他没有一丝恐惧。他的肩部腹部腰肌背肌臂力腿力都得到了舒展，劈杀的快感笼罩了他。六月的平西已经很热了，他干脆脱掉了薄衫，露出毛茸茸的胸脯和石蛋蛋般的肌肉，大喊着跟鬼子兵拼刺起来。他的络腮胡子好久没刮了，此刻由于激动和紧张，突然倒立起来，看上去格外瘆人。

战士们跟着他们的白司令与鬼子们展开白刃战，一点也不怯懦，一招是一招，无论刺中对方还是被对方刺伤，都毫无骄傲也绝不气馁。战前三个月的大练兵，战士们的刺杀功夫大有长进，这时真的派上了用场。参谋长王亢的牙齿咬得咯嘣咯嘣响。一大队长曹福增的手枪弹无虚发。二大队的指导员江卓"高烧"不下火线。两个平时胆子比较小的战士此刻也无所畏惧，彻底找到了一种杀敌的感觉，身上散发出英雄的气息。

杀，杀，杀，杀你个片甲不留！

杀，杀，杀，杀你个有来无回！

三大队大队长才山堪称"智多星"，巧用计谋，佯装退却，诱敌进入娄儿峪一条狭窄山沟里，让隐蔽在那里的一中队突然杀出，致使日本鬼子死伤数十人后落荒而逃。一中队排长刘吉福得知日本人的后勤辎重放置于娄儿峪附近的珠窝地区，带领全排战士，以迅雷不及掩耳之势直捣珠窝，缴获敌人五十多匹骡子和大量弹药、饼干、白糖、罐头，使友军得到及时补充。

战斗进行到下午四点多钟，敌人溃不成军。

大岛带领十几个鬼子往城里逃去，竹野太郎和奥村中队长率领手下掩护。他们边打边撤，被抗联逼到了下马岭北沟。战士们把山神庙包围的时候，竹野和奥村以及另外一个小队长在庙里悬梁自尽——他们在溃退路上丢盔弃甲，此时已经手无寸铁，连剖腹的军刀都没有了。

白乙化在奥村身上发现了一张奖状，那是桑木师团长颁发给奥村的。他把它装进皮包里。他要让战士们看一看这个“特殊战利品”。

3

好久没写日记了。如果一周写一次还可以算作周记，那么现在，连周记也算不得了。

沿河城大捷极大地鼓舞了根据地军民，也用雄辩的事实证明，知识分子在党的教育下，照样能打胜仗。刘勇侯在冀东暴动中任大队长，曾经只身挥舞大刀闯敌阵，到平西后让他担任供给处处长，心里一直有些想法。今天战斗中，他目睹了一切，事后对同样来自冀东暴动的战士们说：“这些大学生打仗有勇有谋，胆识过人，令人佩服。”

是的，这是抗战以来打得最痛快的一仗。所有筋骨都打开了，所有毛孔都张开了，所有细胞都活跃了。鬼子丢盔弃甲，几乎全军覆灭。萧克司令员和程世才参谋长表扬了我们。缴获的武器弹药，挺进军只留了两挺机关枪，其余的机枪步枪和弹药悉数给了华北抗联。家底子一下子大了。

战斗结束后，二中队指导员刘力生即兴作诗：崛起绥西与冀东，沿河城下奋雄风；骄虏魂飞铁拳下，保卫平西第一功。

听刘勇侯说，第二天供给处的同志到斋堂镇买菜，老百姓一听说是抗联的人，坚决不收钱。

4

李大山和张大妮来看白乙化，带来一筒日本罐头和两本书。他理解他们的好意，没有客套，直接收下了。书是毛泽东的《论持久战》，这个也是从日本人那儿缴获来的。他非常惊讶，因为过目缴获物品清单时，没发现这东西。是李大山后来执行任务，在战场附近一块巨石后面一名日本阵亡军官的兜里发现的。另一本是《明治维新》。

白乙化如获至宝。《论持久战》听说过，大致意思知道，但是全文没有读过。他差点当着他俩的面看起来。

他们来是有事的。

张大妮开门见山，说他们要为二梅说情。

白乙化问："说什么情？"

"二梅要嫁人，你得同意，你们共产党不能搞封建那套东西，那是糟粕。"大妮还是直筒子性格，一点儿也没变。

白乙化说："我没拦着她呀！可以呀！"

这时他才知道，近些日子大妮经常跟二梅做伴，二梅就不再做噩梦，睡得好些。两人在一起的时候，女人话题没少聊，婚姻话题说得更多。但是，大妮不能总陪她，她有丈夫，她回家后二梅的噩梦又重新开始。李大山和张大妮帮助二梅换了个老乡家，换完头两天平安无事，但是过了几天，又恢复如初——独眼郭顺在夜里走近她，靠近她，吓唬她。他们又帮助她换了一家，换后两天同样没事，过了两天又不行了。

白乙化有点怀疑，但是转念一想，二梅平白无故折腾自己，图什么呢？大概梦见郭顺是真的。他想到他也曾做过类似的梦。

白乙化问："二梅自己呢？她真想嫁人？"

大妮答："是，她想嫁。我问她想嫁谁？她说谁都成！"

白乙化的眼睛瞪得老大——大妮突然有点儿紧张。这时，二梅抱着孩子进来了。她刚才就站在门外。

大妮让二梅自己说。二梅瞟了眼白乙化，转看窗外："没啥说的，我想嫁人。"

白乙化问："想好啦？真的想嫁？"

二梅斩钉截铁："想。"

"为什么？"白乙化问，他觉得以前好像问过这个问题。

二梅说："就是想嫁。这是我的权利。郭顺越不让我改嫁，我就越改嫁，偏嫁！他扔下我们娘俩了……我们孤儿寡母的……还吓唬我……他是人吗？"说着说着哭了。

二梅神情恍惚，语无伦次，感觉有些不正常。

她怀里的孩子快一岁了，大大的眼睛望着白乙化。那眼睛很有神，跟郭顺的很像，只不过郭顺是一只眼。但是郭顺以前不是一只眼。孩子的眼睛在看着他，这让他有些不舒服。

"郭顺你是人吗？你的良心让狗吃啦？！"二梅哭骂的样子好像郭顺就在屋里。

白乙化严厉制止道：“有事说事，别哭了。郭顺是为抗战牺牲的，他不仅是你丈夫，还是一名勇敢的战士，是一位烈士，你要注意自己的言行。”

二梅不哭了。

“你想嫁给谁？有目标吗？”

二梅这才看了眼白乙化，又看了眼李大山，突然破涕为笑：“白司令这样的，我不敢想，李大哥也有人了，你们就瞧着给我找一个吧。谁都成！”说完自个儿傻傻地笑了。

其他人也笑了。这个二梅还挺可爱的，白乙化想，她只有二十三岁，比张大妮还小两岁。他又想到了鲁迅的《我之节烈观》。这样的年龄永远守寡，当然是不应该的，也是不人道的。革命队伍里不兴这一套。这个道理他懂。只是这么快她就提出改嫁，让人心里不舒服。没办法，理想终要服从于现实。

李大山说：“那这可不好办啦，队伍里一千多男人，女的只有你们几十个，你的年龄又最小，给你找谁呢？配对也得有个方向啊！”说完哈哈大笑。

大妮、二梅也笑了。

“你真的没有目标吗？”白乙化又问。

二梅低头想了想，猛地抬起头：“我相信缘分。就赵光路吧。他差点儿为我吃了枪子儿。我也不嫌弃他一只胳膊。”

5

刚才，大山和大妮来了，二梅也来了。二梅要再婚，大山和大妮都支持，给她说情来了。她说愿意嫁给赵光路，她不嫌弃他只有一只胳膊。

“嘿——瞧你这话说的，人家是大队长，是干部，嫌弃不嫌弃你结过婚还两说着呢！瞧把你美的！”张大妮的嘴巴撇得像辣椒。

“干部又咋样？郭顺还是中队长哩！再说了，全抗联顶数我年轻——大妮姐，你可别多心啊——虽然咱有个娃，但是也还能生养，生三五个小战士根本不是事儿！他赵大队长还能嫌弃咱？”

二梅一本正经的样子把我们逗笑了。

后来，我答应二梅，找机会给她提提亲。天黑时他们走了。

我打开《论持久战》，一口气把它读完了。毛委员的书写得太好了。不，不该叫毛委员了，应该叫毛主席，中华苏维埃中央人民政府主席嘛！也不对，遵义会议以后，他好像有了新职务，但好像也不是主席。不知道叫什么。叫什么都无所谓了。关键是书写得好。实际上也不是书，是演讲稿，演讲比写书难多了。他站得高，看得远，分析得透，论述清晰，战略家啊！

6

那天晚上，白乙化做梦了，先是梦见在台下听毛泽东演讲，后来梦见在战场上跟日本人打持久战，自己被炮弹击中了，身体从中间炸成两半，一个向前冲，一个往后退，一着急把自己吓醒了。

第二天继续整训。白乙化到几个大队转了转。到赵光路那里时，他把他叫到一边，单独跟他说起“二梅的事儿”。

“那咋成？上次我不过随口一说。”赵光路摆了摆右手，左侧笔直而空洞的衣袖跟着晃了晃。

“可当时你态度挺激烈呀！”

“咳，当时话赶话，跟曹福增抬杠，不留神就秃噜出来了！”

“现在可不是话赶话，这儿就咱俩人，你跟我说实话，乐不乐意？”

赵光路面露难色：“我从来没想过啊！我这些天不是打仗就是看书，鲁迅的《祝福》真好！”

“想找祥林嫂那样的？”

“去你的！”

“最近不想女人啦？”

“书中自有颜如玉。”

“我跟你说正经的呢……以前没想过，那你现在好好想想呗。要是乐意，我给你当媒人。”

赵光路答应想一想。

那天夜里，白乙化又做梦了。梦见了郭顺，也梦见了洪道生，最后梦见了芥川一郎。郭顺冲他哭。洪道生冲他摆手。芥川一郎冲他微笑。他不知道他们什么意思，也懒得想。

夜深了。他看了看表，已经凌晨了。他发现表针的脚步异常稳定。

7

卢沟晓月的诗意令人沉醉，只是白乙化没有心情欣赏它。这是他第二次到卢沟桥。第一次是在上大学期间，那时候他跟王世波骑着自行车慕名而来。当时他们很兴奋，欢呼雀跃，嘴里不时咏诵出古诗来。这一次，他不是来看风景的。他跟王亢还有李大山是来执行侦察任务的。奉萧克司令员命令，明天，他们要在这里上演一场“大戏”，这场“大戏”既是一场战斗，更是一场面向世界的宣言。

白乙化抚着卢沟桥的石狮，凉意沁入手心。这座桥始建于七百多年前，两侧是石雕护栏，各有一百四十条望柱，柱头上雕有石狮，形态各异。整个桥身都是石体结构，关键部位有银锭铁榫连接，是华北最长的古代石桥。在《马可·波罗游记》中，它被形容为一座巨丽的石桥，后来外国人把它称为“马可·波罗桥”。卢沟桥位于北平西南约十五公里，因横跨卢沟河（即永定河）而得名。此刻，桥身在月色下沉雄壮观，桥下河水潺潺，月亮在水中形成一道道银练。

两年前，卢沟桥打响全面抗战的第一枪，在此后七百个日日夜夜里，中国军人做梦都想收复它，让这座具有民族意义的桥回到中国人的怀抱。

8

七月的北平格外炎热，卢沟桥畔凉风习习。这是一个大晴天，很通透，能见度高，适合拍照。十几名中外记者在白乙化的掩护下，悄悄来到卢沟桥南侧。白乙化身后站着曹福增和李大山，他们身后跟着十几名抗联队员。他们身着便装，有的看上去像农民，有的像生意人。卢沟桥呈东北、西南走向，卢沟河从桥下滚滚淌过。粼粼波光里有李白的诗歌意象。也像白乙化想象中的蓝色多瑙河。也像肖洛霍夫笔下静静的顿河。一中队在王亢的带领下从桥西乘船悄悄靠近卢沟桥，青纱帐成为他们最好的掩护。他们穿着借来的八路军服装，一丝不苟，整整齐齐，准备在照相机和摄像机面前杀敌立功，向全世界宣告中国人民抗战的决心。

卢沟桥桥上两侧，日本兵三步一岗，五步一哨，戒备森严。借助芦苇荡的掩护，王亢率领的一中队分乘大船和小船，神不知鬼不觉地出现在桥西北三百米处。五条大船上共坐着五十人，三支小船上坐着十五个人。大船停靠在芦苇荡的边缘，小船佯作渔船缓缓前行，直到桥下涵洞处才停下。王亢站在大船上，引颈向桥上南侧张望，白乙化和抗联队员们进入他的视野。他紧紧地盯着白乙化的身影，低声对身边人说：准备战斗。三分钟过去了，他仍然没有看到白司令的作战命令，只好静静等待。他知道今天这次行动的意义，因此格外兴奋，他几乎能听到自己的心跳。终于，他看到白乙化从头上取下草帽，在空中舞动了三下，他当即下令："打——"顷刻间，船上的机枪、步枪、手枪同时开火，不同的声音混杂着，不同的子弹交错着，齐齐飞向桥上的鬼子兵。鬼子瞬间倒下三四个。日军少佐一边指挥反击，一边骂骂咧咧——这么严密的布防，还是让中国人钻了空子，他为此很沮丧。鬼子凭借石桥上的望柱做掩护，机关枪和三八大盖集中火力，对准了青纱帐里的抗联战士。双方的火力厮咬在一起，短促的或者持续的火舌不断扑向对方，各种枪响声交错在一起，发出不和谐的嘶鸣。

记者们的相机"咔嚓咔嚓"直响，这个响声跟枪声迥异，令白乙化和身边的战士们感到新奇。记者们异常兴奋，一个美国人嘴里不停地喊着"OK，OK"，那样子像在观看一场大型烟花表演；一个苏联记者则大叫着"Хорошо，Хорошо"[①]，恨不得自己上去干掉两个日本人。

三条小船上的人从桥下顺着堤坝，悄悄摸向桥上。他们手执大刀，似乎忘记了配合拍摄的任务，凶猛地向鬼子砍去。日军被突如其来的

①俄语，好。

大刀队弄得猝不及防，干脆停止向河上射击，跟突然出现在身边的人展开肉搏战。抗联大刀队是新近组建起来的，虽然只有十几个人，但个个虎背熊腰，身高臂长，两尺多长三斤多重的大刀片子在手上虎虎生风，寒气逼人。五分钟过去，就有七八个鬼子应声倒下。

白乙化从桥南侧望着，连续叫了三个“好”。他想到了白居易的《琵琶行》：银瓶乍破水浆迸，铁骑突出刀枪鸣；嘈嘈切切错杂弹，大珠小珠落玉盘。他没有开枪，曹福增和弟兄们也没有开枪，只要鬼子没发现这边有人拍照，就绝不打草惊蛇。司令员有命令，要坚决完成任务，绝对保证记者安全。

很快，日军小队长发现了记者，他率先向桥南开枪，并指挥身边几个士兵向这边射击。白乙化立刻还击，并“噌”地跨到前面，用身体挡住了记者们。一名美国记者刚才还一脸兴奋，此时神色紧张起来，他用英语向身边的大个子询问战斗何时结束，白乙化用英语回答了他，令他眼前一亮。记者们没想到他会讲英语。随后他们一边拍照，一边跟白乙化交流起来。

桥上的鬼子既要面对青纱帐里的机枪手，还要面对眼前的擎刀客，更要顾及桥南的手枪队，三面受敌，一时疲于应付。白乙化也不恋战，赶紧下令撤退。他知道，卢沟桥上只有一个小队的鬼子把守，但是宛平城里还有两个中队。再过几分钟，城里的鬼子出来增援，想撤就来不及了。

白乙化让曹福增带着记者先撤，自己带着五六个弟兄掩护。三分钟后，白乙化下达命令，让大刀队队员们向自己这边靠拢，并分批撤退。最后，王亢他们掉转船头，消失在芦苇荡里。

桥上的鬼子还剩下十二三个，他们没有船，只好顺着陆路对白乙化紧追过去。他们恼羞成怒，穷追不舍，一直追到太子峪村。这帮家伙个子不高，人人长着一对小短腿，却都很能跑，让被追赶者也气喘吁吁。按照原计划，白乙化、曹福增应该继续往西北方向撤，经白草洼、大沟，到白庄子跟王亢的一中队会合，一起回斋堂，但是，鬼子兵死死咬住不放，一口气追出了五里地。

“难道后面有援军？”白乙化顿生疑窦，问曹福增和李大山。

“今天是敏感日子，咱们在大白天打了卢沟桥，他们不会善罢甘休！”曹福增说。

“可也不至于死追过来呀！他们不怕有埋伏？”白乙化看了眼李大山。

“城里的鬼子闻风而动，一定跟过来了。”李大山说。

追兵身后不远的地方出现了几辆卡车，车上满载日本兵，沿着山道缓缓驶来。鬼子头上的钢盔擦得锃亮，随着汽车的颠簸不断晃动，远远看去就像拉了一车西瓜；鬼子手里三八式步枪上的刺刀在烈日下透着淫威，折射的白光晃了一下李大山的眼睛。

“不好！真有鬼子来了！”白乙化大声道，“快，你们撤，我带几个人掩护！我往李家峪方向跑，把鬼子引开。”

“不行，你是抗联司令，不能便宜了鬼子！”李大山推了一下白乙化，“你赶快带着弟兄们撤，要不就来不及了。”

“我负责引开，你跟司令先走吧！”曹福增说。

“别争了，再争来不及了！”李大山又推了把曹福增，喊了五六个队员的名字，转身往李家峪方向跑去。他的态度很坚决。跑出十来步后，他突然扭过头，笑着说：“乙化、福增，给我个立功的机会！来平西我还没表现呢！”说完兔子似的朝李家峪奔去。李大山边走边开枪，把鬼子的视力和火力吸引了过去。

白乙化咬了咬牙，拽了下曹福增的衣襟，带人向白草洼方向撤去。

9

在白草洼的一个沙梁上，白乙化让大家停下脚歇歇，自己拿出望远镜，细心观察李家峪的动向。

在李家峪的一个山包上，李大山和几个队员趴在一个砂石堆后面，不紧不慢地向敌人射击。他的手里多了一支长枪。他的长枪打得格外准。鬼子倒下了五六个。队员们有倒下的，有头染鲜血仍然坚持战斗的。鬼子的兵力少说也有一百人。白乙化很揪心。他真想过去驰援李大山。但是没办法，今天出来的只有一中队和一个小队，其余的都守在斋堂，防止敌人偷袭。他的望远镜举得时间很长，曹福增接过去看了不到一分钟，他又抢了回来。

敌人的火力很猛。李大山的身旁还剩下两个人。李家峪旁边就是仇家沟，跟白草洼远远地相对着。李大山带着两个弟兄向仇家沟跑去。突然，一个叫根柱的队员腿部中枪，变得一瘸一拐的，另一个叫铁蛋的队员要背上他，他们发生了争执，争执中根柱向自己头部开了一枪。李大山的脸上出现深深的惋惜，他咬了咬嘴唇子，同铁蛋甩开大步，向仇家沟村口一间茅草屋跑去。他们边跑边回头打枪，三四分钟就进了茅草屋。鬼子越来越近了，到达刚才根柱牺牲的地方了，凌乱的脚步跨过根柱的身体，两个鬼子不小心被根柱绊了一下，恼羞成怒，换了下持枪姿势，高高举起三八大盖，用枪上的刺刀竖着朝根柱刺去。根柱的胸膛和肚子出现了血窟窿。白乙化气得直咬牙，络腮胡子随着咬肌颊肌三角肌的相互挤压而不住地抖动。李大山铁青着脸瞄准了行凶的那两个鬼子，鬼子先后倒下。鬼子更近了，大山从茅屋里向外射击，又有三四个被击中。忽然，茅草屋里的枪声停了，继而外面的枪声也停了，小村庄变得异常安静。安静里包含着不祥之兆，令人压抑的死亡气息横冲直撞，让三里地外的白乙化都闻到了。

没子弹了。大山肯定没子弹了。白乙化想。

“八路没子弹了！”一个鬼子军官下达冲锋的命令。

狡猾的鬼子没有靠近茅草屋，一个军官模样的人阴笑着指挥下属向草屋喷射火焰，很快，茅草屋燃起熊熊烈火。

白乙化“啊”地叫了一声，抬拳狠狠向下一砸，凝结得相当坚硬的碎沙土顿时变得松软，窸窣散落。他知道，火焰正像毒蛇一样在撕咬大山和铁蛋，他们的皮肤将很快被烧焦。他不忍再看下去，想下去，低吼了一声“撤”，往白草洼方向退去。

两分钟后，仇家沟的茅草屋里蹿出来一个人，他的身上裹着一团火衣，嘴里喊着“救命”，像个醉汉一样深一脚浅一脚地乱走着。

日本鬼子没有救他，也没有向他开枪，而是狰狞着、淫笑着，饶有兴趣地看着眼前这出他们认为不可错过的“好戏”。

那名“醉汉”跌跌撞撞，一头栽进茅草屋旁的河塘里。

10

今天偷袭卢沟桥，大获成功。但失去了九位同志，包括大山。日本人太残暴了。可怜大山兄弟，可怜根柱、铁蛋。狗日的日本鬼子，真乃畜生也！

突然想起鲁迅先生的《写在〈坟〉后面》里的那段话——我只很确切地知道一个终点，就是：坟。然而这是大家都知道的，无须谁指引。问题是在从此到那的道路。那当然不只一条，我可正不知那一条好，虽然至今有时还在寻求。

不为抗日杀敌死，即为富民强国生！一个民族，一个国家，仅有经济上的富裕是不够的，还要有政治的进步和军事的强大，否则就是有膘的羔羊，必遭宰割。

从那拉氏开始，一直到袁世凯段祺瑞、张作霖，无一不是历史罪人。今日之蒋先生，你又如何？除了限共防共，搞专制搞一言堂搞家天下，你还能做什么？

11

八路军奇袭卢沟桥的照片很快见报，白乙化从中看到了抗联队员们的风采。那组照片拍得很震撼，王亢的机枪手趴在船头，面色红润，表情坚毅，眼睛炯炯有神；大刀队的一名队员高举大刀，正砍向一个从地上要站起来的鬼子——那名队员因为上了报纸，大家都知道了他的名字：周宝；白乙化自己抬手打枪的瞬间也被定格，看上去英气逼人。

那张《抗敌报》（一年后改名为《晋察冀日报》）被抗联队员们传来传去，很快就变得脏兮兮的，还出现了许多褶皱。白乙化看着报纸特别高兴。这是他第一次上报纸，而且是头版头条。挺进军司令部给了他两份报纸。他小心翼翼把其中一份藏了起来。萧克司令员一口气跟他讲了三个满意：抗联完成任务，我满意；你们伤亡很小，我满意；这次抗战宣传非常成功，引起世界瞩目，我更满意。

白乙化看司令员这么高兴，自己颇有成就感。

从挺进军司令部回来的路上，他突然想起李大山，想起另外八名牺牲的战士。他跟曹福增商量，要为他们开一次追悼会。

12

三天后，追悼会在斋堂最大的场院举行。天空阴沉沉的，但雨始终没有下起来。白乙化很伤心，但他控制住自己，没让泪水流下来。曹福增、赵光路哭了。许多人都哭了。哭声中有一个很耳熟，好像是李大山的。白乙化知道是自己出现了幻觉。

张大妮没哭。曹福增注意到了这一点。

“大妮竟然一滴眼泪都没流。”追悼会结束，曹福增小声对白乙化说。

“她不是没哭，只是没流眼泪而已。这叫欲哭无泪，是更大的悲伤。”白乙化说。

曹福增“哦”了一声，微微点头，仿佛领悟了那个词的意思。他心里并不这么看。他觉得一个女人如果思念丈夫，是不可能不哭的。他没有这方面的经验，仅仅是主观猜度。他想，如果将来自己死了，朱贵枝会不会哭呢？这么一想，他突然想念妻子了。

这时，张大妮走过来，向白乙化提出要给李大山堆一个坟，埋下他的衣服和帽子，白乙化答应了。他让曹福增协助去办。曹福增带领两个战士来到场院附近一个坡地，挖了个小坑——坑有两尺见方，一尺深——大妮把一件衣服和一顶帽子放在坑里。当一个隆起的坟包出现在眼前，张大妮“扑通”跪在地上，失声痛哭。她哭得突然，哭得伤心，哭得响亮，跟追悼会上冷若冰霜的她判若两人。她泣不成声，泪如雨下。后来，曹福增和战士们要扶她起来，她挣脱了，说要独自待一会儿。

曹福增和战士们离开以后，张大妮不再跪着，而是盘腿坐在地上。

她沉默良久，嘴唇突然抽搐了一下，然后低声嘟哝起来。她要和李大山说说话。大山，你咋能先走呢？咱不是说过嘛，要走也是我先走。你说话不算话啊！你个混蛋！……大山，这次你是好样的，儿子也会为你高兴的……说起失踪的儿子，我心里好难受——你答应过我，等抗战结束了，咱们要再生一个儿子的——丢的儿子如果活着，应该有十四岁了……

13

曹福增回村里路上，总想起张大妮刚才的哭声。他觉得自己冤枉她了。他在心里感慨，女人也不容易，有时候比男人更难。他想到了二梅。他听说二梅开始梦游了。他停住脚步，继而向白乙化住的房子走去。

"李大山一走，张大妮又是一个二梅。"曹福增一进屋，就向白乙化发感慨。

"不知道二梅最近怎么样？"

"倒是能睡着了，但听说开始梦游了。"

"梦游？"白乙化的眼睛睁得老大。他端在手上的搪瓷缸子晃了晃，脸上有些茫然。继而，他觉得，队伍里应该有一个负责女性工作的组织。

"挺进军那边有妇女工作部。"当他说出这个想法后，曹福增提醒道。

"好，就叫妇女工作部。就像宣传部、作战部、组织部，对，妇女工作部，简称妇工部。"白乙化喜出望外。

妇工部成立的那天下午，白乙化把张大妮叫到一旁，"大妮，你是妇工部主任了，要把这方面工作担起来，大胆工作。"

张大妮点了点头。

“你要从大山的牺牲中尽快走出来，我相信你。”

“你相信我？”张大妮问。

“对，相信你。你是坚强的。你比那个二梅强。”

“我比她强？我怎么理解这句话？”

“随你怎么理解，我没有别的意思。我只是说你比她坚强。你比她经历的事情多，坎坷也多，你更有经验，更成熟些。”

“更有经验？”张大妮很敏感。她低着头暗自揣度，我怎么就有经验了？怎样才算有经验？是说我经过的男人多吗？难道日本人也算吗？他们不是人，是畜生啊！

“你看，我可能用词不当。”白乙化突然发现自己并不善于跟女人说话，“我的意思是，跟你比起来，她更软弱些、脆弱些，对，更脆弱些。”他发现自己开始咬文嚼字起来。虽然他喜欢文字，但是一向讨厌咬文嚼字。

“要我做什么？”大妮抬起头问。

“除了刚才说到的那些职能，你得帮帮二梅。让她从失去郭顺的阴影中走出来。”

“怎么帮呢？”大妮低头思忖。

“我也不知道。这是你的事情。你们女人之间，也许更能说得明白些。这是部队给你的任务。二梅必须好起来，因为她是卫生员，队里的伤病员有二十多个呢，而且随时还有可能增加。”

张大妮答应搬过去跟二梅一起住，“给她壮壮胆，让她睡好觉，养足精神，白天更好地为伤员服务。”虽然还不知道怎么帮二梅，但是张大妮深信，自己会最早懂得她的心的，会有办法的。

“其实，我也只比她大两岁，”临走时，张大妮苦笑了一下，“我也刚刚死了丈夫。”

这句话让白乙化心里很不是滋味。

14

一天晚上，白乙化和赵光路在村里踱步，他向他问起那件事。白乙化要看看他的态度。他给赵光路提亲已经有些日子了，但不知道他考虑得怎么样。以后有了妇女工作部，也许就不用我管了。他想。但是，当他跟赵光路说明情况，他却拒绝了。

“为什么？”白乙化问。

“郭顺兄弟走了刚刚一年，现在让我……娶他媳妇，这多不合适！”赵光路的脸上闪过一丝羞怯，好像做了什么见不得人的事情。

“你以前可不是这么说的！”

“以前是随便说说，我没想到你要动真格的！”赵光路认为，有些事情说一说可以，但是当这件事真正来到你面前的时候，你会重新考虑，甚至会从相反的角度考虑问题。

“看不上结过婚的？”

“那倒不是。”

“二梅有孩子？”

“也不是。”

“那为什么？”

“就是我刚才说的那个原因。”

“我不信。这不是你的脾气。”白乙化皱了皱眉。

“信不信由你。反正我的态度亮明了，就这！”赵光路左边空空的袖筒被夜风吹了起来，像有只兔子在里面起舞。

白乙化犹豫了一下，还是决定把事情说透，“可是她喜欢你，她愿意嫁给你。”

“喜欢我？”赵光路有点不相信，“为什么喜欢我？”

“作战勇敢，爱读书，有主见。”

赵光路笑了，“这是你说的，不像一个卫生员说的话。”

白乙化笑了笑。赵光路不想跟他较真儿，换了个角度说：“我克死过三个女人，队伍里许多人都知道，大家都认为我是克星，谁乐意啊?！她乐意我还不乐意呢！我不能再造孽啦！”

“你这是托词！封建迷信！”白乙化有些生气。

15

这天晚上，白乙化特别烦躁。他失眠了。他不喜欢也不擅长处理男女之事，这让他很分神，无法集中精力谋划战斗。他有许多事情要做。他在考虑跟挺进军的融合问题，考虑房山那边的问题。司令员交代的一些工作他还没有落实。他的一篇关于鲁迅的稿子已经打好腹稿，至今没有动笔。他好久没有写字了，毛笔的狼毫已经发干发硬。他连想家的工夫都没有。实际上他是想的。想脉脉含情的妻子，想咿呀学语的女儿。这天后半夜，他睡着了，做了一个梦，梦到女儿摔了一跤，摔得头破血流。他一着急，醒了，发现自己嗓子有点儿疼，起来喝了口水，重新回到炕上。

睡着之后还是梦，这回梦到了芥川一郎。

芥川同他促膝而坐，两个人下棋。旁边有一个日本女人在倒茶。白乙化身后站着两个人，一个是郭顺，一个是洪道生。

他和芥川一边对弈，一边交谈。

“如果我们和解，我们宣布停战，退回日本去，战争会不会结束？”

“当然会。”

“你们会不会打到日本？”

“会，我们乘胜追击，直捣黄龙，灭了你们大和民族！”

芥川手上悬在半空的棋子突然跌落。他的样子很紧张，紧张得令白乙化和身后的人哈哈大笑。

芥川的目光从三个中国人的脸上游移开来。他身后的女人长着一张白花花的脸，看上去像鬼似的。她向白乙化吐了吐舌头，白乙化吓了一跳。洪道生给了她一枪，但是她没死。她瞪着洪道生，继续站在芥川身后。

“芥川，刚才是我逗你呢！实话跟你说吧，我们中国人，比你们日本人强多了。你们学我们的文化，只学了个皮毛，你们的儒家学说变味了，失效了，所以控制不住军国主义。”白乙化对他说，“如果你们现在撤走，我们立刻停战，不杀你们一个俘虏。我们要让全世界都知道，我们中国人是热爱和平的。浪子回头金不换，芥川，赶紧起草停战协定吧。”

芥川一郎立刻起身，奔书房而去。那个日本女人掏出手枪，冲着他的后背就是一枪。然后又掉转枪口，对着白乙化和洪道生、郭顺一通乱射，结果，洪道生和郭顺倒在血泊中，白乙化腿部中弹，怎么也迈不动脚步。鲜血从白乙化的大腿汩汩流出，很快，他发觉自己很虚弱，气息奄奄。这时，鲁迅先生出现了，他走到自己跟前，严厉地瞪着自己，说了一句鄙夷的话，转身离开。日本女人走过来，用枪指着自己的额头……

白乙化从梦里醒来时浑身是汗。

“妈的，什么鸟梦?!”他骂道。

翻了两次身，再也无法入睡，他干脆披起夹袄，在屋地上踱起步来，“如果日本停战，我们怎么办？”他想到了梦境里遇到的问题。

“什么叫‘和解’？什么叫‘停战’？必须‘投降’！”白乙化自言自语，突然骂了一句，“个兔小子，死了还跟我玩文字游戏！”

他不知道梦里为什么会出现鲁迅先生。

难道是日本投降，我们宽容，他不满意吗？他要我们“痛打落水狗”吗？白乙化一时想不通。

16

这天晚上，赵光路也失眠了，二梅的模样老在他眼前晃动。他有点恨自己。明明拒绝了白司令的美意，晚上却想到了人家介绍的女人。这叫啥事？这叫啥人？

赵光路从炕上坐起来，看了看熟睡的曹福增，悄悄拿起枕头旁边的水壶，拧开盖子，把水壶嘴儿送到嘴边，一仰脖，喝下了二两高粱酒。很快他就睡着了，而且鼾声四起。

曹福增被他的鼾声吵醒了，他暗自抗议了一句，刚要伸手去捅他的肩膀，却发现赵光路直挺挺地坐起来了，他一惊，后背好像钻进一股凉气。

曹福增眼睁睁看着赵光路抱起枕头大的收音机，大摇大摆地走出房间。光路好久没有梦游了，这是怎么了？他一边想，一边起身穿衣服，跟了出去。

赵光路抱着收音机来到营房附近的一个丘梁上，坐在一块高五六米的大石头上。两分钟后，他打开收音机，开始听广播。收音机里发出嗞嗞啦啦的声音。这么晚了，王笑笑也该回去睡觉了，你听什么听呀?!曹福增站在远处自顾自说。他知道他无法听到自己的话。

赵光路坐在大石头上，不断扭动收音机上的按钮，机器里仍然发出嗞嗞啦啦的声音。他气愤地做了一个举起收音机要扔下丘梁的动作，可在即将扔出的瞬间又停止了。他环顾四周，发现大石头依靠在一棵大槐树下，他像孩子似的突然一笑——把曹福增又吓了一跳——他发现最近的一团树枝上挂着一根铁丝，于是把收音机放到石头上，自己走过去，伸手把铁丝拽了下来。他重新坐在石头上，抱起收音机，放在双腿上，抽出收音机的天线，用铁丝接住天线的上端，又捋直铁丝，开始旋转起调制节目的按钮……不久，一种奇怪的语言从收音机里传出来。

曹福增站在十几米外，听到了这种奇怪的语言。收音机里说话的人是个女的，说出的话像是卷着舌头发出的，净拐弯，像是吃着麻花说出来的，他一句也听不懂。但是，这个人的声音，听上去非常耳熟。他仔细听了一阵子，他发现那声音跟妻子朱贵枝的一模一样。

赵光路抱着收音机倾听的样子很陶醉，时而聚精会神，时而顽皮大笑，神态像个聪明而调皮的小学生。

你能听懂那鸟语？还手舞足蹈的！曹福增轻轻骂了一句。真是见鬼了！他突然怀疑起眼前的一切，是在现实里还是在梦中？他晃了晃脑袋，又掐了掐胳膊。

赵光路竟然跟着收音机里说起了鸟语。

曹福增第一次被梦游的赵光路吓住了，他撒腿向营房跑去。

17

当曹福增把赵光路梦游的情形告诉司令时，白乙化非常生气，他要把赵光路叫来，当场对质。曹福增试图阻拦他，但是没有成功。赵光路被警卫员很快叫来了。

“听说你又梦游了？”白乙化压制着心中的无名火。

“没有啊！”赵光路的神情很无辜。

“听说你夜里不睡觉，抱着收音机爬到丘梁上听‘外台’？”

“‘外台’？什么外台？”

“外国电台。里面说鸟语，中国人根本听不清。”曹福增说。

“鸟语？说鸟语？嘿，真有你的，曹福增，你咋想出来的?！咋这么能编呢？最近咱俩没仇啊！”

“严肃点儿，跟你说正经的呢！咱们是共产党八路军的队伍，不兴装神弄鬼！”白乙化沉着脸说。

“谁装神弄鬼啦？没有的事啊！谁说的？谁又在造我的谣？哎，曹福增——”

“没错，就是我说的。当时，我跟在你身后，我不知道你梦游还是在撒呓挣！”

“你才撒呓挣呢！”

“昨天晚上我就在附近看着你，收音机里发出嗞嗞啦啦的声音，后来你从树上揪下根铁丝，跟收音机里的天线接在一起，收音机里的鸟语就出来啦！就不再嗞嗞啦啦了，而是喊喊喳喳啦！那肯定是‘敌台’！”

“胡说！胡说八道！”

“而且你还跟着收音机说起了鸟语！”

“放屁！曹福增，你这是人身攻击，是诽谤，是别有用心！我哪得罪了你？你这么诬陷我糟践我！”

“你梦游也不是一天两天了，以前我没跟乙化说过，今天话说到了这个份儿上，我就竹筒倒豆子，一颗也不留了。以前在北平在东胜在山西在这一路上你就没少梦游，你上树上房骑墙浮水爬丘梁，你跟乙化爷爷说话跟宋美龄说话你睡女房东你读报纸听外台，你以为你的行为正常呢？如果不是撒呓挣不是装神弄鬼，就是你日有所思夜有所梦，就是你精神世界不干净不纯粹不高尚还没有脱离低级趣味，说明你党性不够强革命意志不够坚定……”

“狗屁！我又不是党员，你管我党性强不强呢！”赵光路打断曹福增。

白乙化突然觉得头有点儿疼。

第五章

1

1939 年世界形势急转直下，3 月份德军占领捷克斯洛伐克，4 月份意大利入侵阿尔巴尼亚，5 月份日本对所谓“蒙古国”宣战。5 月下旬，德意法西斯签订战略同盟协定。9 月 1 日，德国进攻波兰，两天后英、法对德宣战。在德意日战争机器的隆隆作响中，各国人民反抗法西斯的呼声也响彻云霄。

这一年国内形势波谲云诡，国民党不辞辛苦，在三条战线上与三个对手展开斗争——第一个是“明战”，对侵华日军；第二个是“暗战”，对共产党军队；第三个是“口水战”，在政治战场上对汪伪政府。白乙化关注国内国际形势，把一些重要历史事件写在本子上，成为他分析抗战形势、制定作战部署的参考依据。从这些大事中，白乙化明白了一个道理——虽然国共在名义上合作，共同抗日，但国民党从骨子里仍然防着共产党，怕它强大起来。八路军无法从第二战区得到补给，阎锡山像个铁公鸡。华北抗联的日子也不好过。白乙化打定主意，应该自己动手，丰衣足食。卢沟桥战斗后，他率领队伍连续出击房山，在下马岭、公主坟、赵家台、王平村多次袭击日军，队伍扩大到两千人，武器弹药也补充了不少。

一进秋天，白乙化就开始考虑过冬问题。战士们要有棉衣，否则不等鬼子扫荡，自己就先冻伤冻病一大片。这个问题在汉奸王凤来那儿得到了解决。

那次华北抗联在公主坟遭到日军包围，费了很大周折才得以脱险。突围时白乙化中枪。子弹飞向他胸口偏左的地方，但是兜里的书把子弹挡住了。书被打透了一半。书是周氏兄弟合译的《日本现代小说集》。这本书是芥川一郎送给他的。他为自己的安全感到庆幸，也为书籍的破坏感到惋惜。

突围不久，抗联遭遇房山汉奸王凤来五百余人的阻击，使队伍受到一些损失。这个狗日的，曹福增说，必须教训他一下。白乙化点了点头。曹福增近来偶尔又说起粗话，白乙化没太计较他。

两天后，白乙化带人去抄王凤来的家，不料王凤来提前得知消息，溜了。白乙化给他留下一张条子："五天之内，赔偿抗日联军损失，否则取尔人头。"他在纸条上署下"小白龙"名字。

两天后，王凤来回到家里，一见这张条子立刻蔫了，一连三天不吃不喝不睡觉。第四天，托人送信给白乙化，央求道——"小白龙，你要什么都可以，只是你要人命我赔不起。"白乙化回信说："那我降低条件，不让你赔人命，但你必须给我找来两千件棉衣，否则让你人头搬家！"王凤来不敢有半点犹豫，立刻答应。十天后，他派人给抗联送来一千件棉衣；又五天后，送来了另外一千件。

2

朱贵枝 9 月初写给白乙化和曹福增的信，10 月中旬才到达平西。她的愤怒源自《苏德互不侵犯条约》。她在信里说，8 月下旬，两国外交部长在条约上签字后，苏联对德政策立刻发生转向——《真理报》社论停止对希特勒和纳粹主义的谴责，影院不再上映反德影片，街上甚至挂起了斯大林和希特勒的头像。

“作为一名共产主义者，我无法理解这一切；作为克里姆林宫的秘书，我无法理解斯大林的行为。”她在信中说，“与德国和解是他与莫洛托夫商量之后做出的个人决定。外交人民委员会事先没有得到通知，也没有获得准备事件简报的指令。除了莫洛托夫，政治局的外交决策集体，包括马林科夫、贝利亚、米高扬等人，对这件事一无所知。”

朱贵枝在信的结尾说：“我对苏联有些失望，对斯大林同志有些失望，对国际反法西斯形势有些失望。我想回国。”

3

秋末冬初，华北抗联已经在平西站住脚，按照曹福增的说法，“已经成为一支威震敌胆的抗日雄兵”。曹福增在政治上的成熟和语言运用上的娴熟令人惊讶。是的，挺进军领导多次表扬抗联，白乙化深得萧克司令员器重，晋察冀边区的报纸对他们反复宣传。他本人也家喻户晓，仿佛成了根据地守护神的代名词。白乙化就是英雄，英雄就是白乙化。当地人已经在二者间画上等号。他有意识地拒绝着外界对他的称颂，但是上级和下级不依不饶，并且在他的谦虚中找到了新的美德。在平西，人们有的叫他白司令，有的叫他老白，他们这么称呼他，心里充满钦佩、爱戴和亲切。

有一个抗战诗人，名字叫田间，曾创作诗歌赞美他，题目叫《林中之战——题白乙化司令》。诗虽直白，但是在平西流传甚广，妇孺皆知。王亢在军民联欢会上背诵过，曹福增在庆功会上用奉天大鼓演唱过。对此，白乙化是欣慰的，喜悦的，他的笑容是诚实的，发自内心的。

后来一段时间，大家的赞美声越来越多，让他在自豪的同时，也多了几分责任感。为此他感到肩上沉甸甸的。

曹福增在排以上干部大会上说："白司令就是我们华北抗联的主心骨，就是我们的顶梁柱，是我们的当家人！"

台下掌声一片。白乙化面带微笑，心里暖暖的。

曹福增在抗联党委成立大会上说："白司令是我们华北抗联的魂，是八路军的杰出代表，是中国军人的楷模！"

台下掌声雷动。白乙化感觉神清气爽，就像在早晨练过武术后，一股浩然之气收至丹田，一种无所畏惧舍我其谁的劲头滚动胸间。

散会后，赵光路走到白乙化跟前，小声说："乙化，你不该接受太多的赞美！"

白乙化一怔，望着赵光路远去的背影，恍然大悟。当晚，他在日记中提醒自己，绝不能跌入歌颂的陷阱。

4

夜里，赵光路走到一棵百年老树前，他独臂攀着树干，准备凭借过人的臂力和双腿间的娴熟配合爬上树干，但是没有成功。又试了两次，还是没有成功。他嘿嘿笑着，眼睛里却淌出泪水。出来时，他没有找到收音机——曹福增把它更换了位置，从板柜上挪到了板柜里——他脸上挂着无奈和悲伤，悻悻地走出院落，走到老槐树前。此刻，赵光路没能上树，只好蹲下身子，坐在了树下。他闭上了眼睛。

远处，曹福增睁大眼睛，凝视着他。

赵光路看见宋美龄款款走来，立刻站起来，向她敬礼。曹福增不知道赵光路在干什么，他竟然朝他站的方向敬了个礼。宋美龄示意赵光路坐下，赵光路脸上闪过一丝羞赧，然后坐下了。

可是坐下没有一分钟，他突然又站起来了，弓着身体大声问："您怎么一个人？"把曹福增吓了一跳。

"蒋先生在写日记呢。"她说。

她告诉他，蒋先生每天都写日记，经常在日记里反省自己，检点错误。

早上醒来后，曹福增问他："光路，昨晚做啥梦啦？"

"宋美龄告诉我，蒋介石经常写日记，反省自己的错误。新鲜！"

5

后半夜曹福增也做梦了。妻子朱贵枝告诉他，《苏德互不侵犯条约》由两部分组成，一部分是公开的，另一部分是秘密的。公开部分明确规定，双方保证不单独或联合其他国家采取武力行为；如果一方与其他国家进入战争状态，另一方不允许对交战的敌方提供援助。

"可是，协议的秘密部分更加重要，苏德划分了两国在东欧的'利益范围'，德国从它的东部边界至拉脱维亚拥有完全行动的自由。两国还划分了各自在波兰的利益范围。你知道吗，这完全表明，希特勒和斯大林都想占领他们的'势力范围'，并把它们变成自己的政治附庸。"

曹福增不解地摇摇头。

"我对斯大林同志之所以失望，是因为他对德国奉行绥靖政策，这在本质上意味着，他完全超越了纳粹是世界共产主义运动的最大敌人这一意识形态，而他竟然忘了，在过去的两年中，希特勒把德国庞大的共产党组织全部消灭，几乎连根拔掉。”

“他倒没有让信仰差异束缚住手脚。”曹福增在梦里揶揄道，“投机！这不是投机吗？”

朱贵枝失望地摇了摇头。她哭着投进丈夫的怀抱。

6

赵光路端坐凳上，侧耳听着收音机里长沙会战的消息。这次不是梦游。时间不是黑夜，地点不是丘梁，而是大白天在他的屋子里。王笑笑的声音不复存在。另一个女人的声音取代了她。这个声音并不清脆，但是沉稳有力，好像是一个青年男子发出的声音。当然，这对他没有什么意义。

长沙会战历时一个月，给十万来犯之敌以迎头痛击，粉碎了日军企图歼灭第九战区主力的企图。收音机里还说，长沙会战使日军伤亡四万人，引起了国际社会的高度关注。

赵光路感叹说：“鬼子六个师团，一百多架飞机，三百多舰船，竟然没能拿下长沙！国军威武！薛岳威武！”

曹福增不屑一顾，“国民党把牛皮都吹到天上了！你也信？”

“应该不会错。”

“夜里听敌台，你说是梦游，可这大白天的听国民党电台，光路，这你怎么解释?！”

“收音机是乙化的，电台是政府的，没一样是我造的。想告发我，随你便！”

7

长沙会战的消息在队伍里悄悄流传，大部分战士为中国军队的胜利高兴。另一个说法也同时在队伍里蔓延，那就是收音机里的消息并不准确，长沙会战国军没有取得胜利，日本人并不想占领长沙。曹福增坚持认为国民党是在做虚假宣传。赵光路对曹福增的怀疑不屑一顾，他认为他的共产党员身份束缚了他，在他的心上蒙了一层油，使他不能做出正确判断。由于说法不一，队伍里一时谣言四起，人心惶惶。

白乙化不能容忍出现这种情况。他找来近期的《抗敌报》，然而报上没有对长沙会战作任何报道。他找到挺进军司令部核实消息，得到的回答是：长沙会战重创日军，打出了中国军威，但是国军也付出了巨大代价。他立刻明白，国军阵亡人数一定在日军之上。他就此得出一个判断：即便如此，长沙会战仍然可以看作是中国军队在抗日战场上的一次重要胜利。

随行的王亢也这么认为。

白乙化及时召开抗联干部会议，他说："现在是国共合作的特殊时期，也是抗战的关键时期，长沙会战是一次胜利，作为中国人，我们应当为之高兴，应当为之振奋，同时，我们也为阵亡的军人感到悲痛，这是毫无疑问的。我们不避讳谈论国民党军队取得的胜利，因为我们共产党人的胸襟是无私的，宽阔的，除了民族解放，追求独立自由民主，我们没有自己特殊的利益。"

会上，曹福增一言不发，散会后，他在往外走时拽了拽赵光路的袖口，用开玩笑的口吻说："我们共产党人胸襟宽阔，不跟你们一般见识！"

曹福增本来是半开玩笑，要给自己一个台阶下，不料赵光路认真了，毫不示弱地说："我们党外人士也胸襟宽阔，还不跟你这共产党员一般见识呢！"

一句话不合，两人又吵了起来。白乙化让王亢等人先走了，屋子里只剩下他们三人。他语重心长地劝慰他们，但是两个人好像都不服气，不断指责对方，最后竟然给对方扣上一顶帽子，一个说对方是右倾投降主义，一个说对方是左倾幼稚病。

白乙化生气了，他狠狠拍了一下桌子，骂了句脏话，两个人方才住嘴。即使如此，他仍然在气头上，他让赵光路把收音机还回来。

不一会儿，赵光路抱着收音机来到白乙化屋里，白乙化接过收音机，举过头顶，狠狠摔在地上。

8

当天晚上，曹福增没有做梦，赵光路也没有梦游，他们久久无法入眠。他们感到内疚。乙化把收音机摔了，看来是动真气了——要知道，那是王笑笑送给他的礼物，他一直带在身边的啊！——他们觉得对不起他，不该因为在长沙会战看法上的分歧惹恼他，这样不值得。实在不值得。

但是，两个人并没有说话，他们有意无意地把后背甩给了对方。

白乙化失眠了，他对白天的行为有点内疚。"不该发那么大的火，更不该摔收音机，"他在日记里写道，"就算是珍视团结，就算收音机是自己财产，那也不应该啊！"

是的，那年月能有个收音机，不易啊！

9

白乙化和赵光路经常在一起讨论民族问题，讨论民主与共和问题（包括国共合作问题），讨论社会主义和共产主义问题。跟以前相比，赵光路不再对“主义”不屑一顾，相反，他开始对这类问题发生兴趣，甚至主动找到白乙化发起讨论。他开始朦胧地认为，共产主义不是乌托邦，是一种远大理想，有理论和现实上的存在可能性。当然，他也知道，实现它是很难的，是需要一个相当漫长的过程的。不过，转变归转变，谈到加入共产党，赵光路还是轻轻摇头，常用三个字答复白乙化——

“不着急，不着急！”

有赵光路这种思想转变的人不在少数，只是有的人渴望加入党组织，并没有立刻获得批准；有的尚未考虑成熟，但由于工作需要，党主动向他们张开了怀抱。无论如何，党在抗联的影响不断扩大，各项工作也更加扎实、生动起来。白乙化感到欣慰。

华北抗联战士的军事素养也大大提高，联系群众发动群众的本领也逐渐增强，在锄奸、抗击日伪方面取得了诸多战果。抗联的官兵们感到由衷的自豪。

1939 年年底，根据中共冀热察区党委、冀热察挺进军司令部的决定，华北人民抗日联军被编为八路军冀热察挺进军第十团，白乙化任团长，曹福增和赵光路为副团长，吴澜为政治部主任，才山为参谋长。王亢为一营营长，翟飞是三营营长。

10

今天，十团成立了。这是华北抗联的一件大事。

成立大会由福增主持，挺进军司令部代表出席了大会。我按照程序，作了一次动员讲话。我对自己的讲话比较满意。福增总结时说了一番话，使我更加满意，但是这满意只持续了五分钟。

福增说："刚才，白团长发表了重要讲话，它热情洋溢，催人奋进，感人至深。我想，不仅我有这种感觉，十团的战士们都有这种感觉。让我们对白团长的精彩讲话，致以最热烈和最真诚的掌声！"

福增越来越会说话了。

掌声停下后，他继续说："从今天起，我们就是八路军正规部队了。所有干部和士兵，都应该以此为起点，以此为光荣，严格要求自己，严肃政治纪律，加强文化学习，苦练杀敌本领，在抗日战场上勇敢向前，势不可挡，取得更辉煌的战果，赢得更伟大的胜利！"

福增动员能力也更强了。

福增说："我们从华北抗联改为十团，不是队伍小了，而是大了。白司令改为白团长，官不是小了，而是大了。在我们十团，团长就是我们的司令，就是我们的领导中心。"

福增还会拍马屁了，我想制止他，但是没有机会，他的语速很快。

"我们要坚决服从这个中心，自觉维护团长的中心地位，因为我们团长有文化，会武功，可以说文韬武略、智勇双全，加上他党性强，理想信念坚定，意志品质顽强，军事指挥能力出众，他当之无愧是我们的当家人，是我们的旗手，是我们的导师！”

福增的话令我身上发热。这些词汇我不喜欢，但是很新鲜，坦率说也很受用。不过，我突然意识到他这是在搞个人崇拜。可我不能当众打断他。他是副团长。我有些着急，不耐烦，左顾右盼时发现赵光路正在看我，目光里有审视的意味。我想起他以前的提醒。

那边，曹福增意犹未尽，他甚至打起了手势，“所以，在我们十团，只有一个中心，我们练兵打仗都要围绕中心，不利于团结的事不做，不利于团结的话不说，想也不行，梦话也不行……”

“好啦，曹福增，你在这儿过嘴瘾哪？不要扯远了！”我实在忍无可忍，当众阻止了他。

“啊，我也是高兴，就多说了几句。”曹福增不好意思地笑了笑，“好啦，同志们，我不多讲啦！总之，我们要团结团结再团结，练兵练兵再练兵，听党的话，听团长指挥，早日把鬼子赶出中国，赢得抗日战争的伟大胜利！”

我不喜欢福增用那些“大词儿”说话，虽然说的内容不错。我觉得我表明了态度。我的清醒拯救了我。我庆幸自己还有这份清醒。

11

张大妮出任妇工部主任后，做了大量工作。这一点官兵们有目共睹。最近，她要把二梅介绍给周宝，这个想法得到了团长的肯定。曹福增保留意见。赵光路和才山表示同意。可是，当张大妮向周宝说明情况时，周宝吓得面如土色，“扑通”一下跪倒在地，“求求你，张主任，我不敢，我真的不敢！”

“为什么？”张大妮问。

周宝唯唯诺诺，不敢直说。张大妮一再追问，他才哆哆嗦嗦地说道：“郭顺是我师父，我是郭顺徒弟！我断然不敢娶师娘！”

“他比你只大一岁，什么师父徒弟的？你们怎么成了师徒关系？”

“我刚到队伍时，分在师父那个小队，是师父教我打枪教我习字的。一日为师，终身为父。我不能娶师母，这是大逆不道啊！”周宝一口一个师父，他的娃娃脸因为紧张而泛红，额头浮起几粒汗珠儿。

张大妮不知所措，把情况直接汇报给团长。

“郭顺是周宝师父？我怎么不知道！”白乙化感觉很奇怪，继而有些生气，“要这么说，我还教那么多人打过枪识过字呢，我也是师父？我有那么多徒弟？这是革命队伍，又不是旧社会的帮会，哪有那么多破规矩？！周宝在哪儿，把他给我叫过来。”

张大妮把周宝叫过来，周宝吓了一跳，他没想到团长会亲自召见一个士兵。

“卢沟桥那仗，你小子好样的，一口气干掉了三个鬼子，还上了报纸，出了名！”白乙化压制着无名火，“听说，张主任要给你介绍个对象，你倒不乐意，怎么回事？骄傲自满啦？自我膨胀啦？”

“不是！不是！”周宝又要跪下，被白乙化喝止。他急得抓耳挠腮，脸上十分窘迫，跟那个卢沟桥上奋勇杀敌的周宝判若两人。

“郭顺教你打枪，不能就算是你师父！哦，顶多算是师傅！就像拉车师傅，做饭师傅，师傅是服务人的，不是高人一等作威作福的！”

周宝被团长的话说得有些糊涂。师父和师傅，有什么区别嘛！

白乙化知道周宝识字不多，赶忙换了一种说法，“咱们是革命队伍，大家都是平等的。爱国不论早晚，抗日不分先后，八路军里讲究官兵平等，这你是知道的！”

周宝嘴上说“知道”，心里有所顾忌，这从他稚嫩的脸上就能看出来。

“所以，什么师徒关系，那是不存在的！二梅同志是卫生员，工作认真，积极肯干，模样又好，只要你不嫌弃她结过婚，郭顺那边你不必考虑！”

周宝再次“扑通”跪下。

“求你了，团长，千万不要让我娶二梅同志，千万不要！我求你了团长！”

“你怕别人打黑枪？”白乙化走到周宝跟前，伸手去扶他，希望他从地上站起来。

“不是怕打黑枪。”周宝躲开团长的手，竟然提起条件，“只要不让我娶二梅，我就起来。”

白乙化突然有点蒙，出来打仗这么多年，还没人跟我这么说话！这小子，还真有点倔劲儿。

“想跪你就跪着吧！”白乙化索性不理他，在屋里踱起步来。

“我死也不起来。死也不娶二梅。”周宝噘着嘴。

“二梅那么差？还‘死也不娶二梅’！”

周宝说不出什么，反正就是不起来。

“那你说说，为什么不娶二梅？说了就放你回去。”

周宝默不作声。

“说！这个你必须说清楚！”白乙化大喝一声。

周宝吓了一跳，感觉很委屈，“呜呜”哭了起来。他断断续续地告诉白乙化，郭顺临死前叮嘱他，二梅要是改嫁，让他打死她，而他也答应了“师父的嘱托”。

“狗日的郭顺！啥玩意儿呀！”白乙化双手叉在腰间，停止走动，心里闷闷地好像竖起了一堵墙，“他以为他是天皇老子呢？死了还要嫔妃陪葬！我的同志啊！这真是……真是……见鬼了！”

白乙化重新在屋里走起来，快步走了几个来回，突然停住，低头问跪在地上的周宝，“怎么着？如果二梅真要嫁人，你还真要杀了她？”

“杀了她不敢！但是让我娶她，我更不敢！杀鬼子我不怕，给我啥任务都成，就是别让我娶她！”

周宝委屈的样子把张大妮逗乐了。她给白乙化使了个眼色，让周宝先回去了。

12

不久，周宝那句话——“死也不娶二梅”——很快就在队伍里传开了，成了一个笑话。这个笑话被二梅在一个偶然的机会听到了，她半信半疑，向张大妮求证，张大妮矢口否认。

二梅的梦游症仍然不见好转。只要是夜里，她要么失眠，要么就梦游。夜里失眠的时候，白天就能睡上几个小时，但即便是在白天，她也偶尔会发生梦游的情况。有人说她得了癔病，有人说她想男人想疯了。张大妮知道，这些说法都是靠不住的。她非常同情她，知道她整夜整夜的失眠是无比痛苦的，而且如果郭顺真的托梦给她，天天在梦里纠缠她，给她心理上制造压力，她怎么能够承受得了呢？虽然她已是一个孩子的母亲，但毕竟只有二十三岁！

“如果我是男的，就干脆娶了你。”张大妮跟她开玩笑。

“好呀！好呀！”二梅一听，像小孩子似的拍起了手掌。

张大妮知道，二梅的病越来越厉害了。

13

三天后的一个晌午，二梅在炕上睡觉，屋子里回响着她轻轻的鼾声。张大妮出去办事儿，屋子里只剩下她一个人。除了她的鼾声，屋里再也没有别的声音。鼾声由弱到强，又由强到弱，一只花猫静静地趴在窗台上，眼睛时闭时睁，在鼾声中打起盹来。时间在那一刻显得缓慢而阴险。突然，二梅一个惊醒，“噌”地从炕上坐起来，把花猫吓了一跳。她愣怔片刻，睁开惺忪睡眼，伸了伸懒腰，从炕上站起来，身上一丝不挂，身体站得笔直。她望了望窗外，神情发生了一点微妙的变化，然后猫腰蹲下，坐在炕沿上。她愣怔了一分钟，继而站起来，裸身站到屋地上，没有愣怔也没有穿鞋，迈开步走出屋门。花猫失去睡意，它跟在二梅身后，走向街头。

二梅疯了。她走在街巷上，走到河边，经过田垄，走到场院的时候，赶上正在组织训练的曹福增。年轻的战士们正在练拼刺，一抬头突然发现一个裸体女人，瞳孔放大了，动作也都僵在那儿了。疯女人看见了年轻的战士，伸出双臂“啊呀啊”地叫着，扭秧歌似的朝这边跑来。战士们的眼都直了，他们当中的一部分人收回目光，但马上又重新送了过去，而另一部分人的目光压根儿就没离开过她。

曹福增喊了声：“列队！”战士们立刻听从口令，做出相应的动作。

但是，疯女人的脚步加快了，距离这边也更近了，还“啊呀啊、啊呀啊”地叫着。战士们已经列队完毕。曹福增喊：“立正，向前看！”

战士们向前看后，又纷纷侧头，目光齐刷刷投向疯女人，就好像曹福增喊了“向右看齐”。曹福增再喊口令，但是他的声音就像一根被风刮上天的羽毛，轻而又轻，谁也注意不到了。

“我有男人啦！”裸体女人喊。战士们发现，这个女人真白。

“我有男人啦！大妮就是我男人！”疯女人说出疯话。

人群中响起哄笑声。

曹福增气得脸上发紫，嘴唇发抖，他快速走到疯女人附近，大喊道:“疯婆子，走开！滚！”

二梅扭动着腰肢冲曹福增走过来。

曹福增吓了一跳，下意识后退了两步。他掏出手枪，威胁道:“滚开！要不我开枪啦！”

“你是我男人！你是我男人！”二梅嬉笑着走到曹福增跟前，胳臂绕住了他的脖子。

曹福增又气又恼，脸红得像熟透的灯笼椒，恨不得打死这个疯女人。但是，他克制着自己，挣脱她的双臂扭头就跑。

二梅觉得挺好玩，开始在后面追，嘴里咿咿呀呀。

曹福增窘迫地跑着，慌乱中被地上一根荆棘绊倒，结结实实地摔在地上。光着身子的疯女人扑在他身上。

远处传来战士们的嬉笑声。

曹福增在挣脱中不小心扣动了扳机，手枪“啪、啪”射出两颗子弹。疯女人不动了，安静了，鲜红的血液洇湿了她雪白的胸部。

第六章

1

1940年2月，十团两次歼灭日军勘测队，使敌人试图建设八达岭隧道迂回铁路的计划成为泡影。这个行动激怒了日军驻北平的师团长，计划要在十天之内除掉十团。白乙化得到情报后，先下手为强，除夕夜趁日伪军麻痹大意之际，突袭门头沟，歼敌一部，夺回大量敌人从根据地抢走的粮食。

大年初二，白乙化把这些胜利在给父亲的信中做了详尽描述。他在信的末尾说道：日本人不会善罢甘休，很快就会向我们发动进攻。我们不怕他。

父亲大人：

不孝之子叩首！

上次给广娟家书一封，告知我已到达平西，今仍在平西。年前，我们被编为八路军一个团，我为团长。去年夏天以来，我们打了许多胜仗，沿河城伏击战重创日军，卢沟桥战斗中外瞩目，连续出击房山也获得数次胜利。腊月里，我们两次消灭日军勘测队，使他们无法测量、建设八达岭隧道的迂回道路。

我们是化装行动的——穿上了缴获来的伪军服装，神不知鬼不觉地就到了他们跟前，干脆利索地干掉了他们。除夕夜，就是前天晚上，我们趁敌酒后熟睡之际，悄悄摸进平西重镇门头沟，一枪不发，全凭大刀和匕首，就歼灭了驻守城西的敌人，并从城西粮库抢回了上冻时被抢走的粮食。

去年，日军打到我国南方城市，因战线过长，已显露兵力不足之弊。共产党八路军绕到敌人背后，开展敌后抗日根据地，是一个正确决定。故我们在平西大有作为，亦大有可为。

当然，抗日也有于我不利之处。虽说是国共合作，一致抗日，但国民党政府居心叵测，对我方多有防范和限制，不时制造摩擦，令我军民愤慨。乙化做梦都盼驱除倭寇，国共联手，立宪建国，走向共和，今看来希望渺茫，儿心中忧虑颇多。另，汪氏投敌以来，诸多国民党军成建制投降，成为日本侵华的帮凶，助纣为虐，十恶不赦。伪军熟悉国情、地形，为抗战制造了诸多困难。

但是，共产党八路军不怕他们，因为广大的人民群众在我们这一边，他们是我们的眼睛和耳朵，有了这些千里眼和顺风耳，我们打起仗来就能静如松，动如风，杀敌于无形之中。

承蒙父亲大人教诲，儿多年来坚持习武，未曾荒疏，同时教军中将士拳脚，增加杀敌本领。读书的癖好，亦未丢掉，早先从家中所带之书，寄存在大学，教授所赠之书和沿途偶获之书，皆随身携带。在所带书籍中，儿尤爱鲁迅先生的著作。他的作品具有战斗精神，提倡抗战到底，他在《华盖集续编》中所言甚为铿锵——“血债必须用同物偿还。拖欠越久，就要付更大的利息！”

同样留学日本，同样面临侵略，鲁迅与汪精卫竟如此不同。

鲁迅先生不仅写文章，还翻译了大量外国作品，是一个大学者。这一点，近年才约略知道。大学时，只热衷于读他的《呐喊》《彷徨》，觉得其大部篇章具有刮骨疗毒的痛楚和深刻。现在看来，先生不仅是中国革命的脊梁，也是世界文化的宝藏。

部队有一个叫郭顺的人，原是辽阳警署的警察，后来跟着我打鬼子，去年牺牲了。他死后，妻子二梅常做噩梦，梦中受他恐吓，异常惊惧，后来失眠梦游，求改嫁而不得，以至于疯疯癫癫。不久前，她赤身跑到训练场上，曹福增不慎开枪，把她打死。这件事让我痛苦，心里不是滋味。这让我想起了鲁迅先生的小说《明天》，想起了单四嫂子。我知道，这种联系是不对的，单四嫂子生活在冷漠的环境里，而二梅并不是这样，她生活在条件虽然艰苦但热情高涨的革命队伍里，队伍里有人帮助她，只是暂时无法改嫁罢了。但是，我还是想到了这篇小说，继而想到了女性的命运和尊严。

另外，近来多次梦见爷爷，他在梦里给我讲苏联的事情。苏联也有共产党，苏联的领导人是斯大林，这个您应该知道。爷爷在梦里说斯大林的坏话，不可思议，不可理喻，真是荒唐。毕竟是梦，这个就不赘述了。

日本人吃了败仗，不会甘休，很快就会向我们发动进攻。我们不怕他。侵略在持续，抗战在进行，亿万国人都在唱同一壮歌。恕儿远在千里之外，不能堂前尽孝，养育之恩，待抗战胜利后加倍报答。

请父亲大人保重贵体。

代问母娘和广娟好。

乙化

民国二十九年正月初二晨

2

白魁福收到儿子信件的第三天，日寇纠集日伪军一万人，在三十门大炮和两架飞机的掩护下，兵分十路，开始对平西根据地进行“扫荡”。他们来势汹汹，直指平西中心区斋堂，试图用四十天时间，把白乙化率领的十团一举歼灭，把挺进军赶出平西。

3月份的门头沟乍暖还寒，迎春花枝头绽放，山桃在崖间摇曳。白乙化从挺进军司令部出来，感到一股凉意。他知道，鬼子这次来者不善，必须做好反“扫荡”准备。刚才开会时，司令员已经通报情况，鬼子途经的几个村庄已经尸横遍野。鬼子的目的地是斋堂，但是去斋堂路上的村庄一个也没放过，甚至去了海拔更高的灵山。灵山山顶有虎梁，沿途有牛梁和马梁，敌人正在接近山顶。白乙化的任务是在青白口、大村、镇边城三个方向阻击敌人，但是为了核实敌人兵力，了解敌人动向，白乙化决定亲自去牛梁和马梁侦察。

牛梁村不大，三十几间房屋已成灰烬，到处是残垣断壁，而且被熏得黢黑。白乙化在村口一个平台上看到，二十多具尸体横七竖八地堆在一起，有的侧躺，有的仰卧，有的趴在地上；有的胳膊压在另一个人的脸上，有的身体蜷缩成一团，有的眼睛睁得大大的，空洞无神。白乙化的眼睛红了，他环顾四周，那情形惨不忍睹——挨机枪扫射的胸膛，脑袋上被子弹穿透的血洞，肚子上被刺刀捅破后流出的肠子——这一幕幕像针一样扎在他的心上，令他的心在滴血。平台西侧的碾盘上，摆着四具女性的尸体，有一个看上去年过半百，另外两个二十多岁，最后一个看上去只有十二三岁。她们的身体全都裸露着，少女的双手捂住胸部，肚子上被捅了两刀，脸上挂着愕然和不解；另外两名年轻女子，都用一只手护在私处，私处因为刺刀的进入而血肉模糊，两腿间的空地上一片殷红；老妇人虽然身体仰卧，头颅却不知为什么发生了一百八十度偏转，脸朝下，后脑冲上，定睛看时，才发现她的脖子挨过一刀，而她的阴部，则插着一根长长的棍子，棍子伸向外面的一头在风中微微晃动。几只乌鸦在天上飞来飞去，两条野狗在远处引颈张望，被眼前的景象吓得不敢靠前。

王亢的牙齿咬得咯咯响。

赵光路的拳头攥得嘎嘎响。

白乙化的络腮胡子倒立起来。他的泪水没有沿着脸颊淌下，而是顺着鼻腔和喉管进入体内，一股前所未有的压抑和愤怒折磨着他。

“血债必须用同物偿还！”他低声说。

到达马梁时，白乙化在一个大坑里看到十几具无头尸，不由得倒吸了一口凉气。他觉得腿上像灌满了铅，沉重得迈不开脚步。一个老汉从戏台那边走过来，身上斜挎着一个挎筐，挎筐仿佛很重，老汉的身体不时趔趄一下。待走到跟前，白乙化叫了声大爷，随即向筐里瞟了一眼，只见平时放草装粪的筐里，此时盛着五六个人头——一个人的眼睛还大大地睁着，茫然望着灰色的天空；另一颗头颅的眼睛，则微微眯着，似乎在瞅着白乙化，他不由得“啊”了一声。

老汉要还亲人一个全尸。

鬼子进村的时候，老汉去梁西的一条深沟里打柴去了，回村时，他在大坑里发现了许多脑袋，当即就软瘫在地上。此时，老汉向陌生人走来，待走到碾子旁边，看到老妇人被辱的一幕，立刻放下挎筐，扑到她身上，号啕大哭起来。

白乙化全身的血液都往头上蹿，因气愤而战栗的手冰凉冰凉的。

哭了一通的老汉要等鬼子下山，跟他们拼命。白乙化劝阻了他，并对他进行安慰，让他参加八路军。老汉悲愤地点了点头。他们一起给死去的乡亲们掩埋好尸体，一块儿下了山。

3

第二天下午，十团在青白口等待来敌。

太阳西斜，微风吹过，山崖间发出怪异的声响，像肺痨病人粗重的喘息，也像怀春少女轻轻的哭泣。白色的杏花轻轻摇曳，细密的荆棘在风中摆动，蝎子和毒蛇在春色掩护下蠢蠢欲动。白乙化胸前的德国怀表嗒嗒响着，精确地计算着日本人到来的时间。梦境中爷爷讲述的苏联故事已经随风而去。青白口是阻击战的关键，必须利用有利地形尽可能地吃掉鬼子，这样才能起到牵制作用，配合大部队取得整个平西反扫荡的胜利。此刻，白乙化不再是那个痴迷夜读的书生，也不再是前一天热血沸腾恨不得在马梁跟鬼子死磕的汉子，而是一个意志坚定、头脑冷静的指挥员。

鬼子终于出现了，而且越来越近。十团的伏击阵地很长，几乎横亘了附近的五个山头。战士们屏住呼吸，进入战斗前的兴奋状态。一些人的眼睛红了，一些人发出咬牙切齿的声音，而另一些人则急得直咽唾沫。鬼子的队伍像一条长虫，慢慢地蠕动着，终于可以听见汽车的声响了，脚步声也依稀可闻了……这时，白乙化大喝一声："打！"

战士们扣动扳机，愤怒的子弹——大的小的，长的短的，粗的细的——咆哮着涌向敌人。不仅子弹，愤怒的还有干了一冬此刻被扎成直径一米左右的荆棘球，点燃后噼啪作响，带着复仇的火焰滚下山坡。火球在坡地上滚向敌人，石头从陡峭的山崖砸下去，山谷传来"嗷嗷"的惨叫声。

“狗日的，死去吧！”白乙化想起牛梁、马梁那些死去的乡亲们，不禁骂了一声。

这是一场伏击战，称得上以逸待劳。但是敌人气势汹汹，有备而来，火力很快调动起来，并集中到青白口十团阵地。鬼子在报仇，报月前被奇袭的仇；十团在报仇，报被杀戮被奸淫的乡亲仇。鬼子不断倒下，也在不断向前冲，他们凭着对日本天皇的效忠；我们伤兵不断，但轻伤不下火线，我们凭着抗战到底的精神。战术此刻已经不重要了，重要的是意志和勇气。当然还有武器。这队鬼子八百多人，是十路进攻中的一路，自东向西，直奔青白口而来。他们兵力配备合理，武器精良，火炮、钢炮、轻机枪、重机枪、步枪、手枪、手雷一应俱全。虽然只有八百人，但是敌人各路队伍相距不远，形成掎角呼应之势，援军随时可能到来。十团两千多人，兵力数量是敌人近三倍，但是布置在青白口的只有九百人。其余一千二百人分别布控在大村和镇边城。大村在青白口北三公里，镇边城在青白口南五公里。十团的武器弹药虽然不能与敌抗衡，但也不可小觑——有一半是从敌人手里缴获来的，包括轻重机关枪八挺，小钢炮四门，三八步枪二百一十支。当然，更多的还是汉阳造和自制步枪。战斗在一开始就进入白热化，谁都没有退的意思，都摆出一副势在必得的架势。隆隆的枪炮声中，双方的伤亡逐渐多了起来。

战斗一直持续了三个小时。天黑前，双方停止射击，进入休整状态。

4

白乙化到阵地巡视了一遭。这场战斗，十团牺牲十七名战士，伤四十二名；鬼子伤亡无法统计，估计至少在三十以上。这个损伤比例在情理中，甚至比预想的好一些。白乙化对此很满意。战区司令曾经说过，敌我双方打仗，伤亡比例应该是三比一，即我方军队牺牲三名战士，只要能干掉一名日本兵，都属正常，都值。我们枪不成，但是人多。干掉你一百万，我方牺牲三百万也在所不惜。牺牲虽大，但总比当亡国奴强。战区司令说，在特殊情况下，甚至五比一的伤亡都应该接受。当然，八路军总部不这么认为，他们主张用最小的代价去争取最大的胜利，挺进军首长也认同这种说法。但是，战争毕竟是残酷的，自己的武器装备不如对手，有时候必要的牺牲或者完全大于敌人的牺牲是必须的，也是迫不得已的。

夜里，白乙化安排好警戒，让战士们回到掩体里休息。他带着王亢绕小道，去大村、镇边城那边看了看。曹福增已经被降为副营长，他驻扎在大村，下午也跟鬼子打上了。赵光路那边还没动静，敌人好像对镇边城还不摸底细。

第二天天刚亮，鬼子的进攻又开始了。这次他们的火力格外猛，配备也更合理，但是断断续续打了四个小时，都没有攻入十团阵地。上午十点半，敌人感到青白口易守难攻，是块难啃的骨头，就抽调部分兵力向大村方向移动。本来，曹福增那边儿只面临着三百鬼子的压力，这样一来，鬼子一下子变成了五百，压力立刻加大。敌人是想从大村撕破一条口子。

发现敌人增援后，曹福增和战士们毫不畏惧，憋着一肚子仇恨的子弹顷刻间射向敌人。虽然大村不如青白口地形有利，但是火力配备还可以，除了三营固有的四挺机枪，团长又给多拨了两挺。十团的任务是既不能让鬼子从青白口和大村过去，也不能让他们从南面的镇边城过去。如果非要通过，宁可让他们从青白口通过，十团可以从大村和镇边城南北两侧对其追击，形成合围。当然，那样就等于把挺进军主力暴露在敌人面前，对他们歼灭北面的日伪军主力不利。但是战场瞬息万变，白乙化满怀信心，他觉得十团能够找到机会，在敌伪军完全靠近挺进军前歼灭他们。

大村的战斗同样激烈，因为没有地形优势，伤亡比青白口更大些。这边伪军更多一些，但是战斗力并不差，这令曹福增感到意外。敌人好几次都接近了阵地，其中一次三四个鬼子已经近在眼前，双方展开了肉搏战。但是，在曹福增"宁死不撤"的命令下，战士们咬紧牙关，打退了敌人的多次进攻。

白乙化弄清鬼子的伎俩后，立刻从镇边城调来一个连增援大村。青白口的兵力暂时没动，毕竟这里是鬼子大部队进攻斋堂的主路。镇边城只有二百人负责阻击，但是鬼子主力从那里通过的可能性极小。

援军赶到大村的时候，曹福增刚刚打退敌人的一次进攻。他看着跑得气喘吁吁的战士，心里滚过一股热流。他担心团长会从青白口派人增援他，他认为如果增援，应该首先让镇边城那边增援，因为镇边城那边还没出现鬼子。所以当他知道来增援的正是镇边城的三连时，非常高兴，他知道团长做出了正确决定，并且同自己不谋而合。天黑前，他组织战士又打退了敌人两次进攻。

在阵地上打盹时，他梦到了妻子。朱贵枝摸他的断指，弄得他很痒。她在梦里冲他笑，他也笑了。

大村伤员很多，而卫生员只有三个人。从表面上看，阵亡者跟伤员区别不大，只能靠卫生员在救助时临时判断，从而做出救或不救的选择。遇到伤员不声不响，她们就先伸手去感受他们的鼻息，一息尚存者立刻施救，相反则马上放弃。她们的时间很宝贵。有些伤员运气好，刚负伤就被卫生员发现，而另一些伤员，特别是重伤员，往往等不到卫生员出现就已经牺牲。对逝者而言，只要战斗不结束，往往始终保持着中弹时的姿势，要么伏在阵地上，要么斜躺在壕沟里；要么脑袋下垂窝在一个旮旯里，要么胳膊压在脸上或者手掌抚在胸前。两个战士头部中枪，但是并未立即死亡，卫生员争分夺秒为其中一个包扎伤口。不过，第一个在刚被包扎后就停止了呼吸。“哎呀，同志，怎么不坚持住？”负责组织抢救的张大妮有些不满，“这多耽误时间！”说完她就后悔了。是啊，没人愿意在二十几岁就去见阎王，“对不住兄弟，我这话说得不对了。”

卫生员瞟了眼张大妮，走到另一个头部中弹的战士身旁，蹲下身子准备抢救，不料，战士却冲她轻轻摇了摇头。她坚持要为他包扎伤口，可张大妮拽了拽她的衣角，示意她放弃他。张大妮瞟了眼西边几个腹部和腿部受伤的战士，命令道：“快，去救那几个，他们能活！”她们离开的时候，回头看了眼那个奄奄一息的战士，她发现他的脸上露出欣慰的笑容。当然，他眼睛里也仍然残存着求生的欲望，那欲望让张大妮心痛不已，她猫腰跑向阵地西侧的时候，忍不住潸然泪下。

大村阵地的西面，五个战士在跟敌人拼刺刀时受伤，三个肚子被扎，肠子流了出来；两个大腿被捅，白花花的骨茬儿裸露在空气中。他们有的低声呻吟，有的咬紧牙关一声不吭。卫生员在五个战士中间穿梭，动作迅速，手脚麻利，汗珠在她宽大的额头上晶莹剔透。张大妮带着另外一名卫生员赶到的时候，她轻轻喘了口气。

大村阵地的东面，三个战士捂着自己胳膊上的伤口，疼得龇牙咧嘴。他们向左右张望，但是没有发现卫生员。殷红的血液在胳臂上延伸，手掌逐渐发麻、发凉，渐渐失去知觉。疼痛激起了他们的仇恨，其中两人重新站起来，咬紧牙关，坚持着趴到阵地上，忍着疼痛端起枪。他们已经无法瞄准敌人，勉强的射击令胳臂在震动中更加疼痛。

他们渴望卫生员来救治，渴望重新杀敌，但是这些愿望眼看着都要落空。他们感到格外沮丧。

5

战斗进行到第四天的时候，镇边城的枪声终于响起。孤独的赵光路已经躺在阵地上看了两本书，此刻他放下书，掏出枪，对着阵地两侧的战士高喊："给我打！"等待已久的士兵们立刻把沉睡的子弹射向敌人。

镇边城东侧有一条清水河，鬼子想攻下镇边城必须经过这条河。双方火力在清水河上空呼啸着，交错着，焦灼着。弹壳弹在自己身边，子弹飞向对方阵地。一些子弹在飞翔中发生碰撞，擦出火花，改变方向，落入河里。打了一阵子，赵光路发觉敌人兵力不多，立刻下令停止射击。鬼子见对方哑火，命令五十多名伪军向赵光路这边行进。伪军们端着枪，弓着腰，迈着犹疑的步子，脸上是一副不情愿的表情。

伪军们的表情被赵光路洞察了，他从通信兵手里拿过一个喇叭，冲着对面喊起来："弟兄们，我们都是中国人，中国人不打中国人！别给鬼子卖命了，你们过河吧，我们不开枪！过了河就放下枪，或者直接掉转枪口，咱们共同杀鬼子，咱们就是一家人啦！"

他的喊话令伪军们一阵骚动。有的交头接耳谈论起来，有的放慢脚步，有的回头望了望不远处的日本人。日本人很警觉，翻译跟军官们小声嘀咕着。

伪军涉水而过的时候有些惊讶，八路果然没有开枪。他们过河后，有的放下了枪，站在那儿原地不动，不知所措；大部分人提着枪，撒丫子往赵光路阵地方向跑；个别人犹豫着转过身子，举起枪，准备向日本人射击。日军小队长一声令下，机关枪狰狞着射出一排排恼羞成怒的子弹，扫向河对岸的伪军。

伪军们纷纷倒下。只有一个跑到了十团阵地。

赵光路的眼睛立刻红了，他下令向鬼子发起最猛烈的进攻。

6

整个反“扫荡”持续了半个月，虽然十团有伤亡，但是鬼子想用四十天抹掉平西根据地的计划彻底泡汤。鬼子的残酷跟我们的坚强不相上下，我们的损失跟鬼子的伤亡半斤八两，战斗中双方都不示弱，都合理运用战略战术，但是最终十团胜利了——鬼子骄狂而来，败兴而归。在庆祝反扫荡胜利总结表彰大会上，曹福增代替受伤的三营营长发言，他的发言沉稳而坚实，“我们取得大村大捷，取决于白乙化团长的英明指挥，取决于挺进军司令部的正确部署，取决于共产党八路军的坚强领导，当然，更取决于全营战士的勇敢无畏；我们的胜利属于整个十团，属于整个挺进军，属于光荣、伟大的中国共产党。”

白乙化不喜欢曹福增这样的发言，但是胜利来之不易，胜利者的心情他完全理解。最后轮到他讲话时，他格外注意，他尽可能让自己的语言朴素、平实、准确，并且具有一定感染力。

当天晚上，白乙化跟曹福增谈心，两人随便聊了聊。他做出这样一个设想——如果是同样的武器配备，战斗放在日本东京而不是中国北平打，十团是无法取得胜利的。“当然，”白乙化又说，“我们中国人是不可能侵略邻国的。”

曹福增矜持地点点头，那神态就像一个工作经验丰富的政委。

他们都知道，反“扫荡”胜利来之不易，十团做出了巨大牺牲。

事实上，除了阵亡的二百四十六名战士，还有三百五十名战士受重伤，四百九十一名战士负轻伤，白乙化心爱的“黑哥”也死了。

7

骡子的自白——

我的老家在灵丘。我到平西已经一年了。

仗从头一天开始就很激烈。这次，我目睹了太多士兵的死亡，闻到了太多的血腥。同是人类，为什么要互相残杀？这个问题我好久都不明白，但现在我懂了。在平西根据地我懂了。那些小个子男人说着我听不懂的鸟语，他们不是这块土地上的人，他们是侵入者。就像我的主人说的那样，他们打着“共荣”的旗号，实际上是来征服、奴役我们的。我相信我主人的话。我憎恶一切欺骗，更恨侵略者的谎言。

自从我跟了主人，我们关系非常好。他个子高，很少骑着我行军，我的任务是驮他的行李。他的行李中有十几本书。那东西真沉。只有一次，在行军途中，战士们没精打采，为了缓解战士们的疲劳，他骑到我背上，双腿耷拉在地上拖着走，逗得士兵们哈哈大笑。

反“扫荡”战斗打到第九天的时候，士兵的干粮已经吃完，所有谷米只剩下不足三口袋。第十天的时候，所有谷米也已经吃完。第十一天的时候，连青白口的野菜和杏叶都被吃光。第十二天，我的主人脸庞瘦削，两腮无肉，他眼看着许多士兵饿得手脚都肿了，心里十分难受。我也饿得发慌。但是看到主人那么难受，我就不觉得饿了。他是一团之长。他是队伍的主心骨。这个我知道。那天晚上，主人摸着我瘦瘦的脊梁骨，一个劲儿地安慰我。我是一个牲畜，但是我懂他的意思。我咴咴了几声，我说我是骡子，还能忍几天，关键是你们，饿得都无法打枪了。我不知道主人是不是听懂了我的意思。

第二天上午，阵地上又有一些人倒下了。从侧面上来的矮个子们，跟主人身边的高个子们拼起了刺刀。我知道，那是来偷袭的东洋人，主人管他们叫鬼子。他们的确是鬼。这次拼刺刀，不同以往，高个子们死的伤的不少，有十几个，他们没劲儿了。鬼子只死了五六个。高个子们总想节省子弹，但是主人喊了一嗓子——“开枪”，冲上来的鬼子才纷纷倒下。

傍晚的时候，战场上安静下来。西天一片血红，阵地上呻吟不断，当然也有哀叹声。主人走到我跟前，弯下腰，搂着我的脖子，脸贴在我的脸上，用大手轻轻摩挲我的鬃发。他什么也没说，眼里流出泪水，泪水流过面颊，他用手挡住了我的眼睛。但我还是看到了。我不知道他为什么哭。

主人长久地抚摸着我。他好久没跟我亲热了。他本来就瘦，此刻一双大手好像成了皮包骨。我心疼他。我真想让他把我吃了。我知道，我们骡子的肉是非常好吃的。虽然我们不如马能跑，但是我们的肉味道不差，比它们的肉更好吃些。

“老伙计，”主人终于说话了，“别怪我心狠！”

我立刻明白了。我摇了摇头。我的意思是我不怕。但是主人误解我了。他以为我是在说“不要”。我真的不怕。这一刻让我死，我愿意！

我活了十三岁，数他待我好。我只是想让他多跟我热络一会儿。

主人没有，他擦了把眼泪，站直身体——他的个子好高，在阵地上数他高——向西面走了。我昂了昂头，睁大眼睛，努力让自己更精神些，等着也许就是明天不知来自哪里的锋利的一刀。

“砰！”突然，一粒铁丸射进了我的身体。我痉挛了一下。

“砰！砰！”另外两粒铁丸击中了我的脖子和脑袋。我晃了晃，身体倒下了。倒下的瞬间，我看到了甩枪打我的主人，他头也不回，只是那样半转身，用左手执枪——他左手打枪更准——乌黑的枪口对着我。枪管里冒出丝丝缕缕的白烟，那白烟在升腾，缓慢地升腾……

就在我灵魂出窍的一刻，我恍然大悟——如果不是主人动手，没有人敢动我一根毫毛——大家知道我跟主人的感情。

我的魂儿逐渐上升，升到五丈高的地方。我不想走。我还想再看看主人。他叫白乙化，字白野鹤，人称“小白龙”。

他对身边的两个人说了句什么——我没听清——就独自回到战壕一个安静的角落里，合着眼坐下了。坐了一会儿，他的泪水慢慢涌出来了。他没有哭出声音。后来，他擦了把脸，从兜里摸出一本书，捧着看起来。

天上响起咻咻声，妈妈在喊我，但是我没理她。我要再看看主人。

一个时辰以后，下面传来一股骡肉的香味。但是很快，又响起一阵哭泣声，此起彼伏。许多人围过来，望着大锅里的我的肉，谁也不伸碗，抽咽声令我难受。一个人跑向主人，向他报告什么，主人“嗖”地从角落里站起来，大步走向炊事房，走到大铁锅旁。他望了望脸上凝重的战友们，轻松地说：“大家赶紧动手，这么好的美味，不吃糟践了！快！快！”见大家还是没人伸碗，他伸出手，从锅里揪出一块我的骨头，带头啃起来，“好吃！好吃！大家赶紧来！”

阵地上哭成一片。

“天上鹅，地上骡！”主人微笑着对大家说。

士兵们看着团长若无其事的表情，情绪有所好转，纷纷伸出手里的粗瓷大碗。主人脸上露出久违的笑容。

我知道，主人脸上在笑，心里在流血。

我想再过去碰碰主人，抱抱他，但是妈妈叫我，我得走了。谢谢你，我的主人，你那么照顾我，那么抬举我——叫我“黑哥”——其实我不配，因为有一次我让你摔下来，摔伤了腿……好了，不说了，主人，我要走了。天上有我失散多年的妈妈，我想她了。

主人，你保重，我真的要走了。以后行军走路，你要注意身体，更要注意腿脚，你的腿上有伤。以后，我不能再驮你了。

主人，来世再见。如果有来世，我还当骡子，还驮你。

8

多年以后曹福增告诉我，对白乙化来说，当年他亲手杀死骡子的痛苦，丝毫不亚于失去一位战友。在他的眼里，骡子“黑哥”就是他的战友，而且是更亲密的战友。

当天晚上，他梦到了“黑哥”。

醒来后，白乙化回味梦境，有一个细节令他印象深刻。“黑哥”的眼睛不再是骡子的眼睛，而变成了一个人的双目，这双目审视着他，冷冰冰的，令他很不舒服。

白乙化好久没有梦到爷爷了，至少有两个月了。他根本没有时间想他。战斗的残酷和紧张几乎令他无法喘息，甚至连读书的时间都没有，怎么会梦到爷爷呢？这个问题他想不通。至于梦到骡子，他认为当然是在情理之中的。只是它的眼睛变成人眼，这个又解释不通了。

白乙化有些头疼。这时，他的怀表发出嘀嗒嘀嗒的声音。这声音很悦耳，让他的头疼得到一丝缓解。

PART 第四部 FOUR

第一章

1

前面的故事我最喜欢重孙女的讲述，她的话有我们白家的味道。曹福增和作家说得也不错。那些梦不像是编的。孙子乙化的家信挺动人。重孙女虽然瞎，但是有文化，她的讲述比作家的不差！当然，她说的也有讹误——我孙子的名儿“乙化”是他爹起的不假，但他的字“野鹤”是我的主意。有天夜里，我在白魁福的梦里告诉他，你儿子是一只鹤，能飞得老高老远的，你再给他起个野鹤的名儿吧。是的，要是在和平年月，也许他就是一个闲云野鹤，是一个书法家、画家，或者是诗人、作家、教授，反正会成为一个舞文弄墨的人。他生活富足，精神超脱，受人尊敬。但是他生错了年月，这是我白秀云和我儿子白魁福甚至老天爷也没法改变的事情。

重孙女的讲述还有一点是错的，那就是我死于日本人的炮火。其实这是不对的。她这么说自有她的道理，可能出于情感，也可能出于现实考虑，但事实终归是事实，不能随意改动。就像鹿就是鹿，不能把它说成马一样。我本来是不想说的，但重孙女的讲述让端坐云头的我兴奋、不安，我按捺不住，只好打破戒律，说上几句。我绝不多说，只说半场雨的工夫。

俄国人的炮弹弹片钻进我头顶的时候，我正在田里锄草。那年白家麦田里的草出奇地多，6月底刚刚锄过，7月初又长出一茬儿，简直能把人嘴气歪。这些比韭菜还能疯长的草是在要我的命。我顺着草就走到了我的死地。俄国人的弹片在我头上开了一个洞，在脑袋里拐了一个弯，不知碰乱了哪根神经，让我突然有了一种预见功能，虽然这功能只持续了五分钟。在这五分钟里，我看见了五十年以后的事情。五十年以后的暂时不说，五十年内的你们都知道了——那时是1905年，六年后的那场起义还没有发生，七年后的中华民国还没有成立，日本人也没有打沈阳——那是二十六年后的事情，也没有打北平——那是三十二年后的事情，共产党和国民党还没开战——那是四十年以后的事情，新中国还没成立——那是四十四年后的事情，朝鲜战争还没开始——那是四十五年后的事情。至于五十年以后的事情，先期的我看得清清楚楚——大跃进、大饥荒、庐山会议，后期的看得不够真切——“文化大革命”、改革开放，别的事情就什么都不知道了……哦，对了，原子弹和氢弹爆炸的时候，吓了我一跳……这些事情已经发生了，都明摆在那儿了，现在说了也不算违背天条。我是教书先生，到了天庭也体面，说错话也会得到宽容。在我灵魂顺着头上黑洞飞升以前，我看到了历史长河远处的波光，那波光里没有我孙乙化的身影。

跟重孙女具有顺风耳的本事不同，我将闭的眼睛灵光乍现，突然具有了一种穿越时间的功能。我看到了多年后乙化在当院练武的身影，在学堂里朗读诗文的嘴巴，在县城闹学潮时高举的拳头，在新婚夜入洞房时羞赧的脸颊，在北平校园听讲时专注的眼睛，看到他夜端辽阳警署时翻墙而过，跟军警搏斗于王府井时拳打脚踢，劳动于绥西垦区时弯腰撅胯，在山西与八路军会师时两眼落泪儿，在平西反扫荡时枪打旗语兵，在平北抗战时……这些东西在我眼前飞速晃了一遍，成为我脑袋里再也抹不去的拉洋片。后来，我的眼睛缓缓闭上，一种轻而又轻的东西离开我一点不衰老的肉身，向上，再向上……

乙化是一个有灵气有胆气的家伙，这一点比我强，比他爹白魁福更强。他的灵气和胆气小时候就显形了，这方面，他闺女讲得挺真实，我不再添油加醋了。平西的事情那个作家也都说了，说得八九不离十。我要说的是他到平北后的事。如果重孙女不让我说，说个开头也成。

平北，你们都知道，就是北平以北，平绥铁路以东，平古铁路以西，长城里外的那块儿地方。那地方处在北平、张家口、承德间的三角区域，军事上忒忒重要，按照八路军大官儿的说法——“平北是沟通华北、东北、西北地区的战略要地，是连接平西和冀东地区的交通走廊。”关于这一点，我在上边看得清清楚楚的。一个大官儿指着地图告诉乙化：“古长城横亘东西，居庸关、古北口、八达岭踞守其间，自古就是兵家必争之地。”

其实，这个大官儿这么说之前的两年，乙化他们那个党里另一个更大的官儿就认识到平北、冀东的重要，对这地方格外在意。“红军可出一部于敌后的冀东，以雾灵山为根据地进行游击战争”——他身旁的人都一个劲儿地点头。我在上边看得清清楚楚的。八路军想以雾灵山为中心，建立冀热察抗日根据地，切断日本人在东北、华北、西北的联系，并为将来挺进东北做准备。这一点，我也看得清清楚楚的。

那年，八路军组成第四纵队，挺进冀东，支持冀东大暴动，开辟抗日根据地。没想到的是，冀东大暴动后，由于对形势判断有误，四纵一小部分人留在冀东，大部分撤到平西，没有实现上面的意图。连我都觉得可惜。

第二年年初，共产党成立冀热察党委，八路军组建冀热察挺进军，发誓要在冀东和平西、平北打开局面。日头东出西落，三百天后，平西根据地建成了——在这上头，我的乙化是有功的——可平北地区环境复杂，八路军两次进去都没站住脚。这年年底，冀热察挺进军一个姓萧的大官儿提出“巩固平西，坚持冀东，开辟平北”，发了血誓，要在来年开辟平北根据地。

姓萧的大官儿的战略部署是对的，但是，我孙的命运也从此发生了改变。我看见那个作家在纸上写到——“死亡的气息由远及近，正向他靠拢，死神冲他挥手。”他说得太文气，我不喜欢，要是我说，就是阎王爷冲他招手啦！

2

平北那地方山多，沟深，老百姓生活苦。它处在伪满洲国、伪华北自治政府和伪蒙疆自治政府统治区的接合部，日伪统治密不透风，就像装满了沙子的铁桶，里面很难烧出一个火星。

派谁去平北？谁能扛起这个大活计？挺进军的萧司令反复琢磨，最终选择了我的乙化。在他心里，我孙不仅胆子大，而且有智谋，是一个爱想事、能成事的人。乙化率领的十团文化人多，连营以上干部好多是大学生，人称“知识分子团”。他们个个都有两把刷子，会做穷人工作，派他们去平北，姓萧的司令心里放心。

萧司令没看错人，我孙是这块料。

他立下军令状：完不成任务，生不回平西，死不离平北！

他这么说时我心里咯噔一下。他立的不是军令状，是生死状啊！

乙化的话像一颗定心丸，萧司令吃下去眉开眼笑。

乙化又去了趟挺进军政治部。政治部主任姓伍，叫伍晋南，两年前去过平北，了解一些情况。乙化向他请教去了。姓伍的在那儿打过仗，其中一仗是花盆南山战斗。乙化谦虚，姓伍的也敞亮，简直就是竹筒倒豆子，噼里啪啦跟他讲起来，没丁点儿藏着掖着的。他把一张地图摆在桌上，两人低头看起来。乙化一边看地图，一边在本子上记着，渐渐地，他的脑瓜里有了一个“梯次进兵”的想法。

后来，他把这个想法报告给萧司令，司令完全同意：“‘梯次进兵’好，穿过昌延怀，直插丰滦密。”

3

宣统三十二年，哦不，应该说民国二十九年，也不对，应该说1940年，那年4月20日，十团的政治部主任吴澜——这个人是沈阳人，还有参谋长才山——这个人是锦州人，他们带领三营和部分团直机关人员，算是第一梯队，向平北开拔。临行前，萧司令专门来到那个叫碣石的村里，看望十团的将士们，给他们动员、打气。司令走后，乙化对大家说：“同志们哪，任务已经明确啦，就看我们怎么去干了。我们常说，凡是革命需要干的，我们就去干。怎么个干法呢？还是那个话，就是少说多做，做就做好，不达目的誓不罢休。革命是我们的权利，流血牺牲是我们应尽的义务。同志们记住这个话，一切问题就全解决了。”

乙化说的话不赖，实在，有听头，曹福增小曹子带头拍巴掌，劲头丝毫不亚于给萧司令的掌声。

十团对外称“平北游击第三大队”，以防引起过多的注意——乙化聪明，我看得清清楚楚的。吴澜他们从平西珠窝出发，顺着鬼子据点间的空隙，经过平绥路，越过八达岭，沿途没受到太多阻碍，就进入了平北。他们白天睡，夜里走，经昌平、延庆、怀柔等县，在那个月的月底，来到密云县北部一个叫水川的地方。

水川一带有许多村，什么对家河啦，化石峪啦，小梁子啦，村子跟村子之间都不远。在水川驻扎下来后，他们进行抗日宣传，筹粮筹款，准备迎接“白团长”的到来。白团长就是我孙，我孙就是白团长。我的乙化官做得也不小啦！

4

人间五月的那个上午，天晴得没有一丝云，也没有一丝彩霞。平西专员杜伯华约乙化到专员公署，要和他叙叙旧。夜里他没做好梦，这让他非常想他，也更惦记他。专员还约了宛平县焦县长和《挺进报》金记者，要为乙化饯行。

那天早上，村里的防空号始终没响，鬼子的“绿阎王”没来轰炸，让乙化觉得有点儿意外。蓝天下，乙化骑着他的小灰马，带着警卫员，一口气来到平西专员公署。公署门外柳树底下，一匹黄马已经拴在那儿，看来焦县长已经先来啦。乙化翻身下马，把小灰马交给警卫员，大步向院子里走去。小灰马和小黄马像久别重逢，互相亲亲头、碰碰脖颈，说起话来。不一会儿，《挺进报》金记者也来啦，他的大洋马也加入了跟小灰马、黄马逗趣的行列。院子里，金记者看见警卫员们坐在墙根下晒太阳，屋子里传来杜专员、焦县长和乙化说话的声音。

进屋后，金记者一边跟众人打招呼，一边瞟了眼炕桌上摆着的四盘冷菜。乙化盘着腿坐在饭桌旁的行李卷上，胡子挓挲，黑喳喳地向上翘着，脑袋剃得精光。这个乙化。焦县长脸面白净，两眼有神，大分头油黑密实，潇洒地坐在长枕头上。金记者说自己来迟了，向众人道歉。杜专员说不迟，酒刚烫好，正好趁热喝。杜专员身材发胖，挺健壮的，因为忙碌脑门儿上起了一层谷粒样的汗珠。金记者坐在炕上，不到一分钟，就伸手掀起一条羊毛毡子坐上，因为土炕烧得滚烫，屁股觉得火烧火燎的。

杜专员端着锡酒壶给大家斟酒。“老金你还不知道咋回事呢，”杜专员看了眼另外俩人，“白团长奉命东征，日内就要率十团挺进平北，打回老家去。今天没外人，就咱们四个老伙计，给老白钱行，叙叙战斗友情。”桌子上摆着四个冷盘——猪肝尖、肉皮冻、粉肠、鸡杂，热菜是炖老母鸡、炸香椿鱼，酒是红枣酒。

杜专员举起杯：“感谢你老白为咱们东北人打了先锋！”他回忆起乙化的抗战经历，夸他勇敢，有智谋，说着说着竟然眼圈发红，声音发颤，举杯的胖手抖搂起来。这个杜专员，倒是挺重情义。金记者睁大眼睛。乙化不感意外，他知道专员的秉性。最终，焦县长带头，四个人同声说“干杯”，都一口把酒倒进肚子里。

杜专员又给众人倒上酒，举杯对焦县长说：“还有你，你早在咱们东北救亡总会里工作，没人把你当外省人。”是啊，跟眼前三个东北人不同，焦县长是河南叶县人。“七七事变后，国民党撤出北平城，你老焦和我一块儿来到妙峰山，在共产党的领导下，高举抗日救亡大旗，建立咱们平西抗日根据地。你是宛平县第一任抗日父母官，你广招豪贤志士，动员各界爱国同胞，有钱出钱，有力出力，团结杀敌，保家救国，与平西人民共患难，与平西土地共存亡。为了表示你抗战到底的决心，你情愿将自己的名字改为‘焦土’，你的美名吓破了敌人的狗胆，你的威名扬四方啊！”

医生出身的杜专员，那张嘴巴也太能说了！他咋那么多词儿哩？也不让我的乙化说说。你看，他又说上了——“我们决心保卫平西，巩固和发展平西抗日根据地，还要打回老家去，不打到鸭绿江边，誓不罢休！请兄弟们举杯，为收复东北失地，为争取早日打到鸭绿江边干杯！”

众人又干了一杯。警卫员急忙过来斟酒。

我的乙化终于说话了，他举起酒杯，郑重地看了眼那三个人，以表谢意，然后用手捋了捋挂在连鬓胡上的酒珠。“说起收复东北失地，我就想起沈阳事变时的情景。那时候，我正在辽阳中学教语文，眼看国土沦丧，东北人民遭受日本帝国主义铁蹄的践踏，心里像火烧刀绞呀！”

乙化的声音有些沙哑。他皱紧眉头，攥紧拳头，连续捶打胸脯，让我好生心疼。他的话引起众人的回忆，都争着讲自己的遭遇。乙化提高嗓门，把其他人的话音压下去，“‘养兵千日，用兵一时’，中国军队不战而退，把大好河山让给日本强盗，我的心都快要炸开了。当时，我和中学里有位叫王雪操的，跑到辽阳明福山上，望着唐朝名将尉迟恭监修的古庙，抱头痛哭起来。心潮翻滚啊！泪水夺眶而出啊！后来，我趴在庙台上，一面哭，一面填写了一阕词……”乙化的眼睛湿润了。这个我看得清清楚楚的。

杜专员让他朗读一段词，乙化谦虚了一下，喝了一口清香四溢的红枣酒，脸色绯红，额上渗出细汗珠。他站起来背了一遍《浪淘沙·登明福山》。众人齐声叫好，金记者带头拍起巴掌来。这时，警卫员端上来一个热气腾腾的大海碗，里边盛着红焖肘子。

“这也太隆重了！老杜，你不怕破产啊?！”乙化跟杜专员开玩笑。

“不怕！”杜专员瞟了眼焦县长。乙化不知道专员夜里做了梦，但是焦县长知道，虽然不信这个，但没有把梦说出来。他们觉得在乙化东征前说这个，不吉利。

头天夜里，杜专员梦见乙化在平北挨了一枪。

5

太爷爷的话忒密，人一上岁数都这样。没有办法。

1940 年，抗日战争进入第四个年头，也就是《论持久战》里说的战争相持阶段。日本人在正面战场停止了大规模的武装进攻，开始抽调兵力和精力，掉过头来，巩固已经占有的大小城市、交通要道和附近山乡。丰滦密地处北平东北，包括今北京延庆区东部、怀柔区北部、密云区西部和河北省丰宁、滦平两县部分地区，是承德通往北平的必经之路，也是沟通关内关外的第二条交通大动脉。潮白河贯通其间，长城要塞白马关、古北口历来为兵家必争之地，更是伪满洲国的西南大门户。

5 月 20 日，我爹率领一营——那时他们没有二营——告别了战斗了一年的平西土地，从宛平县百宝岭出发，向平北挺进。

平绥铁路是进入平北的第一道封锁线。出发前，一个战友跟他握别时，问他准备从哪里过平绥线。

我爹回答："天下有九塞，居庸其一焉。"他引用了《淮南子》中的一句话。问他话的是个老红军战士，叫陈靖，是挺进军剧社的负责人。他提醒我爹："居庸关鬼子重兵布防，从居庸关过平绥路，不安全啊！"我爹笑着说："最危险的地方，往往也最安全！"他计划从昌平南口中间插过去，横跨平绥线，直奔十三陵，从定陵西边进德胜口，到达后七村。

6

重孙女，你说的已经不少了，让太爷爷多说点儿。我也不多说，只说一锅烟的工夫。省得你怪我话痨。

我也说点儿字话，免得你嫌我土气。

我重孙女说得对，乙化要夜闯居庸关啦。

后半夜，乙化的队伍翻过最后一座大山，来到南口西边山下。一阵清脆的马蹄声响起，我看见一个通讯兵骑马跑着，嘴上喊着“跑步前进，过路集合”。声音刚落，黑压压的队伍潮水般向平绥路涌来。乙化站在铁路的道轨上，右手提着他那把连发长管驳壳枪，左手攥着马鞭子，指挥士兵们快速经过铁路。他的样子就像个指挥千军万马的将军。好多士兵是山里人，没见过火车和铁路，过路时趴在铁道上，好奇地用手摸着铁轨，快活地叫着。

乙化催大家快走，到前边村庄集合。这时，不知从啥地方发出一声怪叫，把士兵们吓了一跳。赵光路说：“这是敌人的爱路村，可能是给敌人报信了。”曹福增说：“妈的，狗汉奸，应该宰了他！”树上的鸟被嘈杂声惊起，哩哩哩地啼叫。村口那家宅院里，一个农家小伙子像刚从炕上起来，披着破烂衣衫，抄着手站在门口，惊恐地望着眼前猫腰移动的人群。

乙化他们加快步伐，穿过大宫门，直奔康陵。王亢的人先到了康陵，他们已经在那儿歇息了一锅烟的工夫。乙化带领一个连最后到达时，王亢他们已经往德胜口去了。队伍就地休息。康陵村的人好，他们提着开水桶等在街上，街旁放着方桌，桌上摆着土瓷碗。

乙化喝了碗水，跳上附近一间平房的房顶，用千里眼——你们叫望远镜——朝远处望。电台台长支起天线，准备跟挺进军司令部联络。乙化把千里眼递给身边的赵光路，“你看看。”扭头对司号员说，“命令部队紧急集合，向德胜口跑步前进。”

小号兵紧跟着乙化的步子，用力鼓起腮帮子，吹着小铜号，发出紧急集合的号音。士兵们紧张地扛起枪跑向村口。

电台台长有点不满，乙化拍了拍他肩膀，“伙计，咱们走吧！”他跟曹福增和赵光路耳语几句。这时，一串枪声从北山响起，子弹落在一户农家的屋顶，冒起一股黑烟。村里的男人慌忙从厩里拉出骡马和毛驴，妇女抱着啼哭的孩子往外跑。康陵乱了起来，人们开始四下里奔逃。我看得清清楚楚的。

乙化让警卫连留下一个排牵制鬼子，保护直属队和地方干部安全下山，自己带着队伍向德胜口奔去。

7

天亮了，乙化大步走在田坎下的河道里，随行的金记者却在小跑，跑得直喘。他跟乙化形影不离。经过万历皇帝的陵寝时，这个金记者发起了感慨。山上响起枪声，子弹嗞嗞叫着，乙化镇定自如地迈着大步，边走边往北山看，观察敌人的火力发射点。一阵晨风刮起，冷飕飕地迎面扑来，金记者直说“塞外荒漠、塞外荒漠”。乙化没理他，催促前卫跑步前进。他要争取时间占领德胜口。

队伍刚过沟门，德胜口西壁悬崖上响起机枪声，子弹像炒豆似的炸在乱石上，迸起耀眼的火花。乙化用身体挡住那个记者，对身旁的战士喊：“别乱跑，瞄准敌人再打。”

“靠西边卧倒，别动。”乙化推了记者一把。他自己提着手枪，一个箭步，闪过日本鬼子的火力封锁，跳到对面斜立的大石头后面。这个不要命的。警卫员跟着跑了过去。

一个老鬼子站在崖头狂叫。

一个瓜圆形手榴弹抛下来，滚到水沟处，他们向西一闪，紧靠悬崖，躺在石壁底下。“轰”的一声，手榴弹炸了，但是没有伤到人。

听不到乙化的声音，金记者和两名地方干部有点慌。西山上响起双筒机枪的声音。山头的火力越来越猛。不久，日本鬼对德胜口的射击停下来。康陵方向的枪炮声也消停了。太阳从东山升起时，王亢带着三十几名士兵，扛着双筒机枪，从西岭走下来。日本鬼被打退了。干部和记者长出了一口气，在溪流边捧起水洗头。

留在康陵的那个排也赶上来了。

8

队伍在果庄休息一会儿，吃过早饭，向西庄户转移。士兵们太累了，一夜走了一百五六十里，他们在西庄户睡了俩时辰，睡得那个香，直流哈喇子。

从西庄户出来，乙化带着人向村北山上小道走去。大晴天和好看的山景令乙化有些激动。他有作诗的冲动，可也更急于见到吴澜和苏梅。他们在沙梁等他。倒是那个金记者，一个劲儿地东张西望，老是沉浸在诗情画意里。他在当天的战地日记里写道：

远望起伏的山岭，白云像一缕洁白轻柔的细纱，缠绕在雄伟耸立的燕羽山山腰，山景更妩媚了，多迷人呀！近看满山遍野的蒿藤丛莽，披挂着晶莹的露珠，显得盛开的鲜花更加艳丽。

山路的左边，满岗上野玫瑰粉红娇艳，香气浓郁袭人；右侧沟壑里野百合翻卷着金红的花瓣，煞是喜人，桔梗倒挂着一串串蓝色的铃铛花朵，多好看呀！

乙化他们转过一个山坳，远远看见一棵大树下坐着几个人，警卫员眼尖，欢实地叫了声："吴主任！"吴澜也发现了他们。他和苏梅向乙化他们走来。他们高兴地握手、拥抱，叽叽喳喳地抢着问话，然后又回到大树下。乙化把草帽往树底下一扔，解开领扣，坐在树根儿上，让他们给他唠唠。

吴澜告诉他，这一带敌人兵力主要是伪满洲军第二旅35团，装备好，弹药足，受过日本人特殊训练。团长阎冲，锦州人，骄狂得不得了，是平北各县伪政权的太上皇。十团第一梯队进入昌平和延庆后，他多次对后七村进行围攻，烧了不少房，杀了不少人。35团团部在永宁，兵力分布在永宁、四海、大庄科、琉璃庙等地。其中，永宁一个营，轻重机枪七挺；大庄科一个营，里面有日本人；四海有步兵连和骑兵连，迫击炮两门，轻重机枪六挺，弹药装备比其他连都好，挺能打的。

苏梅介绍地方党组织和政权建设情况。两年前，平北地区头一个农村党支部在沙塘沟建立，乙化他们那个党，叫什么来着，对，共产党，共产党在这里播下了火种。发展了六名农村党员。苏梅说："这儿是游击区，有时是敌占区，斗争非常尖锐。在延庆川，敌特汉奸活动非常猖狂，在交通要道设卡子，扣截从川里来的老百姓，不准他们给中心区送粮食。我们在川里活动都是秘密的。敌人昼夜查户口，我们只能在群众掩护下工作。"

乙化微微点头，时而看苏梅，时而望着附近的群山。吴澜偶尔插话补充两句。苏梅说："这个沙塘沟是我们的中心区，最近敌人扫荡，老乡都躲进山里。敌人围攻搜山，杀害了四五十人，多是妇女儿童，都是敌人用刺刀挑的，非常残酷。小姑娘遭残杀的更多。我们一个干部的老婆是平北人，被奸污后又被杀害。另一名妇女被轮奸后，都无法走路了。住房也都被烧了，我现在住的大青沟只剩下两三户。”

乙化的眼里烧起一团火——我看见了——他暗自咬了咬牙。

“是的，平北斗争形势严峻，但也有有利的一面。”吴澜接过话，“在最近一次延庆南山战斗中，群众参战特别英勇。他们在敌人纵火烧房时，没有哭爹喊娘，没有哭天抹泪，只有满怀仇恨地说——‘烧就烧，有命在就好办。’他们在战斗中特别勇敢。在平北，人民自卫军比平西表现还好。县政府住的那家房子，在敌人扫荡中被烧了，房东早已经料到，就在山沟里先建一座草屋，准备敌人烧了旧房住新房。”

吴澜的话令乙化振奋，他的嘴角挂着笑意，心里都是绿油油的。

三个人聊天的时候，姓金的记者就在旁边听着，他手上的笔在本子上飞跑——字密密麻麻的，我看不清。只有他们谈话结束时，他在本子最后一页写下几个大字——“满汉蒙三兄弟沙梁相会”——这个我看得清清楚楚的。

哦，我明白了，我的乙化是满族人，吴澜是蒙古族人，苏梅是汉族人。这个金记者，还真能……转词儿。

9

沙塘沟是一个大山里的村子，四周都是山，山不高，像丘陵。山上有好多树，杏树和松树最多，其次是香椿和栗子树，中间杂以灌木和山枣。我看得清清楚楚的。沙塘沟距离延庆县城一百里地，如果经昌平去北平有一百五十里地。乙化他们进入沙塘沟时，太阳已经快要下山了。村里到处是烧焦的瓦砾，乱石头成堆，焦黑的房梁、立柱歪歪扭扭，残墙断壁黑魆魆的，像被烟熏火燎过，这个乙化看得真真亮亮的。我也一样。

苏梅告诉乙化，沙塘沟有六名共产党员，五个姓张的，一个姓胡的，并一一说出他们的名字。乙化非常高兴，他重复了一遍他们的名字——张福、张银、张瑞、张朴、张殿和胡殿鳌——他的记性令苏梅钦佩。他转身对王亢和小曹子说：这里有党员，有群众基础，不错！

小曹子就是曹福增，他是我们辽阳人，一直跟着乙化打日本鬼。他自从枪毙了那个疯女人——好像叫二梅——就被降职了，从副团长降到了副营长。虽然降职了，小曹子毕竟是队伍里的老人儿，政治上没的说，拥护上没的说，对乙化和八路军绝对忠诚，因此还是团里的重要人物，是乙化的左膀右臂。你瞧，我也说到了“拥护”。我的头疼了一下。

太阳正下山时，炊事员蹲在炕前，架起柴火，烧火做饭。电台台长在大树枯枝上拉电线，准备跟挺进军司令部联系，报情况。王亢跟乙化报宿营情况，乙化边听边往外走，后面跟着营连干部。他们来到村北山冈，观察地形。王亢告诉乙化，从泰陵开来一辆卡车，车上全是日本人，并且全副武装。

10

第二天早上，枪声把金记者从梦中惊醒。他“嗖”地从炕上翻起来，揉了揉眼睛，看见乙化的警卫员神色紧张地站在门口。日本鬼的机枪在东山梁“嗒嗒”怪叫，稠密的子弹从村子上空“嗞嗞”飞过。乙化和赵光路、王亢站在院里，王亢说，各连队都按昨夜部署，已经进入阵地。乙化样子镇定，低头摸了摸下巴，向上捋了捋倒竖的胡须，对身旁的作战参谋说：“没有命令不准还击，敌人正在用火力侦察我们。”赵光路也说：“要沉着，不要暴露。”

王亢说要去前面看看，飞步跑了出去。

乙化望望村前的山冈，跟赵光路说了句什么，大步走出院子。守在门口的一群青年自卫军为他让路，闪在街道两旁。金记者跟在后面，左手拿本，右手拿笔，随时准备写下什么。苏梅从西街走过来，跟乙化会合，往村里西坡走去，准备打那儿上山。碎石在他们脚下“哗哗”响动，树叶、蒿秆上的露珠儿一串串滚落，弄湿了他们的衣裳和鞋袜。山上，年轻的士兵卧伏在山窝窝里，用树的枝叶掩蔽着，紧握枪托，平视前方。对面山岭离得不远，此时静悄悄的，要是狗叫一声都能听见。乙化知道，这过分的安静不太正常，他举起千里眼，不断地观察山那边的情况。

“那边树枝有点摇动，”乙化走到王亢跟前，站在一棵大松树的阴影下，“树林里有人活动，刺刀闪着白光……”

“营长！”一个小通讯员尖叫一声。

“少他妈一惊一炸的！”王亢轻声骂道。

“树林里有人，你看。”通讯员感到委屈。

对面山岭立即反应，一个声音大声嚷嚷：“那边还有一个营长！”声音刚落，一串枪声响起，子弹打着呼哨往这边打过来。

乙化让金记者到后边去。他刚一离开，一梭子机枪子弹打在刚才坐着的草地里，冒出两股白烟。乙化继续在松树下站着，用千里眼寻找敌人射手的位置，好像什么都没发生似的。乙化的高大身躯被金记者的照相机拍下来了。

一串步枪子弹打过来，乙化把千里眼递给王亢，让他注意一下对面的“黑森林”。王亢看了看，立刻下命令：“对准松树毛子那旮旯，给我狠狠打！打完挪个窝。”机关枪痛快地叫起来，附近的士兵、民兵、卫生队员被机枪手鼓舞着，个个眼睛发亮。那个记者爬上山头，挤进一个掩体里，他发现飞来的子弹忽高忽低，威胁不大。一发迫击炮弹横空飞来，擦过头顶，落在身后山坡上，在空旷的菜园里炸开。炸裂的炮弹向四周抛出细碎的弹片，四面尘土飞扬，一团团黄白色的烟雾散发出刺鼻的气味。村里的人们背着铺盖卷，牵着毛驴，从硝烟里冲出去，向西山奔去。

太爷爷，您别说了，您这说得也忒细了！啥时候说完啊？

东南方车岭一带枪声激烈，北面的董家沟、景而沟也打响了。乙化脸色严峻，扭过头说：“南北都打响了，敌人行动挺快呢。但主攻方向不明朗，看来，他没有摸清我们。”

苏梅侧着耳朵听听东南的枪声，说：“车岭地形很好，如果只泰陵那几个敌人，九连和游击大队应该能顶住他们。”他看不到王亢的身影，有些纳闷，乙化告诉他，王亢去盘地炕——王八盖子前线了，那儿可能要成为主战场。

“大庄科敌人如果进犯沙塘沟，一定经过沙门这个山冈，冲过王八盖子下边的小井沟，抢占沙塘沟后山。”乙化停了一下，凝视了一下身旁的苏梅和赵光路，看上去心思沉重，“估计，这一仗非常重要。我说能不能打垮他们，刹住阎冲这小子的狂妄气焰，对开展平北地区非常重要。”

苏梅点了点头。

乙化沉思一会儿，捋着连鬓胡子问：“大小庄科怎么一直没有情报送来？车岭也没个信儿，真让人闹心！”

“可能是敌人封锁了大小庄科，出不来人。不然曹凤祥同志早把情报送来了。”苏梅紧皱眉头，精明的小眼睛不住地眨巴着，“他是今年正月里我们在小庄科发展的一个秘密党员，过去几次敌人扫荡，他都报得及时、准确。这回也许是被捕了。敌人诡诈，附近特务多。”苏梅默默地掰着烧焦的玉米面饼子，送进嘴里嚼着。

太爷爷，怎么吃棒子面饼子也说上了呢？您这真是话痨了啊！

没事儿，没事儿！这场战斗我看得清楚，讲细一点儿不碍事，大家伙爱听！……我下来了，就在那个沟里，我要保护孙儿。可我无法靠近他。不知为什么。倒是那个记者，挺容易接近的。我趴在他肩膀上。他看到的我都能看到。重孙女，你少管我，让我说完！

乙化派出侦察员，去车岭跟九连联系。吴澜认为车岭那边问题不大，游击大队和九连能顶住泰陵据点里的几十个伪军。他更担心大庄科的敌人，“大庄科这个二营营长苏庆生性情残暴，杀人不眨眼。他对自己的兵打骂虐待是家常便饭，打仗时提着盒子枪督战，谁稍不听指挥，就任意枪杀，比杀小鸡还容易。伪军对他既怕又恨，逃亡现象严重，所以这个营还不到二百人。”

乙化点了点头，心里认可他的分析。这时，山下枪声紧起来，乙化起身往后山走去。吴澜跟着他。警卫员手提驳壳枪，通讯员肩背小马枪，紧跟在他们身后。苏梅和金记者走进山坳里一家大院，向昌延联合县县长胡瑛了解担架队情况。

枪炮声消停了一会儿，又热闹起来了。大院里的小伙子们——有五十多人——扛起担架，在县长指挥下排成队伍，陆陆续续爬上山冈。

我从金记者的肩上看到，远远的沟岔里、山坡上、丛林间，到处是来来往往的人影，紧张而忙碌。这时，沉重的嗡嗡声从东南方响起，仿佛阵阵闷雷。山头上的哨兵吹起一种奇怪的号角，我不知道咋回事，是金记者跟苏梅的对话告诉了我——“不好,敌机要空袭。”“‘绿阎王’飞得真低！”我明白了，他们管日本鬼的飞机叫“绿阎王”。金记者走向山角，我们站在一棵大核桃树底下，从树叶浓荫的缝儿里看到两架“绿阎王”从东岭低低地飞来，直奔沙塘沟山村俯冲过来。随着震动山岳的轰隆声，一股大风鼓动着树林向前倒来。飞机斜歪着翅膀，从舱口露出一张鬼脸向下窥视，闪电似的划过山头。当它又转回来的时候,炮弹从高空呼啸而下,散落在山前山后,山野里腾起浓重的黑烟，呛嗓子呛鼻子的怪味令我魂儿疼。金记者一个劲儿地咳嗽。我立刻跳到三丈高的地方，在那儿换了口气，重新回到他肩上。这时，山顶上，杏树林里，也响起了轻机枪“嗒嗒嗒”有节奏的清脆的声响，间杂着步枪的射击和手榴弹的爆炸声。我知道，日本鬼在炮火掩护下向乙化他们进攻了。

我担心我孙儿，可我就是无法靠近他，甚至看不到他在哪儿。我像是被粘在了那个记者的肩膀上。担架队冒头了。张福、张瑞、张银抬着担架从山头丛林里钻了出来，他们双手抓紧担架柄顺着山坡小心地往下溜，滑到山下时，裤角被酸枣刺儿扯破，粗红的腿肚皮向外浸出一串串的血珠儿。金记者急忙上前，扶他们走下陡坡，帮助他们把伤员抬进大院里的临时急救站。敌人的炮弹不时飞过，落在村外旷野。卫生队队长从东厢房跑出来，看到伤员流血过多，让民兵立刻抬进屋，拿起剪刀，迅速剪开被鲜血染得湿淋淋的绑腿布和裤筒，鲜血汁像泉水似的喷射一米多远。伤员一言不发，歪着身子躺着，有点昏迷了。医生们立刻把伤员的大腿紧紧扎起来，注射了一支什么药剂。镊子探进伤员膝盖下的伤口，一粒子弹被取出来。用钢针缝合伤口后，医生微笑着对伤员说："同志，你看，一颗没炸的子弹，而且没伤着骨头。只是细血管破一点儿，已经止住血，养几天就好了。"伤员看上去不到二十岁，对替他包扎的护士说："没什么，像蚊子叮一口，喝点血罢了。伤好后，我要给日本鬼子多吃几颗黑枣儿。"

太爷爷，您有完没完？天亮了，您该回去了。

没事儿，不急，说完我再走。

侦察员从大青沟回来，遇到金记者和苏梅正要去后山找乙化。他们一起向后山走去。出村不远，正赶上乙化、吴澜从王八盖子回来——我看见我的乙化了——他站在山角的石壁旁，挺着胸脯扬扬手说："回去吧，伙计们，山下都打冒烟了，去不得，你们看……"他把千里眼递给金记者，"那个杨树林争夺很厉害，拉锯三次了！"他左手叉着腰，右脚蹬在石块上，举起手，指着前边的二十几棵树说："我们和敌人就是争这个杨树林，我们的人依靠树林西边的丘岗子；二十几个敌人靠东边那两间土房，拉来拉去谁也站不住脚，不分胜败。"

乙化坐在石头上，几个人挨他坐下，听侦察员报告南边的情报。他仔细听着，不时皱皱眉头，捋捋挓挲的胡须，有时向脑后推推军帽，默默用右手五指挠挠头顶。他说："我看车岭这股敌人是从南口来的，泰陵本来只有几个伪军，并没有日本人。鬼子不甘心前天在德胜口的失败，更不想让我们在后七村站住脚，打算趁我们还没喘过气的时候，跟大庄科敌人配合围攻我们，把我们消灭在沙塘沟一带。"

"我也这样想，敌人不走锥石口、碓臼峪，也不奔袭铁炉子、包围沙塘沟，却走松树沟，以为那边空虚，可以偷袭霹破石，一举消灭我们，真够狡猾的！”吴澜接话说，“赵立业他们反扫荡刚刚结束，指战员还没休息，不知道能不能顶得住这股敌人？”

苏梅说了些武器、觉悟、地形的话，得出结论：九连能拖住鬼子。

乙化说：“只要钟辉琨大队和赵立业九连能顶住敌人，拖到天黑就是胜利。”

拖到天黑没问题，我看您是要说到天黑。太爷爷，您这也忒……忒能抢话啦！您说半场雨的工夫，早到了啊！

半场雨可能半个时辰，也可能两个时辰，那哪有定准呢？

太爷爷，您耍赖！不像话啊！

好了，重孙女，莫生气！我再说一锅烟的工夫。

说话算数！

算数，算数！

太阳已经偏西，大庄科方向还没有增兵的样子。“绿阎王”像一只绿头苍蝇不时飞过来一趟，炮轰停下来了，枪声也不那么凶了。乙化不安地坐在树荫下，两手托着后脑勺，背靠黄土坎，两眼向王八盖子方向望着。他盯着胡家坟沉思默想。我想飞到那片坟地去，让他看见我，可我做不到。我听见他们商议：只要苏庆生的二营进犯，就让他有来无回。

乙化再次登上胡家坟，站在松树下，用千里眼向小井沟张望。吴澜跟在他身后琢磨着什么。苏梅和金记者想沿着偏斜的茅草道登上胡家坟，被乙化制止：“前边很危险！”他们只好留在山下。苏梅对乙化说：“我马上去找胡瑛，把担架队调上来，支援你们一场大战。”然后回过头问金记者：“你要不要跟我一块儿去？”

金记者答应了。我不想去。我想看着我的孙儿，但是没办法。

不到一锅烟工夫，一个个担架队员挂着柞树叶，走在山南山北的岭道上，穿过茂密的杂树林，你追我赶奔向胡家坟。前边没有枪炮声，静得让人发毛，金记者的胸脯好像被一块大石头压住，有些喘不过气来。我离他最近，我感觉到了。他屏住呼吸，紧张地观察、倾听前方的动静。

太阳快落山了，金记者实在忍不住，悄悄穿过树林，登上王八盖子山坡。为了给他壮胆，我暗地里给他使了把劲。乙化站在黑松林里，正向小井沟观望……突然，他举起千里眼，对身旁的吴澜说："沙门梁上冒出几个敌人。"

吴澜接过千里眼，看着说："他们端着枪，刺刀明晃晃，从山梁下来了……横排队列，齐步前进，还有一个扛膏药旗的……好像要冲锋……"

乙化一回头，看到金记者站在身后，眉头一皱，把手一挥，说："快下去，这儿太危险！"

记者在犹豫，乙化发火了："快回沙塘沟去，从那儿也能看到打仗；我的记者同志，这不是看马戏，是真枪实弹啊！"记者没见他这么恼怒过，立刻退下几步，心里却热乎乎的——这个我感觉到了。

前方传来密实的枪声，冲锋号在胡家坟下边响起来了。号音未落，重机枪闷声闷气地响起来，夹杂着步枪射击和轻机枪嗒嗒嗒的叫声。冲锋号越吹越急，记者激动万分，恨不得自己冲上去。这时，敌人的一颗炮弹嗖地飞来，在岩石上炸裂，弹片跳起，从记者耳边划过，打在树干上。记者哆嗦了一下。我感觉到了。炮弹热辣辣的。这种炮弹我熟悉，是它把我送上西天的。接着，一些炮弹、手榴弹落在附近的沟壑和山坡上，翻起砂石，折断树木，尘土和枝叶在上方飞起来。

乙化和吴澜都还稳站在黑松林里，仿佛没有看到头上飞过的炮弹，而聚着神儿瞅瞧东北方向，并相互论议着。我听不见他们说什么。只见乙化挥舞手臂，敞开胸襟，大声地喊着，甚至骂着。几个通讯员背着小马枪不安地站在他周围，听候他发令——有人跑下山去，有人跑上山冈，双手挥动着红白方旗，说着旗话。

小井沟传来激烈的非同寻常的手榴弹爆炸声，夹杂着机枪射击声、大炮轰鸣声和人群的喊叫声、厮杀声，各种声音在山间回荡，好像要把燕羽山震塌。山谷里，炮火的硝烟大雾似的升起来，黑、黄、白、褐色的尘烟裹杂着，把晴格格翠生生的大地笼罩在昏暗、迷蒙的境界里。

一个小通讯员从胡家坟下边爬上来，快步地在山林里钻来钻去。当走近时，金记者抓住他的胳膊，想问问前边的战斗情况，他用袖头擦擦脑门儿上的汗，喘着粗气说了句："打得太邪乎了！"然后挣脱记者的手跑掉了，"我有任务，调担架队，上前线抢救伤员！"他边跑边喊。

在猎猎的枪炮声中，一个战士背着伤员从山冈上踉跄走下来。一颗炮弹从头上飞过，他们立即卧倒，炮弹落在西坡上。炮弹炸开以后，他们爬起来，走进山坳。炮弹无休止地轰轰隆隆地响着，好像要把山推倒，把大地压沉下去。

小通讯员带着担架队回来了，匆匆走上他刚才走过的那条小毛道，步子仍然很急。金记者一着急，也顾不得乙化的警告，跟着小通讯员就上去了。我紧跟在他身后。我只能跟着他。好像我是他的魂儿。

乙化隐蔽在石砬后面，对身旁的吴澜说："敌人的冲锋又被我们的反冲锋打退了，打得好！你看敌人指挥官跳起来了。他妈的，跳吧！这条疯狗，拿王八盒子威胁他的弟兄们，还想再冲一次吗？"

“我们的人冲上去了！”小通讯员在身旁兴奋地叫着，“看呀，捅死一条黄狗，捅个仰八叉！”小孩子眼睛亮，看得远，看得清。我也看见前面战场上厮杀的情景，人群中尘土飞扬，浓烟四起，爆炸声、呐喊声混在一起，刺刀的光影在太阳底下明晃晃地划来划去。“绿阎王”从车岭飞过来，吓得林中山鸟四散而飞，山坡上一头老黄牛举头张望，哞哞直叫，想挣脱缰绳马上逃走。看来，日本鬼闯进山里，连畜生也不得安宁！“绿阎王”飞过去，转个圈子，跑了。

太爷爷，一锅烟工夫差不多啦！

还不够，还不够！别着急，重孙女。

二连那个指导员从战场上被抬下来，后边紧跟两名护士兵。乙化走到跟前，揭开被头，看到伤员身上的棉衣烧得发焦，包裹的白纱布也已经被血染透。他悄声问道：“伤势怎样？”又立刻把被子盖好。护士抹着眼泪说：“炸在头部胸部很多地方，流血过多，昏迷不醒，怕是……”乙化沉下脸说：“快抬到急救站去，要秦队长和张大妮想尽一切办法抢救，保证刘指导员的生命安全。”

黄昏时，战地枪炮声停息了，王亢赶到急救站。值班军医告诉他，秦队长还在手术室，手术进行顺利，二连指导员头部胸部五处负伤，是掷弹筒打的。因为受伤位置特殊和战地医疗条件不好，没能把弹片全部取出来。王亢问：“有危险吗？”秦晓光说：“不会有生命危险了，请营长放心。”

刘指导员渐渐醒过来，他听出有人走近，用微弱的声音问：“营长好吗？”

“我在这儿，什么事也没有。”王亢低下头，安慰他说，“你好好养伤，我们还要跟这群王八蛋干！”

“我伤很轻，掷弹筒划破点皮，算不了啥。我们连长呢？他冲上去的时候，我就挂花了。”刘指导员问。

“齐振武这个山东大汉非常勇敢。我先看到一个鬼子站在最高的那个山梁上，手摇膏药旗，胡乱喊叫，便叫老齐带二连同志们杀上去。”王亢说到这儿，凑近刘力生，大声说，“他们像小老虎似的，瞪着眼睛，端着刺刀，连喊带叫，冲过三个山梁……敌人增援四次，双方展开搏斗，你杀我砍，都杀红了眼睛，真是血漫山冈、陈尸遍野呀！只剩下几个敌人，比兔子跑得还快呢。”

“一连在侧翼，打得也挺好，堵住敌人前来的道路。我左边的通讯员，右边的特等射手，都牺牲了，他们打得都很好。今天全歼敌人一个营。”王亢一口气把战斗情况都告诉他，就是没说齐连长在他挂花后不久，也中弹牺牲了。

那个秦队长走进来，不让人们再继续谈下去，叫担架队赶快把刘指导员转移到安全地方治疗。

重孙女，你别着急。马上就打完，马上就说完。

咋啦？生太爷爷的气啦？噘嘴啦？不说话啦？莫生气，莫生气。

枪炮声在沟里响成一片，震得鸟儿四散，震得云彩发颤，震得我耳鸣。眼前的一切，我看得清清楚楚的。三个战士围住一个日本鬼，想活捉他，但是那个日本鬼虽然受伤，可就是不投降，情急之下，一名副班长举起枪托砸向日本鬼脑袋，日本鬼倒下了。一名士兵走过去，看了看日本鬼，伸手在他的鼻子前试了试，立刻埋怨起来，说本来要捉活的，你咋把他打死啦？副班长说，我是想把他砸晕，再活捉他，没想到劲儿使大了。副班长脸上有对不住人的意思。这个我看到了。士兵敢斥责长官，真是不简单。看来真是官兵平等。那个小士兵不高兴地说，得，这下奖励泡汤了，一脸的不乐意。那时候，八路军提倡捉日本鬼的俘虏，可是很难，就定了奖励政策。不过，这次他们没有捉到俘虏。

天快黑时，沙塘沟战斗结束啦。王亢回来了，曹福增也回来了，他们告诉乙化，从大庄科侦察来的情况看，敌人伤亡近二百，满洲军第二营被全部消灭了。

“我听慈母川跑过来的人说，鬼子拉走的死尸足足装了两卡车；活着回去的也都连哭带号呢。”曹福增说，“他还说地下丢了很多铁帽子，像一堆破葫芦头在草地上乱滚。我告诉他，那叫‘钢盔’。”

众人哈哈大笑起来。

赵光路和团部侦察员从大青沟回来，赵光路咳嗽得厉害，他让侦察员给乙化介绍情况。“昨天，敌人二百多进了松树沟，就被我九连和游击大队在庙儿岭截住，一顿痛打，足足打了一天。打得特别激烈。听说敌人死了不少，还打死一个‘太君’。敌人企图从霹破石、铁炉子包抄咱十团主力，没想到庙儿岭驻有八路，钟政委和刘司令又都是老红军，神机妙算，把鬼子堵在沟筒子里，狠揍这些王八蛋！我们还不到二百人，武器‘套铳子’和‘汉阳造’，外加‘掌中星子’。”

乙化脸上露出笑容，他冲吴澜和王亢竖了个大拇指，我知道，他这是在夸侦察员说的那个“钟政委”和“刘司令”。金记者快速地在本子上写字。我看见他把侦察员的话都记下来了。

这是乙化到平北后打的第一个胜仗。我看得清清楚楚的。小曹子说：“今天咱们打的这是‘三白战’！”大家不解，他解释说：“白乙化指挥的，白天进行的，白热化的战斗！”众人又笑。

乙化却笑不透彻，他想起死去的齐连长了。

是啊，损失还是有的。苏梅说：“慈母川、霹破石、铁炉子等村子被敌人抢劫一空，好几千间房屋被烧毁，牛、羊、猪、鸡被抢走四卡车，都拉到大庄科、永宁、泰陵据点去了。”

村人们陆续从山沟里回到家中，摘瓜洗菜，淘米做饭，准备犒劳乙化他们。到处是笑声，欢呼声，小山村又热闹起来了。

天亮了，我也该回去啦。

11

当天夜里，我爹和吴澜叔叔率领队伍跳出后七村，在月色下悄悄由燕羽山北侧奔往延庆川，向东北方向挺进。午夜时分，他们开始移动，经过永宁城、延庆川，天亮时到达黄峪口，在那个小山村休息了一上午。

苏梅和县区地方干部仍留中心区坚持斗争（县政府还在霹破石），赵立业九连也留下来，保护抗日政权和群众抗日活动。那个金记者在大青沟住了一晚上，第二天去小辛庄开了个会，然后跟随钟辉琨冒着大雨，经柳沟、吕庄、古城，去了北山五里坡。

黄峪口鼾声如雷。战士们睡得很香。他们走得太累了。我爹四处转了转，看警戒哨都已安排好，也去老乡家睡了一会儿。

12

广娟吾妻：

距离上次写信已经一年，家中一切安好？

数日前，我已到达平北延庆，准备赶往密云，与兄弟部队会师。我这里都好，身体也还吃得消，你尽可放心。

我可爱的女儿多大了？七岁？还是八岁？记不得了。真是惭愧。我想她，很想抱抱她。可是我还没有见过她。不过，我确信她是女儿。

前次信中提到的二梅，已经不在了。郭顺死后，二梅本是很想念他的，但是她总做怕梦。郭顺在梦里吓唬她。二梅睡不着觉，就变得神经兮兮的。后来，她喜欢上赵光路，可赵光路不喜欢她。我们也知道，她应该有个男人，就想把一个年轻后生——叫周宝的——说给她，但周宝死活不肯，他说他是郭顺的徒弟，徒弟不能娶师母。这件事把我气坏了。但周宝就是不从。不但不从，不但不从的消息还在队伍里传开了，二梅伤心了，加上夜里害怕，有点儿神经了，疯癫了。有一天，她光着身子跑出来，冲着训练的战士大喊大叫，并且跟曹福增纠缠起来，不慎被打死。这件事传到了上级那里，上级怪罪下来，撤了曹福增的职，从副团长降为副营长。

这事发生后，我常想，革命战士有儿女情长，其实不是错误。只是在队伍里如何处理感情问题，不是一件简单的事。有爹娘的想爹娘，没妻儿的想成个家，这是人之常情。不知道，这种人之常情，何时能在大家身上实现。我知道，如果不打仗，我们的战士都会堂前尽孝，榻上尽责，孝敬好父母，照顾好妻子，教育好孩儿。但是，这残酷的战争，让我们失去了一切我们应该有的东西。而这战争，源于日本鬼子，他们十恶不赦，罪恶滔天。

以前跟你提到过，日本人在南京的屠杀，有三十万同胞被杀，有十万妇女被淫。死者永不复生，无论老幼；辱者生不如死，无论富贫。那些被玷污的女人，日后怎样生活——嫁人者如何面对男人，未嫁者如何找男人——这真是一个大问题。女人伤疤也是男人伤疤，是家庭伤疤，是民族伤疤，因此，我们没法原谅那些畜生，没法原谅那些禽兽行为。

郭顺和二梅的死让我常常想起他们，也让我常常想起自己。如果有一天打败了鬼子，我得胜还乡，与你团圆，那自然是好事；如果我牺牲了，你要照顾好女儿，等她过了十岁，你尽可找寻自己的新生活。找寻你新的幸福去。这是你的权利，是你的自由。我支持你。我说的是真话，可以对天起誓。我们共产党人是唯物主义者，讲究实事求是。假如死人可以给活人托梦的话——我是不信这个的，只是打个比方——绝不会在梦里吓唬你，绝不会像狗日的郭顺那样，往死里逼自己的妻子。哈，我开个玩笑，你不必当真，别因此害怕起来。

其实，仗越打越顺，再有个三五年，兴许就能把鬼子赶走了。别为我担心，我的命大着呢！我还没见过我的女儿，怎么会死呢？

别的话不说了，你照顾好自己，也照顾好咱们可爱的女儿。当然，还要照顾好长辈，特别是父亲大人。父亲这辈子不容易，母亲去世后，他对我们操心甚多。虽然有时霸道些，但他终究是我生身父亲，我们理当孝敬。

娟，照顾好你的身体，等打败日本了，我就回家，咱们再生个娃。女娃有了，那就再来个男娃，让我既能当姥爷，也能当爷爷。我想，这个希求不过分吧。

有人敲门了，我收笔了。祝安！

乙化

民国二十九年五月

13

来敲门的不是小曹子曹福增，也不是小胖子王亢，更不是一只手赵光路。是一个女子。这个女子叫张大妮。她是李大山后来叫李金山再后来又改回李大山的那个人的媳妇。她在乙化的队伍里好像是个干部，好像专管女子们的事情。稀罕，女子能有啥事情，有啥可管的？可是，乙化他们那个党，对了，叫共产党，偏偏把这个事情也当个事情。倒也不赖。

这回不是我硬要说，是重孙女让我说的。她病了，让她歇一会儿吧。

女子手里端着一摞洗好的衣服，衣服叠得整整齐齐的。她是给乙化送衣服来的。她给乙化洗衣服，也给小曹子、小赵子洗，但主要给乙化洗。她把衣服放在桌子上，看了眼坐在凳上正叠信的乙化，想说什么又止住了。她打开斜挎在身上的书包，从里面掏出一本自己装订的书，放在衣服旁边。书的名字是《日本现代小说集》，字迹娟秀，我看得清清楚楚的。她说："我的字不好看，但是保证你能看得清。原书也在这儿，爱扔爱留，你自己决定吧。"原来，从平西出发时，张大妮和警卫员帮助乙化收拾东西，乙化看到日本俘虏送他的那本被子弹穿透的书时犹豫不决——带着占地方，扔掉又可惜——拿捏不定的时候那个女子说："留着吧，扔了就没了。"就是这么一句话，让我孙下了决心。他往箱子里装书的时候，女子说："你的东西多，把书放我包里吧。"我孙说不用，她说："我也想看看。"我孙只好把书交给她了。

这个事情小曹子曹福增不知道，白素清、赵光路、王亢也不知道，当然作家就更不知道了。只有我知道。我看得清清楚楚的。

当时，我的乙化一怔，眼睛睁得老大，他没想到女子会把子弹穿透的书给他抄录一遍，万万没想到。他伸出手搓了搓，准备翻动面前的手抄本，可就在手指即将碰到扉页的时候，手停在了那儿，他扭头看了眼女子，见女子微笑着看他，忽地跳下炕，双手紧紧握住那女子的手，“太好啦！太好啦！”他握着她的手时眼瞅着眼，眼睛里充满感激，手上的劲道让女子感到了疼。他的手握着她的手不断晃。“谢谢你大妮！”手还在晃。“谢谢！”还在晃。“谢谢你！”后来，他终于松开她的手，侧着身子拿起炕桌上的抄录本，小心翻看起来。他站在屋地上，脸蛋子红扑扑的，眼睛里亮晶晶的——她觉得他就是个大孩子。

“好久没看到团长这么高兴了。”女子说。

“你从哪儿买来这么多的纸？”乙化问，“多少钱？我给你！”

“不用。缴获的。”那个女子好像有点生气，转身往外走。

乙化也不送人家，只是抬手挥了挥，嘴上说了句“大妮，你慢走”，立刻坐下看书了。

这个女子爱惜乙化，我看得清清楚楚的。可是他没看出来。个傻小子。

爱惜归爱惜，这个女人不打算挑明这事。她只是暗地里爱惜。为啥不挑明哩？不是因为胆子小，也不是因为结过婚，而是因为——这个能不能说呢？算不算天机呢？——她觉得自己不配。她曾经被日本人糟蹋过，这件事连李大山都不知道。

当然，我的乙化更不知道。

乙化不但不知道，还不知道她暗自爱惜他。他啥都看不出来。个傻小子！家里有一房咋样？有一房再填一房吗？个傻小子！不开窍！我们大清朝时候，一个男人讨个三房五房的，太正常不过了。就算是民国了，也允许离婚的嘛！国民党的大官能离婚，共产党的大官也能离婚，为啥就不兴我孙离婚哩？不离也成，再找一个，革命需要嘛！当然，再找也不要找这个女人，这个女人被日本鬼弄过了，身上有股子怪味！可以找别人嘛！平北有的是好女子嘛！可我孙就是不找，就是不开窍，简直是死脑筋！我真想问问，你就不想女人？就不想家？就不想再有个儿子？我不信，偏不信。

其实我的乙化也想家，想媳妇，这个他不好意思说，但是我知道。他想女人，咋能不想哩——这年他才二十九岁——正是如狼似虎的光景。一条壮汉，如狼似虎，怎能不想呢？只是精力都用在了打仗上，心思都用在了看书上，那地方也就……不想了。他娘的，要不是日本鬼来捣乱，我的乙化说不定有一大堆儿子了——那样，我就有一大堆重孙子啦！想想都美！

别人睡了一个时辰的觉，乙化做了一个时辰的梦，醒了又写信，又看书，等队伍要出发的时候，他才觉得自己饿了。

他从兜里掏出一个烤火勺。

14

火勺是赵光路早上过永宁城时，从王记火勺铺买的。永宁火勺好吃，是当地上讲究的吃食。同治七年，我跟我爹闯关东时，曾经路过永宁，吃过那儿的火勺。那年我八岁。一碗胡辣汤，两个烤火勺，甭提多滋润了。吃过火勺后我就不想家了。

赵光路带着人走进王记火勺铺时天刚亮，掌柜的和伙计们正在忙活着。他们没想到这么早就有客人来，赶紧招呼他们坐下。赵光路说明来意，要把所有的火勺都包圆儿。掌柜的说不成，我们这儿有规矩，只能在这儿吃，不能往走带。赵光路好说歹说，对方才答应每个人带三个。他们去了五个人，十五个火勺还不够团里人塞牙缝的。赵光路看了看周宝，给刘敦递了个眼色，刘敦把一布袋哗哗响的洋钱放在桌上，赵光路说："我给钱，多给也成。"掌柜的却说："这个更不行了，我们这儿不认这个。"他转身走到柜台后面，打开一个木盒子，拿出两张红乎乎的票子，冲着赵光路抖了抖，"对不住了，客官，我们只认这个。"

这票子是伪蒙疆政府发行的纸钱，赵光路当然没见过。他不认得。我认得。我知道这票子。延庆这地方很怪，东部山区归满洲国，南部归华北自治政府，西部和北部归蒙疆政府，有"一县三国"的说法。说"国"并不准确，其实都是日本人的傀儡政府。政府是政府，国是国，这可是两码事。

"老乡，银圆是硬通货，咋能不行呢？"赵光路问。

"真不行，你去别处问问吧。"

赵光路从腰里拔出枪，放在桌上，"这个行不行？"

掌柜的瞟了眼桌上的东西，手指间的纸钱一哆嗦，脸上蜡黄，嘴上央求着："好汉，长官，这个好说……你，您是哪部分的？"

赵光路懒得说话了，伸出拇指和食指，"这个。"

掌柜的盯着赵光路的手指，没明白。

"八路？你们是八路？"一个微微发胖的伙计问。

赵光路点了点头。

"叔，他们是八路！八路军，打鬼子的！"胖伙计激动地对掌柜的说。

"八路军啊！"掌柜的两眼放光，走到赵光路跟前，"都给你们，今天的火勺都给你们！柱子，把那个笸箩里的火勺数数，足有一百个……也甭数了，都给他们。都给他们，不要钱。”由于过分激动，掌柜的声音有些发颤，“你们吃饱了好打鬼子！”

“钱还是要给的！”

“我爹说不要就不要了，国家兴亡，匹夫有责。”一直蹲在灶口拉风箱的伙计停下手上的活儿，走到赵光路跟前，“国难当头，让我们也为抗日做点事情吧。”

赵光路觉得这个眉清目秀的后生不像专门打火勺的伙计，倒像个读书人。是啊，他就是读书人，正在北平城里读大学。放假了，他就给他爹打打下手。赵光路跟他聊起来。

后来，周宝和刘敦把烤好的一百多个火勺装进口袋里，数好钱，递到掌柜的手上。掌柜的死都不接，赵光路向刘敦递了个眼色，刘敦趁他跟他们说话的时候，转过身，背着王记火勺铺的人，偷偷把钱袋子放到窗台上一个花盆后面。

临行时，掌柜的儿子上了趟楼，下来时手里拿着两张报纸，递给赵光路。“这是《中央日报》，我同学从西边带过来的，我又偷着带回了家。”他小心地向窗外望了望，“您知道，在我们这儿看《中央日报》是违法的……上边有许多好消息，绥西大捷、中条山战役……你们带着看看吧，可以鼓舞士气！”

赵光路接过报纸，把它塞进腰里，紧挨着刚才插进去的手枪旁边。

15

乙化吃完火勺，赵光路走到他身旁。他从兜里摸出两份报纸，悄悄递给乙化，小声说：“傅作义取得绥西大捷，卫立煌指挥第三集团军多次打退鬼子的进攻，守住了中条山防线。”

乙化接过报纸，问："哪来的？"

"早上买火勺时，掌柜的儿子给的。他在北平上学。"

"傅作义将军取得绥西大捷！"乙化手拿报纸念出声来。

"小点儿声。"赵光路提醒道。

"大捷是好事啊，打鬼子取得胜利，干吗要鬼鬼祟祟的？"

"这还问我？你，你们，不是说……"

乙化想起去年赵光路谈论长沙会战与曹福增引发争执的事情。因为那个，乙化把他心爱的收音机摔碎了。想到这里，乙化有些不好意思，他挠了挠头皮，郑重地说：

"那件事怪我，当时处理得不够好，不够冷静。不过，我还是那句话，我们不避讳谈论国民党军取得的胜利，因为我们共产党人的胸襟是无私的，宽阔的，除了民族解放，追求独立自由民主，我们没有自己特殊的利益。"

16

从黄峪口到白河堡，乙化他们走了一个时辰。两份《中央日报》在干部中传阅，有人大声念给了身边的士兵。我听得清清楚楚的。宣传队员按照报纸上刊登的内容，即兴把绥西大捷和中条山战役编成快板书，站在高处向过往的士兵说起了快板。我也听得清清楚楚的。在白河堡，队伍休整了一会儿，乙化他们几个干部开了个会。开会过程中，乙化接到上级电报，令他们抓紧时间，尽快赶往密云赶河场，与三营会师。电报还说，"平北工委一位同志随你团行动，近日到达平北。该同志已于月前从延安出发，并有秘密护送，可能先于你部到达赶河场。"

乙化一边思谋着上级的安排，一边吆喝着队伍出发。

太阳落山前，他们赶到白河岸边，坐上了曹福增提前联系好的竹筏子，漂流而下。

这年雨水足，白河水涨得猛，流得也快，艄公不用费力，竹筏子借水势往下滑，速度比马车都快。我的乙化望着白河两岸的山景，侧脸看了眼身边的赵光路，大声诵起诗来——“朝辞白帝彩云间，千里江陵一日还，两岸猿声啼不住，轻舟已过万重山。”赵光路点头称赞的当儿，笑着说：“老白，要是我背诗还差不多，你会作诗，你得作一首！”乙化也不含糊，瞅了瞅两旁的山色和一个在田里插稻秧的老农，脱口而出：

山野春风越妫川，勇士飞舟正向前。
百里峡谷罕人迹，一翁独插水秧田。
稻粱亦知亡国恨，壮我军威天地间。
君看白河水东逝，平北战场阔无边。

这就是我的乙化。枪打得好，诗也作得好。他的诗引来一阵掌声。王亢的掌声跟他的嗓门一样大。赵光路一只手拍在大腿上，照样呱呱响。小曹子虽然不懂诗，但手拍得最猛。一些战士也跟着鼓掌。竹筏子突然有点晃。那个女子——就是张大妮——轻轻拍着手，脸上微微泛红，自己都觉出热来了。连前面手撑竹竿的周宝，也回头望了望乙化，他的眼睛里满是敬佩。

这些，我在上面都看得清清楚楚的。

还有一个，我也看得清清楚楚的，赵光路在心里对自己说：共产党了不起，大有希望——我就像有了通灵术，在天顶上也能看透他的心思——他在心里头说，一个党光有好宗旨不成，还要有好的头人，现在看来，见不到的大头人和见得到的小头人，都还不错，绝非庸常之辈。这小子这么说，我可不爱听，我的乙化也是一个团长了，怎么能说小呢？——当然，跟姓毛的大官儿比，他当然是小的。可姓毛的大官，全国不才一个吗？八路军厉害，不才三个师吗？三个师不才几十个团吗？要是这么说，我的乙化也不小了。反正，我看出来了，这个一只胳臂的赵光路有想法了，心里发生变化了，喜欢乙化那个党了，开始上道了。

要知道，他可是一直声明不加入任何党派的。他跟我的乙化说过，希望做一个无党派人士。

17

十团经过千家店时遇到了麻烦。

本来乙化打算从六道河上岸，再上山，顺着山顶到黑龙潭、照山洼，奔怀柔宝山寺、汤河口，但是，小曹子的骑兵排负责打前站，他们顺河岸旁的山间路一路飞奔，到千家店伪警察署时，发现七个警察正在吃饭，小曹子临时改变计划，三下五除二，把他们全都捆了起来——有两个投降要参加八路的，当即解开绳子，带了回来。小曹子回来跟乙化和光路一汇报，他们当即决定，乘竹筏直接穿过千家店，经辛栅子、南湾，从黑龙潭附近的滴水壶上山，再奔宝山寺。坐竹筏子省劲不说，还能快些，倒也划算。

半个时辰后，竹筏队到达千家店村西店。顺着河上粼粼的波光，乙化远远望见东店石桥上人头晃动，细一看，原来是一队伪军，他们手举大枪，正向乙化这边瞄准。伪军身后还站着几个日本鬼。我有点儿紧张。不知道乙化他们看清没有。这时，西店的竹筏全都停下，王亢和赵光路站在乙化两侧，小曹子站在他身后，乙化拿出千里眼，仔细望了望六七百米外的石桥。他发现桥上有三个日本鬼、二十几个伪军，还有两挺机关枪。一个日本鬼也拿着千里眼朝这边望。

乙化问身后的小曹子："福增，不是说都绑了吗？"

小曹子抢过望远镜，看了看，说："警察都绑了，这是鬼子和满洲军。不知从哪儿冒出来的！"

我知道从哪儿来的。这帮家伙从东卯据点出来，打算绕花盆、千家店、沙梁子巡视一圈，再从花盆回东卯。他们就是这么想的。我看得清清楚楚的。

赵光路说："大概是巡逻的。"他说对了。

我的乙化也点了点头。

"咋办？绕道肯定来不及了。"王亢说。

"干掉他们！"乙化说。他的声音真硬气，带着股子牛劲，真像我孙。他站在竹筏子前面，双手叉腰，目视前方，那样子就像个伟人。至少像个将军。他的个子比我高，至少高出一拃。

"我带骑兵排顺山根儿绕到千家店河南，从石桥南边打，你们在水路从西边打，咋样？"小曹子问。

乙化点了点头："行！"然后挥挥手，"前进！注意隐蔽！"

队伍乘着竹筏子缓缓滑行，大概距离日本鬼有三四百米的时候，双方交上了火。噼噼啪啪，乒乒乓乓，嗒嗒嗒嗒。水流越来越急，竹筏子在水上晃来晃去，乙化他们的枪总也打不准，木桥上的鬼子和伪军没倒下几个，他的队伍倒死伤了七八个。士兵的血染红了白河水。乙化气得直龇牙。这时，骑兵排好像摸到了河南村，枪声响起来了。西店这边稍微缓解了一下，但日伪的火力依然很猛，他们依靠石桥，发疯似的向乙化这边射击。乙化差点挨了一枪。我真替他着急。真想下去帮帮他们。但是不行，不能违背天条。

这样又打了五六分钟，竹筏子还是占不到便宜，却顺流而下，离石桥越来越近，危险也越来越大。

“团长，等一下！”周宝死命撑住竹竿，不让筏子往下滑，扭头对乙化说，“我有个办法！”

“什么办法？”乙化问。

“我一个人去，炸了它！”

“怎么炸？”

“我假装投降，靠近石桥，然后拉响手榴弹——我多带点儿手榴弹！”

“那不行！”乙化说。他知道周宝是啥意思。

“再说，你也没法靠近他们！”赵光路说。他担心周宝还没靠近石桥，就被打成筛子。

“我举起这个，”周宝指了指身上的白汗衫，“我姥姥家就是千家店的，我认识那儿的保长，他们也许能信我！”

“那也太危险了！不成！”乙化不愿让周宝去拼命。他喜欢他。他还年轻。

“团长你看，水越来越急，咱们止不住它往下滑，而敌人在桥上，我们在筏子上，筏子又不老实，咱们太吃亏了！”周宝不由分说，脱下又旧又白的汗衫，撕开两道口子，然后用竹竿挑起来，“团长，别犹豫了！要不来不及了！”

赵光路命令旁边竹筏子上的人给他递手榴弹。

“好吧。”乙化下达命令。他在心里给周宝竖了个大拇哥，嘱咐道：“你到桥下再拉弦儿，然后往河里跳！”他在周宝的肩上用力按了按。

周宝答应着，把十几颗手榴弹捆成一束，把弦子穿在一根绳子上，装在一个破木桶里。他跨到另一只竹筏子上，没忘记提上那个木桶。他高举竹竿，竹竿上挂着他自己做的“白旗”，竹筏子顺流而下。

其他的竹筏子都靠在岸边，靠竹竿撑，靠双手抓住岸上的野榆蒿子，让筏子停在原地。

18

周宝的竹筏子离石桥越来越近。

“什么的干活儿？”鬼子对保长的问话声传过来。

“我去姥姥家，我叫周宝，村上的保长认识我！”周宝拼命摇晃手上的竹竿，“白旗”在风里舞动。

日本鬼看了看身旁的保长，保长点了点头，一个伪军头儿却说：“这个周宝我认识，他参加八路了！太君，甭听他的，一枪打死算了！”

日本鬼狠狠瞪了一眼伪军头儿，“不，活捉他，我要看看，他的葫芦里到底……什么药！”

这边，周宝大声喊道：“刚才团长说了，我们打不过皇军，我们投降！投降有赏吗？”

“有！大大的有！”日本鬼说。

“小宝子，我知道你，你早参加八路了！别瞎咋呼！”伪军头儿说。他甚至叫出周宝的小名儿。

“我是八路不假，可我是被迫抓去的，我早就想家了！”

“你们那边的人都投降？我不信！少他妈来这套！”伪军头儿骂道。

“您说得对。团长想投降，但是营长不想，他们正商量着呢！反正，我是不想跟他们干了。”

"那你告诉他们，把枪都放在筏子上漂下来，这才算数！"伪军头儿说。

"我不想回去！我一回去，万一他们又改主意不投皇军了，我还得跟他们干——要吃的没吃的，要饷钱没饷钱，整天喝西北风，还被皇军追得到处跑，我真草鸡了！再说，我筏子滑到这里，也没法回去了。"

周宝的筏子离石桥只有三十几米了。

"你站住，不准再往前走！不然我开枪了！"伪军头儿喝道。

周宝死力撑住竹竿，让筏子停下来。他眼睛眨巴起来。

"我知道你不相信我。实话告诉你吧，他们是让我借着投降的名义，来炸你们的！你看！"周宝把木桶旁的草垫子铺在竹筏子上，然后把手榴弹倒在垫子上。

日本鬼和伪军们吓了一跳，纷纷把枪对准周宝。

"别开枪，千万别开枪！"周宝央求道。

"把手榴弹扔到河里！"伪军头儿说。

周宝犹豫一下，猫下腰，把水桶里的手榴弹倒进了河里。

石桥上的日本鬼和伪军松了口气，他们脸上那个得意，好像推牌九赢了钱。许多枪不再对着周宝。周宝的心思，我看得清清楚楚的。

19

竹筏子终于靠岸了，周宝顺着土坡爬上石桥。他上身穿一件蓝夹袄，下身穿一条黑裤子，裤子下半截都湿了。他一边冲满洲军点头哈腰，一边走到日本鬼身旁，"皇军，我能当保长不？"

"保长?！"日本鬼嘿嘿笑了。他瞟了眼身旁的保长。保长不乐意地瞪了眼周宝。

“不好！皇军，那边……”周宝抬手一指，脸上现出惊恐，眼睛死死盯住河南村方向，日本鬼和满洲军也都侧头往南边看。这时候，周宝一步跨到日本鬼身后，侧对着他，左手去摸别在腰里的手榴弹，右手从后面蛇一样绕过去，用胳臂肘紧紧夹住日本鬼的脖子，身体迅速后弯。日本鬼被这冷不防的攻击弄蒙了，嗓子被卡住，后背倚在周宝的腰上无法动弹，悬空的两条腿胡乱踢踏着，大肚子朝天上腆着，就像头等着挨宰的猪。

所有枪指向周宝，但是周宝脚下不断移动，忽左忽右，没人敢草率开枪。伪军怕误伤日本鬼。周宝摸到了手榴弹。日本鬼疯狂扭动身体，扭动中腾出手拔出腰里短刀，狠狠向后刺去……周宝忍住疼痛，手指伸进手榴弹拉环，轻轻一拉，手榴弹的引线嘶鸣着，伪军撒腿就跑。

“轰隆”一声巨响，手榴弹爆炸了，石桥上的人全飞了起来，有的落在桥上，有的在河面砸起一个浪头。

好样的！小宝子！——请原谅我这个天上的家伙也喊你小名儿吧——你确实是个好样的！你是一条响当当的平北汉子！

我的乙化呢，他在远处的竹筏上流出了眼泪。

第二章

1

半场雨的工夫到了，一锅烟的工夫更到了，不能再让太爷爷说了。上年纪的人就是话多，说起来没完没了。三句话的事他能说上十句。看来爷爷的话不假。他在那边也改不了。还是我来说吧。我没病，刚才只是晕了一下。

我爹他们在千家店遭遇了日伪军，一个小战士周宝独自划着竹筏子靠近敌人，拉响腰里的手榴弹，跟他们同归于尽。周宝的牺牲换取了十团的通行。我爹既高兴又伤感。周宝是个勇士。八路军里这样的勇士很多。我爹掏出怀表，看了下周宝牺牲的时间。两个指针跟郭顺牺牲时处于同一位置。他暗自攥了攥拳头，对身边的王亢下令：冲！他的声音不大，王亢振臂一呼的嗓门儿倒是响彻云霄。十几只竹筏子顺流而下，借水势飞速向前。离石桥还有三四十米的时候，一个鬼子晃晃悠悠地从桥上站起来，他的一只眼睛被炸成了血窟窿，另一只眼睛却充满仇恨，顽固地寻找对手，当他辨清方向颤巍巍地举起枪时，我爹抬枪怒射，“啪、啪”，鬼子当即毙命。

周宝的尸体没有找到，十团的将士们含着泪水，把飘落在桥头上的白汗衫挖坑埋掉。然后，他们闷声不响地乘着竹筏子继续漂流，一口气漂了二十里地，天黑时到了滴水壶。当然，曹福增的骑兵排顺陆路走，在前边侦察情况，以防不测。

我爹他们没有从照山洼直奔宝山寺，而是顺着高家梁，经仓米道，进入四海东边的小川地区。在南天门，他们碰上一个排的伪满洲军向四海行进，我爹当机立断，指挥队伍干净利索地歼灭了对方，缴获机枪一挺，步枪十三支，手枪一支。然后挥师向东，进入怀柔。6月2日夜里，他们仅用十多分钟，一举拔掉琉璃庙子伪据点，毙俘伪警察四十余人，缴获机枪一挺、短枪一支、步枪三十多支和据点内全部物资。6月3日，他们到达密云水川，见到了才山参谋长和第一梯队的战友们。同时见面的还有平北工委副书记，她的名字叫朱贵枝。

2

曹福增没想到在这里见到妻子。他喜出望外，甚至不知所措。朱贵枝以副书记的身份跟我爹握手，跟赵光路握手，跟吴澜握手，等到跟曹福增握手的时候，弄得他竟然有些不好意思。我爹开了他一个玩笑。有人提议他们夫妇拥抱一下，他的脸立刻红起来。朱贵枝倒是淡定地背着手，面带微笑，静静地看着他。曹福增有些窘迫，瞬间愣怔时他只有一个想法，如果有酒，恨不得痛痛快快干上两碗。

会师大会上，才山请我爹讲话，我爹即兴讲了讲，他的坚定和风趣引来一阵掌声。

朱副书记讲话时充分显示了她的理论水平，但跟现场气氛有些不协调。她说："资产阶级追随无产阶级，还是无产阶级追随资产阶级；国民党吸引共产党，还是共产党吸引国民党，这个问题早在抗战初期，毛泽东同志就已经提出，但是在党内，在一定时间内，在党的高级干部中没有形成统一认识。大部分同志认为毛泽东同志提出的问题是有必要的，回答这个问题也是有必要的，但是个别同志认为，不存在谁吸引谁的问题，甚至在国民党政府内部不存在左、中、右之分，只存在抗日和亲日之分。其实，这是个大问题，我们必须加以思考。”

我爹和吴澜、才山、王亢静静地听着。赵光路的嘴角抽动了一下。曹福增被妻子的口才折服了。他没想到她敢在这么多人面前讲话，而且讲得这么好。他更想喝酒了。

“毛泽东同志指出，阶级投降主义实际上是民族投降主义的后备军，是援助右翼营垒而使战争失败的最恶劣的倾向。从抗战初期到现在，国民党自大主义十足，他们溶共、防共、限共、反共，在山西和河北制造摩擦百余次，可就是这样，党内个别高级领导干部仍然看不清事实，一味附和国民党‘只要一个军队’和‘统一军令’的叫喊，强调在军事上要服从国民党的统一领导。毫无疑问这些观点是错误的，是与我党的抗战建国思想格格不入的。”

曹福增仰望妻子的眼睛有点酸楚，此时，他的激动已经压过了方才的惊喜。

“好在，我们六届六中全会纠正了这种错误思潮，重申要警惕党内的右倾机会主义和投降主义。目前，延安方面基本上排除了这种危险，但是地方呢？各师各团各纵队呢？是不是也肃清了这种错误思潮？这就要打一个问号了！中央是有这种担心的。我的老同学是有这种担心的。组织上派我来十团工作，就是要配合团党委，肃清这种错误思想的流毒，提高共产党的革命性、先进性，净化党员队伍，提高辨别能力，在政治和军事上坚持独立自主，做到‘人不犯我，我不犯人，人若犯我，我必犯人’，以此应对反共摩擦事件，确保建设平北抗日根据地的伟大胜利！”

曹福增带头鼓掌，大家跟着鼓掌，欢迎这位从苏联留学回来的副书记。人群中有人小声说了句：女秀才！

曹福增注意到了这句话，他的脸红扑扑的。

我也听到了朱贵枝的那些话。她操着浓重的西北口音，言谈间时快时慢，声音时高时低，很有干部的派头。她的声音略显尖厉，听上去有些刺耳，但战士们被她的神采折服了。

我爹对她的讲话比较认可，但是，他觉得她的这番话讲错了场合，不该在会师仪式上讲，不该对普通战士们讲。另外，他不太喜欢她的“伟大胜利”，他觉得“伟大”一词跟前句搭配不当，只是一个“平北”，干吗非要“伟大”呢？全中国抗战胜利，那才能说是“伟大”呢。

我爹就是这么个人。他的心思我懂。

他瞟了一眼身旁的曹福增，在心里说，你们倒是天生的一对。

3

今天，我们和三营在密云赶河场会师了。随团行动的是平北工委副书记朱贵枝，而不是书记苏梅，这个我没料到。福增也没料到。他怕要美坏了。

在会师大会上，副书记讲了话，大家鼓了掌，我也鼓了掌。她在苏学习数载，不但见识广，理论水平也高。今后，我们要好好配合工作，克服军事第一思想。我们过去是同学，讨论问题无所顾忌，甚至开玩笑，如今在革命队伍里，不能太随便，就像她说的——不能搞自由主义。

吃饭时，乡亲们送来一坛酒，我们只好收下。吃饭中得知，朱贵枝仨月前就回到延安，在陕北公学作过报告，跟好几位中央领导人都交谈过。

今天大家高兴，我喝了半碗酒。吴澜、才山、王亢也喝了半碗。朱贵枝没喝。赵光路没喝，不知为什么。大家闹福增的酒,他喝了有两碗,走时已经身体发晃。朱贵枝扶他回去的时候，有人开了句玩笑，大家立刻哄笑起来。朱贵枝回头看了我一眼，我发现她面露羞色，难得有种女人之美。

回老乡家路上，吴澜问我，第一天就开副书记的玩笑，是不是欠妥？我不以为然，对他说，在那样一个特定时刻，应该没问题，大家都是善意的祝福。

4

夜里，曹福增鼾声如雷，朱贵枝躺在他身旁，难以入睡。曹叔叔又做梦了。他梦到朱贵枝在克里姆林宫对他笑，说她不回中国了，她要工作在领袖身边。他一听就急了，然后哭了，哭醒了。当他睁开泪眼看见妻子安然躺在身旁的时候，大喜过望，又哭了。他甚至怀疑起现实的真实性。但是，随着他向她叙述梦境，她笑着打消他的顾虑以后，他才确认妻子回到了身边。继而，他想到了三个时辰前的欢迎大会，想到了酒宴。

“真的不走啦？”他问。

“真的。我再也不去那里了。”她说。

那一刻，曹福增叔叔感觉幸福极了。

5

那天晚上，赵光路叔叔也做梦了。他梦见一个女人对他笑，笑得很甜，她手上拿着无花果，无花果后来又变成了百合花。这个女人长着张大妮的身材，莱娅的脸，说话的声音像二梅。后来，她手上的花朵变成了牵着的一只羔羊，她哭起来，拽着他的独臂哭诉，至于哭诉的内容，醒来后他什么也记不得了。

他口干舌燥，下地拿起水壶，咚咚咚往嘴里灌了一阵子，然后又回炕上睡觉去了。后半夜，他没有梦见任何人。解放后赵叔叔来看过我多次，他喜欢我，什么都跟我说。

6

十团到达密云赶河场那年，我已经八岁。这一年我还没有失明。我的视力出奇的好。我从八百公里外的辽阳看到，那里山高林密，沟壑纵横，适合打“山地游击战”。当地人长期处于伪满统治下，户籍控制严，苛捐杂税多，财产没收和商业兼并常见，人民对日伪统治恨到了骨子里。加上云蒙山位置偏僻，交通不便，土地贫瘠，当地人困苦不堪。我爹经常看到这样的情景：老乡家几口人只有一条裤子，谁外出谁穿；有的老乡家由于没有衣服，遇到外人来家里，就把女人藏起来，自己用草叶或树皮遮羞；一些老乡家冬天没吃没喝，竟然靠杏树叶、椴树叶、野菜、野果充饥，中毒的事情时有发生。许多人饿得双腿浮肿，脚上没劲儿，不敢大声说话，一到天黑马上上炕睡觉。

赵光路感慨说：“民国成立都快三十年了，怎么还有这么穷的地方？怎么还有这么穷的人？”

曹福增说：“这就是国民党政府！电台里净拣好听的说，说得振振有词天花乱坠，可实际上呢，民不聊生哀鸿遍野。”他一口气说了四个成语。他在平西缴获了一本成语词典。

“钱都跑四大家族里去了。”才山说。

“《中央日报》天天在撒谎！要是长期看他们的报纸，你会觉得生活在天堂！”吴澜说。

王亢叔叔没说什么，他的眼睛湿润了。

“救穷人，还得靠咱们党！”朱贵枝说。

我爹半晌没言语，但是他知道，虽然民国成立快三十年了，但是战乱不断，国家内忧外患，老百姓没过上一天好日子。此时他忧心忡忡，百感交集：“宁可血洒平北，也要把老百姓从水深火热中救出来！”

晚上，他召开连以上干部会议，研究如何开辟平北抗日根据地。第二天晚上继续开。大家集思广益。众人拾柴火焰高。他们决定以云蒙山为中心建立抗日根据地。这跟八路军四纵在雾灵山发展抗日力量的考虑如出一辙。两地相距百余里，可以形成掎角之势，实现打通华北、东北的战略目的。

朱贵枝说：“早在前年年初，泽东同志就指出，热河、河北两省交界的雾灵山一带……是敌人的远后方，东面策应东北抗日联军，南面策应晋察冀，北面与蒙古接近，西面与绥远联系，在天下有变的时候，这里可以首先得到国际的援助。”她对延安的了解无人能比，也没人怀疑。但是她称呼毛主席为“泽东同志”，令人惊讶和反感。

她告诉他们，抗联第一路军总司令杨靖宇被叛徒出卖，遭到日伪军围剿，已经壮烈牺牲；毛泽东在陕甘宁边区文化协会第一次代表大会上发表讲演，讲演内容后来以《新民主主义论》为题，刊登在《解放》杂志上；毛泽东会见美国合众社记者罗伯特·马丁时说，中国需要民主才能坚持抗战，不但需要一个民选的议会，并且需要一个民选的政府；毛泽东在杨家岭会见印度援华医疗队，在谈到甘地时亮明观点，他不赞成他的“非暴力抵抗”思想；毛泽东在八路军留守兵团军事会议上指出，中国的事，历来是有枪为大，我们要干革命，没有枪是不行的，只有民众运动没有枪，就要垮台。

7

十团宣传队的人还在说快板，他们对绥西大捷和中条山战役的赞颂意犹未尽。其实战士们对这方面的关注已经大不如前，但是出于对宣传队队员的尊重以及对一个小胖子的格外喜爱，仍然在用掌声表达着他们的支持。然而，这一幕被副书记撞见了。

“团长，这可不行，”朱贵枝立刻找到我爹，“如此大张旗鼓地宣传国民党军队的战绩，这是右倾机会主义的表现。”

我爹愣了一下，想了想说：“国共合作，建立最广泛的抗日统一战线，坚持抗战到底，这是上面的政策。国民党的胜利也是中国人的胜利，为什么不能宣传呢？”

“不能。”

“为什么？”

“泽东同志指出，现在全国的工作是什么？是打日本，建设新中国，所以叫抗战建国。对于我们党来说，尤其如此——这是我的理解——现时期是抗战，将来要建国，进行社会主义革命，最终实现共产主义。而国民党是反对共产主义的。很多人只看到了抗战，没有看到建国，只看眼前、不看长远，顾此失彼了。”朱贵枝的声音很激越，“抗战胜利后，如何建国，建设什么样的国家，国共之间一定会有大的分歧，甚至会有激烈斗争！”

我爹并未否认她的说法，但是他不喜欢她的腔调。他用揶揄的口吻说：“不愧是留苏的，不愧是副书记，看得够远的！”

8

十团到达密云的消息，日本人很快就知道了。他们调集重兵，从承德和兴城两个方向扑来，大举进攻云蒙山。这么快就来啦？朱贵枝怀疑内部出了奸细。她的说法缺乏依据，我爹没有太往心里去。他急于跟战友们制定退敌之术。他们决定采取内线开辟和外线作战相结合的策略对付敌人，在战斗中建立根据地。这个战术是根据中央游击抗战思想制定的，我爹对此深信不疑。

所谓内线开辟，就是十团派干部组成工作组，配以少量队伍，在密云北部山区和滦平、丰宁县的交界发动群众，建立基层政权，组建抗日团体和人民武装，建设丰滦密抗日根据地。外线作战就是十团主力部队深入伪满洲国的滦平、丰宁地区，在运动中寻找机会打击敌人，吸引敌人注意力，掩护内线开辟抗日根据地。

这一计划通过电波得到上级批准。

1940 年 6 月上旬，我爹率十团主力打入伪满洲国南部，转战滦平、丰宁地区，执行外线作战任务。他们在大白天行军，有意暴露行军路线，以迷惑敌人。敌人确实被弄糊涂了。十团的将士们忽东忽西，忽南忽北，时而行大路，时而抄小道，把日本人和二鬼子转得晕头转向。他们搞不清十团的作战意图，不敢轻举妄动，只好派一支三百多人的队伍尾随，远远地监视着。我爹带着敌军驰骋在伪

“满洲国”的土地上，成为那年夏天战士们津津乐道的事情。十团宿营，敌军也宿营；十团行军，敌军也行军，两支队伍总是相隔四五里地，可敌伪军始终不敢缩短这四五里的距离。十团牵着敌人鼻子在崇山峻岭间转了一个多月，把敌人拖得精疲力竭，哭爹骂娘。

就在敌人失去耐心气急败坏的时候，我爹看到时机成熟，突然带队甩掉尾随的这股敌军，大踏步北上，捣毁五道营子据点，接着东进，重创小白旗敌人，然后又南下，袭击司营子据点，再次北上攻克虎什哈据点，最后突然出现在丰宁境内，歼灭大草坪伪满洲军一个营。

我爹的游击战术运用得体，先拖后打，指东打西，令敌人疲于应付，方寸大乱。鬼子和二鬼子恼羞成怒的时候，我爹他们开怀大笑，内线的干部们更是心花怒放——他们趁着外线作战的掩护，组成工作组，深入白河两岸，宣传抗日救国，建立地方政权——到6月下旬，已经建立四个区政府。他们发展党员，清除汉奸，建被服厂和兵工厂，根据地建设工作如火如荼地开展起来。

9

6月底，中共丰滦密联合县工委成立，以加强对抗日根据地建设的领导。我爹出任工委书记。同时成立的还有丰滦密联合县政府。丰滦密联合县委、县政府成立后，根据地的各项建设迅速展开。

7月，联合县委举办抗日救国会干部培训班，组织各村抗日骨干参加政治培训，为党培养基层干部。学员们毕业后发证书，应吴澜和朱贵枝的提议，我爹欣然为毕业证书题词：“勇敢工作，艰苦学习，组织广大群众，为民族解放事业奋斗到底！”

不久，根据地发展了第一批党员，建立起张家坟、西湾子村党支部。在政权建设方面，各村普遍建起抗日民主政权；在组织建设方面，各村建立了抗日救国会、妇女救国会、青年救国会、儿童团等抗日群众组织；武装方面，除各村普遍成立了自卫军（民兵组织），他们格外注意北部地区工作，成功收编王荣和袁水两支队伍，成立了白马关、白河游击队。这些游击队发展很快，1940年底合编为丰滦密游击大队，后又升为十团主力部队，被编为二营。我爹提议曹福增任营长，但是上级没有批准，他误杀二梅的事情还在领导的脑袋里挥之不去，他只好留在三营，继续做他的副营长。

营长都没当上，我爹怕曹叔叔思想上有顾虑，就给他做工作，他却说："没关系，副营长就副营长，咱照样能抗战杀鬼子，没啥！"我爹见他心里没有疙瘩，十分高兴。

我爹是5月底到达云蒙山的，一个月后，他们在丰滦密地区打开局面；两个月后，他们建成了以密云北部山区为主，包括丰宁、滦平部分地区的丰滦密抗日根据地。

我爹在6月中旬扫北战斗中曾经回过延庆一次，在天桥子见到了金记者，在三潭沟住了一晚上。他在转战过程中得知，平北军分区政治部成立了，段苏权任主任。23日，段叔叔率领七团二营挺进平北，27日早晨在延庆佛峪口与敌遭遇并展开激战，歼灭日军木和田中队一部。更让我爹高兴的是，7月平北军分区司令部成立，程世才司令员率七团一营和三营深入滦平，与二营会合，在丰宁、怀柔、延庆、赤城、崇礼一带进行战斗，建立了多块根据地，成立了昌延、龙赤、龙延怀、滦昌怀等联合县，开辟平北的工作局面基本上打开了。

10

十团三营攻克虎什哈据点那次，日本军官剖腹自杀，身边留下一个女人。这个女人双手抱肩，蜷缩在炮楼里一个犄角旮旯，吓得瑟瑟发抖。女人起初不张嘴，只是不住地抽泣，等终于开口说话了，竟是战士们听不清的鸟语。副团长赵光路猜测她是在求饶，没有杀她，可也没打算把她当俘虏带走。不料，当他们准备离开时，她竟然呜呜哭起来，而且哭得越来越凶。她伸手抓住刘敦的衣襟不放。刘敦不知所措，立刻去看连长，连长又去看副团长，赵光路冲他们点了点头，就把她带了回来。

三营抓获女俘虏的消息很快在团里传开。许多人都展开想象，在私下里议论起来，各种猜测五花八门。

女俘虏抓到营地后被看了起来。因为语言不通，谁也没法跟她对话。我爹学过英语，跟她说话她也听不懂；有个作战参谋学过日语，跟她说话时发现她说的也不是日语，弄得大家面面相觑。赵光路提议把她放到一个老乡家，可是这个建议被我爹否定了，他说这兵荒马乱的，谁要一个长着嘴巴不会说话只会吃饭的女人啊！曹福增提议说放了她，让她自生自灭，甭管她是不是日本人。这个提议也很快被否定了，因为她拽刘敦的衣襟说明她根本就不想离开他们。

这个女人是哪国人？她是干什么的？这个问题让我爹和他的战友们感到困惑。

“从模样看像是中国人，但又不会说中国话。日本人肯定不是，苏联的更不可能，”我爹大胆推测，突然灵机一动，“会不会是朝鲜人？她说的会不会是朝鲜语？”

11

张大妮的姥姥是朝鲜族人，她从小跟姥姥长大，不但能听懂朝鲜族话，而且还会说。她跟那名女俘虏自如地交流起来。张大妮告诉我爹，她是朝鲜人，名字叫金在花，是被关东军捉来当慰安妇的。原来是这样。早先金在花在沈阳，不久前被送到虎什哈据点，专门伺候日本人。张大妮把金在花的情况介绍给大家后，她敏感地注意到，在座者看待女俘虏的目光发生了变化，好奇、同情、审视、鄙视，兼而有之，又不尽相同。

金在花告诉张大妮，她不想回朝鲜，朝鲜已经没有家了。张大妮主张把她留在队伍里，我爹同意，副团长赵光路同意，政治部主任吴澜和参谋长才山也同意，但是副书记朱贵枝坚决反对。

“让这么一个人留在队伍里，不怕扰乱军心吗？”她使用反问的语句，语气里是钦差大臣式的质问。

我爹犹豫的瞬间，确也生出一丝担心，但是他决定还是把她留下，哪怕是暂时留下。

“金在花已经无家可归，无路可走。”吴澜说，“我建议先把她留下，看看能不能在附近找个朝鲜族的男人，哪怕是老光棍子，给他们撮合一下，成个家，让她好歹有个去处，这样好不好？”

“这个提议好。”我爹立刻肯定。

“这方面副书记留心点儿，看看丰滦密这一带，有没有合适的朝鲜族男人。”吴澜微笑着说。

“开玩笑，我是共产党员，革命队伍里的革命干部，怎么能给这么一个人保媒？！”朱贵枝的表情像是受到了侮辱，她的声音更尖厉了，

“你们应该明白，她一直是给日本人服务的，从某种意义上说，她是侵略者的同盟军！”

“我想提醒副书记，她也是一名受害者！而且首先是一名女性。”张大妮翻起了眼睛。

我爹轻轻点了点头。

朱贵枝却急了，她直视着张大妮的眼睛，严肃地说：“阶级斗争只有无产阶级和资产阶级之分，抗日战争只有侵略者和被侵略者之分，谁管他是男人还是女人？”

12

晚上睡觉前，朱贵枝对丈夫说：“就目前根据地的情况而言，很有必要开展一次整训活动。”夜深人静，她的声音不大，但是我在几百里之外听到了。

曹福增叔叔说：“整训？整什么训？”

“在队伍里宣传国民党部队的……胜利，把朝鲜慰安妇留在团里，这都是右倾机会主义的表现，都是党性不纯的表现！”

“有那么严重吗？”

“有。至少是苗头。这种苗头不及时遏制，任由其发展扩大，对革命队伍贻害无穷！”

“上级有这方面部署吗？”

“还没有。可是据我所知，延安高层正在酝酿一次这样的运动。”

曹福增知道，妻子在苏联留学的两个同学都回到了延安，而且身居高位。他觉得枕边的她就是延安精神的化身。多年以后，曹叔叔来看我时，确实就是这么对我说的。

13

我爹和吴澜、赵光路不同意“整训”，因为“整训”的重点是“肃右”，但是一件事的发生，让他们三缄其口，再也没有反对的理由。

战士刘敦跟女俘虏相好了。

刘敦是洪家帮的人，打仗不怕死，人也敦厚。洪家兄弟牺牲后，洪家帮的人都归入赵光路那个支队，后来华北抗联改编为十团，他的支队变身三营，刘敦就成为三营二连的一名战士。半年前，他开始给赵光路当警卫员。朱贵枝来到十团后，提出副团职干部不宜配备警卫员，刘敦只好回连队做普通战士。

那天，刘敦去村口老井挑水，回来经过蔡家河时，瞥见一个女人在隐蔽的河汊里洗澡。年轻的刘敦停下脚步，想了两秒钟，放下水桶和扁担，悄悄蹲在地上，向光着身子洗澡的女人张望。

他很快认出，洗澡的女人是俘虏金在花。

刘敦望着赤身的女人，身体有了奇怪的反应，嗓子眼儿干得要冒烟。他不断地往下咽唾沫，右手把一簇野草连根拔起。

刘敦悄悄拿起扁担，挑着重重的水桶离开了。

等他第二次到河边挑水经过这里的时候，他再次看见了她——那个半裸在水面以上的女人。他忍不住再次停留驻足，趴在坡地上观看起来。突然，女人的尖叫声吓了他一跳，一条水蛇正在逼近金在花。她尖叫着向岸边跑，但是双腿在水中裹挟着，脚步慢得令人心焦。

刘敦犹豫一下，看清了那条水蛇，手拿扁担冲了过去。布满绿色花纹的水蛇受到扁担击打，掉头跑了，而瑟瑟发抖的金在花却扑倒在刘敦的怀里。

蛇已远去，可女人在怀，刘敦的紧张被另一种紧张所取代，他的心怦怦直跳，呼吸也渐渐急促起来。金在花惊魂已定，脸上泛着红晕，准备离开刘敦去穿衣服，却发现面前这个壮实的小伙子手上很有劲道，紧紧地抓着她不让她走。他的眼睛红红的，里面有一种她熟悉的东西——比蛇还可怕的欲望——但是此刻她不害怕，一点儿也不害怕，对此她无法解释。她的目光落在他敦厚的嘴唇上。

14

刘敦占了金在花以后有一种罪恶感。穿衣服时，他紧张得不得了，手指打战，目光茫然，空无一人的荒野令他倍感孤独。金在花穿好衣服走出老远了，他才完全系好扣子，而且心里充满巨大的恐惧。他知道，如果金在花告发自己，就完了，全完了。其实金在花并未反抗，甚至迎合了他，但是刘敦对女人不了解，分不清推就的界限。他觉得自己有罪。他害怕。他心里曾划过一个念头，掐死她或者把她推到河里，但是很快就否定了自己。他又想到了自杀。不过，他转念一想，金在花在日本鬼子里习惯了伺候人，会不会忍气吞声？他这么想的时候觉得自己非常龌龊。不过，他转而又想，金在花不会说汉话，她找谁告发去？

这个想法也很快被他否定了。他想到了张大妮。他拔腿就向张大妮的房子跑去。

15

刘敦一进屋，发现金在花果然在这里。她好像刚刚哭过，眼睛里残存着泪花。张大妮不知道那是激动的泪花，她见刘敦闯进来，眼睛里升起一团火。

刘敦扑通一下跪在张大妮面前。他觉得自己罪孽深重。

“大妮姐，我该死！”说完他抽了自己一个嘴巴。

金在花怔怔地看着他，眼睛里布满惊奇。

张大妮抬起腿，一脚把刘敦踹了个跟头。

金在花有些惊讶，脸上挂着不解，茫然望着张大妮。

刘敦从地上爬起来，再次跪到张大妮面前，“张主任，您枪毙我吧！”

“你以为我不敢?！”张大妮以为刘敦在激她，真的从腰里拔出小手枪——一支从日本人那里缴获来的德国瓦尔特 PPK 手枪——她对准了他。

刘敦闭上了眼睛。

张大妮对这种事情特别恨，因为多年前她也是受害者。如今，看到八路军队伍里有这种情况发生，她简直要气疯了。她笃定是他强奸了金在花。她知道自己没有权力枪毙他，拔枪对准他也多半是吓唬他，但自己还是被这假意的拔枪弄得更愤怒了。“就算金在花是俘虏，可我们的政策是宽大优待俘虏，何况是一名无家可归的朝鲜女人，何况是一名战争的受害者！”她这么说时，端着枪的手随着自己的愤怒而不住颤抖。

金在花不再坐在凳子上，而是站起来，走到张大妮跟前，用朝鲜语说：别杀他，他不是坏人。

张大妮用朝鲜语告诉她：八路军的队伍，坚决不能允许这种事情发生，这是对女性的侮辱！

金在花说：“这件事不怪他，要怪就怪我……他救了我。”

“那也不成！你用不着替他开脱！我一会儿就跟团长汇报去，上法庭，枪毙，听凭团长处置。”

“不要！”金在花“扑通”一下跪在张大妮面前。

刘敦睁开眼睛，见朝鲜女人跪在张大妮面前，大惑不解。他听不懂朝鲜语，不知道她们刚才在说什么。

这时，张大妮嘴巴凑到刘敦耳朵旁，咬牙切齿地说：“强奸！你这是强奸！”

张大妮这句说的是汉语，刘敦听明白了。

16

张大妮的话被窗外一个人偷偷听到了。因此，刘敦强奸金在花并得到张大妮包庇的消息，很快在团里传开。

曹福增并不是有意要偷听的，他是在例行巡视中无意听到的。他也并非有意要传播这个消息，只是回到家里，忍不住跟妻子说起了这件事。他没想到，此事经他的嘴告知妻子后，竟被她拿到了桌面上。

在团党委会上，朱贵枝当着七八个干部的面，公开指责刘敦的违纪行为——她一方面鄙视金在花，另一方面又愤慨指责刘敦的行为是“禽兽不如”。

赵光路第一个不相信，他认为朱贵枝说的属于无稽之谈。他觉得自己对昔日的警卫员有足够的了解。

朱贵枝冷冷瞟了一眼张大妮，目光落在曹福增身上。她说：“福增同志，你说说吧。”

曹福增十分尴尬，他看了看赵光路和才山，又看了看我爹和吴澜，轻轻点了点头。他始终没敢看女工部主任张大妮。

“大妮，怎么回事？”我爹马上问。

张大妮气得鼓鼓的，紧盯着曹福增的眼睛简直就要喷火了。她不知道曹福增怎么知道的这件事。

“既然大妮同志不愿意说，那就把刘敦叫来，让他自己说，真相自然大白。”

第一个反应强烈的是赵光路，他“嗖”地站起来，拔出枪就往外跑。“站住！”我爹大声喝住，“你干什么去？”

“我毙了小兔崽子！”他气愤的样子引起了所有人的注意，包括张大妮。“鬼子没打死几个，倒学会搞女人啦?！妈妈的！”说罢还要往外跑。

我爹给曹福增使眼色，他立刻站起来，把他挡在面前：“光路，冷静，冷静些！”

这件事在会上讨论了好久，我爹头疼了。朱贵枝坚持要杀掉刘敦，以儆效尤。赵光路反对，但是自己刚才还拔过枪，反对得不合逻辑，因此不是很硬气。曹福增从心里反对枪杀刘敦，但是惧于妻子的威严，只好表态：刘敦事件是严重的，影响是恶劣的，必须严肃处理！可是枪毙还是不枪毙，他没明说，模棱两可了。吴澜和才山希望把事情调查清楚，再做处理。朱贵枝从严肃党纪、从严治军的角度，反复阐述枪毙刘敦的必要性。最后她说：“古人治军之道，未有不本于廉耻者。在这件事的处理上，我们必须矫枉过正，斯大林同志曾经说过。”

我爹顶烦她动不动就泼“洋墨水”了，此时，他隐忍住心中的不快，把搪瓷缸子蹾在桌上，“中国的和尚还得念中国的经，外国的马克思主义还要跟中国实际结合起来。俗话说：好事不出门，坏事传千里。我认为，这件事是家丑，不可外扬，何况具有偶然性，何况我们还没调查清楚。”

刘敦很快被叫来了，朱贵枝劈头就问：“刘敦，你是不是糟蹋了金在花？”

刘敦敢作敢当，“腾”地跪下，“团长，毙了我吧！”

17

过几日七团要过来。今天的会本来是要商量这事的，不料杀出个程咬金。副书记好像要在刘敦事情上作文章，不可理喻。刚才有些头疼，心跳加速。

刘敦事件令人震惊，必须引起重视，若查实枪毙是应该的。但根源呢？不是毙一个人就能解释清楚的。会上我反复思考，是刘敦匪性不改吗？不是。那是什么问题？是政治教育不到位吗？当然有这方面原因。但也不全是。好像没那么简单。

当然，事情还有待调查清楚。

我不相信刘敦会干出那种事。

头又有点儿疼。先不想了。读读书吧。不久前，吴澜送给我一本《战争与和平》。

18

我爹开始读书的时候，心绪平静了许多。他在小说开头看到这样一段话：“‘手段是实现欧洲均势和民权，’神父说，‘只要一个像俄罗斯这样的大国，以野蛮闻名的大国出来无私地领导以实现欧洲均势为宗旨的联盟，这个国家就能拯救世界。’”

第三章

1

朱贵枝给“上级”写了一封信，列举了十团种种不良现象，希望开展整训运动，整训的重点是“肃右”。很快，她的申请得到了批准。我爹和吴澜只好表态，同意整训。副书记理论水平高，我爹无话可说。吴澜也不想跟她一争高下。朱贵枝提出，在十团中开展“肃右”整训运动，重点解决三个问题，即思想涣散、党性不强、执行纪律不严的问题；重点清除两种人，即投降主义者、奸细。我爹不同意“清除奸细”的说法，他认为这不是多么大的问题。

“你敢说十团没有一个奸细吗？”朱贵枝问。

“我不敢。但我敢说，这不是‘肃右’的重点。”我爹强压着心里的怒火，“这样一提，好像我们队伍里有多少奸细似的，会弄得人心惶惶的。老吴，你什么想法？”

“我觉得也不合适，至少不易明确提出‘清除奸细’的说法。如果有奸细，我们暗自查，查出来上军事法庭，坐牢、枪毙，都没问题，但没必要大张旗鼓地喊——‘捉奸细、捉奸细喽’！”

吴澜夸张的神情引得我爹扑哧一笑。才山的脸拉得老长。他一不高兴就这样。

“那就不提奸细，”朱贵枝斜睨了我爹一眼，想了想，说，“清除投降主义者，还有山头主义者。这个怎么样？”

他们没明白她的意思。三个人同时看着她。同样的问题在他们的脑子里浮现出来：难道十团搞山头主义了吗？

“我们的队伍是革命队伍，是共产党领导的抗日军队，要搞五湖四海，不能搞团团伙伙，不能搞山头主义。”

2

我爹的兴趣不在“肃右”上，他把白天的精力用在练兵打仗上，夜晚的时间用在读书和睡觉上。他在“肃右”动员会和专题会上，只是例行讲讲话。他是团长。我听得出来，他的声音虽然洪亮，但是没有任何激情。晚上睡前的一段时间，他依然读书，那是他雷打不动的习惯。他读《战争与和平》，这本书吸引了他。“拿破仑所以伟大，是因为他高于革命，他制止了它的非法活动，并保留了公民平等、言论和出版自由这些好的东西，正因如此才取得了政权。”这段话让他对拿破仑的认识又加深了一层。另外，书中对战争场面的描写令他印象深刻——“突然间一颗炮弹‘唰’的一声在人群上面飞过，飞得那么低，人们都弯下了腰。有什么东西‘噗’的一声落在一种潮湿的东西上，将军从马上跌下来，倒在血泊中。不仅没人去把他扶起来，而且连看也没看一眼。”“本来经得住步行人的冰，成大块地塌下去了，冰上的四十来个人有的向前冲，有的向后跑，一个把另一个推进水中。”同时，他也喜欢小说中的一些句子——“对法国兵要用高调来鼓励他们作战；对德国兵要和他们讲逻辑，证明逃跑比前进更危险；而对俄国兵，只需加以控制，请他们慢一点。”他不喜欢罗斯托夫这个人，因为他一心想要为沙皇赴死的心情，在他看来是一种愚忠——“我们的事是履行我们的义务——杀敌，而不是思考！”当然，在我爹眼里，罗斯托夫也并非一无是处，他能想到俄国和法国皇帝突然讲和，“那些被锯断了腿、失去了手，那些被打死的人，都是为了什么呢？”我爹喜欢这本书。除了读书，就是睡觉。梦中曾经出现拿破仑、亚历山大，出现库图佐夫，出现安德烈、皮埃尔、罗斯托夫，偶尔也有娜塔莎、艾伦。当然，他极少梦到他的爷爷——我的太爷爷，太爷爷总想给他讲苏联故事，可他根本不感兴趣。只有在他跟他说鲁迅和果戈理的时候，他才长梦不醒，听个没完。

有时候，我爹翻阅《坟》和《野草》，他想看到鲁迅关于《战争与和平》的评价，但是没有找到。他看到了他对另一位俄国作家陀思妥耶夫斯基的评价。鲁迅对他的《罪与罚》情有独钟，而且评价甚高，他说：“马克思的《资本论》，陀思妥耶夫斯基的《罪与罚》等，都不是暇末加咖啡，吸埃及烟卷之后所写的。”他尊崇陀思妥耶夫斯基为“人的灵魂的伟大的审问者”。他还说，“要将现在中国人的东西和外国的东西比较起来，像陀思妥耶夫斯基的《罪与罚》……对比起来，真是望尘莫及。”我爹想读读这本书，但是手上没有。

不过，能读到《战争与和平》，他已经“足够幸福”的了。这从他的一些日记里就可以看出来。

3

赵光路和张大妮没敲门，径直走进会议室。

我爹和吴澜等人正在开“肃右”推进会。由于赵光路不是党员，他已经被排除在外。近来许多会议（包括党委扩大会），已经不允许赵光路列席了。我爹注意到这个变化，但是没有跟副书记争执。他要看看她到底想干什么。

赵光路一进屋，会场气氛骤变。朱贵枝的讲话被打断了。等赵光路说明来由，她立刻雷霆大怒，“看看、看看，还要跟慰安妇——她没说女俘虏——结婚，越来越不像话了！”她瞟了眼我爹，然后把目光落到曹福增头上，“为此，我提议，立即对刘敦进行审判，然后枪决！”

大家的目光齐刷刷投向我爹。

我爹忍无可忍，猛地拍了下桌子，“可恶之至！可恶之至！”大家不知道他在骂谁。只见他低下头，拳头攥得嘎嘎响，沉默着，思量着。他的怀表发出微弱的只有他自己能听到的吱吱声。屋子里静得出奇。大家跟着沉默，在沉默中思考着，也揣度着我爹的意思。

他打破沉默，“按照副书记的意见，枪毙刘敦！”

惊讶的目光像一道道闪电，把灰暗的屋子都照亮了。我爹在闪电中抬起头，环视大家一眼，突然心里有数了。

“来人，把刘敦押下去！”朱贵枝下达命令。

“不用了！我的人我来！”赵光路拔出手枪指着刘敦，目光却瞟着朱贵枝，“强奸俘虏，罪不可赦，枪毙都便宜了他！我去挖坑，省下一颗子弹吧！”

朱贵枝独自鼓起掌来。

4

在独臂人的指挥下，两个战士很快挖出一个大坑。我爹带领众人站在附近，他提议大家“观摩”一下这场“特殊的处决”。一些人想说话，但是看到我爹铁青色的脸，只好忍住，紧闭嘴巴。

刘敦跪在坑前，眼睛被蒙上一层黑布，但是腰板挺得直直的。

“刘敦，你小子还有啥说的？”我爹用低沉得可怕的声音问。

“没有，团长。我死有余辜。但是我宁愿死在战场上，请团长开恩！”

“做梦！”我爹咬了咬嘴唇，用余光瞟了眼身旁的朱贵枝，“看在你小子杀过鬼子的分上，给你来个痛快的！光路，拿你的刀来！砍头！”

众人不解地看着他。我爹向赵光路暗自递了个眼色，赵光路立刻跑去。三分钟不到，他就拿着刀回来了。

“请副书记下达命令吧！”我爹说。

“哦？这个命令……由你下达……更合适。”朱贵枝嗫嚅着，脸上浮起一层蜡黄色。她怕流血。上大学时就晕血。

“还是副书记下吧。副书记党性纯洁，革命性强，啥都没说的！”

我爹这么一说，朱贵枝为之一振，胆子真的大了起来。

“执行！”她声音很大，但底气不足。

赵光路看了眼我爹，然后举起刀。他的眼睛里充满杀气，杀气里含有赌气的成分。

5

“住手！”一个女人的声音赶在了正要说话的吴澜和才山前头。张大妮气喘吁吁，“刀下留人！刀下留人！”她身后跟着金在花。

金在花径直跑到我爹跟前，“扑通”跪下，急切地说了一番我爹听不懂的朝鲜话。

“她说，”张大妮翻译道，“刘敦没有强奸她，是她自愿的，是我听错了，她愿意嫁给他，跟他做夫妻。”

我爹一怔，看了眼身旁的吴澜和才山，微蹙额头。

金在花带着哭腔又说了些什么。

“她说，如果能放过刘敦，她愿意帮助我们找到她表哥——在满洲军里当参谋，姓庞——说服他跟我们一起打鬼子！还可以画一张热河地区鬼子城防图，她熟悉这些地方，她学过画画……我张大妮为她担保！”

这时，我爹和吴澜的目光碰到一起，他们微微点了点头，而才山和王亢竟然鼓起掌来，然后更多的掌声响起来。赵光路手里的刀“咣当”掉在地上，他的眼睛有些湿润。

张大妮走到刘敦面前，撕掉缠在他头上的黑布，“还不快去谢谢团长！”刘敦的眼睛有些不适应突然而至的光亮，但是他尽力辨清方向，带着绑在身上的麻绳，深一脚浅一脚走到我爹跟前，“扑通”一声跪到地上。

“谢谢团长！我一定多杀鬼子！”

“不要谢我，要谢就谢她——！”我爹指了指金在花。

朱贵枝拂袖而去。

6

好久没写日记了，忘记了今天是星期几。

金在花用三天画了鬼子在热河一带的城防图，昨天送过来。我和光路、才山等人看了看，虽然有些地方跟我们了解的有差距，但总体感觉这张图还是有价值的。由此可见她的聪明，可见她对刘敦的情感，可见她对日本人的恨。受压迫的人，无论男人女人，无论汉族朝鲜族，无论中国还是外国人，都有抗争的权利和愿望，都能成为反抗侵略的力量。

听光路说，刘敦训练更刻苦了，而且还干起了许多分外事。这小子本来就是好样的。

7

又是三天没记日记了。

根据冀热察区党委的指示，平北地委和平北军分区成立了，苏梅为书记，程世才为司令，段苏权为政治部主任。跟三位领导也算老相识了。程司令原是挺进军参谋长，段主任也见过多次。

今晨，苏书记和段主任先期到达五道营子，迎接程司令员。不料，一个时辰后日伪军闻讯赶来。首长安全必须保证，遂命王亢率一营于五道营子东山梁对敌阻击。敌人三倍于我，战斗异常激烈，从上午十点一直打到黄昏，敌死伤八十余，我牺牲十余，伤二十余。伤者中包括苏梅和副营长冯克武，令人后怕。

看到首长和七团的到来，我们非常高兴。战士们也欢欣鼓舞。十团加上七团，做大平北更有把握了。

8

今天，领导跟我谈话，肯定了前一段开辟根据地的工作。苏书记告诉我，上个月日伪方面遭到重创，他们在报上发出惊呼：延安的触角伸进了满洲国！八路军扰乱了满洲秩序！

对这个情况，确实应辩证看待，胜利有积极的一面，也有消极的一面。丰滦密根据地建成了，但不代表平北抗日根据地建成了。确实，不能过早暴露八路军在平北的力量。

今后，根据地要往北平北部地区发展，不能急于求成，也不能过分刺激敌人，要注意隐蔽。要懂得韬光养晦。

9

这天，平北地委书记苏梅、军分区司令员程世才、政治部主任段苏权在五道营子召集两团负责人开会，研究平北抗日根据地军事斗争和根据地建设工作。会议刚刚开始，一队鬼子带着满洲军悄悄奔五道营子而来。我爹二话不说，带领十团与敌人展开激战，四个小时后，击退了鬼子的进攻，保障了地委和军分区领导的安全撤退。

战斗中，一颗炮弹飞过来，我爹和才山立刻趴在地上。附近的朱贵枝不懂隐蔽，迈开步子往树林里跑，被刘敦发现，他不由分说跑上去，把她扑倒在地，结果弹片击中了他的脑袋。

我爹和才山从地上站起来，拍了拍身上的土，发现了附近趴在地上头部流血的刘敦。他们走到他身旁，轻轻把他翻过来，让他平躺在地上。他们发现了他身下的朱贵枝。我爹喊刘敦的名字。才山也喊。朱贵枝眨巴着眼睛从地上坐起来。我爹帮助刘敦把他眼睑上的尘土掸掉。朱贵枝咳嗽了好几下。我爹的呼喊无济于事。刘敦气息奄奄。朱贵枝惊魂未定，她下意识掏出手帕，去擦脸上、耳根的尘土。刘敦的嘴唇动了动，但是没能发出声音。我爹把耳朵凑到他的嘴边上，希望听到他说出只言片语，但是没有，刘敦的嘴唇只动了那么一次，瞳孔涣散，头部向一侧滑去。

“刘敦！”我爹大喊。

坐在地上的朱贵枝听到喊声，才从惊慌中镇定下来，她突然明白，是刘敦救了她，而刘敦可能牺牲了。她不再忙于打扫自己的脸颊和耳根，而是扭转身子，默默地望着死去的刘敦。

一周前，她还亲自下令，要宣判他的死刑。此刻，她的心情有些复杂，既有沉痛，也有愧疚，更有酸楚。

10

刘敦的牺牲令赵光路伤感。夜里，他做梦了，梦到一个老人把刘敦送了回来。他醒来后感到嗓子疼。再睡下后，又梦到那位老人，老人给他讲苏联故事，可是他不想听，就跑，老人追他，追到悬崖边上，他无处可跑了，只好跳崖，跳下去就醒了。

第二天，他做了另一个梦。梦见张大妮到处找儿子，终于找到了，儿子在日本人那里。她给了他一个耳光。他的儿子嘴角流血。他哭着喊爸爸。爸爸李大山满脸烧伤，比鬼还吓人。这个梦稀奇古怪。两天后赵光路跟张大妮见面，他向她提及此梦，她的眼睛睁得大大的，脸上挂着欣喜，“找到儿子啦？这是好梦啊！”然后又脸色一变，眼睛里布满忧郁，“可怎么在日本人那儿呢？”

张大妮忧伤的样子瞬间打动了赵光路，他的心里滚过一波热流。“没事，梦都是反的。”他安慰她。他第一次觉得她非常柔弱。

“那就是说，我没法儿找到儿子了！”她小声说。她的样子楚楚动人。

就在那一刻，赵光路爱上了张大妮。多年后赵叔叔到辽阳看我时，跟我说过那一刻他的内心感受。当时，他觉得自己可能会有第四次婚姻，这次婚姻带给他的不是老婆，而是一个他毕生珍爱的人。

11

赵光路的情感相当炽热，这令他夜不能寐。他甚至都无法读书了。对此他无法解释。自从莱娅死后，他对女人失去了兴趣，特别是在心里。况且认识张大妮已经很久了，除了朋友情战友情，他们之间似乎从来没有其他情感。可如今情况不同了。

赵光路把他的情感告诉我爹，跟我爹说，他想结婚。我爹却满脸郑重地说："这咋成呢？你已经结过三次婚，再结恐怕影响不好吧？"

"这，影响，怎么……"赵光路感到意外。

"这个至少需要上一次会议啊！"

"上吧，上吧。"赵光路起身要走，"你今天……咋这么严肃？不至于吧！"

"当然不至于！"我爹哈哈大笑，"你个赵光路，当初我给你介绍二梅，你八百个不乐意，不给我面子！今儿个倒好，自己上赶着找我商量来啦！说，是不是一直在搞单相思？"

赵光路恍然大悟，才知道我爹是在逗他，笑着说："没有，就是最近的事，不知咋地，就突然……喜欢……喜欢上了大妮。"他不好意思地挠了挠头。

我爹挺高兴，为他的情感高兴。他表态说："如果人家乐意，我支持你，可以结婚。"

"可是，你说，李大山会不会还活着？"

"怎么可能呢？鬼子不会留活口的！何况我亲眼看到他们把茅草屋烧了！"我爹说，"牺牲了。大山肯定牺牲了。"

"可是，我毕竟结了好几次婚，跟大山又是好兄弟……"赵光路仍然有顾虑。

“没问题，这个主我来做！”

12

张大妮没有答应接受赵光路，这令我爹略显难堪。其实她没立刻答应，也没说不答应。但是我爹脾气直，性子急，以为她否定了赵光路。他自嘲着说再也不给任何人做媒了。他摇着头，故作沮丧地走出了张大妮的屋子。

张大妮也有些不好意思，她追出来，说要请团长和大家吃菜粥。她熬的菜粥特别好吃。我爹答应了。

喝粥那天有七个人，除了我爹和张大妮，还有吴澜、才山、赵光路、王亢、曹福增。曹福增带来一瓶高粱酒。大家好久没喝酒了，所以喝得很快，不到半小时就喝完了。

“哎呀！这叫什么酒，喝着寡淡无味，咋还上头呢！”我爹大大咧咧地说，其间还夹杂了一句粗话。那些天他心情不好，有些压抑。他压抑的原因有两个：一个是团里正在搞的“肃右”，让他不悦；另一个是七团来到平北后，跟十团联合作战，打了几仗竟然打得不顺手，有一次还很窝囊，让敌人占了便宜，他心里感到很憋屈，而且这憋屈还不能跟别人说。

喝酒的时候，我爹高兴，跟众人聊起打仗的事情，第一次说出了自己的感受。不料王亢说：“我以为只有我才觉得憋屈哩！看来你也有啊！”才山说：“团长，今天这里没别人，我说句实话，最近咱们的打法有问题。”我爹问：“什么问题？”才山说：“什么问题我也说不清，但是我敢肯定有问题。”吴澜在军事上很少发言。曹福增降职以后，在军事问题上也发言慎重。

“我觉得，七团不适合打游击战。”赵光路说。

“对，至少不像我们那么适合打山地游击战，特别是在平北！”才山补充说。

“确实有这种感觉。”我爹说，“七团家底子厚，人多枪多，游击起来不方便。”

曹福增若有所思地点了点头。

几个人又聊了一会儿，吴澜提议：“撤吧咱们，让小两口早点儿歇息吧！”

“吴主任，你瞎说什么呀？！”张大妮直着嗓子喊。

“啊？我怎么瞎说啦？”吴澜一脸无辜。

“吴澜、吴澜，我还没跟你说，”我爹突然想起什么，马上解释道，“怪我、怪我，你只知其一不知其二，我的确是给光路介绍对象了，可人家不同意，我碰了一鼻子灰！忘告诉你了！”

赵光路坐在一边，尴尬地埋着头，恨不得在地上挖个坑，立刻钻进去。

13

朱贵枝在炮弹炸响的瞬间受到惊吓，在屋里休息了一周。那些天，她躺在炕上，起初总想刘敦，两天后就不想了，她的思绪飞到了延安，飞到了莫斯科。她在休憩中沉寂了一周，然后精神焕发地披着外罩走出院子。

她来到村里废弃的私塾——这里被临时作为十团的会议室——参加推迟了两天的“整训”活动推进会。说是整训活动，但她更喜欢把它看作是一场“运动”，她觉得“运动”一词更痛快，有辣椒的味道，听上去轰轰烈烈，更具革命性。因此，在她主持会的时候，她有意把“整训活动”说成了“运动”。

“副书记同志，”我爹早就不管他的老同学叫“贵枝”了，“你口误了，不要把‘整训活动’说成‘运动’，这个不合适！”

“有什么不合适？”

“怎么不合适我说不清，但是……”

“你以为‘运动’只限于‘体育运动’吗？”

“当然不是。”

“那有什么不可以呢？也许，这个词今后会经常出现在党内，作为一名党员，你应该习惯它。”

“以后的事情以后再说，咱们会上定的事情，就不要随意改变。”我爹突然有些烦，但是他尽量克制自己。

“好吧好吧，”朱贵枝也有些烦，“现在开会，下面我讲一下今天会议的目的和任务。”

这次会议决定，三天后，召开副营以上党员干部会，围绕个人“右倾”问题，展开批评和自我批评。

14

朱贵枝想请平北地委领导来参加会议，但是领导没有来。他们在南六道沟召开紧急会，传达和落实晋察冀军区会议精神，商量加快平北抗日根据地建设工作。

会议仍然由朱贵枝主持。她讲完开场白后说：“今天的批评和自我批评很关键，对于‘整训’和‘肃右’至关重要，希望领导干部能起个带头作用。乙化是团长，吴澜是主任，我是平北工委副书记，咱们谁先带个头？”

我爹刚要张嘴，吴澜说：“那就请副书记同志先说吧。”

“好吧。那我就抛砖引玉了。这样，我先进行自我批评。”朱贵枝翻开摆在面前的笔记本，翻到写满字的一页，“我这个人，历史上曾经对‘右倾’机会主义和投降主义认识不清，无论在国内，还是在国外，无论是大革命失败的时候，还是第二次国共合作初期，我的革命觉悟不够高，缺乏革命的自觉性、坚定性，缺乏对民主革命艰巨性、残酷性的认识。抗战以来，由于国民党政府和苏联的关系，我对革命的复杂性缺乏充分认识，对我党的方针政策缺乏正确理解和深刻领会，导致我在工作中出现一些认识上的偏差，虽然这种偏差还没有导致出现大的工作失误，但是，应该说已经到了悬崖边上，到了十分危险的地步。”

我爹静静地听着，他兜里的怀表发出清脆的嘀嗒声。

“下面，我进行批评。”朱贵枝端起面前的搪瓷缸子，喝了口水，然后放下缸子，瞥了眼笔记本，“乙化同志有文化、有水平，党性强，作战勇敢，这个大家有目共睹。我就不啰嗦了。我重点给乙化提些意见。第一个意见，就是缺乏政治学习，缺乏对马克思、恩格斯、列宁、毛泽东同志著作的学习，看文学方面的书多，看政治学方面的书少，这直接导致他在政治站位上，有时候不够高；第二个意见，就是在有些时候，存在个人英雄主义倾向，有包打天下的心态，对同志们缺乏必要的信任；第三个意见，就是缺乏对错误观点和错误做法进行斗争的勇气，明明知道团内有些工作有些做法是错误的，但是碍于同志间的面子，听之任之，任其发展，导致一些‘右’的东西泛滥——当然，泛滥这个词不很准确，有些夸张，应该说是‘滋生’——这样一来，就影响了党的队伍的纯洁性，影响了队伍的战斗力。”

“我咋就个人英雄主义了？咋就影响党的纯洁性影响战斗力了？”我爹不紧不慢、字正腔圆地说，“副书记同志不要乱扣帽子，我请你举例说明！”

我爹不怒自威，朱贵枝被吓了一跳。她扶了扶眼镜，“会的。我会的。”

吴澜坐在我爹右侧，轻轻拽了拽他的衣襟，他重新坐下。

“例子就在下面的发言中。现在，我对吴澜同志进行批评，”她端起缸子喝口水，“吴澜同志作为政治部主任，在强化党的领导方面有许多不足，第一个不足就是在宣传上存在导向性错误，不宣传我们共产党八路军的丰功伟绩，而是抓住国民党军队打的一两次胜仗，比如台儿庄战役、比如中条山战斗，还比如什么所谓的‘绥西大捷’，夸大其词，歌功颂德，这无疑是‘右倾’的表现！”

我爹又要往起站，被吴澜按住大腿。“听副书记同志讲完，有则改之，无则加勉嘛。”

“第二个不足，就是有小资产阶级生活倾向，缺乏艰苦奋斗的精神和艰苦朴素的品格。

“你举例说明！”这次我爹没有站起来。但是他气得络腮胡子倒立起来。

“上学时穿洋装、戴洋表、坐黄包车，现在虽然好了，但是还有小资产阶级生活的影子，跟工农群众还没有完全打成一片。”

我爹懒得说话了，他瞟了眼附近的才山、王亢、张大妮，心情突然平静下来。他没有看曹福增。赵光路不是党员，没能参加今天的会。他暗自嘱咐自己，在她发言结束以前，他什么话也不说了。

朱贵枝坐下后，继续发言，“我对才山同志只有一个意见，就是要注重党内团结，不利于团结的话不要讲，不利于团结的事不要做。”她顿了下，抬头看了眼才山，“关于十团和七团的军事合作问题，关于七团不善于打游击战的话，希望你以后不要再讲了。毕竟，平北工委书记苏梅同志和平北军分区司令员程世才同志都随七团行动，这样的话影响团结。”

我爹和吴澜、王亢的目光同时投向曹福增，他的目光转向朱贵枝，而朱贵枝的目光在本子上。最后，曹福增无辜而内疚地看了眼众人，无奈地摇了摇头，又低下了头。

“抗战是艰苦卓绝的战争，不能因为打一两次败仗，军事上的一两次失利，就觉得委屈，就萎靡不振，就怪罪于友军——这种情绪是危险的，是悲观主义的表现；这种态度是有失公允的，是影响党内团结的，是山头主义的萌芽！为此，我们必须防微杜渐！必须防患于未然！这样才能避免悲观主义的蔓延，避免山头主义的滋生，避免右倾投降主义对党的军队的侵蚀！”

朱贵枝的发言出人意料，以至于她做完手势重新落座后，会议室里出现了短暂的沉默。

15

我爹清了清嗓子，准备发言的时候，从外面跑进一名战士，他气喘吁吁地报告：“团长，有敌情！”他身后跟着司务长。

我爹看了眼这名战士，催促他快说。

“一队鬼子冲我们这边压过来！后面还跟着两百多满洲军！”

“离我们多远？”

“五里地。另外一队伪军朝南六道沟而去。”

我爹瞟了眼司务长，他点了点头。这个新来的司务长有个特殊本领，趴在地上侧耳倾听，能听到三五里地外人群的脚步声。我爹立刻宣布，“整训”会转为战事部署会，商议退敌之策。朱贵枝心有不甘，“再有五分钟就能结束，能不能先让团长发发言？”我爹斜睨了她一眼，“开玩笑，再有五分钟鬼子就进村了。”朱贵枝不以为然：“又不是开汽车，哪有那么快呀？！”我爹反问她：“你知道鬼子是怎么来的？”朱贵枝被问愣了，停顿了一下，张嘴还想说什么，见曹福增给她直使眼色，方才作罢。

我爹吩咐警卫员去找赵光路开会，警卫员转身离去。事实上等赵光路走进会议室的时候，御敌之术已经基本形成。

那一仗，我爹他们打得特别漂亮，利用诱敌深入的办法，把鬼子拉到了距离南六道沟更远的西沟岔，一方面保护了平北地委和军分区领导，一方面利用地形几乎全歼敌人。当时十团一营在西沟岔里面，三营在外面，里外夹击，把鬼子打得溃不成军。他们夺路而逃的时候，又碰上了前来增援的七团二营，除了跑掉的六个鬼子兵，其余的全部被歼。

回兵路上，一个身影凑到我爹身旁，我爹侧眼一看，马上不悦，拉着脸说：“曹福增，你还算不算老爷们儿？！咱们在一起聊聊天，怎么你一回家马上跟老婆说？就你有老婆？就你长着嘴？嘴上咋这么没有把门儿的？！”

曹福增面带羞愧：“怪我，怪我。我也没想到……”

16

在重新召开的“整训”活动会上，我爹进行了自我批评。他态度诚恳，语气平和，已经完全没有了几天前的火气。这一点他自己都感到纳闷。在发言中，他承认自己政治学习不够、站位不高，有个人英雄主义倾向，但是他巧妙化解了副书记对吴澜和才山的批评。他说：“我是团长，许多决定都是我拍板做出的，所以如果有问题，责任在我，我今后一定注意。”

吴澜和才山发言时，都表示十团是集体领导，对于错误决定，他们自己也有份儿。

朱贵枝听到他们发言后，嘴上提醒他们不要相互打掩护——她没敢使用“包庇”这个词——可心里感到很满意，因为他们毕竟承认了错误。

我爹最后说：“悲观主义在十团是存在的，只是量大量小的问题；山头主义在十团并不存在，是有与无的关系，这个不能含糊；右倾投降主义在十团根本不存在，这是个重大政治问题。我希望副书记同志，能够客观公正地看待这些问题，能够做出准确判断。”

朱贵枝煞有介事地说：“是啊，就像我前几天讲的，我们要防微杜渐。”她看了眼众人，“有谁还记得我那天的讲话吗？”

见没人吱声，她说：“我并没有说现在就有山头主义和右倾投降主义，我记得我当时是这么说的——避免悲观主义的蔓延，避免山头主义的滋生，避免右倾投降主义对党的军队的侵蚀！”

17

今天，队伍转移到南六道沟，跟地委和军分区会合。下午开了半天会。段主任主持会议，苏书记讲党组织和根据地建设问题，程司令讲军事斗争问题。我表态赞同领导的意见，吴澜、才山也都做了发言。王亢和赵光路列席会议。曹福增不够级别，这个会他没参加。

这几天总有鬼子袭击我们。

十团仍然负责领导的安全转移，七团协助。战斗中发现，由于七团人多，队伍移动缓慢，粮草筹集困难，似还不适应山地游击战。对这一点，程司令员也意识到了。

七团在平原上战斗久了，总习惯于整团整营的活动，不善于化整为零，这样缺乏机动性，也不安全。我提醒了他们。当然，也只能提醒。

下午的会上，司令员跟书记交换意见，有了七团西撤的想法。

会后，我单独跟三位领导汇报思想，谈了我对“整训”对“肃右”的看法。我不是不同意这个活动，而是担心活动“扩大化”，因为副书记的“想法”太多。她这个人怪得很。领导们理解我的担心，故叮嘱我在跟她的合作中注重方法，既要消除分歧，也要注意团结。

“白大个子，你这么聪明，没有你解决不了的问题。”苏书记说。

“这点小事难不住我们‘小白龙’。”段主任也开我的玩笑。

只有程司令员郑重地说：“乙化打仗没的说，但是在这方面，你们不要太乐观。”

我倒觉得，司令员的话对我是有益的提醒。

18

我爹向朱副书记妥协了。

“肃右”活动起初只局限于在党员干部们中进行，但是在朱贵枝的提议下，不得不扩大到全体战士中。按照她的话说——士兵是军队的细胞，是决定战争走向的关键。她说：“这跟泽东同志要求支部建在连上是一个道理。”她这么说，我爹没有拒绝的理由。

朱贵枝有这样一个本事，她能随时随地引用伟人的话，马恩列斯毛，周朱张王刘，甚至博古、王明的话，总能恰当运用到工作中或她感兴趣的话题上。这个本事我爹自愧不如，他的战友们也无话可说。在大家沉默和倾听的过程中，朱贵枝的威望提高了，派头更足了。

她要求所有战士熟读《论持久战》，个别章节和关键段落要会背诵。她说：“学习《论持久战》，不仅仅是干部们的事情！”

我爹对她的话没有异议。

她要求战士以连为单位，在早上出操时集体朗诵一段《论持久战》。我爹也无话可说。

她要求战士们在睡觉前，以宿舍为单位，集体背诵一段《论持久战》。我爹听之任之，没有反对。

她要求战士们在战斗前，甚至在阵地上准备伏击敌人的时候，也大声背一段《论持久战》，我爹勃然大怒——这次，他终于憋不住了，他有话可说不吐不快了——

“朱贵枝，你给我听好了，这是打仗，不是摆家家！打仗是要死人的，是要集中精力平心静气然后热血沸腾勇往无前的，是讲究分秒必争兵贵神速一鼓作气再而衰三而竭的！在战斗前先背一段《论持久战》？亏你想得出来！你怎么能这样工作这样思考问题呢？我这个人从来不喜欢多说话，也不喜欢说得罪人的话，但是今天，我一定要得罪你一次——我告诉你，你这个做法是教条主义、本本主义，我不喜欢，我们不需要；我明确告诉你，你发起的这些所谓教育活动，或者你喜欢称之为‘运动’的东西，我不喜欢，我们不需要；我也告诉你，你这是在搞‘左’倾……主义，我们不喜欢不欢迎！”

面对这么一长串的诘问，朱贵枝脸上像涂了一层白粉，真是挂不住了，她结结巴巴地问：“难道……我这个人……你也不欢迎吗？”

“不欢迎！”我爹脱口而出，“坦率地说，就是这样！”

吴澜和才山关切地看着我爹。他们注意到，他的眼睛里充满一团火，胡须微微抖动。他们为他捏把汗。王亢观察着朱贵枝的表情，看她有什么反应。赵光路的目光在曹福增那儿，他的眼睛里充满同情，一个怪怪的想法掠过心头——如果这样的女人嫁给我，我宁愿打光棍。

“既然不欢迎，那你就去八路军总部，去延安，把我调离十团！”朱贵枝气愤地说。她觉得自己颜面尽失。她想挽回面子。

“你以为我不敢？！”我爹二目圆睁。

“你知道去延安的路怎么走吗？”

我爹不屑地“哼”了一下，用嘲笑的口吻说：“我既然能从辽阳找到北平，就能从密云找到延安！”

朱贵枝见他毫不示弱，只好自己给自己台阶下，“好好好……我不跟你抬杠……”她从座位上站起来，双手叉腰，在地上踱起步来，“好、好，乙化，咱们不要激动！平静，平静下来！我可以负责任地告诉你，这场教育活动或者‘运动’迟早要来的，你一定要相信我！”

“那就等中央文件吧！等正式文件！”

我爹的态度相当决绝。他怀表的指针横冲直撞，时间失去了它惯有的姿态。

19

会议室里只剩下我爹和曹福增，我爹冲他摆摆手："你走吧，我想一个人待会儿。"他神情疲惫，挥动的手臂看上去有气无力。曹福增迟疑着没走，我爹大吼："走啊！"他这才离开。

晚上，我爹一个人在屋里看书，曹福增来了。他要跟我爹聊聊。我爹的心情已经好转，也觉得有必要聊聊。他从炕上下来，坐在八仙桌南侧的长凳上。他们相向而坐。但是谁也没有立刻开口。

"我媳妇——"曹福增首先打破沉默，但是刚一张嘴，突然又停下来，而后换了种语气，"朱贵枝这个人，咋说呢？有点儿好高骛远，有点儿崇洋媚外，有点儿脱离实际。"

我爹定定地看着他，"嚯，一上来就是三个成语。"

"我也不喜欢……她那做派，"曹福增吞吞吐吐，"我媳妇她，她，你，你们……"

"有话就说，结巴啥呀？！"我爹用辽阳话说。

"那我，开诚布公了啊——你说咋办就咋办！"

"啥咋办？"

"轰走她还是撤职，你定！"

"人家是副书记，我能说撤就撤？轰走？怎么轰？你舍得？"

"舍得！"曹福增闪闪眼睛，一本正经地说，"只要对工作有利，只要你高兴，休了她都成！"

我爹"扑哧"一笑。

这时，赵光路进来了，"别价呀，好不容易乙化给你说个媳妇，咋能说休就休呢？"

“对了，要不说我都忘了，这媳妇还是你给说的哩！”曹福增看了看我爹，挠了挠头皮。

“哼，我就没这个命，给二梅说光路，光路不同意；给光路说大妮，大妮不同意，”我爹自嘲起来，“总算给你做回大媒，还做成这样！我这是没有金刚钻，非要揽瓷器活——自找没趣！”

“挺好、挺好，福增他媳妇就是读书读多了，我觉得在实践中锻炼锻炼，慢慢会好的。”赵光路说。

曹福增对赵光路的话感到意外，“光路，她对你那样，你还为她说话，我，我这脸都不知往哪儿搁了！”他低下头。

“她是副书记，可也是你媳妇，我得叫声嫂子，咱们一家人不说两家话。”

“听听光路这话，他像右倾吗？像是在搞分裂主义投降主义吗？”

“惭愧，惭愧！”曹福增不好意思笑了，他向赵光路伸出手，两个人紧紧地握了握。“团长、副团长，她……”

“你别团长副团长的，这儿不就咱们哥仨儿嘛！你这么说话我听着不得劲儿！”我爹打断他。

“好、好，乙化、光路，她是副书记不假，但毕竟是女流之辈，你们一定多担待！”

“这个话你可要注意喽！我们现在是中华民国！”赵光路提醒他，“民国提倡男女平等。”

“八路军队伍里更不能歧视女性！”我爹说。

“是、是，你们说得对。”曹福增突然感到一种温暖，他突然意识到，他们不仅是战友，还是老乡和结拜兄弟。兄弟之间说话就应该这样开诚布公。他们好久没有这么说话了。“你们是爷们儿，该批就批她，该骂就骂她，可看在我的分儿上，甭跟她一般见识。”

我爹的目光落在桌上的茶壶上，若有所思。曹叔叔这么说，我爹知道他还是护着自己妻子的。这个他理解。

“这么着，待会儿回家，我脆脆打她俩嘴巴，给你们出出气，让她再胡说！让她再气团长！没了王法啦！”

“吹吧你！”

“拉倒吧你！”

“反正这媳妇也是团长给的，啥时候想拿回去，只管拿回去。”

我爹哈哈大笑起来。

20

刚才，福增和光路来过，一个为妻子来道歉，一个来劝我。当然,福增也有劝我的意思。他们说,我好久没发这么大脾气了。现在看来，白天我确实太冲动了。

三个人聊了聊，感觉心情好了许多。都是革命工作，初衷都是好的，我不会计较。更不会报复。这个福增多虑了。即便她不是福增的老婆，我也不会;她是，就更不会了。同志情也好，手足情也罢，我怎能不顾及呢?

当然,原则还是要讲的。只是要讲究方式方法。别再“威吓”朱贵枝同学了。她千里迢迢，自愿到平北，到十团，也很不容易了。我欠着她一些东西。当然，那些儿女情长的事情我早已忘掉。现在，她是副书记，是福增的妻子。

明天，我要找她谈谈，别让她有顾虑。今天我的话太重了。我真没有撵她的意思。

21

赵光路好多天没有梦游了。这天夜里，他穿戴整齐，走出屋子，走向马圈，牵出不久前缴获的战马，不算费力地跨上去。他骑着高头大马，在村子的巷道上走起来。马蹄踏击石板路的声音打破了夜晚的宁静。

“杨靖宇，许许许！张自忠，咚咚咚！”

“杨靖宇，许许许！张自忠，咚咚咚！”

赵光路经过曹福增和朱贵枝的房前，屋里的灯亮了。曹福增耳朵贴着窗户纸，立刻听出了赵光路的声音。他担心地说，光路又梦游了，又梦游了。他开始穿衣服。朱贵枝睡眼惺忪，她起身爬到窗台旁，用手指蘸了点儿唾液，把窗户纸抹出一个小洞。她顺着小洞往外看，只见月光下赵光路骑着大马，正对着窗子唱辽阳老调，把她吓了一跳。

“杨靖宇，许许许！张自忠，咚咚咚！”

“杨靖宇，许许许！张自忠，咚咚咚！”

曹福增穿好衣服要下地的时候，朱贵枝伸手捉住他的衣襟，“等等，听听他唱什么。”曹福增轻轻拍了下妻子的手，“不行，光路不会骑马，而且那匹马是前两天刚刚缴获的，性子烈得很，再不出去他会摔下来的。”朱贵枝的手没有松开，“管他呢，听听，再听听他唱什么，会不会唱蒋介石，会不会唱汪精卫，那样的话……就有文章可做了。”

曹福增使劲推了妻子一把，愤然出去了。他在心里骂了一句粗话。这话他好久没骂了。狗日的。

22

这天上午，我爹和吴澜、朱贵枝去南六道沟开会。会议精神主要有两个：一是奉晋察冀军区命令，七团返回平西，三日内出发；二是奉八路军总部命令，朱贵枝调军委总政治部工作，一个月内到达延安。苏书记说：“总部要求我们把贵枝同志送到平西，然后由挺进军司令部派人送到山西，由八路军总部派人送往延安。”

我爹对上级决定表示拥护。

“乙化，你对贵枝同志说几句吧。”段苏权主任对我爹说。

我爹说：“贵枝同志随十团行动期间，工作积极，团结同志，跟我们结下了深厚友谊。当然，跟我们的曹营长也结下了甜蜜的爱情。哈哈。”大家跟着笑了一下，“她的走对我们是一个损失，但是我们不会气馁，我们会加倍努力工作，”我爹看了眼朱贵枝，“坚决防止右倾投降主义在十团的滋生和蔓延，把抗战进行到底，争取民族自由和独立，迎接民主革命的伟大胜利。”

我爹的话我都听到了。他的话就像一片海，深不见底，里面有真诚，也有得意。他使用了她惯用的语言。

朱贵枝发言时，说了许多话，可是我啥也没听见。

23

今天，七团出发了，要返回平西。他们还有一个任务，护送地委和军分区领导到延庆。平北军分区司令部设在延庆北山南碾沟。出发前，曹福增和朱贵枝找到我，跟我话别。

“你得意了。”她笑着说。

“胡扯什么，这跟我没关系，你高升了！”我说，“福增，你老婆要去延安当大官了，你不送上一程？”

“有七团呢，我算哪根葱啊？”福增说。

七团出发时，下起了雨。在雨中与地委、军分区领导告别，与七团的战友们告别。苏书记、段主任跟我握手时没说什么，我们四目相对的瞬间有点悲壮。不知道为什么。我眼角一酸，但是忍住了。男儿有泪不轻弹。程司令员同我握手时说了一句话：乙化，有困难跟我说，但重点靠你们自己。这里艰苦，你辛苦！珍重！

这回我的泪水出来了。

战友们走了，我想他们。

抗战结束了，我要写一部反映中国抗日战争的小说。

第四章

1

我爹在丰宁和滦平战斗的生活非常艰苦。这里地处塞外，经济凋敝，民不聊生。由于毗邻伪满洲国中心统治区，当地群众长期接受奴化教育，一些人精神麻木，胆小怕事，对八路军持怀疑甚至敌视态度，军民远未形成鱼水关系。在这种条件下寻求生存与发展，十团既有饿死的危险，也有窒息的可能。但是，我爹坚守“健全自己，影响旁人”的信条，对自己严格要求，对干部严格要求，行军时每人负重四十斤，谁也不例外——干部使用短枪，分量不够，就每人加背一个米袋子；对战士们同样严格要求，谁违反纪律了就严惩，该打则打，该罚则罚。这样一来，官兵关系、军民关系更加和谐，队伍凝聚力、战斗力大大提高。

有一段时间，他们在丰宁大草坪附近活动，青黄不接，食粮短缺。团部跟老乡打招呼，先掰老乡们的青玉米吃，秋后用公粮偿还，老乡表示同意。一天早上，司务长王辅臣拿着两根籽粒饱满的玉米棒子，放在我爹面前：“团长，快尝尝鲜吧！快吃顿饱饭！”刚出锅的鲜棒子飘着香味，我爹肚子咕咕叫起来，可他看着面前那两个又粗又长的棒子，问道：“每个战士都是两根吗？”司务长忠厚老实，一向不说假话，此时却支吾起来：“是……大家都有，您快吃吧！”我爹顿生疑窦，盯着他的眼睛，司务长却不敢看他，自己低下了头。王辅臣知道团长的脾气，他对每一件事都非常认真。他从不搞特殊。可这阵子，司务长看他瘦了许多，两腮塌陷，困倦的眼睛带着血丝，络腮胡子又黑又长，就有些心疼他。此时，他见我爹缓缓地摇着头，两腮的胡子翘起来，就知道他动感情了——我爹一动感情，胡子就翘起来。

“王辅臣同志，你的意思我明白，谢谢你。不过……”他走到他跟前，拍着他的肩膀，“走，咱们到伙房看看去！”说着，他拿起那两根棒子，走出大门。

伙房门前，战士们手上拿着棒子，一边狼吞虎咽地吃，一边互相说笑。大家见团长来了，知道有事儿，说笑声停止了。

“同志们哪，吃得香吗？”我爹问。他走到大家跟前，看看这个，又瞧瞧那个，发现他们手上的棒子只有一根，而且没有自己的大，粒也没有自己的饱满。他大步流星走到伙房里，把自己的两根棒子拿出一根，放到锅里，对司务长说：“我只吃一个，多余的那个给战士们吃吧。”

司务长不乐意地说：“棒子都分完了，每人一个，多出一个给谁啊？！”

“看把你愁的，我帮你分！”说完他从锅里捞出那根棒子，走到院子东边两个机枪手旁边，把棒子一掰两半，“你们俩活儿重，每人增加半个！”

机枪手接过半个棒子的时候，眉开眼笑。我爹回头看了眼司务长，得意地说：“这有啥难？不就解决了吗？”

司务长无奈地摇摇头，两眼湿润。

这件事一传十，十传百，三里五村的老乡都听说了，他们对这支队伍刮目相看了。

2

我爹批评人态度不同，对干部严肃，对战士温和。在战士和群众眼中，他是一个和蔼可亲、有情有义的人。在外线作战的一天，一个十四五岁的孩子找到团里，要求参加八路军。团参谋见孩子岁数忒小，个头也矮，不收留他，不料孩子急了，失声痛哭，而且声称坚决不离开十团。参谋只好把孩子带到我爹跟前，说明缘由。

"你是哪儿的人？"我爹问。

"丰宁大阁人。"

"叫啥名字？"

"俺叫卜兴安。"

"几岁啦？"

"十四了。"

"为啥要参加八路？"

孩子哭了，过了一会儿才说："俺妈和俺姐让日本鬼子烧死了，俺爹和妹子也让鬼子用刺刀挑了。全家只有我逃了出来。俺要参加八路，为亲人报仇！"

我爹眼窝一酸，"你年纪太小。"

"就算俺小，俺照样可以扔手榴弹……俺现在小，过两年不就长大啦？你们收下我，俺要为爹娘报仇！要是不收，俺就跪在这儿不起来！"他真的跪在了地上。

我爹看着眼含热泪的孩子，听着他的哭诉，心里非常难过。他扶他起来，端详着他那张消瘦得干枯又有些倔强的脸，便破例收下了他。

燕山深处的夏夜凉如秋天，只穿一件小褂的卜兴安冷得发抖。我爹把自己穿过的一件衣服找来，在油灯下飞针走线，给他改成一身小军装。当卜兴安穿上他亲手做的小军服时，激动得不知所措。这时，团政治处的彭烈感慨道："就是亲生父亲，也不过如此啊！"

卜兴安一听，扑通跪下来，脱口道："爹！你就是俺爹！"要认我爹做干爹。

我爹忙把他拉起来，语重心长地说："孩子，别这样，咱们这是革命队伍，革命队伍就应该互相爱护，但是咱们不兴认干亲。"

彭烈等人在一旁撮合，"团长，共产党人也讲感情啊！你就认下他吧！"

我爹没再说什么，把孩子紧紧搂在怀里。

后来，在我爹的关心和教育下，卜兴安成为一名坚强的八路军战士。不幸的是，两年以后（1942 年 4 月 8 日），在密云县一个叫臭水坑的地方，丰滦密联合县政府被日伪军包围，年仅十六岁的卜兴安壮烈牺牲。同时牺牲的还有县长沈爽和神枪手徐廷扬等数十人。唉，真是没办法，平北的斗争太残酷了。

3

赵光路独居一室。我爹要给他重新配备警卫员，被他拒绝了。夜里他偶尔梦游，骑着战马在村口转悠。"杨靖宇，许许许！张自忠，咚咚咚！"

转悠一个或半个时辰，他把战马放回马圈，重新回屋睡觉。

有一次，他在回去的路上，不慎从马上摔下来，倒在一个破旧的院子旁。院子里住着张大妮和金在花。碰巧金在花起夜，看见院子门口杵着一个高大的身影，定睛一看，她被黑魆魆的战马吓了一跳。她小心地从院子西南角的茅房走到东南角，隔着栅栏门往外一看，发现月光下有个人躺在青石板上，她急忙跑回屋，去叫张大妮。

两个女人把赵光路弄醒，扶着他进屋。张大妮发现他额头撞破了，赶紧找来酒精，给他伤口消毒，用纱布包起来。

赵光路默默听凭她的处置。

这是他解放前最后一次梦游。

二十年后，他在北京城里再次梦游，给他带来牢狱之灾。那次，他反复说一句话：

“你有罪，你让共产主义蒙羞！”

4

达峪战斗异常激烈，日军石井少佐被击毙。我当然知道，十团伤亡也不小。我爹胸部挨了一枪，但是德国怀表帮了忙，使他化险为夷。日本子弹在德国怀表那儿碰了钉子，后者的唯一损失就是表蒙子被打裂。我爹一点儿都不感到后怕。他最大的担心是曹福增被打散了，活不见人，死不见尸。有个战士说亲眼见到他倒在血泊中，另一个战士说倒在血泊中的那个不是曹营长，我爹带人四处找他，也没有找到。

为此我爹做了最坏的打算，但是他又否定了这个打算——他实在不愿相信这个事实。他坚信曹福增不会死去。

尽管如此，他仍然黯然神伤，他觉得自己失去了一条臂膀。而两天后，当他听说大学老师吴承仕辞世的消息后，觉得自己失去了一只眼睛。这两个人虽然籍贯不同，阅历不同，文化水平不同，但跟他一样，都有着共同的信仰——共产主义。

吴先生少年天才，十七岁中秀才，十八岁中举人，二十三岁参加举贡会考，获殿试一等第一名。后来，他受业于章太炎门下，在经学方面建树很深，与黄侃有“北吴南黄”两大经学大师之称。吴承仕晚年追求马克思主义，加入了中国共产党，1939 年 9 月因肠穿孔抢救无效，在北平去世。

吴承仕离世的消息来自于挺进军机关报。交通员送情报时，顺便带回两张三个月前的报纸。迟到的报纸给他带来了悲痛的消息。报上说，1940 年 4 月中旬，延安各界为吴承仕举行追悼大会，毛泽东、周恩来送了挽词、挽联。周恩来送的挽联是——“孤悬敌区，舍身成仁，不愧青年训导；重整国学，努力启蒙，足资后学楷模”。延安宪政促进会会长吴玉章也送了挽联，上联是“爱祖国山河，爱民族文化，尤爱马列主义真理；学贯中西，善识优于苍水”，下联是“受军阀压迫，受同事排挤，终受敌寇毒刃摧残；气吞倭虏，壮烈比诸文山”。一份过期了三个月的报纸，一则迟到了近一年的新闻，告诉我爹一个冰冷的事实：恩师辞世了。

5

我爹那阵子郁郁寡欢，士兵对他的评价是——“白团长变得深沉了”。他的嘴角很少浮起笑意，说话不多，而且目光忧郁，忧郁中藏着深邃，仿佛可以看透岁月的尘埃，能够抵达历史的尽头。吴先生在教室里授课的情景不时浮现在我爹脑海里，他的声音、表情、目光、手势仍然历历在目，而他那几篇锐利程度不亚于鲁迅的文章，让我爹一想起来就觉得血液沸腾。

赵光路心有所属，但是他没有沉浸在自己的幸福中。他来陪我爹说话。他是在不久前跟张大妮交好的。自从赵光路梦游摔到她家门口，她帮助了他之后，她就决定嫁给他。他一只胳臂，独睡一个房间，又爱梦游，太危险了。她要照顾他。她的内心深处生出一种母爱的东西。她觉得梦里的他就是一个淘气的孩子。

"如果先生没有去世，我准备在写抗战小说和鲁迅传记的时候，向他请教许多问题呢。"我爹因失落而神情惆怅，"可是他走了！没法请教啦！遗憾啦！"

"我理解，可是……人死不能复生，你不要过度悲伤！"赵光路宽慰他。

"还有福增……"我爹有些哽咽。

赵光路陪我爹静坐了几分钟，后来，为了让他转移注意力，让他从悲伤中走出来，他向他"请教"起来——

"乙化，你从没给我讲过马克思主义，给我说说吧。"

我爹看着他期待的眼睛，有些犹豫，想了想，还是说起来。"马克思的最大贡献是他发现了剩余价值，指出了阶级的存在，给人类勾勒出一个人人平等、没有剥削、没有压迫的蓝图！"他好久没有谈论这个话题了，尤其是跟对共产党持审慎态度的赵光路谈论，这令他多少有了一些兴致。

"什么是剩余价值？"赵光路谦虚地问，样子像个不谙世事的小学生。

我爹提高了一些声音，给他讲剩余价值的概念，讲可变资本和不变资本，讲必要劳动时间和剩余劳动时间……很快，我爹变得兴致十足，就像他的大学老师讲课时那样专注而投入。当他讲完剩余价值的产生过程，他兴奋地挥了下手，“就是这样！”

“可是，工人在劳动中如果不创造剩余价值，劳动是不是就白干啦？资本家是不是就要喝西北风去啦？”赵光路觉得这次安慰团长的机会也的确是一次讨论问题的机会。

“我不明白你的意思。”我爹一愣。

“我的意思是说，如果价值还是原有价值，比如两块钱的原材料通过劳动变成另一种产品，这个产品还是两块钱，那劳动的价值在哪里？我觉得，可变资本的价值，就是使不变资本产生附加值——先不管这个附加值归谁所有。也许，马克思就把这种附加值叫作剩余价值。”

“你这么说……”我爹的思维有点乱，不过他很快眉开眼笑，“好呀，你个赵光路，你今儿个是来考我的呀！不过，看来你已经开始琢磨这些问题了，好事，好事啊！”

我爹夸了他一通，然后说：“你的话不无道理，如果工人在劳动过程中不产生附加值，甭说资本家，就是工人本人，兴许也是不满意的，如果那样社会就没法发展了。但是我想，马克思肯定不是那个意思，他允许或者承认劳动过程产生附加值，甚至允许资本家和工人按照‘可变资本’和‘不变资本’的要素配置，共同合理分配这些附加值；问题的关键在于，资本家根本不满足自己那部分所得，他会通过延长劳动时间迫使工人创造更多的价值——也可以叫剩余价值，而这部分剩余价值，资本家要据为己有。”

“你刚才用了一个词，‘合理分配’。合理分配剩余价值，这个说得好——工人提供劳动，资本家提供机器设备，二者缺一不可，所以他们都有获取剩余价值的权利。”赵光路点了点头，“这么说还可以理解，要是……那可就……”

我爹说："按照理想的状态说，应该是可以共同占有剩余价值的。但是，资本是一种暴力，资本家的欲望也是无止境的。《资本论》上有这样一段话：资本家害怕没有利润和利润太少，就像自然界害怕真空一样。一旦有适当的利润，资本家就胆大起来。如果有 10% 的利润，他就保证到处被使用；有 20% 的利润，他就活跃起来；有 50% 的利润，他就铤而走险；为了 100% 的利润，他就敢践踏一切人间法律；有了 300% 的利润，他就敢犯任何罪行，甚至冒绞首的危险。如果动乱和纷争能带来利润，他就会鼓励动乱和纷争，走私和贩卖奴隶就是明证。"

赵光路若有所思，然后点了点头，"经济基础决定上层建筑，如果政治家被资本家绑架，一个国家的政策天平可能就会向资本家方面倾斜，工人和农民的利益也就更加无法保证。"

"对，对！"

6

第二天，赵光路又找到我爹，讨论起"平等"和"理想"的问题。

"马克思主义认为，人生来是平等的，你怎么看？"

"不仅马克思这样认为，许多名人也这样看，林肯就说过，所有的人生来都是平等的。康有为说，人人相亲，人人平等，天下为公，是谓大同。我觉得，有平等就不会有战争。"

"可是，培根说过，世上友谊本罕见，平等友情更难求。"

"你知道培根这句话不错，可是，你知道吗，西塞罗说过，平等者最能与平等者相投。"

"可是弗劳德也说过，人生来就是不平等的，所以试图平等待人纯属徒劳之举。"

我爹微微一笑，他知道他最近没少读书。他很欣慰。

赵光路还想引用一句话，但是他暂时忘记了。十五年后他告诉我，那句话是约翰逊·斯图亚特·穆勒说的——“行使权力的‘人民’和被人民行使权力的人民，不会总是同一类人。”

“那么，天生就想高人一等的人呢？对待这种人怎么办？”由于忘了那句话，当时赵光路这么问我爹。

“我想，只有抗争，直至消灭了。这就是一个阶级对另一个阶级的推翻。”

“推翻以后呢？会不会产生新的阶级差别？”

“这个，”我爹思考了一下——这个问题令他感到突然——但他大胆推测着，“应该不会了。但是如果产生了，就再消灭它——我相信被压迫阶级有这个愿望。”

“历史岂不是循环往复了？”赵光路忘记了宽慰我爹的初心。

“必要的重复是没有办法的。这里也许有一个历史周期问题。当然，我们也承认，绝对的平等、无原则的平等，恐怕也是不对的。恩格斯说过，无产阶级平等要求的实际内容都是消灭阶级的要求，任何超出这个范围的平等要求，都必然要流于荒谬。”

“是啊，拿你来说，身高一米九，我只有一米七，这就没法平等。还有智商、肤色、模样、身体结实程度，人总是有差异的，这也是唯物主义啊！”

“当然，马克思并不否认个体差异，关键是要求同存异。这个‘同’，我理解就是人人平等、共同劳动、共同生活、按需分配，就是物质财富极大丰富、人的精神高度文明，我们管它叫‘共产主义’。”

“呵呵，那真是太好了！可是，难啊！”

“当然难！共产党就是要办大事难事的！”

“其间会遇到很多问题，时间一定很漫长……”

“这是肯定的。理想本身就是比较难实现的，喝碗粥的事就不能算作理想！”

“你觉得实现共产主义，会用多长时间？”

我爹端起桌上的碗，喝了口水，“说实话，时间上我还真没考虑过……也许三百年，也许五百年，也许……”

“八百年？”

“也许。”我爹发现赵光路的眼神有些空洞，鼓励他说，“对于上万年的人类史来说，八百年弹指一挥间。”

赵光路的眼睛里浮起一丝亮色。

7

立秋那天，曹福增带着七十多人回到团里。在达峪战斗中，他腿部受伤，身边的战士被冲散，他急中生智爬进附近一个山洞。第二天，山下一个老乡上山刨药，发现了他，把他背回家里。老乡的悉心照料，加上曹福增自己对中草药的熟悉，使得腿伤没出半个月就基本痊愈。

那段日子曹福增躺在老乡的炕上，非常想念我爹。他后来告诉我，那些天他几乎没有梦见朱贵枝，反倒是我爹、赵光路、吴澜他们经常光顾他的梦乡。

曹福增的回归令我爹激动不已——最近一段时间，他发现自己变得很脆弱，特别容易动情。他们紧紧拥抱在一起的时候，旁边的吴澜、才山、王亢和赵光路都十分感动。

曹福增带回的七十多人，是他沿途招来的新兵。这令我爹非常高兴。他为他感到自豪。第二天的会上，我爹提议由曹福增出任二营营长，大家都举手赞成。这样，赵光路就不再兼任二营营长了。

8

1940 年 8 月，我爹参加“百团大战”，率领队伍攻打平古铁路，攻克小营车站，烧毁陈各庄铁路大桥，掐断敌人的铁路运输线。

9 月 11 日，日本从密云、丰宁、滦平等地调集日伪军四千余人，从北向南，兵分十路，对丰滦密抗日根据地进行大“扫荡”。他们采取“多头并进，铁壁合围”“反转电击，纵横奇袭”战术，来势汹汹，扬言要在年底前吃掉十团，至少要把他们赶出丰滦密。

“鬼子这次来头不小！”一营营长王亢说。

“之所以来头大，是因为鬼子和伪军被打疼了！”副团长赵光路说。

十团的干部们围拢在一起，研究制定反“扫荡”战术。

“丰滦密抗日根据地的建立，像一把钢针，插进日伪东北和华北的咽喉，让他们坐卧不宁。”参谋长才山说。

“你说得不错，但是也跟整个华北战局有关，”我爹手拿铅笔，在桌上摊开的地图上画了画，“彭总、聂总从外边打疼了他们，我们又钻进了他们的肚子里，他们报复是必然的！这个我考虑到了。”

政治部主任吴澜点了点头。二营、三营营长若有所思。

那时，十团只有一千多人，敌人的兵力是他们的四倍。面对敌强我弱的形势，他们充分运用游击战思想，制定了“敌进我退，避强击弱，内线外线结合”的反“扫荡”方针。三营留下八连，由吴澜和才山率领，就地分散隐蔽，屯兵于民众之中，在基本区内协同地方党政群与敌斗争。我爹和赵光路率主力一营和三营另外两个连迅速越过长城，跳到外线，直插“满洲国”境内，在敌人后院放火，拖住敌人兵力，相机歼敌。曹福增带二营留在内外线之间，机动协调，连接内外。这一战术与数月前初到平北时的战术有相似之处，对敌人具有一定迷惑性。

赵光路对这个安排有些担心，但是吴澜、才山、王亢、曹福增等人都表示支持，按照少数服从多数的原则，反“扫荡”计划就这么定下来了。

9

9月22日，“百团大战”进入第二阶段，根据地军民愈战愈勇，十团也不例外。我爹把游击战术运用到了极致。他派人在金筐箩一带传出冀东部队要过潮河的消息，然后命令王亢的一营烧毁石匣附近的潮河木桥，造成我军要围攻石匣的假象。敌人上当了，急忙调军队北上增援，我爹却神出鬼没，率部跑到怀柔火车站，烧毁了停靠在车站的军火车辆。

一名刚参军的新战士对老战士说：“你看咱们头儿，多棒！”

老战士嘴一撇：“多新鲜，这个用你说？！”

两次攻击平古铁路，破坏了敌人的交通运输线，有力牵制了敌人。晋察冀军区表彰了十团，授予他们一面锦旗。

鬼子气急败坏，扬言要在“扫荡”中消灭十团。我爹他们在群众的支持下，化整为零，明走暗回，一次又一次躲过敌人的分进合击，并且抓住战机，适时打击敌人，连续取得了水堡子、梨树沟、白道峪等战斗胜利，坚持和发展了根据地。

10

跪禀父亲大人金安:

上次家书不知是否收到，乙化今在平北，一切安好，不必挂念。

全面抗战已历三年，实践证明，亡国论和速胜论皆是错误的。但是中共的态度很鲜明，绝不求讲和，唯抗战到底，不容日本占领中国一寸土地。

八路军能有“百团大战”之胜，要得益于党之领导。毛这个人了不起，懂军事，有韬略，诗文俱佳，要是在古代，至少是个宰相的料。他的《论持久战》写得好，儿已读多遍。今年，毛作了《目前抗日统一战线中的策略问题》的报告，同样精彩、深刻。他根据反摩擦斗争经验指出:“抗日战争胜利的基本条件，是抗日统一战线的扩大和巩固。而要达此目的，必须采取发展进步势力，争取中间势力，反对顽固势力的策略。”他说，“以斗争求团结则团结存，以退让求团结则团结亡”。这话极好，深奥而辩证。斗争哲学符合马克思主义。关于争取中间势力，他指出:“就是争取中等资产阶级，争取开明绅士，争取地方实力派。”“争取中间势力是我们抗日统一战线时期的极严重的任务，但是必须在一定条件下才可能完成这个任务。这些条件是:一、我们有充足的力量;二、尊重他们的利益;三、我们对顽固派作坚决的斗争，并能一步一步地取得胜利。”他看问题深刻而准确。“在中国，这种中间势力有很大的力量，往往可以成为我们同顽固派斗争时决定胜负的因素，因此，必须对他们采取十分慎重的态度”。毛在报告中还阐述了同顽固派斗争的原则,即有理、有利、有节的策略。他勇于斗争，善于斗争，大有谋略，堪称革命家、政治家；又有独特的军事思想，所以再多一顶“军事家”的帽子也不为过。

共产党八路军有朱毛这样的人带领，一定会取得胜利。也正因为此，蒋才对他们心存芥蒂，对共产党八路军不放心。

乙化以为，中国人取得抗战胜利，这是历史的必然。蒋是抗战派，现在争论他是真抗战还是假抗战，已经毫无必要。汪早年投身革命，曾经刺杀摄政王载沣，后来追求进步，是中山先生的肱骨之臣；二七年发动反革命政变，最近两年变身汉奸，委实不可思议。儿认为，汪之所以成为汉奸，大概有两个原因，一是主观上的原因，即他思想上的堕落，导致蜕变；二是客观上的原因,即他在国民党内大权旁落,不甘心做陪衬。儿有时想，权力有那么重要吗？权力有那么大的诱惑吗？着实想不通。

另，儿有一个想法，并未跟谁谈起，就是在战争结束后，儿要写一部鸿篇巨制，一部反映中国人民抗日战争的小说。就像《战争与和平》一样。中国应该有一部这样的小说，既可昭示日本的侵华罪恶，也可以彰显亿万国人同仇敌忾的抗战精神。如果战争能在五年后结束，小说就能在十年内完成，大约一九五六年可以问世。

写完这部小说，我还想写一本鲁迅先生的传记，这大概也需要三四年时间。当然，这是后话。

两本书写完，也许我就有资格回中国大学当教授了。当然，这更是后话。

就此搁笔，请父亲保重身体，并代问广娟好。

乙化颂安

11

十团二营在内外线之间闪转腾挪的时候，我爹带领一营和三营的两个连活跃在外线，避实击虚，声东击西，先后取得了保峪岭、达峪、沙梁子、宝山等战斗的胜利，使丰滦密抗日根据地得以向北向西延伸。他们神出鬼没，时而到密云县城袭击鬼子，时而趁着夜色奔袭延庆——路过怀柔时还搂草打兔子，捎带脚炸个据点——令“扫荡”的鬼子气急败坏。

在艰苦的反“扫荡”斗争中，我爹他们活跃在燕山山脉的崇山峻岭间，大山成为他们游击敌人的天然屏障。延庆的燕羽山、密云的云蒙山、怀柔的黑坨山，令鬼子望而生畏、闻风丧胆。他们时而分兵行动，时而集中制敌，我爹以其灵活果断的军事指挥才能，创造了一个又一个出奇制胜的战例。

有一次，十团一营被一股鬼子紧紧咬住，我爹命令战士急行军，把敌人甩掉。没想到这帮鬼子是从东北调来的惯于山地作战的老兵，参加围剿过杨靖宇抗日联军，既能跑又能打。我爹他们迈开沉重的双腿，强睁着困倦的双眼，翻越三座大山，蹚过两条河流，都没把这帮家伙甩开。当跑进延庆一个叫照山洼的自然村时，他们人困马乏，困到极点也饿到极点，战士们再也走不动了，一个个横躺竖卧在村街和老乡的院子里。有个老炊事员牵着一头骡子，困得竟然靠着骡子打起盹来，突然而响亮的呼噜声把骡子吓得一躲，炊事员失去依靠倒在了地上。一个小战士躺在一个老乡门口酣睡，一只饥饿的公鸡走到他跟前，啄起他腰间袋子里少得可怜的谷米。一个上了年纪的战士趔趄着走进老乡家的院子，斜靠在猪圈的墙角，很快睡了过去——他是一位班长，团参谋冲他喊了三声，他都没有醒来，而且嘴上流着哈喇子，自己浑然不觉。我爹一看这情况，心疼得不得了，也着急得不行。

“这可咋办？”王亢直咬牙。

“不能再走了！”我爹说。

“跟他们干吧！别跑啦！”独臂赵光路说。

我爹迈着步在院子里来回走动，急得团团转。“别急，别急！”他这话既像是安慰自己，也像是安慰同伴。

追赶的敌人离他们越来越近，只差一个山梁了。怀表指针向前，时间一秒一秒过去，不知要把他们带入生的光明，还是死的黑暗。我爹的目光掠过打盹的炊事员时，眼睛一亮，嘴角浮起两抹笑意。他说出锦囊妙计，王亢立刻给他竖了个大拇指。

“嘿，我说同志们呀，怎么还不进屋子？”他大声嚷着，反复嚷着，“有屋子不进，傻呀！进屋里睡，都进屋里睡，省得感冒着凉！”他一边喊，一边走着用手刮战士的鼻子或者揪战士的耳朵。

王亢带着司务长来到我爹跟前。我爹用一只手挡着嘴，小声冲他们耳语。王亢的表情很正常，但是司务长脸上有些紧张。

“你呀，老弟，瞧你这神情，仿佛身旁有鬼子似的。”他安慰司务长，也迷惑战士们，“大家进屋睡，鬼子已经被甩掉了！”

十分钟后，敌人爬上了村前的山顶，而十团的战士们早按照命令，扎挣着爬到了老乡家的炕上，呼呼大睡起来。

十几个炊事员个个身背大锅，开始往山上跑。

敌人从东山梁上下来，走到村口，正要进村，却停住脚步。指挥官山本手举望远镜，仔细观察山上的动静，突然他的手抖了一下——望远镜里的西山梁上，一队身背大锅的“八路”正在“逃窜”。

“八路在那边，山上的干活，追！”山本下达命令。

日军没有进村，而是顺着村边土路径直朝西山梁追去。七八个炊事员见敌人追过来，就加快脚步，在山上奔跑起来。他们把敌人引过一个山头，又一个山头，用了一个时辰，走了至少八九里地，等鬼子露出疲态时，突然消失，在山林里偷着拐了个弯，顺着山腰往回跑，抄近道跑回了村子。

敌人追过两个山头，发现“八路”不见了，气急败坏。面对空旷得令人沮丧的山野和偶尔响起的野狼叫声，山本恍然大悟——“八路狡猾，大大地狡猾！”——他恼羞成怒，立刻命令部队顺原路返回。等他们接近照山洼的时候，已经三个时辰过去了，个个筋疲力尽，无精打采。

此刻，十团战士们经过三个多时辰的休息，又吃了一顿饱饭，已经精神大振。战士们竟然在打谷场上做起游戏来。有的丢手绢，有的走九连环，有的摸瞎子。我爹把帽子推向后脑勺，眼睛蒙上一条白手绢，伸着双手，加入了摸瞎子的行列。他循着战士们的笑声乱摸，可战士们一边用语言逗弄他，又一边机警地躲过他；这个跑过去刮一下他的鼻子，那个挠一下他胳肢窝，大家闭紧嘴、忍住笑，在成功摸一次以后都开怀大笑起来。

玩了一阵子，我爹扯下手绢，松开绑带，气喘吁吁地说：“老弟们哪，人要是变得有腿不能走路，有眼看不见敌人，就净剩下挨打的份儿啦！现在，敌人就是这个熊样！算个便宜吧？见了便宜不捡可有罪呀！怎么样？捡不捡？”

“捡啊！”

“干啊！”

我爹说明情况，大家恍然大悟，觉得他用兵如神。他集合起队伍，迎着日军朝村子后山奔去。上山后，他们在敌人必经的地方摆下“口袋阵”。一会儿,日军像一堆被牵了线的木偶,乖乖钻进他们的“口袋”。走在前面的几个鬼子兵，在林子里拨着枯藤野草，脸上又脏又黑，眼窝塌陷，眼睛无神，没精打采又气喘吁吁。

“啪！”“啪啪！”“嗒嗒嗒！”……

战斗打响，枪声把鬼子们从疲惫中惊醒，他们驱散了在眼前晃悠了三个时辰已经形成视觉惯性的树枝、野草、藤蔓，揉了揉惺忪的睡眼，开始举枪还击。可是面对占据天时、地利、人和的十团，他们怎么能打赢呢？一个鬼子军官看到形势不妙，正要上马，一只脚已经插入马镫，肩膀上却挨了一枪，疼得他一扬手倒在地上，被惊马拖着跑起来。日伪军跑掉了七八个，其余全部被歼。十团有伤无亡。

赵光路叔叔伸出独臂，在我爹肩上砸了一拳，“乙化，真有你的！你这招儿调虎离山，太高了！”

王亢叔叔也说:“这仗可以叫作‘背锅战’，这个调虎离山战术可以称作‘炊事班战术’。”

我爹坐在山坡上，挥动手臂说:“对于敌人，我们相信他的狡猾，同时也要相信他的愚蠢！”

那天大家都很高兴，喝了附近村民送来的高粱酒，唱起革命歌曲，扭起大秧歌，庆祝这场转危为安变戏法般的胜利。张大妮答应了我爹的即兴提议，跟赵光路举办了婚礼，正式入了洞房，让我独臂叔叔第四次当上了新郎官。

12

我爹他们在外线有效歼敌，吴澜和才山叔叔在内线巩固根据地，不断夯实基层政权。曹叔叔升任营长后，热情高涨，在内外线之间穿插迂回，活动量极大。他时而靠近外线，时而回到内线协助工作。在吴澜的影响下，他对语言的运用更为准确，更为生动，不再随便使用成语了。与此同时他饭量大增，伙食不够吃，经常饥肠辘辘。但他不向炊事班多要一份东西，却偷着到山上摘些桑葚、榛子果腹，以平息肚子的抱怨。吴澜叔叔听说后，把自己的伙食拿出一部分让给他，令他非常感动。他有些不好意思，吴澜叔叔开玩笑说，你任务重，多吃点是应该的。再说了，打鬼子、除汉奸，保护根据地政权，全靠你们外线呢。

曹福增对吴澜心怀感激。他觉得他出手大方，跟我爹一样。

吃饱了的曹福增夜里睡得很香，偶尔会梦到妻子。妻子告诉他，她在延安挺好的，军委政治部的领导很随和，对她的工作很肯定，就是批评也和颜悦色。不过，有一天，他梦到她哭了。他问她，为什么哭？是谁欺负她了？她低着头，任肩膀随着不住的抽泣而颤抖。他反复追问，她才告诉他，中央领导批评她了，说宣传国民党抗战也不是错误，咱们延安还给张自忠将军开追悼会呢。“是啊，延安在中央大礼堂举行追悼大会，毛泽东主席还送了挽词呢。”这回，她不再称呼毛泽东为“泽东同志”了。“我跟绍禹同志承认错误了，但是他不肯原谅我，舞会时都不跟我跳舞了。还是毛主席好，知道我思想上有压力，做了我的工作，还跟我跳了一次舞。”

曹福增醒来后，突然想念朱贵枝了。

第五章

1

我爹听到徐智甫和胡瑛牺牲的消息半晌无语，仇恨在他的牙齿间打战。深秋的夜晚，山里寒意袭人，但是因为血流加速，他的身体丝毫不觉得冷凉。

徐智甫是昌延联合县（今北京昌平和延庆部分区域）第一任县委书记，1940 年 4 月到任；胡瑛是第一任县长，在徐智甫到任前三个月到达昌延。徐智甫是天津蓟县人，参加过冀东暴动，后来撤到平西整训，跟我爹很熟。胡瑛是湖北人，参加过长征，当过班长、排长。两人牺牲于这年的 8 月 28 日。那天，两人在延庆窑湾黄土梁一个老乡家研究工作，一直谈到后半夜。天亮时分，永宁伪满洲军得到特务情报，说黄土梁有共产党的县委书记和县长，直奔窑湾而来。黄土梁是窑湾东边一个自然村，在村口放哨的房东老乡发现敌情后，立刻甩开大步回家报信儿。徐智甫和胡瑛闻讯走出家门，往山沟里跑去。敌人在追赶中架起机枪扫射，他们当场牺牲。敌人从胡瑛身上搜出文件，发现他是县长，把他俩的头割下来带走了。

二营副营长赵立业讲完徐智甫和胡瑛的牺牲经过，我爹恨不得立刻杀回延庆，灭了永宁的伪满洲军，为他们报仇。

“要是8月份我不回来，也许老徐和老胡不会牺牲。”赵立业内疚地说。

一个月前，赵立业接到我爹来信，让他带领九连速到密云团部。那时赵立业正和胡瑛他们活动，胡瑛怕九连走了无法开展工作，暂时压下了我爹写给赵立业的两封信。当他拿到我爹的第三封信时，只好说出实情：“我压了你两封信，这封再不敢压了。”赵立业劝他说：“现在敌情严重，你跟我们走吧。”胡瑛说：“我是县长，县长不能离开本县，离开就是失职！”又说，“我们县政府十来个人，好歹都有枪，向东面边界活动几天，你们回去跟白团长说，让他赶快派部队来支持我们。”

赵立业的眼睛湿润着，我爹拍着他的肩膀安慰道：“你不是第二天又赶回去了吗？每天一百多里地，不容易啊！只是你们赶回去的时候，夏季扫荡已经结束，他们已经牺牲了。你们尽力啦！不怪你！”我爹说如果论责任，他也要负些责任！赵立业哭得更厉害了。这哭既有对逝去战友的悲痛，也有对我爹担当品格的敬服。

“听说，”哭完后，赵立业嘟哝了一句，“胡县长在村里有个相好的。”

“听说？听说来的消息你也信？”我爹瞪起眼睛。

“是，不……”

“好你个赵立业，敢给县长编故事啦？胆子不小！”

“战士们真这么说！”赵立业压低声音。

我爹严肃地盯视着他：“谁敢胡说八道，我毙了他！”

“都是大小伙子，谈个恋爱啥的也正常啊！”赵立业觉得有点儿委屈。

“那你把话说清楚喽！谈恋爱和找相好是两回事，懂不?!”

我爹向赵立业吹胡子瞪眼时的模样，跟一分钟前的温和与伤感判若两人。

后来，赵立业讲起一个拔据点的故事，我爹印象深刻。平北游击大队三中队的中队长赵起，是延庆大庄科地区里长沟村人。他胆大心细，带领队员一夜拔掉九个日伪据点，在延庆一带传为佳话。我爹想见见这个赵起。当然，他没能见到。可当天晚上，他构思了一段评书，题目就叫“拔据点”，专讲赵队长一夜拔掉九个据点的故事。

2

“轴心国”订立军事同盟的消息传到十团，大家感到愤怒，也感到一丝紧张，但是在我爹的引导下，这种情绪转化成对敌仇恨和抗战决心。

敌人进行了一个月的“扫荡”，如在噩梦中。他们想摧毁丰滦密抗日根据地，非但没有达到目的，根据地反而由原来的四个区扩大到八个区——西到延庆四海，东到潮河，北到司营子，南到顺义年丰。他们想把十团消灭或赶出平北，不但没有实现，却损兵折将，无功而返。与此同时，在段苏权主任的带领下，昌延联合县和龙怀赤联合县也建立起来了，并且很快就能连成一片。敌人意识到，仅仅靠关东军把十团消灭或赶出丰滦密，是不可能的。他们调集伪满洲军甘珠尔部队增援，把根据地分割成若干块，按照地势，从北往南，实行残酷的“三光”政策。他们口出狂言：“八路军就是秋后的蚂蚱，蹦跶不了几天啦！”

天气转凉，“树叶落，八路走”的说法像夏日的雨水肆意漫延，部分战士和百姓受到蛊惑。我爹不为所动，他带领干部学习上级精神，分析敌我情况，引导大家从敌人强大的外表看到其虚弱本质，从困难中看到光明未来，鼓舞全团斗志。他让宣传队写了一首歌，歌中有这么两句——“烧了旧房换新房，烧了草房盖瓦房，胜利之后还要盖楼房”——极大鼓舞了根据地军民的斗志。

我爹是东北人，深知棉衣棉帽的御寒作用，没有它无法过冬。秋天刚到，他就着手考虑这个问题。供给处处长刘勇侯奉命进入北平城，踩着落叶走进东直门一家棺材铺，通过对暗号，与“地下党”接上了头。“掌柜的”握着他的手面露喜色。他把大量花旗布和棉花拿到柜台上，又让伙计抱出几捆天津白五福棉布，悉数交给刘处长。德胜门有鬼子把守，他们想了一个万全之策：带上两口棺材，把棉布铺在棺材底下，上面铺上一层披麻戴孝的白布，交通员躺在白布上，胳肢窝夹上一只死猫，身上盖一条破毯子……就这样，依靠交通员的出色“表演”和死猫发出的酸臭味，他们骗过了日本人，顺利出城。

回到丰滦密，十团战士和当地群众把白布染成灰色，统一裁剪缝制，辅之以棉花，做成棉衣。棉花不够，当地群众捐出一些旧棉花，保证棉衣足额发放。刘处长又西去延庆，从康庄火车站弄来上千个毡帽头，使战士人人有衣穿，个个有帽戴。十团战士们戴着咖啡色的毡帽头，行走在大山里，群众亲昵地称他们为“毡帽头部队”。

我爹自豪地对大家说：“我们的棉袄穿上了，‘新式钢盔’也戴上了，敌人靠‘扫荡’扫不走我们，靠‘老天爷’也休想赶走我们！”

3

在大扫荡中，敌人到处烧杀掳掠，根据地遭到一定程度的破坏，群众受到摧残。鬼子制造了多起惨案。这些惨案反而坚定了根据地军民的抗争精神。尽管敌我悬殊，物资奇缺，十团仍然积极创造条件打击敌人，先后在于家堡、梨树沟、石门子、董各庄等地与敌激战三十多次。他们同仇敌忾，可歌可泣。两天内，七连同敌人打了三仗，却粒米未进，毫无怨言。三连在保峪岭与日寇激战，不到一小时就有包括连长李树元在内的三十多名同志牺牲。

敌人无法摸到十团主力，还经常遭到伏击、阻击和奇袭，气急败坏。他们又从通化、敦化、锦西调来三个伪满警大队，参加对十团的进攻。我爹得到消息后，命令内外线同志抓住机会，对伪军展开政治攻势。当伪满警大队进入丰滦密后，发现到处都是“中国人不打中国人”“联合起来打倒日本帝国主义”“打回东北老家去”的标语，他们的心开始动摇。先是石井身旁的海参谋——据说是朝鲜族——率部起义，紧接着，铃木身旁的庞参谋——听说是蒙古族——也率部起义，给日军以当头一棒。

我爹熟读兵书，深谙“不战而屈人之兵”的道理。他本人尤其善于做政治瓦解工作。有一次，他们包围了密云北部的一个据点——据点刚建立不久，是一个地主大院，四角都有炮楼。据点里面的伪军多是日寇从东北抓来的兵丁，伪军队长是辽阳人，我爹想趁敌人立足未稳拿下它。傍晚，他们包围了地主大院，我爹站在邻院房顶上指挥战斗。动手前，他先展开政治攻势，清了清嗓子，向敌人喊话：“伪军弟兄们，我也是东北人，跟你们许多人是老乡……”

据点里没人开枪。

“弟兄们，想想东北同胞，想想你们的父母兄弟、妻儿老小，大家在日寇铁蹄下过着牛马不如的生活，你们还帮助他们卖命，帮助他们欺负中国人，对得起祖宗吗？”

据点里既不回话，也没人开枪。

“……这么着吧，我给你们唱一首歌，你们好好听着，好好想一想。”

我爹叫上另外一位嗓子好、爱唱歌的战士，一块儿唱起了《松花江上》——“我的家在东北松花江上，那里有森林煤矿，还有那满山遍野的大豆高粱……还有那衰老的爹娘……”悠扬的歌声在特定的环境里产生了特殊效果，据点里众人的眼睛频繁地眨着，心思活络起来。当我爹唱到“哪年哪月才能够回到我那可爱的故乡”时，据点里传出一阵稚嫩的哭泣声，继而被一个粗硬的声音打断——

“喊话者何人？认识小白龙吗？”

“我就是白乙化。”

“嘿，原来是……”大院里顿时热闹起来，最终，议论声还是被那个粗重的声音压下去，“白司令，兄弟久仰，我们缴枪！我是里边的队长，我也是咱辽阳人。”

很快，白旗从炮楼里伸出来，一百多条步枪和两挺机枪也纷纷落到院外。十团不费一兵一卒拿下了据点，缴获了武器，壮大了队伍。举手投降的人跟十团战士一样，眼睛里没有恐惧，只有激动和欣喜。

听曹叔叔说，我爹善于做瓦解工作，并非每次都能让伪军投降。有时，对方虽然不投降，但是在他的感召下，从此跟十团交好，给他们送情报，报告日军行动，甚至偷着给他们送子弹和药品。

十团的军事进攻和政治瓦解取得双线胜利，我爹在会上大胆预言："立足丰滦密，打进伪满洲，创建新的游击根据地，不仅是可能的，而且是能够做到的。这种进军的前景，如果领导得好，指挥有方，官兵一致，军民齐心，就准能打出个新局面来。"

4

11 月中旬，敌伪已经完全处于被动，他们悬赏五万大洋，想要我爹人头，可是连他个影子都见不到。

他很谨慎。他不主张整营整营地活动。即便是打大仗，需要整营兵力出动，也是临时集中，战斗结束后立刻分散，住在不同村里。村子间不会太远，通常相隔三五里地。我爹常跟一营三连活动，有时在一个地方安顿下来，带上一个排离开，去另外一个地方。前半夜睡一个村，后半夜睡另一个村，这不新鲜。

敌人捉不到我爹，奈何不了十团，还屡屡遭到袭击，很快精疲力竭了。11 月 28 日，他们开始分途撤退，“扫荡”进行了七十八天宣告结束。

5

我爹的出色指挥使他成为平北地区家喻户晓的人物。就像在辽西、平西那样，人们第三次把“小白龙”的美名送给他。他率领十团转战白河两岸，炸炮楼，拔据点，打鬼子，除汉奸，屡战屡胜，越战越勇，乡亲们把他当作了“白河神”。我爹听说了，立刻让吴澜出面，组织各区区长开会，让他们和乡亲们停止这种称呼。

“不许迷信！”他说，“更不能搞个人崇拜。”

那两年，我爹从不刮胡子，把络腮胡子养得老高。每打一次胜仗，他的胡子就长高一寸，而且向上挓挲着。鬼子悬赏我爹性命的布告上，画着他的头像，胡子又黑又密又直，看上去就像钟馗或李逵。我爹看到后哈哈大笑，对身边的曹福增说：“我有那么丑吗？简直成了凶神恶煞！”曹福增说：“是啊，对鬼子来说你就是凶神恶煞。当然，对老百姓来说你是钟馗，是秦琼、尉迟恭，是驱妖辟邪的门神！”

人们有意无意地美化神化着我爹，为此，他很不高兴。“什么‘白河神’‘门神’，这都不对！人就是人，神就是神，人一旦被神化了，就活不长了。”他耐心解释，但是并不发脾气，“我还没活够，我还想等到日本人滚蛋咱们收复华北东北收复全中国的那一天呢！我还要看到抗战胜利的那一天呢！”

是啊，他不是“神”，当然不是。他是有情有义、有血有肉的人。他有温度。不仅帮助独眼郭顺洗脚，为孤儿卜兴安缝补衣服，他还为过境的八路军作家们亲手做菜，那个叫管桦的吃得特别香。副营长冯克武受伤的那段日子，我爹让他跟自己住在一起，他给他洗脸喂饭，端屎倒尿。冯克武疼痛难忍，夜里不断呻吟，我爹从不厌烦，经常摸着他的头安慰他。他同战士们穿一样的衣服，吃一样的饭菜，干一样的劳动。训练时他跟战士们一起摸爬滚打，战斗中跟他们一样冲在前头。休息时，他和战士们谈笑风生，没有官架子，绝不装神弄鬼——玩“丢手绢”游戏时，战士们串通起来“捉弄”他，他也不生气；大家让他唱一段京剧或奉天大鼓，他就用筷子和蓝花碗当鼓板，来上一段，既朴素大方，又潇洒自如；战士们让他表演一通八卦掌或金刚拳，他也收紧袖口，以麻绳绑腿，高兴地来一场心到眼到手到意到的功夫展示——大家看着他生龙活虎的模样和风云闪电般的身影，真觉得他就是腾云驾雾的“小白龙”了。

但是，战士们并不称呼他“小白龙”，不是不敢，是因为这个名字好像是专门用来传说的。战士们当面叫他团长，背后也叫他团长，即便有的人叫他“白大胡子”“白大个子”，话里也透着亲切，就像是一家人。几个投诚过来的士兵发出感慨：“八路军当官的不打人、不骂人，跟咱们同吃、同住、同乐呵，可不就是共产主义哩！”

我爹是个乐天派。战士们说，跟着团长就没有发愁的时候。行军途中歇息时，他躺在路旁的斜坡上，能一口气唱上十几首歌，唱东北老家，唱游击队，唱黄河，唱送儿到战场的英雄母亲。

我爹有幽默感。夜里炊事员在柴锅里炖肉，因为困倦打了个盹儿。

打盹时一个爱出脚汗的战士把棉鞋放到锅台上。早上，天蒙蒙亮时，大家起来吃饭，纷纷从锅里夹肉，我爹夹起一坨东西，以为是块肥肉或没切开的肉皮，说："这块肉不错，我来消灭它。"夹到眼前一看，发现是一只棉鞋。大家面面相觑。炊事员立刻骂开了，问是哪个狗日的烂了手把棉鞋扔进锅里，同时也等着我爹大发雷霆，没想到他乐呵呵地说："我说这锅肉咋这么香呢，原来有棉鞋当作料。"

6

不仅有温度，我爹还有高度。他爱学习，身上的小书包里总装着一两本书，要么是军事方面的，要么是文学方面的。一有空儿他就掏出来读。《孙子兵法》的一些段落他能背下来。在给连排干部辅导游击战术时，他从不看书，张嘴就来。他常常说："学习既是对指挥员的要求，也是对战士的要求。""知识和策略是最大的'法宝'，获得这一'法宝'就可以战胜一切敌人。""不要坐等机会。坐等敌人进攻，就在客观上形成了保守主义。"

我爹深知，士气是靠不断的胜利来提高的。

他读书广泛，除了军事和文学，还涉及政治、经济、历史等方面的内容。他研究世界政治、经济动态，研究党的建设和干部队伍建设等问题。他在干部提拔和使用的笔记中写道：

"要在组织立场上来使用干部，反对社会手腕，要客观地观察、提拔干部。不能越级提拔干部。越级提拔干部对革命事业和干部本人都没有好处。"

他说："不抓地方建设，那叫流寇，打的胜仗再多也没用。"

他说："要把战士当人，不能把他们当成革命的工具。"

我爹善于学习，还善于从实践中获取真知。七十八天反“扫荡”结束后，他从中总结出三条经验：

一、利用好敌人眼皮底下的地方，当敌人围攻时靠外线打击敌人。

二、能打就狠狠地打，不能打就放脚走，有便宜不放，没便宜不干。以最小的代价换取最大的成果，以极大的毅力和灵活的战术拖疲、耗干、打败敌人。

三、只有有效保护自己，才能更有效地消灭敌人。

曹福增非常认可我爹的观点，说：“这套理论真高，可以叫作白乙化军事思想……”我爹打断他：“别乱讲！我这也是学来的。千万别乱讲！”

我爹饶有兴趣地拿出那本《战争与和平》，给大家读托尔斯泰关于游击战的论述：“有一种最明显和最有利的违反战争规则的打法，这就是分成小股兵力，打击集中之敌。这种行动常常在人民战争中采用。这种行动在于不是用一群人去打另一群人，而是分散开来，各个出击，一旦受到强大力量的攻击，就跑掉，有机会再打。西班牙的义勇军是这样做的，高加索的山民是这样做的，1812年的俄国人也是这样做的。”

7

我爹治军严明，在管理上还有“硬度”。十团驻在迎城岭时，有人举报采购员吴章有问题，他马上派人调查，一查发现，吴章勒索群众钱财、贪污挥霍公款，甚至还吸食大烟、玩弄妇女，民愤极大。我爹趁赵光路不在，立刻召开全团大会公开审判吴章，将他处决。处决后我爹找到赵光路，给他做思想工作——吴章是他的表弟。赵光路说：

“人都毙了，还做我的工作，有啥用？”

“枪毙前不能见到你，怕我下不了决心。现在好了，事实改变不了了，找你唠唠嗑，你可以记恨我，”我爹说，“但不许有思想包袱哦！”

“我不记恨你，也没有思想包袱。你做得对！”说完，赵光路起身往外走，踽踽独行在空旷的村街上。

晚上，赵光路和媳妇张大妮躺在被窝里，久久不能入睡。这天夜里，赵光路第一次萌生加入中国共产党的心愿。

8

鬼子分兵撤退后，我爹他们从外线打回内线，主动攻击敌人。12 月 15 日，王亢率一营在密云县冯家峪村南湾子设伏，试图干掉日军哲田中队。这个中队自诩为“常胜之师”，虽然损兵折将，撤退过程中却毫无仓皇之态。当中队长哲田看到山梁上出现八路军时，非但不紧张，反而两眼放光，笑眯眯地摸着下巴，想要大开杀戒，歼灭一营。

那次战斗空前激烈。疯狂的哲田一改昔日稳扎稳打的做法，命令鬼子在机枪掩护下向我方阵地发起猛攻。一营有备而来，很快把他们打了回去。哲田损失三十多人后，暂时减弱火力。王亢以“不打伪军专打鬼子”著称，此时以为对方要把伪满洲军推上来，就拿起铁桶喇叭冲对面喊话：“咱们都是中国人，中国人不打中国人！”喊了几次不奏效，子弹嗖嗖地飞过来。事实上这次哲田没带伪满洲军。王亢咬了咬牙，喊了声“给我打”，立刻予以还击。他咬着牙想歼灭这伙混蛋。

战斗持续了四个小时。鬼子倒下一批又一批。一营的连长牺牲一个又牺牲一个。后来教导员和副连长也牺牲了好几个。双方都打红眼了。谁也没有撤的意思。虽然有伤亡，但是已经给敌人以重创，王亢想彻底歼灭他们。

“不彻底消灭哲田，绝不放手！”王亢咬着牙说。

鬼子数次进攻我方阵地——有一次近在咫尺——数次被打了回去。三连阵地遭受的压力最大，敌人一挺重机枪架在西山脚下两块石头间，已经让十几名战士牺牲。一连在敌人侧翼，连长鲁志华命令枪法好的战士向敌人的机枪手射击，但都没有射中。他亲自扔出四颗手榴弹，也无济于事。情急中，鲁志华怒目圆睁，“嗖”地跳出工事，顺着山坳，左跑右突，像一只猛虎冲到山下，夺过敌人机枪，踢倒日寇枪手，自己却中弹身亡。空气中弥漫着火药和血腥的味道，阵地上的鲜血很快结冰，枪声、呻吟声、冲杀声混杂在一起，淹没了王亢牙齿不时咬啮的声音。第七位连级干部倒下的时候，负责打侧翼的副营长冯克武走到王亢面前：“营长，我们伤亡惨重，撤吧！”

王亢毫不犹豫：“撤什么撤？全歼狗日的！”

“牺牲了好几位连级干部！”冯克武大声提醒。

王亢一怔，那些熟悉的脸在他眼前一晃，有些像纸一样被撕碎了。此时他悲愤交加，心里烧起一团火，咬了咬牙喊道：“那才要干掉鬼子，给战友们报仇！”

“可是，团长说得好，捞到便宜就打，捞不到便宜就撤，”冯克武说，“要以最小的代价换取最大的胜利！”

这时，通讯员跑过来报告：“营长，十几个鬼子撤出阵地，要溜！”

“给我追！”

9

王亢率队在冯家峪跟鬼子激战，我爹在位于延庆的平北军分区司令部开会。会议传达了半月前毛泽东、朱德致电萧克司令员的电报精神，明确了1941年平北根据地总的任务——把广大群众组织到游击战争中来，开展广泛的群众性游击战争，稳固地有条件地开辟新区，巩固并扩大根据地。

毛泽东、朱德致电萧克司令员的电报说："目前时局在转变关头，我党一面须坚持各抗日根据地，一面须准备对付蒋介石的'剿共'战争。平西、平北及冀东区域的坚持与发展，增加了对整个局势的意义，望从艰难中支持下去，与聂、彭打成一片。军委历来对你处没有多少帮助，今后将更少帮助，一切望你及同志们独立支持之。"

正当一营撤出战斗的时候，我爹刚开完会从军分区司令部出来。南碾沟的路不好走，他和吴澜踏着积雪，走在大山里的羊肠小道上。一营三连指导员翟宽和七八名战士跟在他们身后。我爹阴着脸，像是能下出雨来，十分钟前的郁闷考验着他乐观的品格。

会议快结束时，军分区领导批评了他。领导说，七团进入丰滦密根据地后，十团没有很好地保护他们，导致七团局面被动，使队伍受损，士气不振。我爹觉得委屈。实际上七团初到丰滦密时，我爹提醒过他们——平西是半游击区、半解放区，而平北是敌占区，群众基础固然好，可汉奸也多，敌情复杂，需要格外注意安全。他提醒他们，最好不要整团整营地活动，要化整为零，要善于隐蔽，但是效果不好，他们总是整建制地活动，连住宿都是一个营住在一起。我爹的提醒没起太大作用。七团局面被动的情况没有改善。对于打山地游击战，他们表现出极大的不适应。至于原因，军分区领导应该略知一二，因为当时一位副司令员就随七团行动。七团撤离丰滦密已经三个多月了，此时他突然遭到批评，十分不解。他想到一个人。这个人随七团一起走了。副书记。难道是朱贵枝到平西告了状？他想不通，也不想在这方面纠结。会上他曾想辩解一下，但还是放弃了。咱是党员是团长，面对上级批评应该有正确的态度。这个他明白。会后他悄悄走到司令员身旁，简单解释了两句。司令员满意地冲他点点头。

司令员透露说："过一段你的工作会有变动，先有个思想准备。"

"要是撤职，您可快点说！我是个急性子。"

"胡说什么！"

"准备调你来军分区，职务暂时保密。反正不是坏事，甭往歪了想。"

我爹知道组织上不会因为他"保护七团不利"就撤掉他的职务。他离开司令部时天色已晚，司令和政委留他吃饭，他说夜里走安全，带了些干粮匆匆上路了。

在经过千家店时，他想到了一年前在这里牺牲的周宝；经过花盆时，又想到了两年前发生在这里的南梁战斗。那场战斗是詹大南和钟辉琨、伍晋南指挥的，当时自己在平西。黄昏时分，他和吴澜、翟宽坐在南梁下面一块大石头上，一边吃火勺，一边聊天。吴澜觉得会上领导对我爹的批评有些蹊跷。

"我提醒过他们，可他们不听，我有啥办法！"我爹还是觉得委屈。

吴澜点点头，"是啊，不听咋办。"

"他们是七团，大团，我是十团，小团，谁保护谁啊？"

"过去的事就过去吧。"吴澜劝他。

翟宽没说什么。他听到了他们的谈话。他向附近的战士们望了望。战士们也在吃火勺。

10

王亢第一时间把冯家峪战斗情况向我爹做了汇报，当汇报到一半的时候，我爹大喜过望，“啪”地一拍桌子，给王亢竖了个大拇指，“好样的，同志哥，一下子干掉九十多个鬼子，了不起！真是了不起！”

“但是，”王亢话锋一转，“我们也伤亡不小……损失了……九名连级干部。”

“什么？”我爹眼睛瞪得老大，“九名？”他不信他说的话。一营连级干部多是大学生，他视他们如奇珍异宝。

“什么？你再说一遍！”我爹嗓门儿提高了。

王亢低下头：“十二名连级干部，牺牲了九个，一连长鲁志华、指导员冯汝霖、副指导员张君廉、支书曹安德，三连连长刘若海……”

我爹听着那些熟悉的名字，“嗖”地蹿到王亢跟前，指着他的鼻子，“王亢，你赔我兵！赔我的干部！”一下子失去那么多连级干部，他心如刀绞。

“当时我们打红眼了！”一旁的冯克武小声嘟哝。

冯克武试图为一营辩解的做法反而激起了我爹的愤怒，他的下巴因为愤怒在颤抖，络腮胡子倒立起来，泪水模糊了血红的眼睛。他抬起胳臂，想打王亢一个耳光，但是他的手掌高高举起准备扇过去的时候，像是被施了魔法，一动不动定在那儿了。舍不得那些秀才干部，他又怎么舍得打王亢叔叔的耳光呢?

“团长，你打！你打！”王亢喊。营里失去九名连级干部，他像被割去了心头肉，悲伤和内疚轮番咬啮着他的心灵。

我爹没动。他的手在颤抖，脸颊憋得发紫，眼睛里有火焰也有干柴，脖子上青筋迸起，像几条愤怒的蚯蚓。

“对不起团长，我也有责任！”冯克武说。他从没见我爹这么生气这么伤心过，当时被吓坏了。

“你不打，我自已打！”王亢伸手打了自己一巴掌，准备再打的时候被才山拦住。

“赔我的兵，赔我的干部！”我爹余怒未消，可声音明显降了下来。他一边在屋里踱步，一边喃喃道，“这是我……这是咱们的本钱啊！”

后来，我爹有气无力地坐在板凳上，感觉身体非常虚弱。

11

月光如水，我爹同王亢走在村街上。他承认自己那天态度不好，让他不要过于自责、伤心，思想上不要有包袱。他说：“流血是斗争中进步的损失。”王亢心情沉重，非常想念那些牺牲的战友。

“咋不让我死呢?！”

“胡说什么？”我爹想起在垦区初识王亢时的情景，“老亢，你记得不，在绥西时我给你看过相，我说你相貌堂堂，是福相，将来肯定能长寿！你当时还扯着大嗓门子说：‘白大个，咱们都是军人，别整那些迷信的东西。’”

我爹学王亢说话的样子惟妙惟肖，一下子把他逗乐了。他说：“我还是不信！”

“你别不信。《易经》里很多东西是有道理的，面相学不是迷信，不信咱俩打赌，你保准活得长！”

王亢知道我爹跟他唠嗑是为了宽慰他，就微笑了一下，表示默认。五十年以后，他仍然记得我爹当时说话的神情。

冯家峪战斗虽然损失不小，可毕竟重创了哲田中队，对日本人的打击是致命的，关东军司令部在长春惊呼：“八路，大大的厉害！”

12

赵光路婚后再也没有梦游，张大妮好像有一种魔力，把他牢牢地吸在了炕上。他只是偶尔做一个梦。虽然独臂，但他生活得很滋润，无论梦里梦外。

最近，他沉迷于《朝花夕拾》的阅读中，以至于夜里做梦都跟鲁迅的文章有关——他梦到在一次战斗中，自己抓了两名俘虏，一个叫藤野，另一个叫范爱农。第二天，他把这个梦告诉我爹，我爹笑着说：“读鲁迅你走火入魔了。”

我爹说：“就算真的抓到俘虏，也必须优待。延安的指示已经到了，指示说——‘任何国内反共派向我进攻被我捕获之俘虏官兵、侦探人员、特务人员及叛徒分子，不论如何反动与罪大恶极，原则上一概不准杀害。这一政策是孤立与瓦解反共派的最好方法，应使全党全军从上至下有普遍深入的了解。’”

我爹也随口说起自己的梦——他最近的梦不少，而且光怪陆离。他梦到狄更斯笔下的雾霭笼罩了北平，梦到自己在大学里讲易卜生，梦到安德烈公爵对他说“在国务活动家的行为中应区分个人行为、统帅行为和皇帝的行为”，梦到彭德怀司令员被撤职，梦到“一二·九”运动发生在春天，梦到一个叫萧军的作家在延安大放厥词——他说“鲁迅是我爹，毛泽东是我哥”，等等，等等。

他们谈论梦境的时候曹福增进来了。我爹随口问道：“福增，你做梦了吗？”他不好意思地告诉他们，他梦到朱贵枝了。我爹大大咧咧地说："梦到老婆有啥不好，正常啊！"

"快说，梦到她啥啦？"赵光路问。

"梦到她也变成一个作家了——你看，我的梦也跟作家有关——她成了作家，夜里跟一位大人物在窑洞里长谈，谈论《红楼梦》，谈论将相佳人。"

"咳，你这是想老婆了！要不派你去趟延安？"

"真的？"曹福增信以为真。

我爹哈哈大笑。

多年后，曹福增叔叔对我说："你爹逗我呢！"

"你爹当时说，我们在同一天晚上做了梦，都梦到作家梦到延安，说明我们向往和平向往革命圣地啊！"

13

吾师复渠先生：

自辽阳中学毕业，与您阔别十三载矣。不知师是否还在学校教书，身体可好？师母的哮喘病好些了吗？

中学毕业的头几年，还给您写过两三信件，后来音讯皆无，实属无奈，请谅解。到北平后，我补习半年，考上中国大学政治学系。期间发生"九一八"事变，不胜愤慨，曾回辽阳组织义勇军抗日，后被国军骗至冷口，强行缴械。无奈之下重返校园，再续学缘。大学毕业后留校，参与组织"一二·九"运动，欣获"虎将"称号。后至绥西垦区，发展抗日力量，组织暴动，转战内蒙、山西、河北等地。队伍整编为八路军晋察冀军区十团后，我为团长，率部出平西、入平北，开辟抗日根据地。今在丰滦密和昌延地区战斗，刚刚取得一场反“扫荡”的胜利。

三日前，一战友做梦，梦到抓获一日本俘虏，名曰藤野，这让我立刻想起鲁迅先生的《藤野先生》，更想起您在教室里手拿报纸给我们朗诵该文的场景。一十三载过去，师之神情仍然在目，师之洪音仍然在耳，仿佛如昨。

感慨之际，拿出《鲁迅作品选》，再读《藤野先生》，感到那种跨越国界的师生情真是难能可贵，中日间尤其如此。藤野在鲁迅“眼里和心里是伟大的”，因为他敬业，正直善良，有情有义。日本老师成为中国学生的楷模，成为鞭策他前行的力量，现在看来，足够新鲜和震撼的了。

这些年，我没少跟日本人打仗，藤野先生“黑瘦、八字须、戴眼镜、夹着书”的形象在我脑中日渐模糊，我不知道，老师是否有同感，其他的同学是否有同感。

我知道，战争是战争，文化是文化，这是两回事。

我知道，让日本沦为战争机器的是军国主义，是显贵奸雄，是近卫文磨和东条英机，让日本青年疯狂并沦为杀人狂（亦是战争走卒）的是那些战争罪犯，他们早晚会受到历史的审判。

可是，我还是不禁要问——恕乙化不敬，因我百思不解——如果藤野本人或他的孩子被裹挟进战争，攻入南京或北平，会不会大开杀戒，手上会不会同样沾上中国人的鲜血。这个问题令我害怕，令我困惑，也令我头疼。

我甚至想，如果我们的“领袖”发起战争，我奉命进入日本，又会怎样？我知道这假设是没有意义的，但还是忍不住胡思乱想。都说服从命令是军人的天职，真是这样吗？如果这是条永恒定律，那么谷寿夫手下那些禽兽不如的士兵，是不是就可以开脱罪责了呢?

您知道，上中学时，我就是个喜欢瞎想的学生。

瞎想归瞎想，我坚信抗战必胜。因为所有侵略的战争都以失败告终。抗战结束后，我想教书，想研究文学和历史，研究中国的衰落和日本的崛起，研究日本军国主义的产生过程，以此告诫世人:不要军国政治,不要一党独裁,不要压迫,不要侵略,不要觊觎他国他民族利益。

请复渠师保重身体，待战争结束后，我去府上拜望，并讨教历史问题。代问师母好。

敬祝

冬祺!

乙化

十二月一日

14

1941年的春节快要到了，十团沉浸在胜利和节日的双重喜悦中。云蒙山下，白河岸边，到处是将士们爽朗的笑声。

平密兴联合县县委书记李子光带着十名干部从平西返回冀东，路过丰滦密。我爹在赶河场接待他们。开饭前他说:“冀东和平北是近邻，我们今天欢迎你们，护送你们，将来大反攻，我们一起挺进东北，打到鸭绿江边。到了我的家乡，我再请你们吃白肉白肠酸菜火锅，还有大豆腐！”客人们被他的真诚感染，玉米粥喝得格外香。

晚饭后，我爹主持一个小型晚会，与他们联欢，用他的话说——

“弥补晚饭招待不周的遗憾”。我爹指挥战士们唱了一曲《挺进军歌》，然后轮流表演节目。李子光谦虚地说：“我没什么准备，就给大家朗诵一段鲁迅先生的《答托洛斯基派的信》吧！”

李子光有很高的文化修养，朗诵时声情并茂，把鲁迅那种立场坚定、爱憎分明的态度充分表现出来。朗诵结束后，我爹带头鼓掌，并对身旁的吴澜说：不错，真不错！

李子光朗诵后，大家请我爹表演节目。我爹没推辞，“子光同志朗诵了中国大文豪鲁迅先生的作品，我就给大家背诵一段苏联大作家高尔基的散文《海燕》吧！”

在掌声中，他走到人群中间，开始背诵。

“在苍茫的大海上，风卷着乌云，在乌云和大海之间，海燕像黑色的闪电高傲地飞翔……”

我爹那抑扬顿挫的声音在寂静的冬夜里回荡着。那一刻，他就像一只搏击长空的海燕，令所有在场者为之瞩目。

后来，李子光又演唱了他在内蒙古工作时学会的“二人台”牌子曲，我爹则表演了他从北平天桥学会的“八大怪”。

15

第二天，他们去龙泉寺参观，同行的还有吴澜和赵光路。龙泉寺有数百年历史，原先香火旺盛，战争使它衰败了。他们缓步走入寺院，一位老僧见有客人来到，便迎了上来。在简短寒暄中，老僧注意到客人虽然身着粗布军装，但气度不凡。他带着他们参观寺院，神秘地对李子光说：“这位施主请看，眼下这条河就是白河，流淌有好几百年了。如今白河两岸来了八路神兵，打鬼子、救中国，打得小日本闻风丧胆……领头的人姓白，身高八尺，面若书生，人送外号‘小白龙’，‘小白龙’就是白河神的化身，咱们北平有救啦！”

李子光听到这儿，微笑着问：“老住持，那你一定认识这位‘小白龙’喽？”老僧道：“‘小白龙’身着白布长衫，胯下一匹白马，转战白河两岸，贫僧常在佛祖前为他祈祷，倘若‘小白龙’知道贫僧在此，一定会来布施一番的！”

“八路军官兵一致，衣服也穿得一样，就是小白龙真的来了，你也不一定认得出吧？！”李子光笑着问。

“此言差矣，小白龙身材高大，胸前飘着两缕长髯，可谓关公转世，贫僧怎会认不出来呢！”

这时，众人哈哈大笑起来。我爹也微笑着看老僧。老僧见我爹满脸刨花般的胡子，略有所悟，又打量一下他的身材，忙上前两步，抓起他的手，问道：“莫非您就是……‘小白龙’？”

“我就是八路军战士白乙化！”

老僧满脸歉意，双手合十，躬身施礼：“欢迎！欢迎！恕贫僧有眼不识泰山！”

“老师父言重了，我们八路军官兵，都是老百姓的勤务员。”

“久闻白司令文武双全，乃一儒将，请在小寺影壁上留下墨宝！”

我爹谦虚推辞的时候，老僧已经叫人取来笔墨。他只好接过毛笔，抬头望了望周围巍峨的群山，沉思片刻，提笔在影壁上写道：

古刹映清流，松涛动夙愁。
原无极乐国，古今为诛仇。
闲话兴亡事，安得世外游？
燕山狂胡虏，壮士志增羞！

16

腊月二十八，我爹接到命令，曹福增调往八路军总部，即日立刻动身。这个消息很突然，我爹像吃了酸杏干，心里酸酸的，但也只能服从命令。他在干部会上说：“好呀同志们，以后咱们总部也有人啦！哈哈！曹营长去了总部，以后可要多关照十团啊！”

“多给我们派些政治干部！”吴澜说。

“多给我们些打大仗的机会！”赵光路说。

“打仗的机会是自己创造的，”我爹小声纠正赵光路，大声跟曹福增开起玩笑，“要我说呀，你如果当了军需大官，一定高抬贵手，多给我们拨点儿枪拨点棉衣倒是真的！”

吴澜、才山哈哈大笑。王亢带头鼓掌，他从心里喜欢我爹这个性格。

曹福增临行时掉了眼泪。他握着我爹的手久久不肯松开。他们四目相对，好像有一座山的话没说完。

“太行存知己，延安若比邻……行啦行啦，走吧！”我爹打破沉默，催促道。如果曹福增不走，他的泪水也要止不住了，“干吗呀这是？别搞得跟永别似的！”

那天晚上，我爹半宿没睡。后半夜睡着了，又总是做梦，但没梦到曹福增，梦到了李大山。

17

丰滦密抗日根据地建立起来了，但它仍处于日伪势力的包围中，尚有被摧毁的危险。如何使其得到巩固和发展？使萧克司令员“三位一体”的战略布局得到彻底实现?

今天，我们开会讨论这个问题。我重复了去年秋天的设想，大家思考“立足丰滦密，打进满洲国，创建新区”的可能。会议决定,我和赵光路率二营打入伪满洲国,开辟丰宁云雾山地区;王亢率领一营挺进昌延地区，以海坨山为中心，做大昌延赤根据地;吴澜、才山率三营留守云蒙山，巩固丰滦密根据地，把它由长条形做成正方形。三山形成犄角之势，既能把平西、平北和冀东连成一片，也为八路军打进东北创造条件。

18

我爹他们开会的时候，白河游击队袭击了鬼子据点，缴获一些成卷的羊肉。他们把羊肉送到十团，供给处刘处长非常高兴。战士们打了一年仗，过年了总要吃点肉，他正为这事犯愁呢。司务长一看这么多肉，也非常高兴，准备化开了晚上给大家炖着吃。他不知道这种肉的吃法。刘处长告诉他，成卷的羊肉切成薄片，涮着吃更好，而且每个战士都能吃上几嘴。司务长弄明白后，开始让炊事班的人切肉，可怎么也切不出薄片的效果——要么比纸薄，要么比银圆厚——眼看着把一卷肉切废了，司务长急得直想哭。他问刘处长，刘处长也没办法。

这时，我爹开过会从屋里出来，经过伙房时发现两人面带愁容，忙问究竟。弄清事情原委后,他说:“这个简单！”转身对旁边的王亢说:“老亢，看看你们一营有没有木匠出身的，如果有，把他叫过来。”又对刘处长说:“去乡亲们家里转转，谁家有刨子，借用一下。”司务长立刻明白了，用木匠刨木头的手艺削羊肉，肯定能刨出薄肉片。他笑嘻嘻地给我爹竖起大拇指，“团长，你脑袋咋这么灵光哩?我就是想到天黑，把脑瓜子想两半了，也想不出来啊！”

我爹和才山哈哈一笑，然后离开了。

那天晚上，我爹继续看《战争与和平》——这些日子他专看这本书。他喜欢。彼埃尔夸赞拿破仑的话，令他印象深刻——“拿破仑所以伟大，是因为他高于革命，他制止了它的非法活动，并保留了公民平等、言论和出版自由这些好的东西，正因如此才取得了政权。”“人民把政权交给他，就是要他把人民从波旁王朝下解救出来，正因如此，人民才把他视为伟人。革命是伟大的事业。”而子爵反驳彼埃尔的话同样有趣——“谁能不喜欢自由和平等呢？我们的救世主早就宣传过自由和平等。难道革命之后人们变得更幸福了吗？正相反。我们想要自由，可波拿巴把它毁了。”

19

除夕夜，我爹梦见了李大山，李大山佝偻着身体冲他呜呜哭。他在梦里看到，李大山皮肉扭曲，五官变形，脸上布满黄豆大的麻子。他哭得伤心不已，哭得悲痛欲绝。醒后我爹很纳闷，第二天就去了隔壁老乡家，把梦告诉了赵光路，赵光路问：“想他啦？”我爹答：“没想啊，这两天净看书净琢磨打仗了！”赵光路开玩笑说：“那是他想你了！”

这时，张大妮抱着柴火从外边走进来，我爹犹豫了下，还是把梦告诉了她。他问她：“大山给我托梦，哭得那么厉害，啥意思啊？”

“在那边受苦啦？没钱花啦？——你也不信啊！行了、行了，别想了，大过年的！再说了，梦都是反的，说不定你有好事儿！”

真让张大妮说着了，大年初七后晌，我爹接到上级电报：任命他为平北军分区副司令员，三日内到任。电报没说免去他团长职务，那就意味着他暂时兼任着。

当晚，我爹写了两封信，一封给我爷爷，另一封给我妈。他在给我爷爷的信中，重点告知他的近况——包括刚刚被任命为军分区副司令了；在给我妈的信中，工作上的事情简单提了一下，重点把他最近的怪梦和身体状况告诉她，他说他好像得了什么病，偶尔会头疼一下，神经性的，不过他也安慰她，总体上没大问题，头疼无大碍。

20

1941 年 2 月 4 日，农历正月初九，十团在马营、赶河场、石塘路一带休整。上午九点，连以上干部会议在马营召开，传达平北地委和军分区会议精神，研究部署新的战斗任务。会议正式决定，十团以云蒙山地区的丰滦密根据地为中心，北向云雾山区发展，西向海坨山发展，使三座大山附近的根据地形成掎角之势，直接威胁敌人的巢穴——承德，从而把战争推向敌占区。

会议临近尾声，哨兵进来报告，一股日伪军从滦平琉璃庙据点出发，向白河川方向进犯，被丰滦密游击大队发现。

“鬼子这是趁着过节来打秋风啦。”我爹说。他让才山他们先商量对策，自己大步走向隔壁机要室。

“发现什么情况没有？”一进屋他就问。

“有。”译电员韩晓霞点点头，她正在译一封特工人员发来的电报。

“快点儿、快点儿，”他催促着，好像有些不耐烦，“我死了就看不上了。”

韩晓霞抬起头，诧异地看了我爹一眼，心里嘀咕：团长咋啦，大过年的，说这么不吉利的话！两分钟后她告诉他，伪满滦平县警务科长关直雄（日本人）指挥道田讨伐队一百七十余人，正向云蒙山根据地进犯。

我爹大步回到会议室，人还没坐稳，哨兵又进来了。“敌人到了张家坟，丰滦密游击大队已经与之交火。”

我爹迅速跟吴澜、才山、赵光路商量，很快下达命令：游击大队且战且退，设法诱敌至鹿皮关；驻马营的三营抢占鹿皮关以北白河西岸山梁，截其后路；驻赶河场的一营赶赴白河东岸降蓬山一线，布好口袋，准备全歼来敌。

鬼子多次遭到十团伏击，这次长了“记性”。关直雄到达五道岭时停下脚步，狡猾地望了望附近地形，对翻译说：“如果再沿白河川前进，前面就是鹿皮关，白河两岸都是悬崖峭壁，可能会遇到埋伏。”他的眼睛滴溜一转，命令部队不再沿白河川追击，而是攀上白河东岸的降蓬山，沿山岭向南行进。鬼子沿降蓬山行进至河北村西山时，正好与埋伏在这里的十团一营遭遇，双方立即交火。伏击战变成了遭遇战。我爹得到消息后，当即命令三营和丰滦密游击大队前去增援。

战斗打响后，我爹按计划回屋收拾东西，因为明天他就要去军分区报到。收拾完东西，他在屋里踱起步来。远处的枪声依稀可闻，狰狞而诡异。不知为什么，他心跳得很厉害。他时而坐下，时而踱步；时而望窗外，时而看怀表——怀表的指针懒洋洋地移动着，好像三天没吃料的战马。一个时辰过去了，枪声仍然很焦灼，战斗没有结束的迹象。

我爹心里不踏实，要去前沿阵地看看，警卫员拦住他，让他按会议定下的作战计划（坐镇中军）执行。“仗不能总让别人打。”我爹说，“在屋里待着，我不习惯。”他抄起驳壳枪就往外走。警卫员只好跟在后面。他们大步流星离开院子。上山时，我爹脚下一滑，摔了一跤，荆棘刮破了他的棉裤，雪白的棉花露了出来。他嘟哝了一句：

倒霉！没用警卫员扶，他自己站了起来。

21

半小时后，他跑到降蓬山顶一块大青石旁。战斗进行得很激烈。王亢叔叔已经咬牙了。人们都说，天不怕地不怕，就怕王亢一咬牙；王亢一咬牙，鬼子准趴下。鬼子确实不断地趴下，但是没趴下的依然很顽强。我爹心里升起一股无名火，“把令旗给我，你往前面顶！”他从王亢手里接过令旗，跳上大青石，亲自指挥战斗。王亢带着身边人往前走去。警卫员怕出意外，把我爹从大青石上拉下来。

战斗从上午十点打响，一直到下午两点半，大部分敌人被歼灭。只剩少数残敌，龟缩在鹿皮关的烽火台里负隅顽抗，妄图把战斗拖到天黑，伺机逃跑。为了在天黑前消灭敌人，我爹下令向敌人发起冲锋。鬼子和伪军凭借烽火台的掩护和充足的弹药，拉开架势，疯狂抵抗，冲锋屡屡受挫。

半个小时过去了，十团仍然没有拿下烽火台，我爹急了。这场战斗，十团在人数上占有优势，是一场敌弱我强的较量，但迟迟拿不下敌人，他心急如焚。情急中，他再次爬上大青石上，并且站得直直的，向前猛地一挥令旗，大喊道：“王亢，冲锋！”

警卫员见状，立刻扑上前，想把他拽下来，不料，一颗罪恶的子弹击中我爹，钻进了他的脑袋，他的身体晃了晃，徐徐向大青石下面倒去。警卫员急中生智，纵身一跃，在我爹落地的瞬间抱住他，顺势一滚，倒在附近的崖坑里。

鲜血染红了他头上好大一块地方，警卫员分不清他中弹部位，立即脱下大衣盖住他的头，带着哭腔大声喊：“卫生员！卫生员！”

卫生员三分钟后来了，掀开大衣一看，立刻六神无主，泪水夺眶而出。

我爹躺在大青石下的山坳里，感到额头和太阳穴两侧像是放了一个冰块，脑袋里却是热乎乎、乱糟糟的，像里面在唱一台戏。尽管如此，他的头脑仍然冷静，思维还很清晰。他心有不甘。敌人只有一百多人，自己投入兵力七八百,四个小时竟然没有干掉他们，自己头部还中了枪。但他并不后悔。他不后悔自己站起来挥动令旗，不后悔为国捐躯——假如这样的话——他已经有了这种预感。他的思绪回到遥远的辽阳，回到石场峪村，回到他父亲和妻子以及未曾见面的女儿的身上——那一刻，我就像具有了通灵术，从千里之外洞悉了他的心思。当然，也正是那一刻，我的视力急速下降，眼前一片模糊，逐渐黑下来，什么也看不见了。是的，他的思绪回到了遥远的少年和青年时期，他看到自己在东北讲武堂和北平中国大学里的身影，看到自己在垦区暴动和煤窑沟、青白口、沙塘沟战斗的场景，听到了平西和平北两次"反扫荡"时的冲杀声，闻到了洪道魁、洪道生、郭顺、周宝、刘敦、徐智甫、胡瑛鲜血流淌的味道……德国怀表在他的怀里照常工作，但是在这一刻，好像要把时间折叠了或者揉碎了。三分钟里，我爹眼前闪过许多张脸，闪过翟复渠、邹大鹏、曹福增、赵光路、吴澜、才山、王亢，闪过白秀云、白魁福、邹广娟、白素清——虽然我太爷爷和我他压根儿没见过，但是他的目光在黯淡的最后瞬间，突然看到了我们，看到辽阳的我，看到天空中我太爷爷的脸，看到他身旁一个他非常熟悉的中国文豪的脸，甚至看到了曾被他俘获的一个日本人的苍白的脸，这些脸生动、飘浮，眼睛里布满关切和疑问。

赵光路赶到大青石旁的时候，我爹已经气息微弱，他的嘴唇微微翕动，但是无法发出声音。赵光路把耳朵凑过去，想听他说些什么："王亢……！”

“王亢冲上去了！”赵光路望着我爹大声说。这时，他的眼睛微微眨动了一次，最后眨动了一次，然后永远地闭上了。他离开了那个世界。

“老白——！”赵光路喊，他的声音听上去声嘶力竭。

“老白——！老白——！”赵光路又喊了两声，声音变得沙哑，而后呜呜哭起来，他哽咽着：“你不能走啊，老白，我想……入党，我要你……当介绍人哩！”

我爹的生命定格在 1941 年 2 月 4 日下午 3 时许。他胸前的怀表并未停止工作，还在“嗒嗒”跳动，继续向前。

第六章

1

我爹咽气的瞬间，我的眼睛彻底失明。那一刻，我坐在院子里看爷爷劈柴，爷爷一斧头下去，竟然没有劈到竖在地上的木柴，木柴有碗口粗，斧头有拳头大，可他竟然劈空，绝对意外，令人不解。而就在那一刻，我突然感到眩晕，头上出汗，手上发麻，心跳得发慌，像是有个怪物在胸里乱窜，同时眼皮跳动，一年来的眼疾陡然加重，眼前那片灰黄变成了黑暗，那黑暗无边无际，从此再也没有离开过我，直到2012年我去了另一个世界。

后来，赵光路叔叔告诉我——那天，才山在战场上听到我爹牺牲的消息，当即晕了过去，他被人抬回团部。我爹遗体已经被老乡抬到山坳里，准备埋在一棵栗子树下。闻讯而来的吴澜以泪洗面，他从老乡手里夺过铁锹，想要为我爹挖坑，但是他的双腿软得像面条，根本无法站立。埋葬完成后，他们两个坐在栗子树下哭，哭了好长时间，等枪声完全停下来的时候，才下山回到团部。王亢很快也回来了，他告诉他们，最终攻下鹿皮关烽火台是在下午五点，经过清点，这次战斗毙敌大队副以下四十余人，俘敌中队长等五十六名。只有七名日伪军逃跑。大家闷闷不乐，没人为这次胜利鼓掌。他有些纳闷。他这才发现，团长没在屋里。

光路叔叔告诉我，在三名俘虏中，就有打死我爹的那个兔崽子……也不能这么说……应该说是那位……话怎么说呢，我不知道该怎么说了……既然不好说，就先绕过去，先说说其他事情吧。

2

我爹牺牲的消息传到平西冀热察挺进军司令部，萧克司令员“哎呀”一声，半晌无语。他缓缓坐下后，警卫员把一杯水放到他面前，他看了眼警卫员，喃喃道：“他怎么没去报到呀？还不如……”是的，萧克是要让我爹当参谋长的，平北军分区副司令只是个过渡。这位叱咤风云曾任红六军团军团长和八路军120师副师长的湖南汉子，在失去爱将后痛心不已，泪水在他端起杯子的瞬间难以遏制地流下来。酸涩的泪花融入透明的开水，变成惋惜的味道。多年后，在一些战友宽慰他没有评上共和国元帅、大将时，他十分坦然，给人讲起东汉“大树将军”冯异的故事，并且说：“很多战友为了新中国的诞生都牺牲了……我早该打死了，评不评衔、评什么衔都行。”这番话令世人印象深刻。

当时，萧克司令员指示挺进军政治部，撰写了《为追悼白团长乙化同志告全军同志书》，并向全军下发。

为追悼白团长乙化同志告全军同志书

同志们！

我们挺进军有为的、英勇善战的白乙化同志不幸在二月四日平北马营战斗中，光荣地壮烈地牺牲了！这不但是八路军挺进军的损失，而且是中国共产党和中华民族的一个很大损失，因为我们损失了一个有着丰富军事经验的优秀指挥员；损失了一个有着长期斗争历史的坚强的党的干部；损失了一个曾为民族独立不屈不挠、艰苦奋斗的中华民族的英雄；损失了一个曾为阶级解放而再接再厉、英勇作战的无产阶级的先锋，我们是十二分悲痛的！……

追悼白乙化同志，我们应该学习他说干就干，要干就干到底，别人怕干的自己先干，别人不敢干的自己去干，不畏惧、不迟缓，为人模范的工作作风。学习他冲锋在前，退却在后，自己和战士同样吃苦，在危险的地方，在最紧急的关头，沉着坚定、勇敢战斗的精神。

追悼白乙化同志，我们应该踏着他的血迹，继承他的遗志，加倍努力工作，积极战斗，彻底完成挺进军“三位一体”的任务，克服内战投降危机，坚持团结，抗战到最后胜利。

同志们！我们能够而且一定能够，更进一步地巩固平西，创造一个新的平北，坚持冀热察抗战，收复失地，打回白乙化同志的老家——东北去，来追悼已死的白乙化同志，完成他遗留给我们的艰苦事业。

国民革命军第八路军挺进军政治部

一九四一年二月二十日

3

十团的战士们看到《告全军同志书》后潸然泪下。我爹牺牲的消息两周来处于保密状态。此刻，棉絮一样的传言得到了铁的验证，他们仍然不愿相信这个事实。震惊、愤恨、悲痛，年轻人的心灵受到碾压和折磨。干部们的追思不再遮遮掩掩。十团首任政委吴澜创作了诗歌《纪念白乙化烈士》，团政治处主任彭烈写了《悼白乙化同志歌》，营教导员方成写了祭文，丰滦密两任县长也挥笔寄托哀思——王森填词《悼白乙化同志》，沈爽写了《祭白团长》。十团政治处把三十位干部撰写的悼念诗词、文章汇编一起，印制了《纪念白乙化同志专刊》。其中，丰滦密游击大队教导员刘力生含泪写成的诗词《哭白团长》，被后人广为传诵——

名将星沉冀北踪，降蓬山上夕阳红。
兵挥白马身先死，旗指黄龙志未终。
血泪家乡十年隔，风云事业一生匆。
长河若解英雄恨，滚滚奔涛怒向东。

4月28日，十团和丰滦密联合县政府在密云县石城村召开追悼大会，三千多人为我爹送行。两位老人骑着毛驴翻山越岭，路上不断喊着“小白龙”的名字，前来参加追悼会。追悼会由新任团长王亢主持，政委吴澜致悼词。会上，十团全体官兵含泪齐唱由王波等人创作的《悼白乙化同志歌》——

共产党里模范党员，奋斗十余年，
无畏惧，不迟延，遭受无数艰和险。
没退后，直向前，站在抗日最前线。
创造平北啊，昼夜奔忙，壮烈牺牲鹿皮关。
你不要哭泣，更不要悲观，

要学习他坚定勇敢，雷厉风行，说干就干，
建设丰滦密同钢铁一样，
坚持华北游击战，
驱逐日寇鸭绿江边！

虽然我爹牺牲了八十多天，但是吴澜和才山在这个晚上仍然彻夜未眠。赵光路滴水未进，整夜坐在破旧的土炕上，面向降蓬山方向发呆。张大妮的劝慰发自内心，但是她知道这劝慰如同一粒糖放进一缸水里，不会起太大作用。

4

出于军事上的考虑，挺进军没有公布我爹牺牲的消息，给他立碑的提议暂时搁置。他躺在那棵栗子树下。三年后的春天，丰滦密联合县政府和十团在密云河北村西山给他立了一块纪念碑，正面刻着“民族英雄”四个大字，背面刻着吴澜撰写的碑文——《白乙化同志传略》。这座碑在松柏间无声地屹立着。后来，当地群众怕敌人破坏，用宣纸把碑文拓下来，用油布把石碑包好，在山坡上埋起来。1964 年，这块碑重见天日，由邓拓主持，运回北京城，陈列在首都博物馆内。

1947 年 2 月至 1948 年 8 月，人们把密云西部山区改称乙化县，以此纪念我爹。1952 年，他的尸骨移往石家庄华北烈士陵园。由于双目失明、行动不便，多年来我只去过烈士陵园两次，去过密云一次。

5

我爹牺牲五年后的那个春天，一位陈老师走进辽阳中学教室，把我正上学的叔父叫出来。当确认小叔父白乙工的身份后，他眼睛一亮，轻轻握住小叔父的手。他说找我们家人找了很久。他很激动，激动过后归于平静，继而神色悲伤。他让小叔父给我妈带信儿：他有事要见她。几天后，我妈和我老奶找到了他。他心情沉重地告诉她们："白乙化同志在共产党里工作，已经于 1941 年 2 月，在平北密云对日伪作战中壮烈牺牲。"我妈当时腿一软，差点儿晕倒，老奶伸手扶住了她。

陈老师极力宽慰她们，从兜里摸出一个小布袋，说："我这里有一张六同学和他合影的照片，还有一个他用过的怀表，你们带回去留个纪念吧。"我妈接过布袋就晕了过去。

回家路上，我妈哭得死去活来。老奶劝她不要哭，因为爷爷白魁福当时正在生病，不能让他看出来。两个月后，爷爷病愈，我妈才把我爹牺牲的消息告诉他。我爷一声不吭，老泪纵横，三天三夜不吃不睡，坐在炕上望着窗外发呆。最后，他的眼睛都哭干了，人也瘦了一圈。

第四天爷爷把我妈叫到身边，郑重地说："孩子，你为了乙化，在风里求生，在雨里度日，足足等了十四年，今他灵归九泉，再等也等不回来了。你还年轻，白家不能再委屈你了！"

"爹，你不能赶我走啊！我生是白家的人，死是白家的鬼！"我妈牵着我的手哭道，"将来我死了，也要和乙化埋在一起！"

我爷爷听到这番话，精神一振，力由心生，发誓累死也要养活全家人。那时，我们家境贫寒，老奶、二奶的孩子都背井离乡，到外面谋生，老奶和我妈农闲时也到县城给人家做杂活，一家人生活困窘。

爷爷早出晚归，为生计疲于奔命，不料积劳成疾，半年后再次累倒。他无奈地躺在炕上，旧事重提，让我妈改嫁，我妈伤心不已。当时她才三十八岁，爷爷出此下策，是想让她脱离苦海，另谋出路。我妈本来无意改嫁，但是看到家里这种状况，望着爷爷佝偻的身躯和我干瘦的小脸，这才动了心思，决意再苦再累也要把我拉扯大。

后来，经人介绍，我妈给庆阳稠井子郑家做了填房。

6

1950年我十九岁，嫁给了稠井子李富林。由于生活的艰辛，我曾多次想卖掉那只怀表，但一想起我爹就心软了。我也曾多次寻短见，但每到生死攸关的时刻，总是下不了手。最后一次欲死不能后，我决心学习我爹做人的骨气。我积极劳动，担任生产队的组长，跟社员们一起"大干快上"。虽然我眼睛瞎，但是我运用学到的知识，利用我好听的声音，给大家做宣传工作。1957年，我被选为妇女委员。1960年，我在庆阳农场担任组长，两年后转为正式工人。

1963年，国家经济困难，我被精简下放。第二年，《辽阳日报》刊登我爹的事迹，我心想，我爹死在抗日前线，我是英雄烈士的后代，政府应该给我一个饭碗子。于是，我找到庆阳农场领导，请求恢复我的工作。现在看来，我觉悟真低，不理解国家当时的困难。1966年6月，我加入中国共产党。

十年浩劫期间，由于执行"左"的路线，邓拓在《燕山夜话》中赞颂我爹革命业绩的文章被批为"大毒草"，同样的事情也发生在《辽阳日报》介绍我爹抗日救国的王鼎同志头上。为此，我愤愤不平，但也无可奈何。十一届三中全会后，我爹才得以正名，载入史册。1982

年，在段苏权主任和吴澜、王亢叔叔的关怀下，我重新转为正式工人，不久后退休。退休后，我对历史发生兴趣，夜校、电大上了三次，收音机、电脑用坏了好几个。

1984 年，密云县在降蓬山为我爹建立烈士陵园。1989 年，平北抗日烈士纪念园在延庆落成，八年后的夏天，又建成了平北抗日战争纪念馆。

7

好了，现在是时候了，可以说说那件事了。

马营战斗结束后，日本道田讨伐大队的三名队员成为十团的俘虏。在庙宇里，经过一名日本俘虏和一名翻译的指认，那个面部清癯、略带稚气的中国后生就是杀害我爹的凶手。他是道田讨伐大队第一狙击手。他们说他是射击天才。他只有十六岁。当他承认是他杀死我爹的时候，立刻跪倒在地，承认自己“有罪”。王亢叔叔“嗖”地蹿过去，一脚把他踢翻，然后冲着他咬牙切齿——他又咬牙了，想杀人了——眼里喷着火，伸手去腰里拔枪。从延庆赶来的苏梅拦住他，厉声提醒道：“冷静！冷静！”情急中，王亢瞟了眼身旁的才山。

才山没有注意到王亢暗示的目光，那一刻，他细细的眼睛眯成了一把弯刀。晕厥时警卫员收走了他的手枪，此刻，他转身去夺身旁一名战士手上的步枪，吴澜拦腰抱住他，并把他夺枪的胳臂死死握住。

“不行，他是俘虏，八路军不能杀俘虏！上边有纪律！”吴澜喝道。这么说的时候，他内心感到一股撕裂般的疼痛。延安不杀俘虏的指示像一枚锋利的刀片，在他耳旁发出冰冷的寒意。但是纪律就是纪律，必须无条件执行。

王亢稍微冷静下来，他意识到吴澜的话有道理，但是才山不甘心，他直着嗓子喊：“那就把他放了，我派人在半道上打死他！”

“那也不成！”吴澜当即否定。

“那团长就白死了吗？”才山哭着问。他的泪水夺眶而出。

那个年轻的俘虏见状，立刻从地上爬起来，跪地求饶：“长官，我不知道那是白团长，是队长让我打的，我……得服从命令。我也是被逼无奈，我今年只有十六岁！”他抹了一把眼泪，“我上有六十多岁的奶奶，下有刚出满月的孩子，中间还有打鬼子差点儿被烧死的老爹，请八路爷爷留我一条活路吧！”

才山冷静下来，他不再抢枪，而是绕过吴澜，“嗖”地蹿过去，踹了俘虏一脚，又被赶过来的吴澜拉走。

这时，张大妮从外面气咻咻地跑进来——她已经知道我爹牺牲，并且听说射杀他的俘虏就在庙里——她不管那一套，灵巧跨越三个人的阻挡，来到俘虏跟前，从腿部拔出匕首，径直刺过去。小俘虏眼疾手快，顺势一躲，利刃仍然在他的脸部划出一道血痕。赵光路也气喘吁吁地跑了进来。等张大妮收回匕首准备再刺的时候，两名战士已经把她死死架住，并把她推向墙角。

赵光路围着俘虏转了三圈，满脸怒气，但是一言不发，令俘虏更加恐惧。俘虏没有去擦拭脸上的血迹，而是把目光投向吴澜，哀求道：“只要你们不杀我，我愿意参加八路军，跟着你们杀鬼子！将功折罪！”

一时间，庙宇里鸦雀无声，大家脸上布满惊愕。在这惊愕中，许多道复仇的火焰逐渐熄灭了。

张大妮盯着年轻的俘虏，突然一怔，心里莫名地慌乱起来。

后来吴澜和才山请示了挺进军司令部，司令部指示：虽然李小虎罪大恶极，但是按照党的政策，必须优待，并同意接受其为八路军战士。

就这样，杀死我爹的人摇身一变，从十团战士的敌人成为“战友”。为防止战士们向李小虎打黑枪，上级决定把他编入挺进军七团，担任射击教官，第二天就踏上被送往七团的路上。三个月后，因为工作出色，李小虎又被调到平北军分区司令部，担任起了军官训练班的教员。他的射击天赋和耐心品格，赢得了学员的好评和军分区领导的肯定。

我不恨李小虎，虽然他杀死了我爹。我知道他的名字和身世，是在我爹牺牲四十年以后，我已经恨不起来了。是的，宽容是美德，是一种特殊品格，正是这特殊品格，党才带领人民推翻三座大山，建立美丽新世界。

两年后，李小虎在永定河一次战斗中牺牲，同样成为八路军的一名烈士。直到 1989 年春天，我才知道，李小虎也是辽阳人。他的父亲叫李大山，后来改名李金山，后来又改回了李大山。

李小虎是李大山和张大妮的孩子，他三岁时走失，十年后又被日本人送到了亲生父亲面前。那时，满面疮痍的李金山独居在延庆城外一所老屋里。他神情恍惚，无法判定日本人想让李小虎做什么。

那年春天，我听说李小虎的名字和家事后大病一场，成了植物人。我爹的德国怀表在我手里发出“嗒嗒”的声音，它又陪伴我十二年，直到我从昏睡中醒来，又从清醒中死去。

图书在版编目（CIP）数据

白乙化 / 周诠著. -- 北京：北京十月文艺出版社，2019.5

ISBN 978-7-5302-1893-8

Ⅰ. ①白… Ⅱ. ①周… Ⅲ. ①长篇小说－中国－当代 Ⅳ. ①I247.5

中国版本图书馆 CIP 数据核字（2018）第 260386 号

白乙化

BAIYIHUA

周诠 著

出　　版　北京出版集团公司
　　　　　北京十月文艺出版社
地　　址　北京北三环中路 6 号
邮　　编　100120
网　　址　www.bph.com.cn
发　　行　新经典发行有限公司
　　　　　电话 (010)68423599
经　　销　新华书店
印　　刷　三河市宏图印务有限公司
版　　次　2019 年 5 月第 1 版
　　　　　2019 年 5 月第 1 次印刷
开　　本　880 毫米 ×1230 毫米　1/32
印　　张　14.75
字　　数　300 千字
书　　号　ISBN 978-7-5302-1893-8
定　　价　46.00 元
质量监督电话　010-58572393
如有印装质量问题，由本社负责调换